Le MARTEAU de POUVOIR

Collection Stardust dirigée par Krysia Boillon-Roginski
Ouvrage dirigé par Krysia Boillon-Roginski

Couverture : Liz Dresner

Titre original : *Master of Iron*

Pour la présente édition :

59, quai Alphonse Le Gallo
92100 – Boulogne-Billancourt
www.hugopublishing.fr

ISBN : 9782755672916/001
Dépôt légal : juin 2025
Imprimé en France par CPI Bussière
sur papier provenant de forêts gérées
de manière responsable

FSC
www.fsc.org
MIXTE
Papier | Pour une gestion forestière responsable
FSC® C108412

Le MARTEAU de POUVOIR

TRICIA LEVENSELLER

Traduit de l'anglais (États-Unis) par Flore Rochas

STARDUST

À mes pairs, les guerriers et guerrières
aux prises chaque jour avec l'anxiété sociale.
Vous comptez. Je vous vois. Continuez le combat.
Il en vaut la peine.

« J'ai découvert que ce sont les petites choses,
les actions quotidiennes des gens ordinaires,
qui permettent de tenir les ténèbres à distance.
Des gestes simples de gentillesse et d'amour. »
Gandalf
Le Hobbit

GHADRA
Territoire
du prince Verak
Thersa
Territoire
de la princesse
Marossa
Territoire
de la princesse
Orena
Montagnes du Sud

Légende
Capitale
Ville
Village
Galvinor
Territoire
du prince Ravis
Territoire
de la princesse
Lisady
Briska
Amanor
Territoire
du prince Skiro
N
O
E
S
Lirasu

Chapitre

— 1 —

On n'a pas le temps. On n'a vraiment pas besoin de ça.

Un arbre tombé au milieu de la route nous bloque l'accès au pont. Je jette un œil sur ma sœur endormie, sur la tache rouge qui souille ses lèvres quand sa respiration sifflante dégénère une fois de plus en quinte de toux. Je tourne Temra sur le côté pour l'empêcher de s'étouffer avec son propre sang. Nous la maintenons inconsciente grâce à une potion, afin qu'elle n'aggrave pas ses blessures en remuant. Les points de suture sur son bras ont cessé de saigner, mais l'entaille qu'elle a au côté a touché son poumon. Du sang s'y infiltre, cause de sa respiration laborieuse.

Elle s'étiole sous mes yeux, alors qu'il nous reste encore des jours de voyage avant de rejoindre la guérisseuse magicienne qui vit à Skiro.

Je pose un regard noir sur Kymora, la seigneuresse de guerre ligotée à quelques centimètres de moi dans la charrette. C'est à cause d'elle que Temra se trouve dans cet état, et si ma sœur meurt, aucune force au monde ne pourra m'empêcher de le lui faire payer.

À l'avant, Kellyn se lève du siège du cocher, détache le fourreau accroché dans son dos et dégaine la longue épée à double tranchant, un espadon, que j'ai ensorcelée pour lui.

– Qu'est-ce que tu fais ? demande Petrik. Tu ne pourras pas nous frayer un passage à coups d'épée.

– Silence. Passe à l'arrière avec Ziva. Planquez-vous.

L'érudit obéit, tandis que je scrute les arbres environnants, comprenant enfin à quel péril nous sommes exposés.

Nous sommes un petit groupe et seuls trois d'entre nous sont entraînés au combat : ma sœur inanimée ; Kymora, blessée et ligotée ; et Kellyn, un mercenaire qui continue bon gré mal gré d'accompagner notre petite troupe bien qu'il ne soit plus payé.

Il est figé dans une immobilité totale, à l'affût du danger.

Une poignée d'hommes surgit alors. Ils remontent la berge de la rivière, armés de bâtons et de gourdins qu'ils tiennent nonchalamment à la main. Petrik a un hoquet de frayeur, et je me rapproche de ma sœur, prête à la protéger.

Les nouveaux venus s'arrêtent à quelques mètres de nous.

– Salut, la compagnie ! nous hèle l'un d'entre eux.

Il est grand et imposant, mais pas autant que Kellyn. Il a le ventre rond mais musclé, des mains comme des battoirs. Son gourdin traîne dans la poussière tandis qu'il s'approche de notre charrette. Ses sourcils se rejoignent en ligne droite au-dessus de son nez.

– On ne veut pas d'histoires, dit Kellyn. Nous transportons une malade. Nous allons chercher de l'aide à la capitale.

Les huit hommes derrière leur chef poussent des grognements tout en affichant des sourires débauchés.

– Ça tombe bien, on ne veut pas d'histoires non plus. On est là pour proposer nos services. Cinquante ockles et on vous aide à dégager ce tronc de la route.

Étant donné que l'un des hommes porte une hache bien en évidence, il n'est pas difficile de deviner à quel jeu ils jouent.

– Ça risque de poser un problème, car nous n'avons pas d'argent, répond Kellyn.

Le chef au gourdin se cure l'oreille avec le petit doigt.

– J'ai dû mal comprendre, l'ami. J'ai cru t'entendre dire que vous n'aviez pas d'argent. Mais qui va rendre visite à une guérisseuse, les poches vides ? Le prix vient d'augmenter. Notre généreuse assistance vous coûtera maintenant soixante-quinze ockles.

J'ai comme des asticots dans les tripes. Je déteste le conflit, mais ma colère et la nécessité absolue de protéger ma sœur balayent tout le reste.

Je me lève.

– Ma sœur doit être soignée au plus vite. Laissez-nous passer. On n'a vraiment pas d'argent. La guérisseuse est une amie, elle ne nous fait pas payer ses services.

Un deuxième homme s'avance, frappant le sol de son bâton. Il vient inspecter l'arrière de la charrette, et Petrik bouge avec lui, s'interposant entre Temra et le danger.

– Ta sœur est morte, ou c'est tout comme. Inutile de vous presser.

Je m'efforce d'ignorer le diagnostic pessimiste du bandit, mais c'est comme si j'avais reçu un coup de poing dans le ventre.

Il ne connaît pas l'existence de la guérisseuse aux pouvoirs magiques. On peut encore sauver Temra, me dis-je pour me rassurer. Tout espoir n'est pas perdu.

– Devran ! appelle le brigand. Ils ont une bonne femme ligotée par ici !

Le chef, Devran, émet un claquement de langue désapprobateur.

– Ce n'est pas très gentil, ça.

Il contourne la charrette pour mieux observer Kymora.

– Sa tête est mise à prix ? Si c'est le cas, on se fera un plaisir de vous en débarrasser.

Il est hors de question qu'ils prennent Kymora. Elle représente notre seule monnaie d'échange. Nous devons la livrer aux autorités afin que celles-ci lèvent la mise à prix qui pèse sur nos propres têtes. Nous espérons que sa capture nous rendra sympathiques aux yeux du prince Skiro et le convaincra de nous laisser avoir accès à sa guérisseuse. De toute façon, il faut qu'on reparte, et tout de suite !

– Reculez, ordonne Kellyn. Laissez-nous passer. Je ne le répéterai pas.

Devran se mord la lèvre en étudiant notre petit groupe.

– Faites excuse si on ne vous croit pas sur parole concernant l'argent. Les gars, fouillez-les bien à fond, et s'ils n'ont vraiment rien sur eux, on se contentera des chevaux et de cette épée, dit-il en pointant du doigt Lady Tueuse, l'espadon de Kellyn. Elle est drôlement jolie.

Neuf contre Kellyn, Petrik et moi.

On a vu pire.

– Ça va aller, je murmure à Temra, même si elle ne m'entend probablement pas.

Je saute à bas de la charrette et me redresse. L'homme le plus proche fait un pas en arrière.

– Holà ! fait-il en levant les yeux sur moi.

Oui, en *levant* les yeux. Avec mon mètre quatre-vingt-trois, j'ai toujours été plus grande que la plupart des hommes. En temps normal, je déteste ma grande taille, qui me vaut constamment des regards insistants et des commentaires. Mais en cet instant, j'aime comment ce brigand me regarde : l'air intimidé.

Il hausse les sourcils lorsque je tire de ma ceinture mes deux marteaux.

Je ne suis peut-être pas une guerrière entraînée, mais je suis une forgeronne aguerrie, et manier le marteau, c'est ce que je sais faire le mieux.

Kellyn me rejoint d'un bond, du côté de la charrette où repose ma sœur. Je vois Kymora présenter ses poignets à Petrik, une prière muette pour qu'il la libère. *Je peux vous aider*, dit son expression.

Mais Petrik, sans un mot, attrape au fond de la charrette une longue perche de métal avant de prendre place à nos côtés. La perche fut autrefois un essieu de charrette, mais elle est aujourd'hui un bâton de combat ensorcelé.

– Les amis, dit Devran, vous ne faites pas le poids, et mes hommes se montreront bien plus aimables si vous déposez les armes. Soyez raisonnables et personne ne sera blessé.

– Je peux m'en occuper seul, si tu préfères attendre dans la charrette, m'informe Kellyn.

– Si je voulais attendre dans la charrette, je serais restée dans la charrette.

– D'accord.

Il répond d'une petite voix, pourtant je ne me sens pas coupable de lui avoir parlé sèchement. Ces jours-ci, tout ce qu'il dit m'agace.

Devran écoute notre échange avec un sourire amusé.

– Vous vous faites peut-être des idées sur notre compte parce qu'on est trop polis. Vous comprenez qu'on est des bandits et qu'on emploiera la force pour vous détrousser si c'est nécessaire ?

– Nous comprenons. C'est vous qui vous trompez en pensant que nous sommes des proies faciles.

Et je charge vers l'avant, brandissant le marteau de ma main gauche.

Il est ensorcelé, bien sûr, comme tout ce que j'ai fabriqué à ce jour. Ce marteau fonctionne comme un bouclier, une barrière invisible entre moi et mes ennemis. Et si quelqu'un veut employer la force contre moi, elle se retournera contre lui.

Le premier bandit plante ses pieds dans le sol et lève son gourdin pour parer mon assaut, mais je le renverse sans effort et lui marche dessus pour charger le suivant.

Quand ce dernier me voit piétiner son compagnon, il recule de quelques mètres avant de retrouver son sang-froid.

Il fait un pas de côté et tente de me frapper avec son bâton. Je brandis mon marteau, pare l'attaque grâce au bouclier invisible, et l'homme se retrouve le cul par terre, renversé par la force du rebond magique. D'un coup de mon marteau droit, qui n'a, lui, rien de magique, je lui enfonce le crâne.

Et de deux. Il en reste sept, qui me regardent comme si j'étais une créature mythique tombée du ciel.

– Laissez-nous passer, je commande une fois encore.

J'ai les mains maculées de taches rouges. Du sang, de la cervelle, et déesses savent quoi d'autre. Mon estomac proteste.

Je n'ai aucun goût pour la violence, mais je l'emploierai pour protéger ceux que j'aime. Même si cela m'horrifie.

Devran soulève son gourdin à deux mains.

– Chargez !

Préférant rester auprès de Temra au cas où elle aurait besoin de moi, je laisse Petrik et Kellyn s'occuper des bandits restants.

Lady Tueuse, l'espadon chéri de Kellyn, a été ensorcelée spécialement pour les cas où il faut combattre plusieurs ennemis en même temps. Les hommes de Devran ont beau encercler Kellyn, le mercenaire sourit en les voyant approcher.

Il esquive une matraque sur sa gauche, porte un coup sur la droite, enfonce la pointe de son épée dans les tripes d'un assaillant. Lady Tueuse lui suggère une pirouette, le poussant dans la bonne direction, et Kellyn évite de justesse le fer d'une lance. Trois lames l'attaquent de concert, et Kellyn se plie en arrière, déviant tous les coups d'un seul grand moulinet de Lady Tueuse.

Petrik est resté près de la charrette, mais c'est seulement parce que son arme fonctionne mieux à distance. Il lance son bâton de métal qui tournoie sur lui-même avant de venir frapper l'un des brigands. Celui-ci ne porte pas d'armure et j'entends ses côtes craquer juste avant que le bâton ne vole de lui-même jusqu'à la main de Petrik : son pouvoir magique est de toujours revenir à son lanceur.

Plus que cinq.

Kellyn et Petrik se débarrassent des brigands un par un jusqu'à ce qu'il ne reste plus que Devran et un autre.

L'autre prend ses jambes à son cou tandis que Devran nous contemple, incrédule.

– Mais vous êtes qui, vous ?

Kellyn Derinor, le mercenaire.

Petrik Avedin, l'érudit.

Ziva Tellion, la forgeronne.

Les relations qui nous lient les uns aux autres sont plus compliquées que jamais, mais nous sommes prêts à nous battre, chacun d'entre nous, pour protéger les autres. Les aventures que nous avons traversées ensemble nous ont unis par le sang.

Une nouvelle quinte de toux s'élève du plateau de la charrette, et je n'ai plus le choix : après m'être essuyé les mains sur mon pantalon, je grimpe à bord pour m'occuper de Temra.

– Nous sommes des voyageurs pressés, répond Petrik, et vous nous avez assez retardés.

Il envoie son bâton, atteignant Devran à la tempe, et celui-ci s'écroule comme une poupée de chiffon. Petrik se lance alors à la poursuite du fuyard.

J'écarte les cheveux de ma sœur de ses lèvres, afin qu'ils ne soient pas souillés de sang. Je me retourne pour lancer un énième regard assassin à Kymora, mais il n'y a personne d'autre dans la charrette.

Je cligne des yeux plusieurs fois, comme si ça pouvait faire réapparaître la seigneuresse de guerre.

– Kellyn !

Lorsque la crise de Temra se calme, je l'étends doucement sur le plancher avant de me précipiter de l'autre côté de la charrette, où pendouillent les cordes coupées.

À peine mes pieds ont-ils touché le sol qu'on me saisit les chevilles pour me faire basculer. Je tombe vers l'avant, amortissant ma chute avec les mains. En me retournant, je découvre Kymora, qui s'est glissée sous la charrette. Elle sort de sa cachette en roulant sur le côté, me grimpe dessus et presse son avant-bras contre ma gorge. Je lui griffe le visage, tente de la renverser, cherche l'air que réclament mes poumons.

Soudain, Kellyn est là, qui la tire en arrière.

Kymora lui colle un coup de coude dans le ventre, et le mercenaire se retrouve plié en deux, le souffle coupé. Le temps que je me relève, la seigneuresse est déjà en train de fuir. Pour une femme avec un genou explosé, elle boitille à une vitesse impressionnante, comme si elle ne ressentait pas la douleur.

Je lui cours après, de nouveau armée de mes deux marteaux. Contre n'importe quel autre adversaire, ça paraîtrait excessif, mais Kymora est la plus redoutable guerrière de tout Ghadra. Elle a l'intention de renverser la famille royale, de soumettre chacun à son règne. Lors de notre dernière confrontation, ce n'est qu'en unissant nos forces et grâce à nos armes ensorcelées que Kellyn, Petrik et moi avons triomphé de cette femme.

Cette femme qui a conduit ma sœur au seuil de la mort. Qui a fait de moi une orpheline. Qui pensait se servir de moi pour forger des armes magiques pour son armée privée, afin de conquérir Ghadra sans rencontrer de résistance.

Il n'y a pas plus dangereuse qu'elle.

Il est hors de question de la laisser s'échapper.

Je n'ose pas lui lancer un marteau à la tête, de peur de lui fournir une arme. Dans ses mains, une simple brindille est une menace. Au lieu de quoi je la percute par-derrière avec mon marteau-bouclier, l'envoyant rouler au sol. Sans perdre une seconde, elle rampe dans l'herbe pour s'emparer d'une grosse branche…

– Touche à ce bout de bois et je te brise l'autre genou, dis-je d'une voix caverneuse que je ne reconnais pas.

Elle m'ignore et attrape le bâton, s'en sert d'appui pour se relever en s'aidant de l'arbre le plus proche.

À ce moment-là, Kellyn me rejoint, son espadon à la main.

– Passe derrière elle ! j'ordonne, mais il m'a devancée. Tu n'as nulle part où fuir, dis-je à Kymora. Rends-toi !

D'un mouvement de tête, elle dégage les mèches de cheveux gras qui lui tombent devant les yeux. Son habituel chignon sévère s'est défait, elle a fait glisser le bâillon qui dissimulait la cicatrice sur sa joue. Bizarrement, son allure échevelée la rend encore plus intimidante.

– Tu vas gaspiller encore combien de temps à me poursuivre alors que ta sœur doit rejoindre la capitale de toute urgence ? J'aurais cru que tu n'avais pas une seconde à perdre, me nargue la seigneuresse.

Sa pique produit l'effet voulu : elle décuple ma fureur, mon envie d'en finir vite, me rendant sans doute téméraire.

Les dents serrées, je bondis en avant, et Kellyn se jette sur elle par-derrière. Avec une seule jambe valide, elle ne peut parer correctement nos attaques simultanées, mais ça ne l'empêche pas d'essayer. Elle bloque mon marteau avec son bâton et pirouette dans ma direction pour esquiver l'assaut de Kellyn. Mon instinct me crie de reculer, de m'éloigner de cette femme odieuse.

Je l'ignore et balance un coup de pied dans son genou brisé.

Kymora pousse un hurlement en tombant et lâche son bâton.

Je l'attrape par un bras, tente de le lui bloquer dans le dos. Elle bat l'air de son autre bras, essayant de me frapper à la tête.

Je tire son bras immobilisé vers le haut, forçant sur les muscles et l'os. Elle grogne alors que je la pousse en avant, vers le sol, jusqu'à ce qu'elle morde la poussière. Pesant sur elle de tout mon poids, je réussis à me saisir de son poignet libre que je lui tords dans le dos.

– Rends-toi !

– Jamais !

Elle tente de redresser la tête, aussi pathétique qu'un poisson échoué.

– S'il faut choisir entre te laisser t'enfuir et te tuer, je te tuerai sans hésiter. Tu m'as pris tout ce qui m'était cher, tu mérites de mourir !

Kellyn vient me prêter main-forte, il s'assied sur ses jambes pour l'empêcher de donner des coups de pied. Il me tend un bout de corde, et je parviens à la ligoter de nouveau, serrant les nœuds plus que nécessaire.

Puis, la prenant chacun par un bras, nous la relevons et la traînons jusqu'à la charrette, alors qu'elle ne cesse de se débattre.

C'est là que Petrik surgit en courant du couvert de la forêt. Plié en deux pour reprendre son souffle, les mains appuyées sur les cuisses, il nous informe entre deux halètements :

– Le dernier brigand s'est enfui.

– On s'en fiche, viens aider Kellyn.

Malgré son épuisement, Petrik nous aide à hisser sa mère sur le plateau de la charrette. Lorsqu'elle est de nouveau solidement attachée, il examine les cordes coupées.

– Comment s'est-elle libérée ? Elle n'a pas pu voler d'arme pendant l'attaque. Ces types n'avaient que des bâtons et des gourdins, et la hache est toujours par terre.

– Peut-être quelqu'un lui a-t-il passé un objet tranchant, suggère Kellyn.

– Je ne ferais jamais ça ! s'écrie Petrik.

Ignorant les deux hommes, je cherche sous la charrette un poignard ou autre chose qui puisse expliquer la tentative d'évasion de la seigneuresse.

– Les liens du sang sont les plus forts, dit Kellyn.

– Je connais à peine cette femme. Elle m'a peut-être donné le jour, mais il n'existe aucune affection entre nous. Tu le sais bien. Pourquoi je libérerais la femme qui a blessé Temra ?

– La ferme, vous deux ! Une pince à cheveux, dis-je en leur montrant le bout de métal pointu. Elle servait à fixer son chignon. Kymora a dû la retirer il y a quelques jours et attendre le bon moment pour s'en servir.

– Désolé, marmonne Kellyn à Petrik, incapable de le regarder dans les yeux.

– Quand est-ce que tu me feras confiance ? demande Petrik. Je n'ai fait que vous aider. D'accord, j'ai gardé pour moi mon lien de parenté avec Kymora, mais je n'ai jamais trahi ni les Tellion ni toi.

– On a un problème plus grave que vos querelles, dis-je en lorgnant le pont. On est toujours bloqués, et quiconque aurait pu nous aider à déplacer le tronc d'arbre est désormais inconscient, mort ou enfui. Y a-t-il un autre passage ?

– Oui, dit Petrik, mais ça rajoute une demi-journée de voyage.

J'ai envie de pleurer. Notre temps est déjà compté. La guérisseuse d'Amanor a dit que Temra succomberait à ses blessures au bout d'une semaine. Pile le temps qu'il faut pour se rendre à la capitale.

Une rage inédite m'envahit tandis que je grimpe dans la charrette. Tirant mon marteau ordinaire de ma ceinture, je l'abats sur la jambe valide de Kymora.

Un craquement sonore. Le hurlement de Kymora est étouffé par son bâillon. Le hoquet de Petrik et l'expression horrifiée de Kellyn m'emplissent d'un sentiment coupable, mais :

– Chose promise, chose due, je murmure.

Elle ne tentera plus de s'échapper.

Chapitre
— 2 —

Pour regagner le temps perdu, nous voyageons toute la nuit. La route est très mauvaise, pleine de trous et d'ornières, mais on ne ressent presque aucune secousse. Avant de quitter le village natal de Kellyn, j'ai ensorcelé l'essieu métallique de la charrette pour que le trajet de Temra soit le plus confortable possible.

Pourtant, je n'arrive pas à dormir, entre la toux constante de Temra, les gémissements de Kymora et le cou de Kellyn qui craque chaque fois qu'il se retourne pour voir comment je vais.

J'ai envie de lui hurler dessus, de passer ma rage sur tout le monde. Je voudrais qu'ils souffrent tous autant que moi. Mon corps est dans un état second, mélange d'épuisement et de vigilance exacerbée. Je me mets à compter les respirations de ma sœur pour passer le temps.

Lorsque je détecte un mouvement, je lève le poing, au cas où Kymora se serait de nouveau libérée de ses liens, mais ce n'est que Petrik. Il me rejoint à l'arrière de la charrette.

– Tu devrais te reposer, dit-il. Laisse-moi veiller sur elle.

– Merci, mais ça va.

– S'il doit y avoir d'autres combats, tu seras plus utile après quelques heures de sommeil.

Je suis tellement épuisée que je réponds avec honnêteté :

– J'ai peur qu'elle meure si je ferme les yeux.

– Elle est plus coriace que ça, me tranquillise Petrik avec assurance.

Ça fait du bien de l'entendre, même s'il n'a aucun moyen de savoir avec certitude ce que le corps de Temra peut encaisser. Il est peut-être très instruit, mais pas docteur en médecine. Petrik est un érudit de la Grande Bibliothèque de la capitale de Skiro, il a consacré sa vie à l'étude des pratiques magiques anciennes. Au départ, je l'ai rencontré parce qu'il écrivait un livre sur toutes les magies connues de par le monde. Il voulait apprendre tout ce qu'il pouvait nous concernant, moi et mes pouvoirs de forgeronne magicienne.

Au cours du premier voyage que nous avons effectué ensemble, il est tombé amoureux de ma sœur. Il ne l'a jamais avoué, mais je le vois bien. Comment ne pas tomber amoureux de ma fougueuse sœur, si courageuse ? Elle est forte et obstinée quand il le faut.

Lorsque nous avons appris que Petrik nous avait caché son lien de parenté avec Kymora, Temra s'est montrée furieuse. Personnellement, je m'en fiche un peu tant qu'il nous apporte l'aide dont on a besoin. Ce qu'il a dit est vrai : il ne nous a jamais trahis, n'a jamais fait quoi que ce soit qui permette de douter de lui. Il a juste gardé un seul secret.

Qui n'aurait pas envie de cacher qu'il est le fils d'un tel monstre ?

Pourtant, monstre ou pas, elle reste sa mère. Je lui chuchote :

– Désolée de l'avoir frappée comme ça devant toi.

– C'était nécessaire, dit-il. On ne peut pas prendre le risque d'être à nouveau ralentis.

– Ce n'était pas de la vengeance ; je l'avais prévenue que je le ferais si…

– C'est bon, Ziva, je comprends.

Ses yeux sombres se posent sur le visage de Temra, sa chevelure acajou, ses lèvres ourlées, son teint sans défaut – à peine visibles à la lumière de la lune.

– Elle n'a pas eu l'occasion de me crier dessus pour avoir gardé le secret. Elle doit le faire. Elle doit me dire qu'elle ne veut pas entendre mes excuses. Elle aura envie de me jeter des trucs à la figure.

J'émets un rire faiblard pour ne pas pleurer.

– Elle le fera. Tout ce que tu décris arrivera. Est-ce que tu as réfléchi aux explications que tu lui donneras ?

– Je n'ai pas d'explication, dit-il en secouant la tête. Seulement la vérité. J'avais peur que vous ne me laissiez pas venir avec vous si vous saviez qui j'étais.

– Je sais pourquoi tu as agi comme tu l'as fait. Je ne t'en veux pas.

– Tu es une bonne amie, Ziva, et une sœur encore meilleure.

– J'ai échoué à la protéger.

– Mais non ! Tu continues de te battre. Nous atteindrons la capitale à temps. Temra sera guérie. Nos noms seront blanchis, et Kymora connaîtra le sort qu'elle mérite pour sa trahison.

J'ai très envie de le croire, mais des scénarios horribles tournent en boucle dans ma tête et s'invitent jusque dans mes rêves.

†

C'est l'absence de mouvement qui me réveille.

La charrette est à l'arrêt. Immédiatement, je vérifie que Temra va bien, tout en demandant :

– Pourquoi on n'avance plus ?

– Les chevaux ont besoin d'une pause, répond Kellyn. Si on ne les ménage pas, ils flancheront avant qu'on arrive à la capitale.

Il a immobilisé la charrette hors de la route et entreprend déjà de dételer les chevaux. Petrik s'éloigne avec son paquetage, sans doute pour aller préparer à manger.

Ce qui me laisse seule avec Kymora et Temra.

Je jurerais que la seigneuresse ne dort jamais. Chaque fois que je regarde de son côté, elle est parfaitement alerte. Elle scrute sans cesse le paysage et notre campement, à l'affût de la moindre occasion de se faire la belle.

– Tiens, me dit Petrik un peu plus tard en me tendant un bol de bouillon. Je peux lui donner à manger si tu veux ?

– Non, je m'en occupe.

– Je t'aide quand même.

Il s'agenouille derrière Temra et la redresse en position assise, tandis que, les doigts tremblants, j'approche une cuillère de sa bouche. Je lui ouvre la bouche, y verse un peu de bouillon, lui tient la tête en arrière. Soupir de soulagement quand je vois sa gorge avaler mécaniquement.

– On va y arriver, dit Petrik.

– Cette guérisseuse dont tu as parlé, elle est douée ?

– Elle travaille les corps comme tu travailles le fer, Ziva. Oui, elle est douée.

La cuillerée suivante est recrachée dans une quinte de toux, en même temps que du sang.

– Elle peut réparer le trou qu'il y a dans les poumons de Temra ?

– Je l'ai vue recoller des membres coupés.

L'espoir qui brûle en moi est dangereux, mais si je perds Temra, je perdrai tout ce qui me reste de famille. Je perdrai mon cœur. Alors Kymora m'aura vraiment tout pris.

Lorsque Temra a assez mangé, Petrik se tourne vers sa mère.

– Je suppose que je dois la nourrir, elle aussi.

Il me quitte pour aller remplir à nouveau le bol avant de s'approcher de sa mère. Avec douceur, il lui retire son bâillon, lui offre d'abord de l'eau. Kymora boit longuement. Elle prend son temps, comme pour masquer toute faiblesse, mais vu la quantité qu'elle avale, je sais qu'elle souffre du voyage. Ses membres ligotés en permanence doivent être endoloris. Ses poignets et ses chevilles sont rouges et enflés à cause des liens serrés, même si ce n'est rien à côté de ses blessures les plus graves.

Je suis contente de la voir souffrir, et je n'en ai pas honte.

Au cours des quatre derniers jours, le visage de Temra est devenu de plus en plus blême. Ses lèvres sont gercées. Ses poumons faiblissent. À force d'être allongée dans la même position depuis si longtemps, elle commence à avoir des escarres. Pourtant, je n'ose pas la bouger de peur d'aggraver ses blessures.

Ce sont peut-être les derniers jours que je passe avec ma sœur, et je ne peux même pas lui parler.

J'essaie de me forcer à penser à autre chose.

Quand Kymora a fini de boire, Petrik et elle discutent en chuchotant. Je ne saisis pas le détail de la conversation, mais je vois Petrik grimacer quand elle lui dit quelque chose. Il lui fait avaler une cuillerée de bouillon. Lui répond. L'expression impassible de Kymora ne révèle rien de leur échange, et je me demande si je ne devrais pas m'approcher.

Puis Temra se met à tousser.

Je la tourne doucement sur le côté, lui frotte le dos. Ses épaules sont secouées d'un spasme, son corps se tend. Du sang s'écoule de sa bouche. Je lui assure :

– Je ne vais pas te laisser tomber, Temra. Je suis là. Il ne t'arrivera rien.

Du coin de l'œil, j'aperçois Kellyn qui s'accroupit pour se servir un bol de soupe. Avec ses presque deux mètres, il doit se pencher bien bas pour atteindre la marmite. Avec ses cheveux cuivrés et ses traits réguliers, il incarne la beauté, même couvert de la poussière de la route.

Il m'était tellement cher à une époque. Nous avons été… ensemble pendant un certain temps. Mais au lieu de courir aider ma sœur lors de son combat contre Kymora, il est venu à mon secours pour m'arracher aux hommes qui tentaient de m'enlever.

Il m'a sauvée moi et pas elle.

Et si elle meurt, je ne pourrai jamais lui pardonner.

Même si elle survit, je ne crois pas pouvoir lui pardonner. Il sait que ma sœur est tout pour moi. Il savait que je ne courais pas de danger immédiat : Kymora me voulait vivante. Mais elle voulait tuer ma sœur pour me donner une leçon.

Et malgré tout, il m'a secourue, moi.

Il a fait le mauvais choix, alors comment pourrais-je choisir d'être avec lui ?

Son bol à la main, il vient se poster de mon côté de la charrette. Sa proximité me fait l'effet d'un choc électrique. Je ne sais pas comment c'est encore possible après tout le temps qu'on a passé ensemble. Pourtant, avec lui, c'est toujours la même chose : excitation et anxiété mêlées en un cocktail déstabilisant.

– Je suis désolé d'avoir douté de Petrik, dit-il.

– Encore, je lui rappelle.

– Encore.

– Ça lui fait mal de voir sa mère ligotée comme ça, mais chaque fois qu'elle dit quelque chose ou essaie de le manipuler pour obtenir son aide, il regarde Temra. Histoire de se rappeler pourquoi sa mère est prisonnière et doit le rester.

– Je sais. Je m'inquiète, c'est tout. Je ne peux pas m'en empêcher.

– Il n'aurait pas dû nous cacher sa filiation, mais il n'est pas comme sa mère. Il est ici, avec nous, il nous conduit vers quelqu'un qui peut nous aider.

Pendant qu'on parlait, je fixais le torse de Kellyn, mais en sentant son regard posé sur moi, je lève le mien. Lorsque mes yeux bleus rencontrent ses yeux bruns, un ouragan d'émotions se déchaîne en moi. Peur. Désir. Haine. Résignation.

Autrefois, j'étais terrifiée rien qu'à l'idée de lui parler. J'étais incapable de décrocher un mot sans que mes angoisses ne prennent le dessus. Peu à peu, ça a changé, au cours du voyage vers Thersa pour lequel Temra et moi l'avions embauché comme escorte. Ensuite, nous avons dû fuir, traverser deux territoires entiers avant d'atterrir à Amanor, son village natal, où j'ai rencontré sa famille. Où j'ai eu le sentiment d'apprendre à connaître réellement cet homme, et le désir que lui me connaisse.

Peut-être même que je commençais à l'aim…

Cette pensée est trop douloureuse pour que j'aille au bout.

L'apprécier, lui faire confiance, avoir envie de lui – tout me semble une trahison de la seule personne qui a toujours été là pour moi.

Temra ne souffre pas des mêmes peurs que moi. Toute ma vie, elle m'a protégée des rencontres inopportunes. Et au moment où j'aurais dû la protéger, au moment où j'ai appelé Kellyn à l'aide, elle a été mortellement blessée.

C'est ma faute. La faute de Kellyn. La faute de Kymora.

Je ne peux pas être avec lui sans me haïr moi-même.

Il me regarde, les yeux pleins de désir et de souffrance. Je vois ses lèvres remuer, je le vois chercher les mots justes. Mais lui et moi, nous savons tous deux qu'ils n'existent pas.

Kellyn s'accorde une courte sieste avant que nous reprenions la route. Petrik et lui se relaient pour mener les chevaux pendant que je reste à l'arrière, coincée entre la personne que j'aime le plus au monde et celle que j'apprécie le moins.

Jamais une semaine ne m'a paru aussi longue.

Les secondes s'écoulent à une allure d'escargot, et le jour décline une fois encore. Le temps n'a plus aucun sens pour moi, excepté ses effets délétères sur Temra. De jour en jour, elle est plus pâle, plus maigre, plus faible.

Ses heures sont comptées.

– C'est quoi, le plan, quand on sera à Skiro ? demande Kellyn.

Comme il a parlé à voix basse, j'en conclus qu'il ne s'adresse pas à moi.

Petrik se redresse.

– Nous demanderons immédiatement une audience avec le prince Skiro. Il nous fournira tout ce dont on a besoin.

– Tu as l'air bien sûr de toi, dit Kellyn. Pourquoi le prince prendrait-il la peine de nous recevoir ? Pour ce qu'il en sait, nous sommes des fugitifs. Nous sommes mal placés pour demander quoi que ce soit.

Petrik détourne le regard, contemplant vaguement les arbres qui défilent sur le bas-côté.

– Je croyais que tu aurais compris depuis le temps.

– Compris quoi ?

– Kymora est ma mère. Tu n'as pas encore deviné qui était mon père ?

Kymora était le général du roi Arund. La défunte reine est morte peu après avoir donné naissance au prince Skiro. Voilà le roi esseulé et en deuil, et voilà Kymora, féroce guerrière, qui donne naissance à un enfant et l'envoie loin du palais pour son éducation…

Par les Sœurs ! Petrik est le fils bâtard du roi. Écarté pour ne pas risquer d'encombrer la cour. Mais lorsque le royaume a été divisé, Skiro a pris la tête du territoire qui abritait la Grande Bibliothèque. Petrik a ainsi grandi à proximité de son frère.

J'aurais dû additionner deux et deux bien plus tôt.

Comme Kellyn n'a toujours pas compris, je lui souffle :

– Il est le fils du roi.

– Quoi ?

– Je suis très proche de mon frère. Nous avons grandi ensemble. Il ferait n'importe quoi pour moi, y compris aider la femme que… Temra. Y compris aider Temra.

Lorsque Kellyn a retrouvé la parole, il demande :

– Tu es sérieux ? Tu n'as rien d'autre à partager avec le groupe ? D'autres petits secrets que tu voudrais balancer tranquillement ?

– Ce n'est pas un secret ! s'écrie Petrik. Tous ceux qui connaissent mon frère Skiro savent ce que je suis pour lui.

– Kellyn, peu importe qui est son père. Ça n'a aucun rapport avec notre situation.

– Vraiment ? Il me semble pourtant que savoir qu'il entretenait de si bonnes relations avec son frère le prince aurait pu nous servir quand Kymora nous pourchassait !

– Si nous avions demandé de l'aide à Skiro, Kymora lui aurait déclaré la guerre, à lui et à tous les innocents de son territoire ! se défend Petrik. C'est ce que tu leur souhaitais ? On peut se tourner vers mon frère aujourd'hui seulement parce que Kymora ne représente plus une menace ! Et de toute façon, Ziva n'aurait jamais accepté qu'on cherche refuge auprès de quelqu'un jouissant d'un tel pouvoir tant que Mange-Secrets était encore un problème.

Sur ce point, il a entièrement raison, et Kellyn le sait très bien. D'ailleurs, il ne trouve rien à répondre.

– Donc voilà le plan, reprend Petrik. On demande de l'aide à mon frère. Il nous l'accordera. Il n'y a plus aucun souci à se faire.

Sauf si Temra meurt avant qu'on puisse voir le prince.

Chapitre 3

Je n'ai jamais été aussi soulagée de pénétrer dans une grande ville. D'ordinaire, je les ai en horreur. Trop de stimuli : les gens, les animaux, les odeurs, les bruits.

Pourtant, tandis que les chevaux gravissent la pente raide, franchissent les portes de la cité et nous entraînent dans le tumulte de la vie urbaine, j'ai l'impression de respirer pour la première fois. Kellyn pousse l'allure des chevaux, et les passants s'écartent précipitamment de la charrette, nous abreuvant d'insultes.

Nous arrivons en fin de journée, et les rues ne sont pas aussi peuplées qu'elles peuvent l'être, mais les gens sont encore occupés à fermer leur boutique ou à faire leurs dernières courses à l'épicerie.

La capitale est nichée dans les montagnes. La rumeur veut que le prince Skiro ait choisi d'établir sa cour aussi loin que possible de son frère aîné Ravis. Les habitants sont emmitouflés dans des fourrures et portent de solides chaussures. L'automne est tombé tôt sur la ville.

Petrik indique à Kellyn le chemin du palais, le long de rues tortueuses de plus en plus raides. J'entrevois notre destination qui pointe au-dessus des habitations et des commerces. Les tours du château sont les structures les plus élevées de la ville.

Lorsqu'enfin nous arrivons à leur pied, je me rends compte qu'elles sont enchâssées dans d'immenses remparts qui entourent le palais et son parc. Le pont-levis est abaissé et nous pénétrons dans l'enceinte.

Deux statues gigantesques encadrent les portes du palais. L'une est sculptée dans le marbre le plus blanc, l'autre, dans le granit le plus sombre. Ebanarra et Tasminya, les Sœurs-Déesses.

Quand la charrette vient se garer devant, une garde en patrouille vient à notre rencontre.

– Petrik ! Tu es de retour !

– Désolé, Leona, mais je n'ai pas le temps pour les amabilités. S'il te plaît, informe immédiatement le prince de ma présence. Je lui amène une prisonnière de premier plan et le supplie de nous accorder l'aide de Serutha pour soigner notre camarade blessée.

J'ignore si Petrik connaît tous les gardes ou si nous sommes tombés par hasard au moment où l'une de ses connaissances était de quart, mais je vois avec satisfaction les choses se mettre en branle. Leona donne un ordre bref aux domestiques postés près des portes qui disparaissent aussitôt à l'intérieur.

Quelques minutes plus tard, un brancard est apporté, suivi d'une petite garnison de gardes portant chaînes et menottes. J'aide les soignants à installer Temra sur le brancard. Les gardes hissent Kymora hors de la charrette et l'enchaînent solidement. Elle se débat comme un diable, récoltant au passage quelques bleus et égratignures.

– Je vous en prie, demande Petrik, évitez la violence autant que possible, dans les limites du raisonnable.

D'autres gardes sortent du palais, tous vêtus de tuniques bleu sombre ornées d'un soleil jaune sur la poitrine.

Venu de l'intérieur du palais, on entend au loin un murmure de voix qui grossit de seconde en seconde. Puis :

– Laissez-moi passer ! insiste un homme qui se fraie un chemin au milieu de l'agitation.

Ça ne peut être que le prince Skiro. Il porte une tunique couleur or, arborant le même soleil que les gardes, sous un manteau couleur saphir. La peau brune du prince Skiro est plus foncée que celle de Petrik, il a la tête rasée et des traits si lisses que Temra les décrirait sans doute comme « jolis ». Il est plus grand que Petrik, mais moins que moi, tout juste. Aucun bijou ne vient rappeler sa haute lignée, à part un poignard incrusté de pierres précieuses qu'il porte à la ceinture. Il est le plus jeune de la famille royale, je ne lui donne pas plus de vingt ans.

Le prince embrasse du regard la charrette, ma sœur sur le brancard, Kymora enchaînée, et enfin Petrik. Alors, un sourire illumine son visage.

– Petrik ! s'écrie-t-il en enlaçant son frère. C'est moi ou tu t'es enfin musclé ? Et qu'est-ce que c'est que cette tenue ?

Je ne me souviens pas de t'avoir jamais vu porter autre chose que tes frusques d'érudit.

– Pardonne-moi, Skiro, dit Petrik, mais nous sommes pressés. Nous avons besoin d'aide de toute urgence. L'une de mes amies est grièvement blessée. Son temps est compté. On a besoin des talents de Serutha. Tu peux la faire venir ?

Skiro pose les yeux sur Temra, sur son visage livide.

– Entrez tous. Les amis de mon frère sont mes amis.

Chaque seconde qui passe me cingle comme un coup de fouet. Des soignants lavent le corps de ma sœur à l'aide de linges tièdes, la débarrassant de la poussière de la route. Leurs gestes sont d'une grande douceur, pourtant j'ai hâte que cette Serutha se montre enfin et mette sa magie en œuvre. L'un des soignants défait le bandage qui entoure le bras de Temra. Une odeur de pourriture envahit la pièce. La plaie s'est infectée. Une guérisseuse entreprend de couper les points de suture pour rouvrir la blessure et nettoyer la plaie en profondeur.

Mais où est la guérisseuse magicienne ?

Lorsque la porte s'ouvre, je me retourne, soulagée, prête à saluer, à supplier, à faire tout ce qu'on voudra pour que ma sœur bénéficie des soins de la guérisseuse tant attendue.

Ce n'est qu'un assistant quelconque.

– Petrik m'envoie vous chercher. Permettez que je vous escorte jusqu'à vos appartements afin que vous puissiez vous rafraîchir et prendre un peu de repos. Le prince souhaite que vous soyez ses invités d'honneur à dîner.

Je le regarde sans comprendre.

Dîner, rafraîchir, repos ?

Ma sœur est en train de mourir. De *mourir*. Et ils veulent que je…

– Pardonnez-moi, dit quelqu'un derrière moi.

Je lui fais face, tendue à l'extrême, résistant à l'envie de me jeter au chevet de ma sœur. C'est l'une des soignantes.

– On s'occupe d'elle. Elle recevra les meilleurs soins. Vous devriez sortir.

– Je refuse de la laisser seule.

– Je ne veux pas vous offenser, mais vous contaminez notre environnement stérile.

À ces mots, je passe mon état en revue. Il y a de la terre sous mes ongles. Mes habits sont déchirés, tachés par les combats et le voyage. On ne distingue plus les taches de rousseur de la crasse sur ma peau. Et je ne parle même pas de l'odeur.

Je sens une certaine gêne m'envahir, mais pas autant que mon désir de voir Temra hors de danger.

– Vous dites qu'il vaut mieux pour elle que je sorte d'ici ?

La femme acquiesce poliment.

– Je peux revenir dès que je serai propre ? Et vous avez envoyé chercher cette Serutha ? je demande, ignorant si les pouvoirs magiques de la guérisseuse sont de notoriété publique.

– Vous pouvez revenir, et le prince a mis *toutes* ses ressources à votre disposition.

Je devrai me contenter de ça.

– Très bien, dis-je avec un soupir.

L'assistant semble soulagé quand je décide de le suivre.

La chambre où il me conduit est propre et lumineuse. Tapis et tapisseries précieuses couvrent le sol et les murs, aux motifs sophistiqués qui ont dû demander des années de travail. Un bain m'attend, et je m'y plonge aussitôt, sachant que plus vite je serai propre, plus vite je pourrai retrouver Temra et assister aux soins de la guérisseuse magicienne.

La sensation de l'eau chaude sur ma peau est un délice, je m'autorise à la savourer pendant que je récure une semaine de crasse sur mon corps. Ensuite, je m'essuie, passe une brosse dans mes cheveux, que je laisse détachés. Ils sont trop courts pour en faire quoi que ce soit, de toute façon. Une fois habillée, je ressors de la chambre et manque bousculer Petrik. Lui aussi a profité d'un bain et de vêtements propres.

– Tu as des nouvelles ? Comment va-t-elle ?

– Ni mieux ni pire.

Quoi ?

– Pourquoi ? Pourquoi n'est-elle pas guérie ? Où est cette guérisseuse que tu as promise ? Pourquoi les choses traînent-elles autant ? Faut-il que j'aille tambouriner à toutes les portes du château ?

Petrik m'arrête en plein élan.

– Je n'ai pas encore les réponses à ces questions, mais le prince Skiro veut nous parler à tous.

Parfait. Dans ce cas, je lui arracherai moi-même des réponses.

Je laisse Petrik me guider le long d'un couloir décoré de somptueuses tapisseries. De la musique nous parvient depuis une pièce lointaine, un instrument à cordes que je ne reconnais pas. Petrik continue jusqu'à ce qu'on pénètre dans une pièce elle aussi ornée de tapisseries brodées et de tapis précieux. Entre les tapisseries, les murs sont couverts de bibliothèques pleines de livres. La musique se fait plus forte, alors que les musiciens restent invisibles. Peut-être sont-ils dans la pièce adjacente.

Une table modeste croule sous la nourriture. Des sauces épaisses nappent des viandes juteuses, et je compte pas moins de cinq fûts de vins différents. La garde personnelle du prince est alignée le long des murs, tandis que Skiro lui-même préside la petite table ; Kellyn est assis à son côté, avalant de grandes bouchées de pain beurré.

Je ne devrais pas leur en vouloir de manger alors que Temra est en train de mourir, mais en vérité je suis furieuse.

– Ah, dit Skiro en levant la tête. Je vous en prie, asseyez-vous. Restaurez-vous. Vous devez avoir bien des histoires à raconter après un tel périple.

Ni Petrik ni moi ne bougeons, et je lui sais gré de rester à mon côté pour défendre ma cause.

Skiro soupire et laisse tomber la cuisse de poulet qu'il allait porter à sa bouche.

– Je vous suis infiniment reconnaissant de m'avoir amené la traîtresse Kymora, même si je m'étonne, cher frère, que tu te sois retourné contre elle.

– J'ai appris son projet de vous tuer, toi et les autres, pour s'emparer du royaume. Je ne pouvais pas la laisser faire. C'est Ziva qui l'a percée à jour et a déjoué ses plans. Sa sœur est mourante, et nous implorons l'aide de Serutha.

Lorsque Skiro pose les yeux sur moi, une drôle de lueur les anime et un sourire trop large étire ses lèvres. Il s'ébroue comme s'il venait juste de se rappeler quelque chose, avant de se tourner vers son frère.

– Tu n'aurais pas dû leur parler d'elle. Peu importe qu'ils soient tes amis.

– Je les considère comme de la famille, maintenant, répond Petrik.

– C'est une dette de sang qui te lie à eux ? C'est ce qui t'a poussé à trahir la confiance de notre amie Serutha ?

– C'est Temra.

– La fille mourante.

– Je l'aime, Skiro. Et j'ai besoin de toi pour la sauver.

Devant cette déclaration, je me sens mal à l'aise. J'avais deviné, bien sûr, mais entendre Petrik avouer une vérité si personnelle à haute voix me gêne par procuration, si on peut dire. Pourtant, si ça peut amener Skiro à *agir* enfin, alors…

– Oh, je vois, dit Skiro qui semble perdre d'un coup toute sa bonne humeur. Je suis vraiment désolé, Petrik, mais elle n'est pas là.

– Qui ça ?

– Serutha.

– Eh bien, convoque-la ! Où est-elle ?

– Il y a quelques semaines, notre cher frère Ravis a envoyé des espions s'infiltrer dans le palais. Ils ont entendu parler des pouvoirs de Serutha et l'ont enlevée en pleine nuit. Elle se trouve aujourd'hui dans le territoire de Ravis.

Un cri de désespoir m'échappe et je tombe à genoux. *Non, non, non, non, non, noooooon…*

On est arrivés jusqu'ici. On a emmené Kymora. Temra a survécu au voyage. Mais la guérisseuse n'est pas là.

Ma sœur va mourir.

Mon souffle se fait haché, pourtant je me force à parler.

– Dans ce cas, préparez la charrette. Nous partons pour le territoire de Ravis.

– Vous ne pouvez pas déplacer la jeune fille, déclare Skiro. Un deuxième périple la tuerait sans aucun doute, et de toute façon, elle ne tiendra pas le temps qu'il vous faut pour rejoindre Ravis.

Kellyn semble avoir oublié la nourriture qui se trouve devant lui.

– Vous avez dû envoyer des hommes pour récupérer votre guérisseuse… Ils sont sûrement sur le chemin du retour avec elle, en ce moment même, non ?

Oui, ça serait logique. Je m'accroche au raisonnement de Kellyn.

– J'ai en effet envoyé des hommes, confirme Skiro. Ils étaient censés me faire leur rapport il y a déjà plusieurs jours. Ils ont probablement été découverts et exécutés.

Tout espoir m'abandonne à ces mots, et mes gémissements emplissent la grande salle silencieuse. Petrik s'approche alors de son frère, tandis que Kellyn s'accroupit près de moi, osant m'entourer de ses bras.

Je suis trop désespérée pour m'en formaliser.

Je ne me laisse pas aller contre lui, je ne lui rends pas son étreinte. Je ne suis plus que douleur – mourir, ça doit ressembler à ça.

D'un coup, je me relève. Si Temra vit ses derniers instants, je compte les passer auprès d'elle. Elle ne doit pas rester seule.

– Attends, Ziva.

Je me tourne vers Petrik que je vois à peine à travers le rideau de larmes qui inonde mon visage. Je m'essuie et m'efforce de me concentrer.

– Skiro, dit Petrik, concluant d'une supplique insistante la conversation qu'ils viennent d'avoir à voix basse.

– C'est bien trop dangereux, proteste le prince. Si mes soldats entraînés ne sont pas revenus, je ne vois pas comment tes amis pourraient ramener Serutha. En outre, je refuse de prendre ce risque avec les portails.

– Pour moi, mon frère.

– Ils mourront.

– Non, Temra va mourir !

– Tu sais l'amour que je te porte, mais la réponse est non.

Petrik gronde et s'adresse à moi :

– Ziva, je demande la permission de dire à mon frère qui tu es, et pourquoi nous sommes parfaitement aptes à mener cette mission de sauvetage.

– Non, répond Kellyn à ma place.

Mission de sauvetage ? Mais nous avons déjà conclu qu'on ne pourrait pas ramener la guérisseuse dans la capitale à temps et que Temra ne survivrait pas un nouveau voyage.

Jusqu'ici, chaque fois que des puissants ont eu connaissance de mon identité, ça s'est mal passé. Pourquoi Petrik veut-il que je la révèle justement maintenant ?

Me voyant hésiter, il ajoute :

– Ça pourrait sauver la vie de Temra.

Je ne comprends pas, mais j'acquiesce d'un hochement de tête. Que puis-je faire d'autre ? De plus, Kellyn n'est pas autorisé à parler à ma place. Jamais.

– Voici Ziva Tellion. Forgeronne magicienne. Nous portons tous des armes qu'elle a forgées. Nous avons affronté victorieusement au moins quarante hommes à Amanor. À nous trois, nous avons vaincu la seigneuresse de guerre. On peut ramener Serutha. Et récupérer ta guérisseuse vaut bien le risque de perdre les portails, non ?

Skiro pose sur moi un regard inquisiteur. Je regarde le sol, mal à l'aise, mais mes pensées sont toujours avec ma sœur.

– Vraiment ? demande le prince. Et comment fonctionne votre pouvoir ? Quelles armes avez-vous forgées ? Comment faites-vous…

– Skiro ! le coupe Petrik.

– Désolé.

Il réfléchit un moment, puis :

– Je n'aime pas ça. Ces portails sont le seul avantage que je possède, Petrik.

– Que faut-il pour te convaincre ? insiste l'érudit.

– Un plan solide pour commencer ?

À ces mots, Kellyn se réveille. Le prince parle son langage. Quant à moi, la conversation me laisse complètement perplexe.

– Comment tes derniers espions ont-ils pénétré dans le palais de Ravis ? demande Petrik.

– Ils sont partis à pied, déguisés pour se fondre dans la population de Ravis.

– Tu as gardé des vêtements de ce territoire ?

– Oui…

– Alors on se déguisera nous aussi. On passera par le portail, on planquera nos armes quelque part, on fera un peu de reconnaissance. On infiltrera le personnel du palais. Sais-tu où est retenue Serutha ?

– Elle n'était pas dans les cachots. Mes espions ont fouillé tout le château, sauf l'étage des appartements privés de Ravis. Il la garde près de lui. C'est tout ce que j'ai appris avant qu'ils soient capturés. Ils devaient être trop proches de la vérité.

– Ça nous laisse un seul étage à fouiller. On la trouvera et on la ramènera aussitôt.

– Elle sera sous bonne garde, explique Skiro. Vous ne pourrez pas tout simplement l'emmener.

– Nous avons des armes magiques, lui rappelle Petrik. Si besoin, on créera une diversion pour éloigner les gardes. Réduire leur nombre.

Skiro a quand même envie de dire non, ça se voit.

– Ziva aura une dette envers toi si tu l'aides à sauver sa sœur, ajoute Petrik.

Le prince me fixe un moment, avant de poser les yeux sur les deux marteaux que je porte à la ceinture. Il soupire.

– Très bien, le mercenaire peut y aller. Ziva et toi, vous restez ici.

Petrik et moi protestons en chœur :

– Je veux y aller !

– Vous êtes beaucoup trop précieuse pour que je vous laisse prendre ce risque, me dit Skiro.

– Mais vous venez tout juste de découvrir mes pouvoirs ! Vous ne me connaissez même pas. C'est *ma* sœur qui agonise. Il est hors de question que je reste ici si je peux aider d'une quelconque manière à la sauver.

Skiro esquisse un sourire.

– Vous me plaisez, dit-il.

Pour une raison qui m'échappe, ce commentaire semble mettre Kellyn mal à l'aise, et il se rapproche de moi.

– Moi aussi, je vais avec eux, répète Petrik.

– On te reconnaîtra.

– Je suis le seul à connaître le plan du palais. Il faut que je les accompagne.

– Tu n'y as pas mis les pieds depuis des années.

– J'ai une bonne mémoire.

– Je ne veux pas te perdre, mon frère.

– Si elle meurt, tu me perdras de toute façon.

Skiro reçoit le message cinq sur cinq : s'il ne cède pas, Petrik ne lui pardonnera jamais.

– Dans ce cas, tu as intérêt à dissimuler ton visage, dit-il.

– Je le ferai.

Skiro ôte alors un cordon qu'il portait autour du cou, caché sous sa tunique, et le tend à Petrik en soupirant. Le prince appelle un page, lui murmure quelque chose à l'oreille, puis revient à la table.

– Vous êtes sûre que vous ne voulez pas manger un peu d'abord ? me demande-t-il.

Je ne réponds rien. Je ne comprends toujours pas ce qui se passe, et je suis tellement bouleversée que je ne sais pas ce qui pourrait m'échapper si je décidais de parler. Je me contente de secouer la tête.

Lorsque le page est de retour, il apporte trois tenues complètes. Petrik s'en empare, puis vient vers moi, me prend par le bras et m'entraîne d'autorité à sa suite. Il traverse presque en courant les enfilades de pièces fastueuses, je manque trébucher en trottinant derrière lui. Kellyn nous suit à son rythme.

– Je savais qu'il ne pourrait pas dire non à Ziva une fois qu'il saurait qui elle est, dit Petrik. Mon frère est un amoureux des arts. La musique. Les livres. La peinture. Les tapisseries. Il est particulièrement intéressé par les arts de la magie. Il collectionne les magiciens, si on peut dire. Il les invite à la cour, leur paie de généreux salaires. Leur offre la sécurité et son silence.

On emprunte un nouveau couloir, au sol de pierre, sur lequel couinent les bottes de Petrik.

– T'étais obligé de lui dire que Ziva aurait une dette envers lui ? demande Kellyn. Et s'il exigeait quelque chose qu'elle n'est pas prête à donner ? Et qu'est-ce que c'est que ces *portails* dont tu parles ?

– On y est presque. Tu vas comprendre.

Encore quelques couloirs. Une volée de marches.

Petrik fait glisser le collier entre ses doigts, j'entrevois une petite clé en bronze.

Nous arrivons devant une porte gardée par une douzaine d'hommes en armes. Leur chef salue Petrik d'un signe de tête, et l'érudit s'empresse de déverrouiller la porte avant de nous pousser à l'intérieur. Dès que nous sommes tous entrés, il nous enferme à clé.

Je m'avance au milieu de la pièce et fais un tour sur moi-même, admirant les magnifiques portraits accrochés aux murs. Il y en a cinq, régulièrement espacés. Ils sont de forme ovale, tous plus grands que moi. Le premier représente une femme, qui paraît un peu plus âgée que moi. Elle a la peau d'un brun profond, des joues roses, les cheveux coiffés en tresses très fines qui lui coulent sur les épaules. Elle sourit, découvrant une rangée de dents parfaitement blanches. Elle a un air espiègle, comme si elle dissimulait un secret.

Sur le deuxième figure un homme, à peu près du même âge que la femme. Lui aussi a la peau sombre ; il a les mains dans les poches et semble regarder quelque chose qui serait au-dessus de ma tête. Ses cheveux mi-longs dressés sur sa tête forment comme un halo de gloire autour de son visage. Il porte une boucle d'oreille à une oreille, des bagues aux doigts.

On trouve ensuite deux filles, et encore un homme au bout de la rangée. Tous ont la peau brune et des traits similaires, même si leurs expressions sont différentes.

– Ce sont… ?

– Mes demi-frères et sœurs, dit Petrik.

Se tournant vers le portrait à la gauche de la porte par laquelle on est entrés, il ajoute :

– Je vous présente Ravis. Mieux vaut le voir en peinture que tomber sur lui en chair et en os dans les couloirs du palais.

L'aîné des enfants du roi Arund semble être le plus petit en taille. Il a les cheveux rasés, comme Petrik. Mais contrairement à lui, Ravis a les paupières tombantes, un nez petit, des lèvres pleines. Il plonge son regard dans celui du spectateur, comme par défi. Il doit approcher la trentaine.

– Quel luxe de détails ! On croirait presque qu'ils sont dans la pièce avec nous.

– C'est parce qu'ils sont l'œuvre d'un peintre magicien. Je ne dévoilerai ni son nom ni son identité, car je lui ai juré le secret. Peu importe. On n'a besoin que de ses tableaux : grâce à la magie, ce sont des portails.

– Des portails ? je répète sans comprendre.

– Oui. Si le peintre peint exactement la même image, au plus petit détail près, en deux lieux différents, les tableaux fonctionnent comme un pont entre ces deux endroits.

De nouveau, j'observe les portraits, m'arrêtant sur celui de Ravis.

– Tu veux dire…

– Grâce à ces portraits, on peut se rendre dans n'importe quelle capitale en une seconde, juste en les traversant.

Je tends la main vers le visage de Ravis, mais Kellyn me tire en arrière.

– C'est drôlement commode, dit-il. Pourquoi on ne s'en est pas servis pour venir ici, dans ce cas ?

– Comme je le disais, les portails relient uniquement les *capitales*. Nous étions à Amanor.

– Et quand on était dans la capitale de Lisady, fuyant devant la seigneuresse ? On aurait pu venir ici se mettre à l'abri !

Petrik pousse un grognement.

– Je ne sais pas où se trouvent les portails dans chaque capitale. Je ne les ai jamais empruntés ! Je sais seulement qu'ils existent. Mais quand on aura traversé celui-ci, on mémorisera le point d'arrivée pour pouvoir le franchir en sens inverse et ramener Serutha.

– Tu veux dire qu'on peut encore sauver Temra ?

– On peut la sauver, oui.

– Dis-moi quoi faire.

– D'abord, on doit enfiler les déguisements.

Petrik nous fait passer les vêtements, défroisse son costume en le secouant et commence à se déshabiller.

Il n'y a nulle part où m'isoler, alors je l'imite, en m'efforçant de ne pas penser aux corps masculins derrière moi. J'enfile la robe puis fourrage sous la jupe, persuadée que l'étoffe est prise à quelque chose.

Eh non.

Cette robe qui doit tomber au genou sur une fille plus petite m'arrive à mi-cuisse. Il doit faire chaud dans le territoire de Ravis, parce que la robe ne s'attache que sur une épaule. Je remets mes bottes, mais il reste encore trop de peau à mon goût entre le haut des bottes et le bas de la robe.

Tu le fais pour Temra, me dis-je.

Quand je me retourne, Kellyn et Petrik ont tous les deux les yeux rivés sur mes jambes.

Mes joues s'empourprent.

– Arrêtez !

Petrik se secoue.

– Désolé. C'est juste que… je crois que ce déguisement ne jouera pas forcément en ta faveur.

Kellyn lève lentement les yeux jusqu'à les plonger dans les miens.

– Tu… Je… Tu as vraiment de très longues jambes, dit-il avant de déglutir et de se détourner.

– Les tiennes sont encore plus longues ! je rétorque sur un ton défensif.

Comment ose-t-il se moquer de moi à un moment pareil ? Petrik toussote.

– Je t'assure que c'est un compliment de sa part. Tu as de très jolies jambes, Ziva.

– Arrêtez de parler de mes jambes !

– Bien sûr, dit Petrik avant de tousser de nouveau.

Kellyn porte une culotte qui lui arrive aux genoux et une chemise ample, Petrik est vêtu d'une sorte de jupe et d'une chemise assortie. L'érudit s'est enroulé dans un grand foulard pour dissimuler son visage.

Sans plus d'encouragement, je plaque une main sur le portrait de Ravis. Au lieu de rencontrer une résistance, mes doigts s'y enfoncent jusqu'aux phalanges.

Je respire un grand coup, puis, en fermant les yeux, je fais un pas en avant.

Chapitre
— 4 —

Je traverse le portrait comme une porte ouverte, mais je me cogne la tête contre quelque chose de l'autre côté.

– Ouille !

Je n'y vois rien. Il fait chaud et ça sent le renfermé, devant moi se dresse une cloison solide. Suis-je dans une boîte ?

Quelque chose vient me percuter par-derrière. Ou plutôt quelqu'un. Un corps imposant : bien trop grand pour être celui de Petrik. Je suis coincée entre la surface dure qu'il y a devant moi et Kellyn qui m'écrase. Il prend appui sur le mur, ses bras posés de part et d'autre de moi, pour me soulager d'une partie de son poids, mais je le sens collé à moi de tout son long. Ses hanches juste au-dessus des miennes. Son torse contre mon dos. Ses genoux contre mes cuisses. Son nez dans mes cheveux.

Ça ne devrait pas être une sensation agréable. Je devrais être dégoûtée.

Je le suis.

Je… le suis.

– Ziva, tu vas bien ? Où sommes-nous ?

– Je ne sais pas. Je ne peux pas bouger.

– Peut-être que si j'essaie…

Il tente de se pousser, mais ne réussit qu'à comprimer nos corps encore plus l'un contre l'autre, sa cuisse glissant le long de mes fesses. Sa respiration s'accélère.

– Ziva, je n'aime pas ça.

Un instant, je suis capable de penser à autre chose qu'à son corps collé au mien. Il n'aime pas ça ? Mais je pensais… Oh, attendez…

– Les espaces clos, je murmure.

– Je suis claustrophobe.

Il se met à remuer, à cogner contre la cloison qui nous enferme. Il s'efforce de ne pas paniquer, mais je perçois la frénésie croissante de ses mouvements.

C'est alors que l'espace se réduit encore avec l'arrivée d'un troisième corps. Petrik a franchi le portail. Je voudrais lui dire de faire demi-tour, mais le bras de Kellyn vient se planter entre mes omoplates.

Une bouffée d'air. La chute vers l'avant. Et le poids de deux corps qui s'écrasent sur moi. Sous le choc, j'ai la sensation d'avoir les poumons arrachés. Je n'arrive plus à respirer, même quand le poids des deux hommes disparaît.

– Ziva !

Je commence à paniquer : je n'arrive toujours pas à retrouver mon souffle et je suis coincée dans un lieu inconnu, dans le noir complet.

Enfin, l'air s'engouffre dans mes poumons, je saisis les mains qu'on me tend, et les garçons me relèvent.

– Une fichue penderie ! dit Kellyn.

– Une penderie, évidemment, dit Petrik. Ces portraits doivent être cachés, sinon n'importe qui pourrait tomber dessus par hasard.

Lorsque mes yeux s'accoutument à l'obscurité, je découvre la pièce où nous sommes, éclairée d'une lumière argentée provenant d'une unique fenêtre. À première vue, il s'agit d'une sorte de débarras. J'aperçois des coiffeuses, des miroirs, des chaises. Des tapis roulés, des armoires identiques à celle que nous venons de quitter, de vieux sommiers.

Je tousse dans ma manche pour étouffer le bruit. Tout est recouvert d'une épaisse couche de poussière.

– Et maintenant ? demande Kellyn.

– Commençons par sortir d'ici, dit Petrik. J'ai besoin de pouvoir m'orienter.

À tâtons, nous longeons les murs. Quelqu'un renverse un chandelier et des bougies brisées roulent sur le sol. Kellyn se cogne la tête contre quelque chose. Je manque trébucher sur un cadre posé par terre puis, en essayant de me rétablir, je pose le pied dessus et fracasse le verre. J'espère qu'on est assez éloignés de ceux qui vivent au palais pour qu'ils n'aient rien entendu.

– Une porte ! s'écrie Kellyn.

En slalomant entre les meubles, je le rejoins. Il essaie de l'ouvrir, mais elle est verrouillée.

Évidemment.

Kellyn prend quelques pas de recul avant de jeter tout son poids contre la porte.

Je lui mets une claque dans le dos.

– Qu'est-ce que tu fiches ? On va nous entendre !

– Tu as une meilleure idée ?

– Oui.

Je commence à retirer les tiges des gonds au moment où Petrik nous rejoint.

– Bien sûr, dit Kellyn. Ça sert d'avoir une forgeronne avec nous.

– Parce qu'on sait comment fonctionne une porte ?

La charnière du bas me donnant du fil à retordre, Kellyn sort son épée pour en venir à bout.

– Je me sens blessé par ton commentaire, dit-il.

– C'était le but, dit Petrik à ma place.

Tous ensemble, on tire sur la porte et le verrou cède sous la tension.

– On a de la chance d'avoir été coincés à l'intérieur, du côté des gonds, dis-je. Sinon, on aurait dû regarder Kellyn l'enfoncer.

– Quel dommage de louper un tel spectacle, raille Petrik.

Le couloir est désert et plongé dans l'obscurité. Aucune torche ne brûle pour éclairer notre chemin.

– J'ai jeté un œil par la fenêtre, dit Petrik. Nous sommes dans le grenier. Les appartements de Ravis se trouvent un ou deux étages plus bas. Cherchez une porte lourdement gardée.

Nous laissons nos armes dans le grenier, cachées derrière un portrait appuyé contre le mur. Kellyn fait de son mieux pour replacer la porte cassée dans son chambranle. Si on n'y regarde pas de trop près, elle peut passer pour fermée.

Ça suffira.

Nous reprenons notre progression laborieuse dans le noir, en rasant les murs. Le sol est nu, les murs aussi. Je parie que personne n'habite à cet étage et que les visites y sont rares.

– On devrait peut-être se séparer ? dis-je.

Je n'en ai pas envie, mais si ça nous permet de trouver Serutha plus vite pour la ramener auprès de Temra, je suis prête à tout.

– Non, répondent les deux autres en même temps.

– On irait plus vite pour fouiller le palais.

– Oui, dit Petrik, mais si on trouve Serutha, on a plus de chances de la sortir d'ici si on reste ensemble.

– Je suis d'accord, dit Kellyn.

Les votes sont contre moi, et j'en suis heureuse. Je n'ai aucune envie de me retrouver seule dans cet endroit. Et si l'un des habitants du palais me surprenait, je serais incapable de trouver une excuse bidon. Je suis nulle en mensonge.

Le couloir apparaît sans fin. L'absence de lumière n'arrange pas les choses. Quelques rares fenêtres laissent filtrer un rayon de lune qui anime les ombres. Je suis convaincue que chacune d'elles est un ennemi prêt à nous sauter dessus.

Enfin, nous atteignons un escalier. Mes pas résonnent à peine plus fort que mon souffle.

Temra. Tu le fais pour Temra. Peu importe si on t'attrape. Le plus important, c'est de tout donner pour la protéger.

Des voix s'élèvent jusqu'à nous, et nous nous figeons sur place. Petrik a encore un pied en l'air.

Je n'arrive pas à distinguer ce qui se dit, mais la conversation me paraît durer des heures avant que les voix s'éloignent.

Peu à peu, nous y voyons plus clair, à mesure que nous descendons. Des bougies éclairent faiblement les dernières marches de l'escalier qui débouche sur un nouveau couloir. À gauche, des fenêtres. À droite, des portes. Je perçois brièvement d'autres voix, qui s'éteignent derrière une porte qu'on referme doucement.

De la sueur perle à mon front. Trop chaud, trop de tension, trop de risques.

J'ai peur et je suis au bord du désespoir.

Lorsque Kellyn me prend la main, je me rends compte que je tremble comme une feuille. Pourtant, je ne retire pas ma main. Je ne devrais pas accepter le réconfort qu'il m'offre, mais j'en ai trop besoin. Besoin de quelque chose de tangible sur quoi me concentrer pour éviter à mes pensées de partir en vrille.

À quelques mètres de nous, une porte commence à s'ouvrir, et nous nous jetons derrière les rideaux qui ornent une fenêtre. Comme nos mains sont jointes, Kellyn et moi sommes cachés derrière le même rideau, tandis que Petrik occupe l'autre.

C'est une mauvaise cachette. Si quelqu'un s'approchait, il verrait nos pieds qui dépassent, le contour de nos corps derrière le tissu. Je serre la main de Kellyn à lui faire mal, il caresse mes phalanges du bout du pouce. Les pas s'éloignent, une autre porte se ferme. Je ne sais pas si je peux endurer une telle tension très longtemps.

– L'aile des domestiques, chuchote Petrik. Les serviteurs de haut rang logent près des chambres des nobles, pour être disponibles à tout moment. On devrait descendre encore un étage.

Nous poursuivons notre lente exploration.

– Que faites-vous là ? demande une voix derrière nous.

Je me pétrifie. Seule la main de Kellyn dans la mienne me permet de me tourner vers la source de la voix.

C'est une femme âgée, à la peau cuivrée, aux cheveux relevés en un chignon désordonné d'où s'échappent quelques mèches. Ses vêtements sont très simples, comme les nôtres. Une robe brun clair avec un tablier blanc ; l'ourlet d'une manche qui s'effiloche.

– On est perdus, tente Petrik.

La femme nous lance un regard soupçonneux.

– Et comment ! Vous vous imaginez que vous pouvez monter au grenier pour un rendez-vous galant dans la poussière ? Où est-ce que vous êtes censés travailler ?

J'ouvre et referme la bouche comme un poisson. Des sentiments me foudroient à toute allure. La honte. La peur. L'urgence.

Kellyn et Petrik baissent les yeux, comme pris en faute.

Oh !

Je les imite aussitôt, comprenant que je dois jouer le jeu.

– Aux cuisines, marmonne Petrik.

– Alors filez ! ordonne la femme en nous chassant d'un geste.

Les garçons s'exécutent en traînant des pieds, et je les suis mécaniquement, vu que ma main est toujours dans celle de Kellyn. Quand je m'en rends compte, je la retire, ayant repris mes esprits après la rencontre inopportune.

Petrik époussette sa jupe pendant que Kellyn se passe les doigts dans les cheveux dans une vague tentative de se recoiffer. Quant à moi, je frotte distraitement mon épaule nue.

– Visiblement, on n'avait pas imaginé à quoi on ressemblerait après notre passage dans l'armoire, dis-je en sentant mes joues s'enflammer.

Personne n'a jamais cru de moi que j'avais un rendez-vous galant.

– Ça nous a donné une bonne couverture, par contre, remarque Petrik.

– Elle a cru que *nous trois*… commence Kellyn en faisant la moue.

– On s'en fiche. Estime-toi heureux qu'on ne se soit pas fait prendre. Et maintenant, on va où, Petrik ?

– L'escalier droit devant. Encore un étage à descendre et on sera dans l'aile réservée à la noblesse. Ayez l'air dociles.

Dociles ? Je ne sais pas *avoir l'air* de quoi que ce soit. C'est Temra, l'actrice de la famille. Et j'éprouve une subite envie de reprendre la main de Kellyn. Pourtant, je me retiens et suis Petrik dans l'escalier.

À ce niveau, les couloirs sont éclairés assez vivement pour me faire regretter l'obscurité du grenier. Dans l'ombre, je ne me sentais pas exposée, je n'avais pas l'impression que tout le monde m'observait. J'ai beau savoir que la noblesse ne prête aucune attention à ses domestiques, que personne ne me regarde, je suis tout de même envahie par une bouffée de chaleur.

On ne croise que quelques rares courtisans qui rejoignent leur chambre pour la nuit. Ils sont richement vêtus : les hommes, de tuniques longues à manches courtes, les femmes, de robes sans manches taillées dans des étoffes légères. Personne ne porte de pantalon ni de manteau. Je n'ai pas l'habitude de voir autant de peau dénudée, mais si je vivais ici, j'adopterais certainement le même style. Je déteste avoir trop chaud. Comme maintenant.

Petrik scrute chaque porte que nous dépassons, et devant l'une d'elles, il murmure : « Les appartements de Ravis », tout en resserrant son foulard sur sa tête. Quatre hommes en armes montent la garde devant la porte en question. Lorsqu'ils nous regardent passer, je sens mes nerfs se tendre comme des ressorts.

Je ne respire un peu mieux que quand nous sommes hors de leur vue. Nous parvenons alors à un deuxième couloir, plus court, qui croise le nôtre. Au bout, un groupe de soldats semblent monter la garde, également : jambes écartées, lances à la main, les yeux fixés droit devant, ils nous observent.

Pourtant, à première vue, ils ne gardent rien : il n'y a pas de porte à cet endroit, aucun objet de valeur accroché au mur. D'ailleurs, le palais me paraît bien vide, comme si ses habitants venaient d'emménager… ou bien s'apprêtaient à le quitter.

Nous dépassons le groupe de soldats, et je m'attends à tout moment à ce qu'on nous interpelle, mais non. Rien.

Tiens bon, Temra. Tiens bon.

Parvenus au bout du couloir, où un homme isolé est en faction, nous n'avons pas le choix : il nous faut descendre l'escalier sous peine d'éveiller les soupçons.

– Et maintenant ? dis-je en bas des marches.

– On a dû louper quelque chose, dit Kellyn. Ou alors les informations du prince étaient erronées. Peut-être la guérisseuse a-t-elle été déplacée ?

– Je ne crois pas, affirme Petrik. Si les espions de Skiro ont été démasqués, ça n'a pu que rendre Ravis plus méfiant. Il doit garder Serutha encore plus près de lui. Il a dû augmenter le nombre de soldats qui la surveillent.

– Tu crois qu'elle est détenue dans les appartements de Ravis ?

– Non. Ravis n'accepterait jamais chez lui une personne d'une condition inférieure. J'aurais penché pour le petit couloir plein de soldats, mais…

– Il n'y avait rien là-bas, dis-je pour finir sa phrase.

– Exactement.

– Il n'y a pas une suite pour la reine à côté de celle de Ravis ? Peut-être que Serutha est là ?

– C'est possible, mais cette porte n'était pas gardée, et je doute que Ravis prenne le risque d'avoir une porte communicante entre lui et sa prisonnière.

– On passe à côté de quelque chose, dis-je. On fait demi-tour et on cherche mieux. Je suis sûre qu'on a loupé un détail.

Kellyn prend un air circonspect, mais ne dit rien. Petrik revient sur ses pas et commence à remonter l'escalier.

Lorsque nous arrivons au niveau du garde en faction, celui-ci nous lance un regard suspicieux.

– Qu'est-ce que vous faites à cet étage ?

– On cherche des appartements, dit Petrik. Je crois qu'on est perdus.

– Les appartements de qui ?

Petrik donne un nom, j'ignore s'il vient de l'inventer ou s'il connaît vraiment quelqu'un qui vit ici.

– Ta tête me dit quelque chose, grommelle le garde en observant Petrik de plus près.

La peur me paralyse. On va être démasqués. Ravis va tous nous tuer, et alors Temra…

Mais avant que le garde ait pu réagir, Kellyn lui envoie un coup de poing qui l'étale sans connaissance. Le mercenaire l'attrape au moment où il s'écroule et l'appuie contre le mur, pour donner l'impression qu'il pique un somme.

– Il faut y aller, nous presse Petrik.

Comme je suis toujours pétrifiée, Kellyn me prend de nouveau par la main.

– Détends-toi, dit-il. Essaie d'avoir l'air moins terrorisée ou bien on se fera prendre à coup sûr. Fais-le pour Temra.

J'avale ma salive, ferme les yeux et prends une grande inspiration avant de fixer le sol.

– C'est mieux, dit Kellyn.

Petrik s'arrête brusquement et, comme je regarde toujours mes pieds, c'est Kellyn qui nous fait piler derrière lui.

– Devant nous, il y a ce couloir plein de gardes, chuchote Petrik. On ne peut pas traverser sans attirer les soupçons.

Ils sont trop nombreux pour qu'on puisse les neutraliser en silence. On va se faire repérer, c'est sûr.

– Des idées ? demande Kellyn.

– Qu'est-ce qu'ils font là ? s'interroge Petrik en ignorant la question de Kellyn.

– Peu importe, répond le mercenaire. On doit trouver un moyen de les contourner. Y a-t-il un autre passage pour accéder à l'autre partie de cet étage ?

Les garçons discutent à voix basse, mais je ne les écoute plus. Je me représente mentalement ce petit couloir. Il se termine en cul-de-sac : il n'abrite pas de porte, pas de fenêtre, rien. Si les six soldats attendent juste d'être appelés en cas d'urgence, pourquoi ont-ils l'air en service ? Pourquoi semblent-ils garder quelque chose alors qu'il n'y a rien à garder ?

À moins qu'il y ait quelque chose. Quelque chose qu'on ne peut pas voir.

– La porte est cachée, je chuchote.

Comme les garçons ne m'ont pas entendue, je répète un peu plus fort. Ils interrompent leur conversation (sans doute une dispute, pour être honnête).

– Qu'est-ce que tu veux dire ? demande Kellyn.

– Nous sommes venus ici grâce à un portail magique. Nous cherchons une guérisseuse magicienne. Ça vous paraît impossible qu'il y ait au bout de ce couloir une porte dissimulée par magie ?

– Bien sûr ! J'aurais dû le deviner. Il n'y a aucune autre explication à la présence de ces soldats.

– C'est un gros risque, commente Kellyn. Si tu as tort et qu'on engage la lutte avec eux, on n'aura pas de deuxième chance.

– Temra est mourante. Il faut qu'on essaie.

– Si on les attaque, ça va devenir très bruyant, rétorque Kellyn. Et on est désarmés, sans aucun moyen de retourner chercher nos armes. On a besoin d'une diversion. Vous deux, cachez-vous. Je vais entraîner les gardes loin d'ici.

– Quoi ? C'est une très mauvaise idée ! dis-je.

– C'est notre seule chance de faire sortir Serutha d'ici discrètement.

– Non.

– Temra est mourante, me rappelle Kellyn en me jetant mes propres mots à la figure. Je peux y arriver. Ne m'attendez pas. Courez au portail aussi vite que possible. Sortez la guérisseuse. Sauvez Temra.

– Kellyn…

Petrik pose une main sur mon épaule pour me forcer à le regarder.

– Il a raison. Laisse-le faire. C'est notre seule chance.

Je ne sais pas quoi ajouter. Petrik prend mon silence pour un acquiescement et se faufile de nouveau derrière un rideau.

Alors que je m'apprête à l'imiter, Kellyn me retient par le bras. Il pose ses lèvres sur les miennes, m'embrasse avec fougue, et je sens mon estomac faire un saut périlleux. Lorsqu'il rompt le baiser, Kellyn me force à le regarder dans les yeux.

– Ne m'attends pas, répète-t-il. Je suis désolé que Temra ait été blessée.

Puis il me pousse doucement vers la cachette de Petrik.

Avant que je puisse réagir, il me tourne déjà le dos et je le perds de vue quand il s'engage dans le petit couloir.

– Gardes, dit-il d'une voix pleine d'arrogance. Je cherche cette guérisseuse miracle. Elle est dans le coin ?

– Vous n'avez rien à faire ici.

– Je suis blessé. J'ai le cœur brisé. Elle pourrait peut-être me le réparer par magie.

– Identifiez-vous.

Kellyn pousse un soupir théâtral.

– J'espérais que vous me la serviriez sur un plateau. Tant pis. Eh bien, je vais y aller, alors.

Petrik me tire derrière le rideau, qui retombe au moment où on entend un bruit de pas précipités nous passer devant, suivis par toute une troupe. Par une fente entre le rideau et le mur, je vois Kellyn cavaler dans le couloir, poursuivi par cinq hommes.

– Maintenant, dit Petrik en me tirant par le bras.

Il reste une garde devant la porte, armée d'une lance qu'elle brandit en nous voyant. Elle se rue sur moi, et je l'esquive de justesse. D'instinct, j'attrape la lance au passage et tente de la lui arracher des mains. Petrik vient m'aider, mais la garde lui met un coup de pied dans la poitrine qui lui coupe le souffle.

Je suis plus forte qu'elle, mais je ne suis pas entraînée. Je ne sais pas comment me battre, et j'ai peur de faire du bruit. En imprimant une violente secousse à la lance, j'arrive à déstabiliser la garde, puis à l'envoyer cogner contre le mur. Saisissant l'arme, je la plaque contre son cou et lui comprime la gorge pour l'étrangler.

C'est horrible de faire du mal à quelqu'un. Au moins, avec mes propres armes, c'est rapide et je peux passer à autre chose avant d'avoir le temps de réfléchir. Mais là, je vois les yeux de la femme se révulser, je sens son corps s'affaisser peu à peu et glisser sur le sol.

Un gémissement m'échappe. J'aurai beau cligner des yeux, rien n'effacera cette image.

– Ziva ! coasse Petrik qui a retrouvé son souffle. Inspecte le mur. Cherche une fissure, un trou, n'importe quoi !

Je me rappelle soudain la tâche à accomplir, même si j'ai les mains qui tremblent et le cerveau en bouillie. Explorant chaque centimètre carré de mur du plat de la main, je prie pour que quelque chose se matérialise sous mes doigts. D'abord, je ne sens rien, mais quand j'approche du plafond…

– Petrik !

Je sens sous mes doigts le froissement d'un tissu, alors je tire dessus jusqu'à ce qu'un long morceau d'étoffe se détache du mur. Quand je l'ai dans les mains, je constate que le tissu porte le même motif que celui du mur de pierre, camouflant ainsi la porte cachée.

Un instant, je me demande si Ravis a mis la main sur une autre tisseuse magicienne. Puis, je jette l'étoffe au sol et commence à ôter les tiges des gonds de la porte, comme je l'ai fait au grenier. Cette porte se verrouille de l'extérieur, manifestement destinée à empêcher l'évasion de quiconque y est enfermé.

Quand j'enlève la dernière tige et tire sur la porte, j'ai le cœur au bord des lèvres. La porte fait du bruit en s'ouvrant, mais j'espère que la diversion de Kellyn suffira pour que personne ne l'entende.

Une femme, qui devait être allongée sur un divan, est désormais redressée. Elle porte une chemise de nuit, ses cheveux sont détachés. Une cascade de boucles lui coule jusqu'à la taille. Elle a les yeux d'un brun chaud, la peau à peine plus claire, presque ambrée.

– Serutha ! s'écrie Petrik.

– Petrik ? dit-elle en clignant des yeux, incrédule.

– On est venus te sauver.

– Vous n'auriez pas dû, dit-elle en serrant ses bras autour de son corps. Les derniers qui sont venus à mon secours ont fini décapités. Je le sais car Ravis a laissé leurs têtes dans cette pièce pendant une semaine. Je ne pouvais plus respirer à cause de l'odeur.

Tout ce qui m'intéresse, c'est la confirmation de son identité. Le reste peut attendre. Passant derrière la guérisseuse, je la pousse vers la porte.

– Vous pourrez nous raconter votre séjour plus tard. Pour l'instant, quelqu'un a besoin de votre aide.

Serutha ne résiste pas. Pieds nus, elle avance à côté de moi pendant que je la guide dans la bonne direction.

– Comment vous avez trouvé ma chambre ? demande-t-elle. Elle était cachée. Par magie.

– On a deviné, réplique Petrik.

– Où sont les gardes ?

– Notre compagnon s'occupe d'eux.

– Vous l'avez sacrifié pour moi ? Skiro doit vraiment être aux abois.

– On n'a sacrifié personne. Il est très aguerri. Allons, plus vite. On doit vous faire passer par l'armoire.

Les doutes de la guérisseuse font soudain place à l'espoir.

– Vous allez vraiment me faire sortir d'ici ?

– Oui.

– D'accord.

Nous pressons le pas, croisant dans notre fuite des domestiques perplexes qui ne nous reconnaissent pas. Mais on n'est qu'à mi-chemin du couloir lorsque l'alerte est donnée : des cloches sonnent à toute volée loin au-dessus de nos têtes.

Ils savent qu'elle s'est échappée.

On court vers l'escalier qu'on grimpe quatre à quatre. À l'étage du dessous, on entend du tumulte parmi les domestiques. Quelqu'un crie : « Par ici ! »

Nous sommes poursuivis.

Mes jambes me brûlent. Serutha, pieds nus sur le sol dur, avance moins vite. Mais je n'ai pas le temps de me soucier de son confort. Temra n'a pas le temps. Kellyn n'a pas le temps.

Lorsqu'enfin on atteint le grenier, je suis prête à m'effondrer, pourtant je continue, cherchant la porte brisée.

– Ici ! crie Petrik en poussant la porte, sans prendre la peine de la remettre en place.

On récupère nos armes avant de chercher à tâtons dans le noir cette fichue armoire.

Serutha pousse un gémissement quand elle marche sur le verre brisé du cadre que j'ai piétiné plus tôt. Je la relève d'un seul mouvement.

– Aïe ! fait-elle en se cognant contre quelque chose.

Ou plutôt, c'est moi qui la pousse contre quelque chose. Je ne m'excuse pas.

– Ici, Ziva, dit Petrik en ouvrant l'armoire.

Dans le couloir, on entend des pas s'approcher.

Serutha observe le portrait, mais elle doit savoir ce qu'il est en réalité.

– Merci, dit-elle.

– Sauvez ma sœur, je vous en supplie.

Sur la pointe des pieds, Serutha entre dans l'armoire et traverse le tableau.

Je me retourne pour regarder vers la porte de la pièce.

– Qu'est-ce que tu fais ? demande Petrik. Il faut y aller.

– Où est Kellyn ?

– Tu ne sais pas ? dit-il d'une voix douce qui ne rend pas moins exaspérante sa question.

– Et comment je le saurais ? Il a disparu il y a dix bonnes minutes !

– Ziva, il ne reviendra pas.

– Quoi ?

– C'était lui, la diversion pour nous permettre de sauver Temra. Ils l'ont sûrement attrapé maintenant.

– Non ! C'est un grand guerrier. Il a dit qu'il nous retrouverait ici.

Non, ce n'est pas vrai. Il a dit de ne pas l'attendre. Et ensuite il m'a donné un baiser… d'adieu.

– Oh, déesses !

– Ils arrivent, Ziva. On doit y aller. Temra a besoin de toi.

Petrik entre dans l'armoire.

Moi, je m'arrête. Oui, Temra a besoin de moi. Elle est blessée et mourante… Mais Serutha est la seule à pouvoir la sauver à présent. Je ne peux rien faire de plus pour elle.

Et Kellyn…

Pourquoi il a fait ça ? Quel imbécile ! Et quelle idiote je suis de n'avoir pas compris…

Les gardes font irruption dans la pièce. L'un d'eux me repère, alerte ses compagnons.

C'est maintenant ou jamais, Ziva.

Je brandis mon marteau, m'apprêtant à entrer dans l'armoire.

Non.

Je ne l'abandonnerai pas.

J'avance jusqu'au fond de l'armoire. Juste de l'autre côté de ce panneau de bois se trouve le portrait du redoutable prince Ravis.

Je lève mon marteau.

Et fracasse le portrait.

Chapitre
— 5 —

J'abats sept gardes avant de comprendre que je ne m'en tirerai pas comme ça. Ils tombent comme des mouches sous les coups de mon bouclier et de mon marteau. Contrairement aux hommes de Kymora, ils ne sont pas préparés à affronter mes armes magiques. Mon marteau fend leur peau et leur sang m'éclabousse les yeux.

Je suis une créatrice, pas une tueuse. J'ai passé ma vie à forger de l'acier pour les autres, et pourtant me voilà aujourd'hui combattant avec des armes qui ont vu assez de batailles pour mériter un nom.

Je n'ai pas envie de tuer ces hommes et ces femmes. Ils ne font qu'obéir aux ordres. Remplir leur mission. Ce n'est pas leur faute si Ravis règne sur leur territoire, et je ne leur en veux pas de gagner leur vie à son service.

Pourtant, je ferai ce qui est nécessaire pour trouver Kellyn et nous sortir de ce piège.

J'ai besoin de voir de mes yeux si Serutha est arrivée à temps pour sauver Temra.

Mais d'abord, il faut que je trouve cet abruti de mercenaire. Cette tête de mule qui joue les martyrs. Cet imbécile…

Lorsque je reprends conscience dans un lieu inconnu, le crâne résonnant comme un tambour, je ne suis désorientée qu'une poignée de secondes.

Je suis dans une cellule du palais de Ravis.

On a fait sortir Serutha par le portail.

Et Kellyn…

– C'est la deuxième fois que je me retrouve enfermé à cause de toi, prononce une voix.

Et Kellyn croupit dans ce cachot avec moi.

Je me redresse en position assise avec un grognement de douleur.

– Oui, et moi, c'est la deuxième fois que je me réveille en prison après un coup sur la tête.

– Qu'est-ce qui s'est passé ? Où sont Petrik et la guérisseuse ?

– Ils ont réussi à sortir par l'armoire.

Un à un, je vérifie que mes membres répondent encore à ma volonté. Mes bras sont endoloris. Du sang séché macule mes doigts.

– Pourquoi tu ne les as pas suivis ?

– Les gardes nous ont repérés. Ils ont trouvé l'armoire. Je suis restée pour détruire le passage menant à Skiro et Serutha.

Et surtout à Temra.

Kellyn remue et je l'aperçois enfin, assis contre le mur opposé. Nous sommes dans la même cellule. La seule issue à cette pièce est une porte en bois avec un fenestron à barreaux.

– Tu aurais pu détruire le portrait de l'autre côté, une fois que tu étais passée.

Sa remarque me fait l'effet d'une décharge électrique.

– Je n'y ai pas pensé, dis-je en guise d'excuse.

– Tu mens tellement mal. Pourquoi tu es restée ?

Je ne lui réponds pas. Je me frotte les doigts pour en retirer le sang séché. J'essaie de ne pas penser au nœud qui se forme dans mon ventre. À cette boule de trouille.

Quand je l'entends se lever, ma nervosité augmente d'un cran. Cette conversation me terrifie. Je donnerais n'importe quoi pour éviter cette confrontation, pour qu'il n'apprenne pas la vérité.

Kellyn vient s'accroupir devant moi et me prend les mains, malgré la crasse qui les recouvre, pour calmer mon tic nerveux.

– Ziva. Pourquoi ?

Je retire mes mains, prise d'une bouffée de colère.

– Tu étais censé nous retrouver à l'armoire ! Pas te faire capturer !

– Je savais que je serais pris. Je n'ai jamais dit le contraire.

– Personne ne t'a demandé de te sacrifier, imbécile !

– Ah non ? Ce n'est pas ce que tu voulais ? Tu me tiens pour responsable des blessures de ta sœur. N'est-ce pas justice que je sois sacrifié afin qu'elle guérisse ?

Je me décide enfin à le regarder en face. J'ouvre la bouche. La referme. Finis par prononcer :

– Non.

– Non quoi ?

– Ce n'est pas à toi de te sacrifier pour la sauver. C'est à moi ! Je n'avais pas compris ce que tu avais l'intention de faire. Pourquoi tu ne m'as rien dit ? J'aurais fait diversion pour que Petrik et toi puissiez vous enfuir avec la guérisseuse.

Il a un petit sourire.

– J'étais le seul capable de les retenir assez longtemps. Nous étions tous sans armes. Il fallait que ce soit moi, sinon vous n'auriez pas eu le temps de faire sortir Serutha. Et si tu crois une seconde que je te laisserais bousiller ta vie comme ça, tu me connais assez mal.

– Ah d'accord, alors tu as le droit de bousiller la tienne, mais pas moi ?

– Tu es unique. Tu as le pouvoir de changer le monde. Ghadra a besoin de toi.

– Je…

Mais toi aussi tu es unique, ai-je envie de rétorquer. Il est doué, gentil et tellement drôle…

Et pour l'instant, je le déteste. Je me mets à hurler :

– Ta famille compte sur toi ! Toute ta vie, ils ont été ta priorité, et tu veux balayer tout ça juste pour réparer une erreur ?

– Tu prendrais soin d'eux s'il m'arrivait quelque chose, dit-il avec un haussement d'épaules.

Évidemment, c'est vrai. Mais n'est-ce pas un peu présomptueux de sa part ? Et pourquoi ferait-il peser cette responsabilité sur moi ?

J'adore sa famille. Ce sont des gens merveilleux et bons qui ne méritent pas d'avoir pour fils et frère cet abruti. Je suis tellement furieuse contre lui que j'ai soudain très chaud, malgré la température de la cellule qui diminue d'heure en heure.

Je voudrais dire tant de choses, mais je n'arrive pas à trouver les mots. C'est peut-être pour ça que je finis par lâcher :

– Tu m'as embrassée !

– Et alors ? répond Kellyn sans paraître surpris par la nouvelle direction que prend la conversation.

– Pourquoi as-tu fait ça ?

Il sait que j'ai rompu avec lui. Je ne l'ai pas dit explicitement, mais il *sait* que je ne peux pas être avec lui à cause de ma sœur. La culpabilité qui me ronge parce que je le désire encore est déjà à peine supportable.

– Pour plein de raisons, répond-il.

– Lesquelles ?

– J'en avais envie. Je pensais ne jamais te revoir. Je pensais que je serais enfermé ou tué quand les hommes de Ravis m'auraient pris. Je voulais avoir quelque chose de beau à quoi me raccrocher s'ils décidaient de me torturer pour me soutirer des informations. Je voulais que nos derniers instants ensemble soient faits de douceur plutôt que d'une dispute ou d'un lourd silence.

Un lourd silence, comme celui qui s'installe quand il s'arrête de parler.

Il s'assied à côté de moi sur le sol crasseux.

– Pourquoi tu ne me dis pas tout simplement pourquoi tu m'en veux ? Parce que je t'ai embrassée ? Je ne le regrette pas. Seulement que tu sois restée pour m'en parler après coup. Tu es encore en colère à cause de ce qui est arrivé à Temra ? J'ai essayé de réparer mon erreur. Je suis sûr que Serutha l'a rejointe à temps. Ou bien y a-t-il une autre raison, Ziva ? Dis-moi. Dis-moi pour quelle faute je devrais m'excuser cette fois-ci.

– Tu es un idiot, dis-je enfin, sans répondre à sa question, incapable de mettre des mots sur les émotions qui me bouleversent.

– Tu veux que je m'excuse d'être un idiot ?

– Je veux que tu te taises. Je suis furieuse et j'ai besoin de réfléchir !

– Tu as l'intention de nous faire sortir d'ici ? Il n'y a pas de torche à disposition. J'ai vérifié. Et même si c'était le cas, cette porte est en bois. Les murs sont en pierre. Si on arrive à s'échapper de cette cellule, ce ne sera pas grâce à ta magie.

J'ai envie de pleurer. Je me frotte les yeux avant de me rappeler que j'ai du sang plein les mains. Maintenant j'en ai plein la figure, et moi j'ai juste envie d'être propre et je ne veux plus faire de mal aux gens.

Pourquoi est-ce qu'on ne me fiche pas la paix ? Temra et moi, on s'occupe de nos affaires. On n'a rien demandé. Je voulais rendre le monde plus sûr grâce à mes armes. Temra voulait devenir soldat pour protéger les gens. Si elle est morte…

Je ne peux pas continuer comme ça.

Lorsque la nuit fraîchit et que je commence à grelotter, je refuse de partager la chaleur de Kellyn. Je n'en veux pas. Je veux me sentir misérable. D'une certaine façon, ça me fait du bien.

Je n'arrive pas à dormir à cause du froid, alors que les ronflements de Kellyn emplissent bientôt la pièce. Je me mets à claquer des dents. Pourtant, je refuse de bouger. Si je dois mourir ici, ce sera en gardant ma dignité.

Quand la porte s'ouvre, je viens à peine de sombrer. Un garde entre, un trousseau de clés à la main, et Kellyn bondit sur ses pieds. Nous nous laissons conduire docilement hors de la cellule puis, après avoir franchi une série de portes verrouillées, nous sortons enfin des oubliettes pour rejoindre la surface où nous retrouvons un peu de chaleur. Un peu trop, d'ailleurs.

Le palais est silencieux. Pas de rires de courtisans, pas de musique. Tout est calme, et c'est peut-être encore pire.

Nous sommes poussés vers l'immense salle du trône, la seule pièce du palais qui soit décorée. Ravis, le frère aîné de Petrik, est assis sur le siège du pouvoir, dont le dossier est encadré par deux lances, pointes vers le haut. Leur manche fait office de pieds arrière. Les accoudoirs et les pieds avant sont sculptés en pattes de lion.

Le prince porte un ample surtout écarlate, dont les manches recouvrent ses poignets et dont l'ourlet effleure ses chevilles. Ses pieds sont chaussés de sandales ornées de bijoux et chacun de ses doigts arbore une bague scintillante. Une couronne massive aux pointes acérées est posée sur sa tête. À la base des six pointes se trouvent six joyaux de couleur : un rouge, un bleu, un vert, un jaune, un orange et un violet.

Il a l'air de s'ennuyer.

– Qui êtes-vous et qu'avez-vous fait de ma guérisseuse ? demande le prince.

Il ne nous a même pas regardés. Il a les yeux fixés sur le long poignard qu'il tient dans sa main droite.

Ni Kellyn ni moi ne répondons.

– Skiro l'a reprise, n'est-ce pas ? continue Ravis, que notre silence indiffère. Qui aurait cru qu'il en avait le cran ? Ou les moyens. Peu importe, dit-il en dessinant des arabesques avec son poignard. La dernière fois, j'ai décapité les imbéciles insensés qui ont tenté de me voler Serutha. Que dois-je faire de ceux qui y sont parvenus ?

Ma voix s'est enfuie si loin de moi que je ne saurais pas la trouver si j'essayais. La peur qui fait tambouriner mon cœur m'empêche de respirer.

– Envoyez-nous la récupérer pour vous, propose Kellyn.

Ses mots déclenchent en moi une vague de panique. À quoi il joue ?

Ravis éclate de rire. Il se redresse sur son trône et consent enfin à nous regarder.

– Pourquoi ferais-je une telle chose ?

– Nous sommes des mercenaires. Votre frère nous a payés pour reprendre la guérisseuse. Offrez-nous une somme plus importante, et nous vous la ramènerons.

Ravis a un soupir agacé et se remet à gesticuler avec son poignard.

– Dites-moi comment vous êtes venus jusqu'ici et comment vous avez fait disparaître Serutha aussi rapidement. Quelle nouvelle sorte de magie mon frère a-t-il découverte ?

– Je l'ignore, répond Kellyn. Tout ce que je sais, c'est qu'on a traversé un portrait de vous et qu'on s'est retrouvés ici instantanément.

– Hmmm. Un peintre, alors ? Il faudra que je le trouve quand je prendrai la cité d'assaut pour récupérer Serutha.

– Pourquoi faire vous-même ce que vous pouvez faire faire par d'autres ? demande Kellyn.

– Parce que je dois me rendre dans le pitoyable territoire de Skiro pour d'autres raisons, et que je n'ai aucune patience avec les menteurs. Strax, teste donc l'affûtage de mon poignard, tu veux ? La fille en premier.

Un garde qui se tenait quelques pas derrière Ravis s'avance alors.

– Nous n'avons pas menti, Prince. Permettez-nous de vous servir. Épargnez nos vies, et nous vous livrerons la guérisseuse, insiste Kellyn.

– Des menteurs qui prétendent ne pas mentir, on en voit tous les jours, soupire Ravis. Dites-moi, pourquoi une mercenaire détruirait-elle le portrait qui aurait pu la ramener chez elle ? Quelle sorte de mercenaire ne sauve pas sa peau en premier ? dit-il en pointant son poignard dans ma direction.

Je détourne le regard, toujours incapable de parler. Tout ce que je voulais, c'était sortir Kellyn de ce piège, mais je ne peux plus rien faire. Il n'y a plus rien à faire. Nous sommes encerclés par des soldats. Nos armes ont disparu. Entre nous et la sortie se dressent tous les hommes et femmes de ce château. Sans parler d'un territoire entier à traverser avant de rejoindre celui de Skiro.

– Une mercenaire au grand cœur, murmure Kellyn, trop bas pour que Ravis puisse l'entendre.

– Strax, répète Ravis en lui mettant le poignard entre les mains.

Le garde s'avance vers moi.

Un calme étrange m'envahit. J'ai soudain l'impression que je ne suis pas dans cette pièce, mais que j'observe la scène de loin. Est-ce comme ça quand on sent venir sa fin ?

– Non, je vous en prie, Prince. C'est moi le cerveau de toute cette histoire. Laissez-la partir.

La supplique de Kellyn n'émeut aucunement Ravis. Il se tourne de profil sur son siège, balançant une jambe sur son accoudoir en patte de lion. Puis il pose les yeux sur moi, pour mieux voir son garde me donner la mort.

Ce n'est pas si terrible comme fin, j'imagine. J'ai fait tout ce que j'ai pu pour protéger Temra. Je peux retrouver mes parents dans l'au-delà, la conscience tranquille. À peu près tranquille. Il y a sûrement plein de choses que j'aurais pu mieux faire. Mais au moins, j'ai donné tout ce que j'avais pour sauver la vie de ma sœur.

J'ai moi-même vécu une vie honorable. J'ai laissé une trace dans le monde, des armes pour le rendre plus sûr. J'ai vu bien du pays au cours des derniers mois. J'ai eu mon premier baiser. J'ai découvert ce que c'était d'être avec quelqu'un. J'ai élevé ma sœur jusqu'à l'âge adulte, et si elle survit, elle s'en sortira très bien. Petrik prendra soin d'elle.

Mon seul regret est d'entraîner Kellyn dans ma chute. Il ne méritait pas ça. Cet imbécile n'aurait pas dû se faire capturer.

Je le regarde, tout malaise dissipé. Je suppose qu'on voit plus clair quand on s'apprête à mourir. Comment éprouver de l'anxiété alors qu'on sait qu'on n'aura plus le temps de regretter quoi que ce soit ? Je contemple ses yeux dorés, si beaux lorsqu'ils cherchent les miens ; ses boucles cuivrées, si lisses entre mes doigts. Ses lèvres parfaites, rose pâle, plus douces que tout. Je suis heureuse qu'il m'ait embrassée aujourd'hui. Je ferme les yeux pour savourer ce souvenir une dernière fois, à l'instant où le poignard s'approche de mon cou…

– C'est Ziva Tellion ! La forgeronne magicienne ! crie Kellyn.

Aussitôt, je rouvre les yeux. *Il a osé !*

– Pourquoi la tuer alors que vous pouvez vous servir d'elle quand vous donnerez l'assaut sur la cité de Skiro ?

Comment peut-il suggérer une telle infamie ? Je réintègre mon corps brutalement, de nouveau réduite à une boule de nerfs.

Ravis lève une main pour suspendre le geste de son garde.

– Prouvez-le.

– Nos armes, dit Kellyn. Elles sont ensorcelées. C'est elle qui les a forgées. Que vos hommes aillent les chercher et vous verrez par vous-même. Mon épée est cachée dans le grenier, derrière un portrait.

– Si vous me mentez encore, je vous arracherai la langue et vous la ferai avaler. Strax.

Le garde s'éclipse, tandis que je lance un regard assassin à Kellyn.

– Qu'est-ce que tu fiches ? je chuchote.

– Je te sauve la vie.

– En trahissant nos amis ? En me trahissant, moi ?

– Cessez vos messes basses, aboie Ravis. J'hésite encore à vous faire exécuter, magicienne ou pas.

J'ai envie de gifler Kellyn et ce prince hautain aussi, tant qu'à faire. Je veux voir ma sœur, je veux savoir si Serutha l'a sauvée. Et plus que tout, je veux être seule dans ma forge.

Lorsque Strax revient, il tient dans une main mes marteaux et, dans l'autre, l'espadon de Kellyn.

Ravis descend de son trône et s'empare de Lady Tueuse, décrivant avec l'épée des arabesques en l'air, comme avec son poignard il y a quelques instants.

– Quel est son pouvoir ?

– Que vos hommes vous attaquent tous en même temps, dit Kellyn.

– Strax.

Le chef de la garde fait signe à quelques hommes et femmes en armes. Un peu hésitants, ils se ruent tout de même vers leur prince. Je les vois retourner leurs lances pour l'attaquer avec le manche plutôt que la pointe.

Ravis est un bretteur redoutable, c'est évident. Armé de Lady Tueuse, il devient intouchable. Il pirouette, esquive, feinte et pare toutes les lances qui se dressent contre lui. Il ne porte pas de coups – pour ne pas blesser ses propres hommes –, mais il fait montre d'une remarquable dextérité.

Une fois satisfait, il pose l'espadon en appui contre son trône.

– Les marteaux ? demande-t-il ensuite à Kellyn.

Le mercenaire explique alors le pouvoir du marteau ensorcelé, et Ravis s'entraîne quelques minutes à son maniement, s'émerveillant de repousser les coups grâce au bouclier invisible.

Enchanté, Ravis finit par poser mes marteaux à côté de l'espadon, puis se tourne vers moi :

– Tu forgeras des armes pour moi et mes hommes avant qu'on attaque le territoire de Skiro.

Il a un petit hochement de tête, comme s'il était content de sa propre conclusion, et fait mine de s'en aller.

– Non.

Pendant toute cette épreuve, je n'ai pas prononcé un mot, mais voilà que celui-ci jaillit de ma gorge comme un bélier enfonçant une porte.

Ravis ne se retourne pas, mais se fige sur place. Il ne dit rien, ne bouge pas un muscle pendant une longue minute. Puis, me faisant face :

– Strax, mon poignard.

Le garde envoie l'arme à son prince, qui l'attrape au vol.

– Vous pouvez me tuer, dis-je alors qu'il s'avance vers moi. Je refuse de forger des armes pour vous. Je ne fabriquerai rien qui puisse blesser mes amis ou ma sœur. Plus jamais. J'ai appris la leçon avec Mange-Secrets.

Au lieu de franchir les quelques pas qui nous séparent encore, Ravis bifurque brusquement dans la direction de Kellyn, et appuie la lame sur la joue de Kellyn.

– Non !

Il y a un bruit mouillé. Un cri de douleur. Kellyn qui se recroqueville sur lui-même en portant la main au côté de son visage. Le poignard sanglant dans une main, Ravis exhibe dans l'autre un lambeau d'oreille.

J'ai un haut-le-cœur.

J'ignorais qu'un si petit mot causerait tant de souffrance.

Non.

Je suis pétrifiée.

Ravis me tend l'oreille comme s'il s'agissait d'un présent avant de la laisser tomber à mes pieds.

– Tu tiens à cet homme, sinon tu ne serais pas restée pour le retrouver. Forge mes armes ou je te l'offrirai en pièces détachées.

Puis, sans attendre ma réponse, Ravis tourne les talons et sort de la pièce.

Chapitre

— 6 —

Je reste figée, incapable de détacher mon regard de Kellyn qui continue à saigner. Il n'émet pas un son, je me demande s'il est en état de choc. Je sais que je le suis, mais ça ne m'aide pas. Je ne peux remuer les membres. Je ne ressens… rien. Même plus la chaleur de ce lieu.

Je réalise soudain que des mains me saisissent.

– Par ici, forgeronne, ordonne Strax. Tu as besoin d'une bonne nuit de repos avant de te mettre au travail demain.

– Kellyn !

J'essaie d'attirer son attention alors qu'on me traîne à reculons.

Le mercenaire ne bouge pas. Si seulement je pouvais lui faire lever la tête, le regarder dans les yeux. J'ai besoin de savoir qu'il va bien. Que malgré la douleur il n'est pas brisé.

Mais on me fait sortir de la salle du trône sans que j'aie pu apercevoir son visage.

– Il lui faut des soins, dis-je, osant enfin m'adresser aux hommes qui me retiennent.

Ils se contentent de resserrer leur prise sur moi, tandis que je me débats et supplie :

– S'il vous plaît, que quelqu'un lui vienne en aide !

– Ça dépendra entièrement de ta volonté à coopérer, répond Strax.

Aussitôt, je cesse de lutter et les suis docilement.

Je reconnais assez vite notre destination. Ils m'ont amenée dans l'ancienne chambre de Serutha. Sa prison est désormais la mienne.

Et c'est à cause de Kellyn que je suis là. Il saigne quelque part dans le palais. Je ne veux pas qu'il meure, je veux le tuer moi-même, et *quand cessera-t-il d'être aussi déroutant ?*

La porte se referme, Strax la verrouille à double tour.

Ça fait si longtemps que je ne me suis pas retrouvée seule. Mais cette solitude n'est pas du genre qui apaise l'esprit et le régénère. Je suis en danger, dans un lieu inconnu. Ma sœur est peut-être morte. Kellyn se vide peut-être de son sang.

Et moi, je suis seule.

Terrorisée.

Affamée.

Épuisée.

Je m'écroule sur le sol et me mets à pleurer. Rapidement, ma respiration s'accélère et la panique me submerge entièrement.

L'impuissance envahit tout. Je me cogne contre les murs de mon propre esprit, en quête d'une échappatoire. L'air quitte mes poumons, tout mon corps est en feu et je suis certaine que je vais mourir. Une éternité s'écoule, les murs se referment et tout s'assombrit de désespoir.

Enfin, l'épuisement me terrasse.

Je ne dors pas longtemps.

Un sac de briques pèse sur mes épaules, j'ai le cerveau cotonneux et les yeux croûteux, tous mes muscles sont endoloris. Rien de tout ceci n'a d'importance.

Ravis détient Kellyn, et il compte s'en servir pour m'obliger à travailler.

À moins qu'il ne l'ait laissé mourir dans la salle du trône au cours de la nuit.

Alors que mes pensées menacent de reprendre leur spirale infernale, on entre dans ma chambre. Une servante, vêtue simplement d'une robe légère qui dénude ses mollets et ses bras. Elle ne parle pas. Ne prononce pas un mot. Elle porte à deux mains un grand broc d'eau fumante qu'elle déverse dans la baignoire de la salle de bains. Il lui faut plusieurs allers-retours pour remplir la baignoire.

Je tente de croiser son regard, d'échanger quelques mots, mais elle ne desserre pas les dents.

À son sixième passage, elle apporte des vêtements. Et de la nourriture. Elle pose le plateau sur le divan et étend avec soin les vêtements sur le lit.

– Je reviendrai vous chercher dans une heure, dit-elle enfin.

Elle quitte la pièce sans attendre de réponse.

Je mets ma fierté de côté et accepte la nourriture, le bain, les vêtements propres.

Si je dois m'évader, j'ai besoin de manger pour reprendre des forces. Un bain m'éclaircira les idées et je pourrai me laver du sang que j'ai sur les mains. Je dois me préparer au mieux pour les épreuves qui m'attendent.

Le petit déjeuner n'a rien à voir avec ce que je connais, mais il rassasie ma faim. Il y a de drôles de fruits roses qu'il me faut peler avant de les goûter. Une sorte d'agrume qui laisse un arrière-goût amer dans la bouche. Je finis par aimer, après quatre ou cinq bouchées. Le pain est frais et moelleux, saupoudré d'épices inconnues et tartiné d'un délicieux beurre salé. Un verre d'eau étanche ma soif.

L'eau du bain est si chaude que j'attends encore dix minutes avant d'y entrer, sous peine d'être ébouillantée. J'en ressors, la peau rougie, puis enfile la tenue qu'on m'a apportée : pantalon léger, chemise sans manches et sandales épaisses.

Lorsque la bonne revient me chercher, une vingtaine de gardes l'accompagnent, qui nous suivent à travers le palais, puis à l'air libre jusqu'aux forges.

Oui, au pluriel.

Environ à 500 mètres du palais, Ravis a aménagé un espace immense équipé de plus de fours que je ne peux en compter. Hommes et femmes martèlent diverses armes, d'autres actionnent les soufflets, pendant que d'autres encore affûtent l'acier sur des meules.

Pas besoin d'être un génie pour comprendre que Ravis se prépare à la guerre depuis longtemps, déjà.

– N'est-ce pas merveilleux ? prononce une voix sur ma gauche.

Le prince nous a rejoints, suivi de sa propre garde personnelle.

Je manque de tact en ce moment, et c'est la vérité qui m'échappe :

– Vos forges sont très impressionnantes.

– Je parlais des armes. En tant que spécialiste, tu apprécieras sans doute le volume inédit que nous avons réussi à produire en à peine six mois.

– Qu'est-ce que vous préparez ?

– Ne sois pas naïve.

– C'est criminel.

– Je ne te croyais pas hypocrite.

Agacée, je rétorque :

– Je fabrique des armes pour les gens qui veulent se défendre contre les bandits. J'assure leur sécurité au cours de leurs voyages sur les routes dangereuses de Ghadra. Vous, vous voulez leur faire du mal.

Ravis n'est pas ébranlé par ma véhémence.

– Moi aussi, je veux protéger les gens, forgeronne. Les protéger de l'erreur commise par mon père. Mes frères et sœurs mènent leurs territoires à la faillite. On n'aurait jamais dû leur confier une telle responsabilité. Je suis l'aîné. Le seul à avoir été formé pour régner. Ghadra me revient de droit. Je reprends ce qui est à moi, et le monde me remerciera un jour.

C'est pire que ce que je craignais. Je croyais que Ravis voulait envahir Skiro pour récupérer la guérisseuse, qu'il éprouvait peut-être un désir malsain pour la magie. Mais il veut ce que voulait Kymora.

Dominer le monde.

Je perçois toute l'ironie de la situation. Le roi Arund, après avoir condamné à mort son frère qui avait tenté de l'assassiner, voulut éviter toute future querelle familiale pour le contrôle du pays. Il divisa alors le royaume en six territoires, chacun de ses enfants en recevant un en héritage.

Pourtant, Ravis se considère clairement lésé.

J'adoucis ma voix en adoptant un ton que j'espère raisonnable. Je ne suis pas douée pour les mots, mais j'essaie tout de même.

– J'ai visité plusieurs autres territoires. Ils commencent à peine à trouver leurs marques après la partition. Ne faites pas souffrir les gens en essayant de tout changer si tôt.

Ne faites pas souffrir mes amis et ceux que j'aime en leur déclarant la guerre.

Ravis dégaine son long poignard et en fait tourner la pointe contre l'index de sa main gauche.

– Tu n'as pas d'ordres à me donner, forgeronne. Tu ne connais rien à la politique. Tu t'y connais en acier. Pourquoi ne pas te concentrer sur ce que tu sais faire, hein ?

Puis, s'adressant à un ouvrier qui s'active à proximité :

– Toi ! Apporte-moi cette arme.

L'homme corpulent ôte son pied de la pédale actionnant la meule et apporte l'épée qu'il était en train d'affûter. C'est une épée bâtarde, un peu moins imposante toutefois que celles utilisées par les troupes de la seigneuresse de guerre.

L'ouvrier s'agenouille devant le prince dans une posture théâtrale et lui présente l'épée en courbant l'échine.

Ravis s'en saisit par la lame et me la tend, la poignée tournée vers moi. Je la prends en main sans comprendre ce qu'il me veut. Les gardes qui nous entourent se raidissent presque imperceptiblement, prêts à bondir si je tentais quoi que ce soit.

– Ensorcelle-la ! ordonne le prince.

– Je ne peux pas.

– Non ? Dois-je t'envoyer un autre morceau de cette brute de mercenaire emprisonné dans mes oubliettes ?

Un frisson glacé me parcourt l'échine, mais j'ai au moins la confirmation que Kellyn est encore en vie.

– Je ne peux ensorceler le métal que quand il est chaud. Je dois participer au processus de forge. Je ne peux ensorceler une arme déjà terminée.

C'est un demi-mensonge, que je me force à prononcer. Tout va trop vite, alors que j'ai besoin de temps.

– Apportez à la forgeronne une arme encore chaude !

– Vous m'avez mal comprise. Il faut que je forge l'arme moi-même, Prince.

Encore un mensonge. Je mens mal, mais avec un peu de chance, Ravis ne se rend compte de rien. Il lève les yeux au ciel.

– Et combien de temps te faut-il pour forger une arme ?

– Deux mois, en général, dis-je, cette fois sans mentir.

– Mais alors à quoi tu sers ? Qu'est-ce que je peux faire avec une arme tous les deux mois ? Attendre quelques années qu'il y en ait assez pour mes généraux ?

Il se remet à agiter son poignard. Un tic, clairement.

L'ouvrier agenouillé se relève et vient chuchoter quelque chose à l'oreille du prince.

– Ah, bonne idée ! Combien de temps te faut-il, forgeronne, pour fabriquer une arme si tu as de l'aide ? J'ai une légion entière de métallurgistes disponibles pour te prêter assistance. Ils sont capables de forger des douzaines d'armes chaque semaine.

– Je m'appelle Ziva.

– Je t'appellerai comme je veux. Réponds à la question.

– Je ne sais pas. Je n'ai jamais travaillé avec un assistant. À part Temra.

– Eh bien, il faut un début à tout ! Elany !

Une fille de mon âge sort du rang de la garde personnelle de Ravis et s'avance vers nous. Je ne l'avais pas remarquée. Sa peau est la plus blanche que j'aie jamais vue, sa chevelure d'un blond éclatant lui descend jusqu'à la taille. Elle affiche une expression ouverte, amicale, mais comme elle travaille pour Ravis, je ne m'y laisserai pas prendre.

– Ziva, je te présente Elany. Considère-la comme ton bras droit. Si tu as besoin de quoi que ce soit pour t'aider à forger mes armes, tu lui demandes à elle. Elle devra participer à toutes les étapes de la fabrication. Tu ne vas nulle part sans elle dans la forge. Compris ?

– Oui.

– Bien. Alors au travail !

– Mais, Prince, vous ne m'avez pas dit ce que vous voulez !

– Ce que je veux ? Des armes ! Par les Sœurs, es-tu débile ?

J'encaisse l'insulte et insiste :

– Quel genre d'armes ? Quel pouvoir dois-je leur donner ? Quelle forme ? Quels ornements ?

Ravis me scrute en inclinant la tête d'un côté et de l'autre, comme s'il me voyait pour la première fois.

– Je suis une forgeuse spécialisée, j'explique, mal à l'aise sous l'acuité de son regard. Les gens viennent me commander des armes uniques en leur genre. En général, ils ont des exigences spécifiques. Je ne voudrais pas vous décevoir.

Ni coûter sa deuxième oreille à Kellyn.

– J'ai besoin de savoir ce que vous voulez.

– C'est la guerre, forgeronne. Je ne cherche pas la singularité. Je cherche du volume. Je me fiche que toutes les armes aient le même pouvoir ! Fabrique-moi des épées, c'est tout !

Il pointe du doigt la tête de son garde, Strax. Pour la première fois, je remarque que celui-ci porte attaché à son dos l'espadon de Kellyn.

– Rends mes hommes imbattables. Je veux des armes capables de conquérir Ghadra. Je me fiche de savoir comment tu t'y prends. Si tu as d'autres questions, pose-les à Elany. Si j'en entends encore une, je pourrais décider que tu n'en vaux pas la peine. C'est tout pour l'instant.

Ravis s'en va, suivi de sa garde personnelle. Les soldats désignés pour m'assister restent là, alignés le long des forges.

Je me tourne pour observer tout ce qu'il y a derrière moi : du bruit, des gens, des feux rugissants et encore des *gens*. J'ai envie de m'enfuir en courant.

Elany vient se poster à mon côté avant que je fasse une bêtise.

– Ils ne mordent pas, dit-elle gentiment.

– Je n'ai pas l'habitude de travailler avec un public.

– Pour le bien de ton ami, j'espère que tu t'y feras vite.

Moi aussi.

– Je te fais la visite ?

– Ai-je vraiment le choix ?

Elany ne répond pas ; elle m'emmène faire le tour des installations, afin d'avoir une vue d'ensemble des différents espaces et de la façon dont ils s'articulent entre eux. Le garde qui a été assigné à ma surveillance ne s'éloigne jamais à plus de six mètres.

Je compte au moins quatre douzaines d'hommes et de femmes avant de renoncer. Tous sont immenses et solidement charpentés. Elany m'explique qu'il y a seize fours, vingt-cinq enclumes, une douzaine de meules. Elle me présente certains des forgerons les plus doués de Ravis, mais je ne retiens pas un seul nom. Je suis trop occupée à lutter contre l'anxiété qui tente de s'insinuer en moi. Je ne regarde personne dans les yeux, je serais de toute façon incapable de mettre des visages sur des noms.

Des enfants balaient la suie qui envahit les forges, huilent les armes avant de les ranger soigneusement dans de grands râteliers. Les forges bruissent d'animation et de conversations. J'ai l'impression d'être bancale, comme si chaque nouveau son faisait trembler mes os, m'empêchant de trouver l'équilibre.

– Voici ton poste de travail, me dit Elany en indiquant une forge en plein milieu de la ruche des forgerons.

Là où tous peuvent me surveiller. D'où toute évasion est impossible.

Au-delà des forges, j'aperçois l'unique route qui quitte le château, mais elle est complètement à découvert. De grandes plantes épineuses telles que je n'en ai jamais vu parsèment la plaine. Quelques rares buissons et arbustes poussent ici et là. Au loin, au-delà de la cité, je devine la lisière d'un bois. Le soleil se trouve à la gauche des arbres, ce qui veut dire que la forêt s'étend vers le sud, vers Skiro.

Mais surveillée comme je le suis, jamais je n'arriverais à l'atteindre.

Une nouvelle troupe de soldats s'approche alors, et je sens le piège se refermer un peu plus. Jusqu'à ce que je voie *qui* ils escortent.

Kellyn marche au milieu de leur groupe. Un soulagement physique me traverse quand je découvre son visage. Quelque chose qui ressemble à un mince espoir, à un peu de force ; comme si on pouvait peut-être s'en sortir, ensemble.

En même temps, une part de moi enrage contre lui, lui qui m'a mise dans cette situation terrible, lui qui a donné l'idée à Ravis de se servir de moi pour forger des armes qui sèmeront la mort. Pourtant, à la vue du bandage qui entoure sa tête et couvre son oreille gauche, c'est la Ziva pleine de compassion qui l'emporte.

– Est-ce que ça va ? dis-je.

– On ne parle pas ! aboie un garde.

– Oh, lâche-nous ! lui dit Elany. Il n'y a pas de mal à ce qu'elle prenne de ses nouvelles. Parle, Ziva.

– Kellyn ?

Il me regarde.

– Ça va. Ils ont nettoyé ma plaie. Mes conditions d'hébergement laissent à désirer, mais on ne me fait pas de mal.

– En effet, confirme le garde. Mais continuez à perdre du temps, et ça changera. Au travail.

Ainsi, ils ont amené Kellyn pour s'assurer que je ne dévie pas de ma mission. Pour m'encourager à l'accomplir en toute hâte. Je suis censée équiper une armée en armes magiques.

C'était ma plus grande crainte il y a quelques mois, lorsque nous étions pourchassés par Kymora.

Et maintenant, c'est devenu ma réalité.

La morsure du désespoir est puissante, mais je ne peux céder à ce poison. S'il y a un moyen de nous sortir tous les deux de ce piège, je vais le trouver. J'ai réussi à gagner le temps de réfléchir en persuadant Ravis que je ne pouvais ensorceler des armes déjà forgées. Un mensonge, évidemment. Je pourrais très bien les réchauffer une à une et les ensorceler directement.

Mais, à présent, j'ai gagné le droit d'entamer le processus à partir de zéro. Il se passera des semaines avant que je termine une seule arme pour le prince. Je ferai traîner les choses chaque fois que je le pourrai, tout en donnant l'impression que je fais de mon mieux.

Pour Kellyn.

– J'ai besoin d'un tablier et de gants, dis-je à Elany. Montre-moi vos réserves d'outils.

En dehors des gardes qui encerclent toute la zone, sept hommes et femmes attendent devant ma nouvelle forge. Je comprends rapidement qu'ils forment mon équipe. Et qu'ils attendent mes instructions.

– Hum…

Temra est la seule personne que j'aie jamais eue à mes côtés dans la forge, et le souvenir de sa présence me frappe d'une douleur immense. Il y a trop longtemps que je n'ai pas entendu sa voix ou son rire. Et si je ne la revoyais jamais ? Ne pas savoir ce qu'il est advenu d'elle pourrait bien me tuer avant que les gardes de Ravis ne s'en chargent.

Je m'efforce de faire le tri dans les pensées qui m'assaillent, repoussant dans un recoin de mon cerveau toutes celles qui ont trait à Temra. M'inquiéter pour elle ne servira qu'à me distraire de la tâche à accomplir présentement.

C'est-à-dire parler à des gens. Leur expliquer comment ils peuvent m'aider à la forge. Je regarde Kellyn, pour me rappeler pourquoi je dois y arriver. Pourquoi je dois ignorer la panique et le malaise. Je me tords les doigts, les yeux baissés, en marmonnant mes instructions.

Si les forgerons me trouvent bizarre, ils n'en disent rien. Ravis sait manifestement les motiver pour le travail. Ils m'apportent du minerai de fer. Allument les fours.

Actionnent les soufflets. Entament le processus pour créer de l'acier.

Et je réalise aussitôt le problème qui se pose à moi. Ça va beaucoup trop vite.

– Non, laisse-moi faire, dis-je à la femme qui verse du charbon dans le creuset.

Je prends sa place, termine le mélange moi-même avant de le placer dans le four, qui rugit déjà sous l'action des soufflets.

Un autre groupe a terminé de remplir un deuxième creuset qu'ils soumettent à mon inspection. Dès que c'est fait, il est ajouté dans le four. Puis un troisième et un quatrième. En tout, le four peut contenir cinq creusets à la fois. Ensuite, Elany me conduit à une autre forge où je participe à la cémentation d'une quantité de minerai de fer. Et ainsi de suite.

À chaque nouveau creuset qu'on ajoute au four, un poids me tombe sur la poitrine.

La forge était pour moi un espace sécurisé. C'était l'endroit où je me sentais le plus heureuse et le plus à l'aise.

Aujourd'hui, elle est devenue ma prison. Le lieu où je vais fabriquer les armes qui serviront à menacer tout ce que j'ai toujours connu.

Chapitre 7

Chaque soir, je m'effondre dans mon lit, le corps endolori par les efforts de la journée. Il y a trop longtemps que je n'ai pas martelé pendant des heures d'affilée. J'aime sentir la brûlure dans mes bras : ça veut dire que je retrouve de la force. Mais c'est aussi épuisant, et mes assistants insistent pour jouer du marteau eux-mêmes quand je n'y arrive plus.

À cela s'ajoute le stress d'être entourée de gens en permanence. C'est un épuisement d'une autre sorte. Ça me donne envie de veiller tard le soir, juste pour profiter d'un moment de solitude. Sinon, je n'ai pas le temps de réfléchir. De retrouver ma force morale, si ténue soit-elle.

On amène Kellyn à la forge tous les jours, mais on ne lui fait pas de mal. Je ne leur en donne pas l'occasion. Je martèle, façonne, chauffe et réchauffe le métal des épées que nous fabriquons. Si Ravis adore l'épée bâtarde, alors c'est ce que je lui fournirai.

On ne s'accorde pas de pause pour les repas. Des commis de cuisine nous apportent de la nourriture à intervalles réguliers, et nous mangeons à tour de rôle. Les forges ne sont jamais à l'arrêt. Quelqu'un s'y active en permanence. On a à peine le temps de respirer.

Au sixième jour, la douleur dans mes muscles s'est réduite à une pulsation sourde. J'ai appris le nom de tous les hommes et toutes les femmes de mon équipe et, de temps en temps, j'oublie même leur présence. Parfois, lorsque je suis absorbée dans le son de mon marteau frappant le métal ou dans la contemplation de l'acier chauffé à blanc de la pointe d'une épée, je pourrais presque me croire de retour chez moi, exerçant le métier que j'aime.

Puis quelqu'un me pose une question, ou un garde crache une menace envers Kellyn juste pour s'amuser.

Alors je me souviens d'où je suis et la peur revient.

Lorsque la pression devient trop forte, je lève les yeux, les pose sur le bandage frais qui entoure la tête de Kellyn et me rappelle ce qu'il en coûtera d'échouer.

Elany n'est jamais loin, elle observe le moindre de mes gestes et tente régulièrement d'entamer la conversation.

« Depuis combien de temps tu ensorcelles le métal ? »

« Tu exerces ta magie par la volonté ou par la voix ? »

« Est-ce que te servir de ton pouvoir t'affaiblit ? »

Je ne sais pas si elle est sincèrement curieuse ou bien si elle m'interroge sur ordre de Ravis. De toute façon, je réponds, pour ne pas donner de mauvaises idées aux gardes de Kellyn.

« Depuis mes neuf ans. »

« Les deux. »

« Pas vraiment. »

Parfois, elle apporte des travaux de couture pour s'occuper. Manteaux, chemises ou robes qu'elle reprise et recoud, mais la plupart du temps, elle m'observe, comme si elle pouvait apprendre quelque chose. Mon don ne peut pourtant pas être enseigné. La magie est là ou elle ne l'est pas. Un jour, je m'enquiers :

– Qui es-tu ? Pourquoi Ravis t'a-t-il choisie pour me surveiller ?

Elle hausse les épaules.

– Il espère que j'apprendrai un ou deux trucs. Et il n'y a pas assez de gardes pour tout le monde.

À ces mots, je lève les yeux vers elle.

– Toi aussi, tu es prisonnière ?

– Pas vraiment. Ravis est mon employeur, mais il ne me fait pas entièrement confiance.

– Assez tout de même pour me confier à toi ?

– On dirait.

– Et à quoi t'emploie-t-il ?

Elle fait la moue, mais ne répond pas, et je renonce à creuser le sujet.

Pendant que le dernier lot de lames refroidit, nous passons aux gardes des épées. Le processus de fabrication de l'acier recommence, mais cette fois, nous martelons le métal chauffé en forme de poignée à quillons. Cela fait, je me mets à façonner le métal, en le ciselant pendant qu'il est encore chaud.

– Qu'est-ce que tu fais ? demande Elany.

– Je façonne.

– Mais ça a déjà la forme d'une poignée.

– J'ornemente, alors, dis-je avant de m'apercevoir de mon erreur.

Elany me sourit gentiment.

– Tu es une artiste, Ziva, mais le prince Ravis se fiche de l'art. Il ne pense qu'en termes pratiques. Du moment qu'il y a une poignée pour que le soldat tienne l'épée, aucun ornement n'est nécessaire.

Je me préparais à ajouter un motif représentant des fruits locaux que j'ai goûtés, ainsi que les fleurs que j'imagine pousser sur les arbres. Mais mon art n'intéresse pas Ravis. Seulement ma magie.

Je soupire, troque le ciseau pour un marteau afin de redonner à la poignée son aspect lisse. Au même moment retentit un bruit de sabots, deux chevaux tractant une lourde charrette remplie de minerai de fer.

– Encore une livraison ?

– Tous les mardis et samedis, répond Elany. Le prince ne veut pas risquer que ses stocks s'épuisent.

Vu que la capitale du territoire de Ravis est la plus éloignée des montagnes du Sud, je me demande bien où il se fournit en minerai. Je pose la question à Elany.

– Le prince Ravis a des amis dans les territoires du Sud. Nombreux sont ceux qui reconnaissent la nécessité de réunifier Ghadra.

J'en conclus simplement que le prince est riche comme Crésus et qu'il achète du minerai à des gens qui n'ont aucune idée de sa destination ou de ce qu'il sert à fabriquer. Il y a peut-être des mineurs de ma propre ville de Lirasu qui aident le prince sans le savoir. Ça me rend malade.

Je cherche Kellyn parmi les innombrables soldats qui me surveillent. Il est à la place qu'on lui assigne toujours, assez loin des outils de forge pour qu'il ne lui vienne pas des idées. Au lieu de me regarder, comme il en a l'habitude, Kellyn n'a d'yeux que pour la charrette de minerai.

Tous les mardis et samedis.

Alors que les mots d'Elany résonnent dans ma tête, Kellyn me fixe un bref instant, puis la charrette, puis moi. Je hoche lentement la tête, lui signifiant que j'ai compris.

Un attelage de chevaux se présente sur les lieux deux fois par semaine, avec la régularité d'un métronome.

Exactement ce qu'il nous faut pour nous évader.

Ça ne résout pas le problème de comment éloigner Kellyn des gardes avant qu'ils puissent le blesser ni de comment on va pouvoir se tirer d'ici sans avoir les hommes de Ravis à nos trousses.

Quelques jours plus tard, lorsque toutes les poignées sont façonnées et soudées à leurs lames, tout le monde se tourne vers moi.

Il est temps pour moi d'ensorceler les épées de Ravis.

Dix jours. C'est ce qu'il a fallu à mon équipe pour fabriquer plus d'une soixantaine d'épées. Malgré mes efforts pour ralentir le processus en exigeant de mettre la main à la pâte pour chacune d'entre elles. Ce sont des lames toutes simples, sans fioritures ni ornements, mais elles sont parfaitement capables de tuer un homme.

Et voilà que je dois les rendre encore plus létales.

– Tu dois les remettre au four, n'est-ce pas ? demande Elany. Tu as dit qu'elles devaient être chaudes pour que la magie opère.

J'acquiesce.

Mon équipe s'en charge, et c'est tant mieux parce que j'ai les mains moites. Comme si je ne subissais pas assez de pression, avec Kellyn qui se remet d'une blessure à la tête et tous ces gardes qui scrutent chacun de mes gestes.

Je n'aime pas exercer la magie en public. Parfois, je demande même à Temra de quitter la forge quand vient le moment. C'est quelque chose qui naît du plus profond de mon être, et les distractions extérieures ont souvent pour effet de bloquer cette part intime. Ou de conférer à l'objet que j'ensorcelle des capacités inattendues.

C'est comme cela que j'ai créé Mange-Secrets, l'épée que la seigneuresse de guerre Kymora désirait posséder au point de me pourchasser dans tout Ghadra. J'avais été distraite par l'apparition de Kellyn alors que j'étais en train de fabriquer l'arme. C'était la première fois que je le voyais, et au bout du compte, j'ai créé l'épée la plus dangereuse que le monde ait jamais connue. Déesses merci, Mange-Secrets est à l'abri dans le petit village d'Amanor, fichée dans un rocher de fer d'où seule une personne digne de sa valeur pourra l'en tirer.

Lorsque l'acier a eu le temps de réchauffer, Elany se dirige vers le four, en retire l'une des épées à l'aide d'une tenaille et me la tend.

Je m'en saisis, et pour la première fois, les outils que je chéris me semblent déplacés entre mes mains. Aujourd'hui, je ne me sers pas de mon don pour protéger. Ces lames n'ont qu'un seul but : détruire.

Le savoir me fait mal au cœur, mais je ne supporterais pas de voir Kellyn découpé en petits morceaux.

Je n'ai d'autre choix que d'essayer de limiter les dégâts.

À l'époque où j'avais une boutique à Lirasu, je fabriquais en masse les petits objets : poignards, boucles, flèches, clous et autres. Ils étaient imprégnés d'une magie très simple : ils ne s'émoussaient jamais, ne rouillaient pas, ne se brisaient pas. Les flèches atteignaient toujours leur cible. C'étaient des articles de tous les jours, accessibles à toutes les bourses.

Je pourrais m'en contenter aujourd'hui. Insuffler aux épées de Ravis une magie sommaire. Il n'a rien demandé de spécial. Il a exigé du volume.

Très bien.

Je peux faire ça.

Tandis que j'examine l'arme, le silence retombe sur la forge. Tout le monde cesse le travail. Les martèlements, les raclements, les souffleries se taisent. On retient son souffle, on se penche en avant. Pour me regarder.

Je ferme les yeux et m'imagine qu'il n'y a personne. Que je suis seule dans ma forge. Dans mon espace sécurisé.

Et je pense à Temra.

Nous sommes liées par le sang et les années passées ensemble, deux sœurs seules au monde. Notre amour l'une pour l'autre est chaleureux, tolérant et indestructible. Je chéris ce sentiment tout en me remémorant mes souvenirs d'elle. La regarder tenir le premier rôle dans les pièces de théâtre de la ville. Voir son visage qui s'illumine quand elle danse. L'observer penchée sur ses devoirs, ou l'écouter bavasser à propos des garçons. Rien d'extraordinaire, mais je donnerais tout pour revivre avec elle de tels moments.

Je perçois la légère pulsation magique qui émane de l'épée. Satisfaite, je trempe la lame et la passe à un ouvrier avant de répéter l'opération sur une autre épée.

Elany m'interrompt quand j'ai terminé d'ensorceler la deuxième arme.

– Qu'est-ce que tu leur as fait ?

– J'ai prolongé leur espérance de vie… et celle des soldats de Ravis.

Comme elle ne dit rien, je lève les yeux. De même que tous ceux qui m'entourent, elle semble attendre quelque chose.

D'accord, il leur faut une démonstration.

Je choisis le type le plus costaud de la forge.

– Toi, viens ici. Apporte un marteau.

Il obéit aussitôt, et je pose la lame sur une enclume, ne laissant dépasser que la pointe.

– Essaie de la briser.

L'homme se tourne vers Elany, comme s'il demandait sa permission. Elle hoche la tête.

Il hausse les épaules, puis abat le marteau de toutes ses forces sur le bout de la lame, dans un bruit de tonnerre. Son bras est propulsé en arrière quand le marteau rencontre la résistance de la lame. Qui est parfaitement intacte, immaculée.

– Prends-la, dis-je.

Il examine l'épée avec soin.

– Pas une éraflure. J'aurais dû la fracasser avec ce coup. Attendez…

Il passe une main sur la pointe de l'épée, pousse une exclamation de surprise et se suce le doigt.

– Elle est affûtée. Pourtant, on n'a pas encore passé ce lot à la meule.

– Et vous n'aurez pas à le faire, dis-je.

Ravis devrait être content : je lui fais gagner du temps.

Elany inspecte à son tour l'épée.

– Impressionnant. Mais je ne crois pas que c'est ce que le prince avait en tête…

– Si le prince voulait autre chose, il aurait dû me le demander.

Sur ce, je me remets au travail.

†

À la fin de la journée, les soixante épées sont ensorcelées, et l'équipe a déjà lancé un nouveau mélange fer et charbon pour fabriquer de l'acier. Je redoute le travail qui m'attend et le produit qui en résultera. Je me dis qu'à chaque coup de mon marteau, je vends un peu de mon âme.

C'est alors que le prince vient nous rendre visite, toujours suivi de sa garde personnelle et de l'inévitable Strax, qui porte encore l'espadon de Kellyn.

Ravis ne prononce pas un mot quand il s'empare d'une des épées terminées. Il l'agite en l'air comme il le fait avec son poignard. Strax se saisit d'une arme à son tour et se lance dans une série de passes et de feintes, comme s'il combattait un ennemi invisible. Ensuite il tient l'épée devant lui, la lame en équilibre sur deux doigts.

– C'est de l'excellent travail. Meilleur que tout ce qu'ont produit vos forgerons jusqu'ici. L'équilibre est parfait. L'épée est à la fois légère et puissante.

Le prince écoute le verdict de Strax avant de s'adresser à moi.

– Quel est leur pouvoir ?

Je baisse les yeux, incapable de supporter son regard scrutateur.

– Elles sont indestructibles, Prince.

J'essaie de trouver autre chose à dire. De quoi le convaincre de la valeur de ces lames, mais rien ne me vient.

Elany s'éclaircit la gorge.

– Dès que Ziva ensorcelle les lames, elles sont instantanément affûtées. On n'a pas besoin de les passer à la meule. Ces épées ne s'émousseront jamais, ne rouilleront jamais, ne se briseront jamais. Les lames de vos guerriers ne leur feront jamais défaut.

Je me tords les doigts à m'en faire craquer les phalanges. Je crois que je retiens mon souffle en attendant le verdict du prince.

– Je sais que tu peux faire mieux, forgeronne. La nouvelle arme de Strax en est la preuve. Je compte sur toi pour que le prochain lot soit plus puissant, sans quoi ton ami mercenaire en subira les conséquences.

– Prince, je ne peux contrôler la magie la plus puissante. Parfois, elle fonctionne, parfois non. Les plus grands pouvoirs sont imprévisibles. Et si vous voulez du volume, comme vous l'avez demandé, une magie plus simple est mieux adaptée.

Je marmonne, à peine consciente de ce que je dis. Des vérités ou des mensonges ? Je sais seulement que je ne peux pas lui fabriquer des dizaines d'armes invincibles, sinon le monde entier est condamné.

– Fais mieux que ça, dit Ravis. Tu es prévenue.

Cette nuit-là, je n'arrive pas à dormir. Mon cerveau ressasse en boucle tout ce qui pourrait se produire de pire. J'ai des visions de Petrik et Skiro tombant sous les coups de mes armes magiques. De la famille de Kellyn obligée de fuir. De ma ville natale en proie aux flammes. Elles me hantent jusqu'aux petites heures du jour.

Les paupières lourdes, je commence à marteler le lot suivant.

– Ziva, me dit Kellyn depuis le coin de la forge. Ne fais pas ça pour moi.

– Silence ! aboie un garde.

– Je n'en vaux pas la peine. Je ne supporte plus de te voir comme ça.

– Silence, j'ai dit !

Oh, *il* ne le supporte plus ? *Et moi, alors ?* J'ai envie de lui cracher à la figure. Et quand j'étais prête à mourir dans la salle du trône et que Kellyn m'a dénoncée ? Une fois encore, il ne pensait qu'à ce que ça *lui* ferait de me voir mourir, pas une seconde à ce que ça me ferait à *moi* d'être forcée à…

– Ziva, je t'en prie…

Je lève la tête au moment où le garde gifle Kellyn pile sur sa blessure. Il pousse un cri de douleur, et je bondis en avant.

– Reste où tu es, forgeronne, ou je lui en colle une autre.

J'ai les larmes aux yeux, mais je me remets au travail. Je ne laisserai pas Kellyn souffrir à cause de moi. Je ne laisserai pas le monde souffrir à cause de moi. Je trouverai un moyen de nous sortir d'ici.

Le manque de sommeil fait battre mes tempes, et chacun de mes coups de marteau augmente la douleur. Je ne peux pas réfléchir dans cet état. Alors que je m'inquiète du pouvoir à donner au prochain lot d'armes, je ne sais pas si Temra est en vie ou si Kellyn est assez malin pour fermer sa grande gueule.

Elany met de côté son ouvrage du jour et vient se poster à côté de moi.

– Quel est ton plan pour le prochain lot ?

– Je n'en ai pas encore.

– Et ton plan pour t'évader ?

Je lui lance un regard noir. Je n'ai pas la force de prendre l'air innocent ou surpris.

– Si j'en avais un, je n'irais pas le dévoiler au laquais de Ravis, n'est-ce pas ?

Elany entortille une de ses boucles blondes autour de son doigt.

– C'est de bonne guerre. Je sais que ça ne t'aide pas, mais je veux que tu saches que je n'approuve pas la façon dont tu es traitée. Nous avons besoin d'une Ghadra unifiée, mais ceci n'est pas la marche à suivre. On ne peut pas obtenir la loyauté par la force. La loyauté, ça se gagne.

J'essuie la sueur sur mon front du dos de la main.

– Une Ghadra unifiée ne servira qu'à créer de nouveaux problèmes, au point où on en est. Et si mon sort est un indice de la manière dont Ravis a l'intention de régner sur Ghadra, alors je n'ai aucun espoir pour l'avenir. Il suffit de regarder Kellyn.

Elany n'ajoute rien pendant un moment, et je me concentre sur mon travail.

– J'ai aimé quelqu'un, autrefois, dit-elle enfin. Comme tu aimes ton mercenaire.

Je n'interromps pas mon martèlement, je ne corrige pas l'idée qu'elle se fait de ma relation avec Kellyn. Peut-être qu'on s'est aimés, à une époque. Aujourd'hui, je n'ai pas de mot pour décrire ce qui nous lie.

– Des pilleurs venus de l'ouest par la mer ont mis à sac mon village dans le territoire d'Olena. Ils ont massacré mon Verryn sous mes yeux.

– Je suis désolée.

– Personne n'a réagi. La princesse Olena ne déclarera pas la guerre aux îles de l'Ouest, ne demandera pas que justice soit faite à l'encontre des individus responsables de l'attaque. Elle n'en a ni le pouvoir ni l'envie. Elle est trop occupée à essayer d'apprendre à régner. Tu ne comprends pas ? Nous devons être unis. Aucun des autres membres de la famille royale n'était fait pour régner. Nous devons créer une armée unie. Une force capable de défendre le peuple, de protéger toute la population.

À ces mots, je cesse de jouer du marteau.

– Et qui me protège en ce moment même, Elany ? Qui protège Kellyn ?

– Moi, bon sang ! Je t'aide comme je peux. Mais tu dois forger ces armes pour Ravis. Pour tous ceux qui sont abandonnés.

On se regarde fixement, ni l'une ni l'autre n'étant prête à céder.

– Ce qui est arrivé à ton village est une injustice. Votre princesse devrait faire mieux. Mais ceci, dis-je en englobant d'un geste tout le travail accompli dans les forges, ceci n'est pas plus juste.

– C'est tout ce qui me reste.

– Et tu contribues à détruire tout ce qui me reste à moi.

Elany se détourne et s'éloigne.

Et moi, je reprends mon marteau.

Chapitre 8

Le lot suivant me demande un peu plus de temps. En plus des épées, Ravis exige des lances et des becs-de-corbin, des marteaux de guerre, pour certains hauts gradés de son armée qui ont réclamé des armes spéciales adaptées à leur goût. Ça ne devrait pas, mais un peu de diversité dans le travail améliore mon humeur.

Quand vient le moment d'ensorceler ces armes, je n'ai toujours pas de plan pour m'évader. En revanche, j'ai des idées quant aux pouvoirs magiques à leur donner. Ravis m'a demandé de faire mieux, et j'ai décidé que la meilleure stratégie était de recourir à une magie défensive. Créer des objets qui permettront à une armée dont l'intention est de dominer le monde de tuer plus facilement est au-dessus de mes forces.

Mais si je rends les soldats de Ravis un peu plus difficiles à tuer ?

C'est mieux, non ? Dans un sens, je protège. Même si je protège le mauvais côté.

Une par une, je prends les épées et réfléchis à ce que je veux leur donner comme pouvoir. Une fois encore, mes pensées se tournent vers ma sœur. Elle n'est pas comme moi. Elle est forte et intelligente, et si un malheur lui arrive, elle rebondit immédiatement.

Je me souviens du moment où le fils du gouverneur a fait d'elle une paria à son école. Il l'a persécutée, a fait en sorte que ses amis se retournent contre elle. Au début, elle a accusé le coup, bien sûr, mais très vite, elle a retrouvé sa détermination, décidée plus que jamais à vivre sa vie comme elle l'entendait.

Lorsque le souvenir s'estompe, je sens la magie imprégner le métal et chauffer mes doigts. Je tends l'arme à Elany par sa lame. Elle en saisit la poignée et attend mes instructions.

Je ne lui en donne pas. Au lieu de quoi j'attrape une épée non ensorcelée et, d'un coup, je fais tomber la sienne. Elany fait un saut en arrière, craignant sans doute que je la transperce, maintenant qu'elle est sans arme alors que j'en tiens une. Les soldats postés à proximité, eux, se précipitent.

Mais à la seconde où l'épée d'Elany touche le sol, elle rebondit et la poignée vient se loger dans la main de la jeune femme. Les soldats se figent, et Elany regarde l'épée, perplexe.

Je la désarme une deuxième fois, et la lame réagit de la même façon. Sans attendre de réaction de la part des personnes présentes, j'entreprends d'ensorceler l'épée suivante. Et celle d'après. Et ainsi de suite. Elany marmonne quelque chose à un garde derrière moi, mais je chasse de mon esprit tout ce qui m'entoure. Je ne peux pas travailler si je m'inquiète de ceux qui me surveillent. Il n'y a plus que moi et l'épée, moi et l'épée suivante.

Je perçois la présence de Kellyn à la limite de mon champ de vision, et je m'étonne d'être toujours consciente de chacun de ses gestes, alors que je suis concentrée sur autre chose.

Pour varier un peu, je m'empare d'un bec-de-corbin, soupèse sa masse énorme entre mes mains et pense à quel pouvoir donner à l'acier chauffé.

– Montre-moi, exige une voix.

Absorbée dans ma réflexion, je n'ai pas entendu le prince s'approcher, si bien que je sursaute violemment, ma concentration réduite en miettes.

Ravis lève les yeux au ciel.

– Ne sois pas si tendue, forgeronne, tu risques de te blesser.

Il se tourne ensuite vers Elany qui lui fait la démonstration des pouvoirs des nouvelles épées. Elle lui tend une lame en lui disant de la tenir d'une poigne légère, puis demande à Strax de le désarmer. Ravis sourit de plaisir quand elle rebondit dans sa main.

Je ne prête que peu d'attention au prince, car j'observe avec horreur le marteau de guerre que j'ai en main. Il est ensorcelé. Pourtant, le prince m'a interrompue alors que j'essayais d'insuffler un pouvoir à cette arme.

– Et le marteau ? demande Ravis. Il bouge aussi tout seul ?

Je cligne des yeux avant de les lever vers le prince.

– Eh bien ?

– Je ne sais pas, je marmonne.

– Tu ne sais pas ? répète-t-il, l'irritation pointant dans sa voix.

– Vous m'avez surprise pendant que je travaillais, et maintenant, il est ensorcelé.

Ravis soupire.

– Forgeronne, mettre ma patience à l'épreuve est un jeu risqué. Izan, prends ce marteau et vois donc ce qu'il est capable de faire.

L'un des hommes les plus imposants que j'aie jamais vus se détache de la garde personnelle du prince et s'approche de moi à grands pas. Il tend une main large comme un battoir dans laquelle je laisse tomber le marteau. Izan examine l'arme sous toutes les coutures avant de s'éloigner à une vingtaine de pas de la forge pour tester le marteau en donnant un coup dans l'air.

Comme il ne se produit rien, il hausse les épaules et s'avance vers un arbuste épineux. Décrivant un grand moulinet, Izan abat la tête du marteau contre la plante et elle éclate instantanément en un million de fragments qui retombent au sol en une fine poussière.

J'en ai la nausée, et mon cerveau se brouille complètement. Un silence lourd tombe sur la forge, rompu seulement par Ravis qui réclame :

– Encore !

Son homme choisit une autre plante, frappe avec le marteau et, là aussi, la plante est réduite en poudre.

Le prince arbore un large sourire.

– Je crois que les cactus ont eu leur compte. Nous avons quelques traîtres dans les cachots. Allons voir si le résultat sera le même.

Le prince et sa suite s'en vont alors sans un regard pour moi. Le mien se fixe sur les petits tas de ce qui ressemble à des cendres vertes. Une légère brise vient disperser les restes, les soufflant comme un nuage.

Je tombe à genoux, incapable de détacher les yeux des cendres : comme si ma volonté pouvait leur redonner leur forme originelle. Comme si j'attendais que ce cauchemar qu'est devenue ma vie prenne fin.

« Réveille-toi, réveille-toi, réveille-toi », je m'exhorte.

Mais tout ceci est bien réel.

Je viens de créer une arme capable de réduire les gens en *poudre* d'un seul coup. Dans mon esprit défilent les visages de ceux que j'aime, ils éclatent en fragments avant de retomber au sol comme des cendres.

Je suis une calamité.

Je regarde mes mains calleuses. Des mains qu'on a obligées à tuer. À fabriquer des armes destinées à tuer.

Ai-je été créée pour semer la mort ? Tout ce que je voulais, c'était aider les gens. Prendre plaisir au processus créatif. Me sentir plus proche de ma mère en exerçant le pouvoir que nous avons en commun.

Mais il semble que je ne cause que des catastrophes.

J'ai bousillé nos vies à Lirasu, puis mis le monde en péril en créant Mange-Secrets. Et aujourd'hui, je produis en masse des armes qui ont vocation à conquérir le pays.

Je perds les pédales, secouée par un rire hystérique qui se transforme la seconde d'après en sanglots incontrôlables. Je me pelotonne sur moi-même comme si je pouvais me rapetisser, me compresser jusqu'à n'être plus rien.

Pourquoi j'existe ? Pourquoi créer si c'est seulement pour détruire ?

De très loin, j'entends une voix crier « Lâchez-moi ! » et un bruit de lutte.

– Libérez-le, ordonne Elany. Pour cette fois seulement.

Je suis enveloppée tendrement dans une paire de bras, et je les laisse faire : ils parviendront peut-être mieux que moi à me cacher aux yeux du monde.

Une bouche tout contre mon oreille.

– Ziva, tout va bien. Ce n'est pas ta faute. Rien de tout ceci n'est ta faute, tu m'entends ?

La voix de Kellyn agit comme un baume sur mes nerfs, et je voudrais qu'il en soit autrement, car je n'ai pas le droit de chercher le réconfort auprès de lui. Je devrais renoncer à lui, pour mille raisons. Parce qu'il m'a choisie au lieu de Temra. Parce qu'il a voulu se sacrifier. Il a trahi ma confiance en révélant mes pouvoirs à Ravis. Il a gagné mon affection au point que je mette en péril le monde entier avec les lames que je forge pour cette armée.

Kellyn est peut-être tout ce qui me reste en cet instant, mais ça ne veut pas dire que je peux m'appuyer sur lui de cette façon. On n'est plus ensemble. Je dois être forte toute seule.

Je le repousse, me relève, époussette mes vêtements et reprends ma place au centre de la forge. Me saisissant de la lame qui chauffe dans le four, je me remets à insuffler une magie défensive aux épées suivantes.

Je suis à mon travail. Concentrée. Je contrôle la magie.

Les mots sonnent faux, mais je dois m'y accrocher pour l'instant.

†

Quelque temps plus tard, notre journée de travail est écourtée. Elany m'entraîne en dehors des forges, les gardes nous suivent.

– Qu'est-ce qui se passe ?

– Ce soir, c'est relâche pour toi.

– Vraiment ?

Je me réjouis à l'idée de pouvoir profiter d'un peu de solitude.

– Oui, on va à une soirée ! Excitant, n'est-ce pas ?

Cruelle déception.

– Pourquoi le prince veut-il que j'assiste à une soirée ?

Et surtout, comment puis-je l'éviter ?

– Tu vas rencontrer quelques membres de la noblesse la plus influente de ce territoire. Ils sont fabuleux. Attends un peu de voir ça.

J'en suis malade. Comme si fabriquer des armes pour Ravis ne suffisait pas. Voilà qu'il attend de moi que je fréquente la bonne société.

La dernière fois qu'on m'a invitée à une fête, j'ai insulté le fils de notre hôte et la soirée a tourné court. J'ai été humiliée publiquement et, à partir de là, tout est allé de mal en pis dans ma vie.

– Ce n'est pas une bonne idée.

– Ne dis pas de bêtises, répond Elany.

Dans ma chambre, une armée de servantes m'attendent pour m'infliger des tortures inouïes. Elles me lavent, m'habillent, me maquillent, me coiffent avec un fer à cheveux. Elles m'épilent les sourcils, me pincent les joues et me remontent les seins dans une robe monstrueuse, incroyablement étroite. Si serrée que je peux à peine bouger, malgré la jupe fendue qui dévoile outrageusement ma jambe droite. Le haut est un bustier sans manches ni bretelles, et je ne sais quelle sorcellerie le maintient en place sur ma poitrine, m'évitant de dévoiler un peu plus de ma personne à tout un chacun. Il scintille d'un éclat argenté qui me fait mal aux yeux si je le regarde trop longtemps. Mes caméristes peignent sur mes épaules nues et près de mes yeux des motifs d'arabesques. Les paillettes qu'elles saupoudrent sur ma peau me font éternuer.

Je voudrais être dans la forge ou au cachot, n'importe où ailleurs.

Lorsqu'Elany vient me chercher, elle s'extasie :

– Tu es superbe !

Elle porte une robe rouge à manches courtes, dont la jupe n'est pas assez longue pour mériter ce nom. Je n'aime pas la façon dont tout le monde dénude sa peau dans ce pays. Je sais que c'est dû au climat, mais je déteste la mode d'ici. Une raison de plus de m'y sentir mal à l'aise.

Des gardes nous escortent jusqu'à la salle du trône, ornée de riches décorations qui n'y étaient pas la dernière fois. Des pierres précieuses scintillent sur toutes les surfaces planes. Je n'ai jamais rien vu de semblable. La plupart sont de forme arrondie, grises ou brunes à l'extérieur, mais elles ont été brisées et révèlent en leur centre de merveilleux brillants étincelants.

– Ce sont des géodes, explique Elany. Notre territoire en regorge et les plus beaux spécimens sont rassemblés dans cette pièce.

Depuis le cœur des roches, une sarabande de mauves, de blancs, de crème flamboie devant mes yeux. D'autres pierres sont d'un rouge ou d'un noir très lisses, presque comme du verre.

– De l'obsidienne, dit Elany, comme si ça pouvait me dire quelque chose.

Les convives sont presque plus élégants que les pierres. La noblesse éclabousse la pièce de ses plus belles étoffes et de ses joyaux les plus rutilants. Beaucoup de jeunes femmes portent une tenue semblable à la mienne. Ça doit être la pointe de la mode.

Je m'efforce de ne croiser le regard de personne, tout en observant les lieux.

Des musiciens jouent dans un coin en sourdine, un air lent au rythme duquel se balancent les courtisans qui peuplent la grande salle. Ravis trône sur une estrade, coiffé de sa couronne ornée de joyaux, son poignard rangé dans son fourreau à son côté. Il porte une version légèrement différente de la tenue qu'il arborait la première fois que je l'ai vu. Un autre surtout – dont je soupçonne que c'était le vêtement habituel du défunt roi –, celui-ci taillé dans la soie la plus fine et doté d'épaulettes couvertes de gemmes étincelantes. Les nobles défilent devant lui un par un avant de se mêler au flot des danseurs.

Les gardes m'escortent jusqu'à l'estrade où deux chaises de bois ont été ajoutées de part et d'autre du trône. Elany est assise à la droite du prince, et je m'installe à sa gauche.

Je suis extrêmement mal à l'aise. Je déteste être surélevée par rapport à la foule. Exposée comme un bibelot. Cela incite les gens à me regarder, et comment suis-je censée faire comme si j'étais dans une pièce déserte alors que les gens me regardent *réellement* ?

Avant que la panique ne m'envahisse complètement, le prince Ravis se penche vers moi.

– Les portes Sud.

N'ayant aucune idée de l'orientation du palais, j'observe les portes une à une jusqu'à repérer ce que Ravis a voulu porter à mon attention.

Kellyn.

Il me faut un moment pour le reconnaître, à cause du grand tricorne de cuir noir qui lui couvre la tête, probablement de façon à dissimuler ses bandages. Il est vêtu richement comme toute l'assistance. Une tunique de soie rouge. Un pantalon léger qui scintille. Des bottes à boucles d'argent. Et par-dessus le tout, un grand manteau de capitaine à double rangée de boutons d'argent. Ravis veut sans doute le faire passer pour un dignitaire étranger.

Kellyn doit rôtir vivant sous toutes ces couches de tissu.

Deux femmes l'escortent, chacune le tenant par un bras, toutes deux vêtues encore plus légèrement que moi.

La profusion de richesses et d'odeurs me donne la nausée, mais c'est une émotion nouvelle qui me saisit à la vue de Kellyn et de ces femmes.

Un sentiment brûlant et rageur.

Kellyn croise mon regard, comme s'il l'avait senti peser sur lui. Difficile à dire à cette distance, mais je crois qu'il encaisse avec difficulté de me voir dans cette tenue et si proche de Ravis.

Il me fixe et je le fixe en retour.

– Fais-moi bonne impression, et il ne lui sera fait aucun mal, me dit Ravis.

Alors je comprends que les deux femmes ne sont pas des dames de la cour. Bien sûr que non. Ce sont des gardes. J'aperçois d'ailleurs leurs épées battant leurs hanches. Je remarque la rigidité de leur posture, la façon dont elles balayent sans cesse la pièce du regard, à l'affût du moindre problème.

D'autres gardes sont alignés le long des murs, prêts à bondir à la première alerte.

On a amené Kellyn ici pour m'obliger à me tenir.

Lorsque le groupe suivant de nobles s'approche de l'estrade, Ravis les salue chaleureusement.

– Lork et Vanya ! Chers amis, bienvenue à ma petite fête !

– Prince Ravis, répond l'homme en saluant de la tête.

– Mon prince, l'imite sa femme.

La proximité de ces gens fait courir un frisson le long de mon dos, je voudrais disparaître complètement.

– Amusez-vous, profitez de la soirée ! dit Ravis. En tant que deux de mes plus loyaux soutiens, j'espère que vous considérerez les festivités de ce soir comme un hommage en votre honneur.

Lork se dandine d'un pied sur l'autre.

– À ce propos, Prince, j'ai bien peur que nous ne puissions fournir aucune aide financière supplémentaire à votre effort de guerre. Je suis sûr que vous comprendrez, étant donné que nous avons contribué plus que quiconque et attendons encore d'en récolter les fruits.

Vanya prend le bras de son mari comme pour lui apporter un soutien silencieux. Tous deux observent le prince sans craindre sa réponse.

Ravis s'est figé. Il est tellement immobile que je me demande un instant s'il respire encore.

– Mais que voilà une pénible nouvelle ! prononce-t-il enfin. Alors que la conquête de Ghadra n'a jamais été aussi proche.

– Un tas d'épées n'est pas synonyme de terres supplémentaires à mon nom, Prince. Ni d'esclaves pour travailler les terres en question. J'ai discuté avec d'autres familles de la haute noblesse. Elles aussi sont tentées de reprendre leur or. Nous ne serons pas en mesure de financer plus longtemps notre propre personnel et nos maisonnées au rythme où vous nous essorez.

– Encore moins quand vous donnez des fêtes si fastueuses, qui ne nous rapprochent aucunement de notre but, ajoute Vanya.

– La fête, Duchesse, est financée par la couronne, réplique Ravis entre ses dents. L'or de mes soutiens finance l'armée. Les hommes doivent manger. Les épées doivent être affûtées. Vous comprenez, sûrement.

– J'ai bien peur d'avoir constaté plus de paroles que d'actes.

– Des actes ? Eh bien, laissez-moi vous présenter ma dernière recrue. Ziva, explique au duc et à la duchesse ce que tu fais pour moi.

J'ai la bouche complètement sèche. Une main invisible écrase mon cœur dans ma poitrine. La panique est si forte que j'entends à peine les paroles du prince.

Les deux aristocrates se tournent vers moi, et ça ne fait qu'empirer les choses.

– Ziva… souffle Ravis d'une voix menaçante.

– Je… je fabrique des armes.

Ma voix est à peine un couinement.

– Vous avez recruté une forgeronne de plus, constate Vanya, peu convaincue. Pour être franche, Prince, il y a trop longtemps que vos promesses d'agir ne sont suivies d'aucun effet. Ceci n'arrange en rien la situation.

Ravis me lance un regard assassin, et je me rends compte que j'ai oublié de mentionner l'information principale.

– Magiques ! Je fabrique des armes magiques.

Cette fois, j'ai presque crié. *Reprends-toi, Ziva.*

Le duc et la duchesse restent un moment silencieux. Puis Lork jette un coup d'œil à Elany avant de poser les yeux sur moi.

– Des armes magiques ? répète-t-il.

– Oui.

– Quels sont leurs pouvoirs ?

Je me mets à transpirer des aisselles, je meurs de chaud et, pourtant, je voudrais être plus couverte.

– Hum, ils sont de toutes sortes. Pour le prince, j'ai forgé des épées indestructibles qui n'ont pas besoin d'être affûtées. J'ai aussi fabriqué des lames qui reviennent automatiquement dans la main du combattant s'il est désarmé.

Je me creuse la cervelle pour trouver d'autres exemples que je peux révéler sans risque. Ravis est déjà au courant pour mes marteaux et l'espadon de Kellyn, donc je les mentionne eux aussi.

Les nobles me considèrent avec suspicion, comme si j'étais un tour que jouait Ravis à ces imbéciles pour leur soutirer plus d'argent.

Je sens le regard courroucé de Ravis peser sur moi et je sais qu'il va faire du mal à Kellyn si je ne trouve pas rapidement une parade. Je crie la première chose qui me vient à l'esprit :

– Strax !

Le chef de la garde du prince s'avance de derrière l'estrade.

– Montrez-leur ce dont votre épée est capable.

Strax consulte le prince et, quand celui-ci acquiesce, il fait cesser la musique, chasse les danseurs d'un geste de la main et désigne quelques gardes pour servir sa démonstration.

Tandis qu'il combat sept hommes simultanément, j'explique le pouvoir de l'épée aux aristocrates.

– Voyez comme l'arme se déplace d'un mouvement subtil dans la direction que doit suivre Strax. Elle lui indique où et dans quel ordre frapper.

J'étais tellement fière quand je regardais Kellyn se servir de cette épée. Mais à la voir aujourd'hui aux mains de l'ennemi, je n'éprouve que des regrets.

Je ne peux pas recommencer.

La démonstration terminée, Ravis déclare avec arrogance :

– Vous comprenez, maintenant, pourquoi les opérations ont été quelque peu retardées. Avant de conquérir les territoires un par un, j'entends rendre nos hommes invincibles sur le champ de bataille. Nous avons déjà des dizaines d'armes magiques, et bien plus encore en cours de production. Maintenant que notre victoire est assurée, vous ne pouvez pas retirer votre soutien à notre cause.

– Hmm, fait le duc.

– Quand marchons-nous sur nos ennemis ? demande Vanya.

– Dans trois mois, répond Ravis.

– Nous vous présentons nos excuses pour avoir douté de vous, Prince. Cette nouvelle stratégie est tout à fait exaltante, concède Lork.

– Peut-être demanderai-je à la forgeronne de fabriquer une arme spéciale pour votre famille.

– Ce serait extrêmement généreux.

– Faites honneur au royaume, me dit Vanya, puis tous deux s'éloignent.

Aussitôt, un autre couple de courtisans s'approche, et Ravis me fait répéter le même calvaire.

Au bout de la cinquième fois, il m'est un peu plus facile de débiter mes phrases, mais je sens mon énergie s'épuiser, comme si chacun de ces aristocrates en emportait une partie après l'entrevue.

Je suis de fait en train de rallier la noblesse à la cause de Ravis. J'obtiens pour lui la garantie de nouveaux financements, d'un soutien renouvelé. Sans compter que je forge les armes qui permettront la conquête de Ghadra.

Je fais tout le sale boulot pour lui. Je condamne Ghadra tout entier par mes actes. Je ne soupçonnais pas le pouvoir que je possède.

Un ridicule tricorne de marin flotte à la périphérie de mon champ de vision. Kellyn a un verre à la main et semble s'efforcer de charmer les gardes qui l'escortent. Elles rient à ses plaisanteries, sans toutefois relâcher leur prise sur lui. Il réussit toujours à se mettre les gens dans la poche apparemment sans effort. Il cherche probablement une ouverture pour nous sortir de là. Comment fait-il ? Je suis à peine capable de réfléchir, trop occupée à bloquer les stimuli qui me submergent.

Les musiciens entonnent un nouveau morceau, et Ravis descend de l'estrade pour inviter une femme de la cour à danser. Elany, elle aussi sollicitée par un danseur, s'éloigne à son tour. Lorsque des courtisans tentent de m'approcher, je commence à paniquer, mais les gardes les repoussent aussitôt. Il semble que personne n'ait le droit de m'adresser la parole en l'absence de Ravis.

Déesses merci !

Je ferme les yeux et me masse les tempes. Cela fait des semaines que je forge et ensorcelle sans répit. Ça me ronge l'âme jour après jour, et je veux juste que ça s'arrête.

Mais je ne vois pas comment on peut s'évader. La seule façon de sortir d'ici, c'est de se faufiler furtivement. On doit réussir à s'esquiver sans se faire repérer. Hors de question d'être poursuivis. Ravis a bien trop d'hommes à sa disposition, et si on laisse la moindre trace, on sera repris à coup sûr.

Peut-être pourrais-je créer une arme qui nous rende invisible ?

Mais comment faire alors que je suis surveillée en permanence et que chaque arme nouvelle que je forge est aussitôt apportée à Ravis ? Et si j'essayais de me servir d'une arme tout juste terminée dans une tentative d'évasion, les gardes trancheraient la gorge de Kellyn avant que je puisse l'atteindre.

Il faut que je conçoive quelque chose qui ne tue pas. Qui ne blessera pas Kellyn s'il se retrouve pris entre deux feux. Je commence à me creuser la cervelle.

Ravis voulait que je fasse bonne impression devant ses vassaux. Je me demande ce qui se passerait s'ils apprenaient que j'ai soudain disparu…

Chapitre 9

Si Elany a remarqué que je suis plus agitée que d'habitude, elle n'en dit rien. Deux besoins impérieux s'opposent en moi. D'un côté, l'instinct de survie. Si j'essaie de m'évader et qu'on me prend, je ne sais pas ce que Ravis nous fera, à moi et à Kellyn. Je suis terrifiée à l'idée que ça tourne mal, et il y a mille raisons pour que ce soit le cas.

De l'autre côté, un désir éperdu de liberté. De savoir ce qu'il est advenu de ma sœur. De prévenir nos amis que la guerre est en marche.

Je vais mettre mon plan à exécution aujourd'hui.

Les mains tremblantes, je retire des armes du four et les ensorcelle une à une. Chaque fois qu'Elany ouvre la bouche, je sursaute, persuadée qu'elle va me percer à jour, alors que j'essaie de trouver le courage de créer une nouvelle arme surpuissante.

– À quoi tu penses quand tu te sers de la magie ? veut-elle savoir cette fois.

Je calme ma respiration avant de répondre.

– Aux gens qui me sont chers, le plus souvent. Je dois apprivoiser le métal en douceur. En général, il faut que je… donne de ma personne, en quelque sorte. Mais c'est chaque fois différent.

– Donner de ta personne ? Qu'est-ce que tu entends par là ?

– Parfois, c'est physique. Le métal a besoin de mon souffle ou du contact de ma peau.

Mon sang et ma sueur ont déjà abreuvé des lames.

– Parfois, il me suffit de confier mes pensées et mes émotions à l'arme, de façon verbale ou non.

Et plus je donne, plus l'arme est puissante – je ne m'en étais pas rendu compte avant que Petrik ne m'en fasse la remarque, alors qu'il m'interrogeait pour son livre.

Une bouffée d'émotion me serre le cœur. Mon ami me manque. Son sens de la repartie et son regard ouvert sur le monde. Il aurait accouché d'un plan d'évasion bien plus malin et l'aurait exécuté sans tarder.

Tandis que le doute s'empare de moi, je perds toute détermination et finis par doter l'arme que j'ai en main du même pouvoir que les précédentes. Revenir à son propriétaire quand il est désarmé. Je la passe à un forgeron qui la range avec les autres avant de retirer une nouvelle épée bâtarde du four.

Kellyn a l'air bien plus en forme après plusieurs semaines de convalescence qui ont permis à son oreille mutilée de guérir. Il a repris des couleurs et cessé de gratter sa blessure à travers ses bandages. Il semble aussi ne plus tenir en place, et je me demande si c'est bon ou mauvais signe. En tant que mercenaire, Kellyn est toujours en mouvement, voyageant de ville en ville, s'entraînant au maniement de l'épée, combattant des brigands. Il aime être actif et doit mal supporter le fait d'être coincé sans bouger dans la forge à longueur de journée. La captivité doit être bien pire pour lui que pour moi.

Tant mieux, pense l'égoïste en moi. S'il ne voulait pas souffrir, il n'avait qu'à fermer sa grande gueule.

C'était ça ou la mort, répond la gentille Ziva, qui refait surface à ce moment peut-être parce qu'elle a retrouvé l'espoir de s'évader. *En révélant tes pouvoirs, il t'a sauvé la vie.*

À quel prix ? Il s'est sauvé lui-même. Et moi, oui, certes. Mais en condamnant la population de tout un royaume, si Ravis réussit à mener sa guerre.

Comme si mes pensées avaient attiré son attention, Kellyn croise mon regard et plisse les yeux. On dirait qu'il a compris que j'avais un plan et qu'en me fixant assez intensément, il s'imagine pouvoir en deviner la nature.

Je voudrais tellement pouvoir parler à ma sœur, savoir ce qu'elle pense. De Kellyn et moi. De ce que je m'apprête à faire. Est-ce qu'elle me jugera incorrigible si je crée intentionnellement une deuxième épée surpuissante ? Est-ce que ma mère aura honte de moi, depuis son paradis ?

– Tu es quelqu'un de remarquable, Ziva, me dit Elany. Quels que soient nos différends, j'espère que tu le sais.

Je ne la crois pas.

– J'ai besoin de me concentrer.

– Bien sûr, dit-elle, déçue par ma réponse.

Un instant, je me demande si elle a cru qu'on pourrait être amies, mais l'idée est tellement absurde que je la rejette aussitôt.

Bon, c'est celle-ci. C'est cette arme à laquelle tu vas donner un pouvoir différent.

Une peur presque palpable se rue dans mes veines, propulsée dans chacun de mes membres par les battements affolés de mon cœur. Mon corps brûle plus que le feu quand je m'approche du four pour en retirer l'épée suivante.

Il faut que je me calme ou bien je n'y arriverai jamais. *Sois dans l'instant présent. Concentre-toi sur ce qu'il y a devant tes yeux.* L'épée bâtarde, ou épée à une main et demie, est chauffée à blanc. La lame est longue comme l'envergure d'un homme, large de quatre doigts. La poignée est assez grande pour être tenue à une ou deux mains, d'où son nom.

Je sens le métal lisse du pommeau sous mes doigts, serre et desserre ma prise sur la poignée pour me concentrer sur le contact. Je hume l'odeur de l'acier chauffé, un parfum acidulé mais terreux qui d'habitude me réconforte.

Il est temps, Ziva. Assez traîné. Tu dois le faire. Personne ne peut te sauver à ta place.

L'épée et moi, on se jauge. Souvent, je parle à mes armes pendant que je travaille. Elles sont bien plus indulgentes que les gens quand il s'agit de converser.

Je passe un doigt sur la garde, le laisse flotter au plus près de la lame incandescente sans me brûler.

Je suis si fatiguée. Trop de nuits sans sommeil. Et vivre dans la peur est épuisant. Peur et fatigue se disputent mon corps.

Kellyn m'adresse un sourire encourageant. Ses yeux dorés sont trop confiants. Je vais sans doute massacrer notre seule chance d'évasion.

– On est fatiguées, n'est-ce pas ? je murmure à l'épée. On t'a tapé dessus, et moi je me suis épuisée à la tâche. Peut-être peut-on se servir de cette fatigue contre nos ennemis ?

Je résiste à l'envie de regarder autour de moi pour m'assurer que personne ne soupçonne rien. Parfois, une arme est plus longue que les autres à ensorceler. Il n'y a rien d'extraordinaire à ce que je passe plus de temps avec une lame têtue.

Continue.

– Je veux que tu prennes ma fatigue et que tu en fasses quelque chose. Tu peux faire ça pour moi ?

J'essaie d'être aussi précise que possible, de détailler ce que j'attends d'elle, la suppliant mentalement et verbalement d'être mon salut.

Lorsque la magie s'est enracinée dans l'épée, je me sens incroyablement revigorée. Je me sens forte. Comme si l'arme m'avait débarrassée de toute faiblesse pour la transférer à l'acier.

J'esquisse un sourire.

– On me dit qu'une nouvelle fournée est prête à être ensorcelée, prononce une voix.

Mon sang se glace en voyant le prince pénétrer dans la forge avec son cortège de gardes, désormais tous porteurs d'armes magiques.

– Ziva a déjà commencé, annonce Elany.

– Des surprises, aujourd'hui ?

– Pas d'arme extraordinaire jusqu'ici.

– Dommage. Peut-être qu'on devrait essayer d'effrayer la forgeronne. On dirait qu'elle obtient de meilleurs résultats sous la contrainte.

Les hommes qui l'accompagnent éclatent de rire, et je me recroqueville devant leur hilarité.

– Ne vous moquez pas d'elle, dit Elany. Elle vous aide à gagner un royaume. Faites preuve de respect.

Ravis cesse de rire pour s'en prendre à celle qui me supervise.

– Toi, reste à ta place. Tu n'as pas d'ordres à donner à un roi.

– Vous n'êtes pas encore roi et, sans moi et Ziva, vous ne le deviendriez jamais. Je suis venue à *vous*, Prince, ne l'oubliez pas. Nous sommes du même côté.

– Pour ce que tu m'as servi… raille Ravis.

Je ne m'étais pas rendu compte que je reculais pas à pas, jusqu'à ce que Ravis pose ses yeux sombres sur moi, me pétrifiant.

– Qu'as-tu donc à la main, forgeronne ?

Je resserre ma prise sur la poignée.

– Une épée sur laquelle je travaille.

– Apporte-la-moi.

Mon estomac se noue. Je ne peux pas lui donner celle-ci.

Cette situation précise est la raison pour laquelle je ne devrais pas avoir ce don.

Je jette un coup d'œil dans la direction de Kellyn. Les gardes qui l'entourent ont quelque peu relâché leur attention. Pas une fois il n'a tenté de s'évader, et il est blessé.

– À vrai dire, je m'apprêtais à m'esquiver quelques minutes. Manger un morceau. Je n'ai pas encore déjeuné.

– Je ne t'ai pas demandé de parler. J'ai ordonné que tu m'apportes cette arme.

Encore un coup d'œil à Kellyn.

– Vraiment, je vais juste *m'esquiver* un moment. Je reviens dans un instant.

Le mercenaire a levé la tête.

– Je *m'esquive maintenant.*

Et comme il est intelligent, Kellyn comprend et se courbe en deux, au moment même où je balance mon coup d'épée.

Je vise les épaules des gardes de Kellyn, même s'ils sont éloignés de plus de trois mètres. Ils tombent comme des mouches, dans un tintement de cottes de mailles, leurs armes roulant au sol.

Un léger ronflement s'élève du tas d'hommes à terre.

La forge se fige dans une immobilité totale, tandis que tous ceux qui n'étaient pas visés par mon coup interrompent leur travail. Kellyn se relève, enfin libre. Je crie :

– Fuis !

Je me tourne vers Ravis, brandissant ma nouvelle épée.

Le prince a dégainé son poignard qu'il pointe sur moi, les yeux brillants de rage.

– Réfléchis bien à ce que tu vas faire, forgeronne. Ta décision pourrait s'avérer sans retour.

– Je choisis la liberté, dis-je en lançant mon attaque.

Ravis la pare avec son poignard avant que j'aie pu terminer mon geste, empêchant la magie de faire son œuvre. Je recule, tente de le frapper, mais à nouveau, il pare mon coup.

Le prince a été formé pour régner. Cette formation comprend l'entraînement au maniement de l'épée. Ce n'est pas un amateur. Les hommes derrière lui s'avancent, dégainant à leur tour. Les forgerons s'agitent, et je devine qu'ils attrapent la première arme à leur portée, prêts à intervenir.

Ce n'était pas censé se passer comme ça. J'avais un plan. J'ai attendu un mardi, pour que la livraison de minerai nous fournisse un véhicule de fuite. Juste après l'heure du déjeuner, quand de la nourriture est éparpillée un peu partout dans la forge, assez pour nous permettre de tenir quelques jours.

Tout le monde dans la forge devrait être endormi. Le prince n'aurait pas dû être là. Kellyn s'enfuit à pied quelque part dans mon dos, Ravis pointe son arme sur moi et une bonne cinquantaine d'individus s'apprêtent à me sauter dessus.

Ils vont l'attraper. Ils vont nous tuer tous les deux, et alors Ghadra sera condamnée.

Le prince n'attend pas que je frappe de nouveau. Il se rue sur moi, et j'arrive tout juste à bloquer son attaque. Mais c'est ce qu'il voulait. D'un geste rapide et puissant, il enroule sa lame autour de la garde de mon épée et d'une torsion du poignet réussit à me désarmer, envoyant l'épée valser sur ma droite.

On plonge tous deux pour la ramasser, atterrissant en mêlée sur le sol. Je grimace quand le poignard du prince m'entaille le bras, et Ravis lâche sa dague, sans doute de peur de tuer sa forgeronne. Il parvient à poser les deux mains sur la poignée de l'épée, j'attrape ses avant-bras par-derrière pour tenter de limiter ses mouvements.

– Arrière ! ordonne Ravis à ses troupes, qui s'immobilisent.

Visiblement, il ne tient vraiment pas à ce que je sois blessée dans la bagarre.

J'entends Strax crier : « Poursuivez le mercenaire ! », et les soldats se précipitent. Leur chef ne les suit pas, préférant rester auprès de son prince, au cas où il lui faudrait intervenir.

Ravis est plus petit et plus faible que moi, mais il s'agrippe à l'épée d'une poigne de fer. Il parvient à se retourner sur le ventre, alors je l'entoure, lui saisis les bras, le hisse à genoux et le force à balayer l'air d'un coup d'épée.

Strax et les quelques soldats restés à ses côtés s'écroulent, endormis.

– Ziva, arrête ! hurle Elany.

Je répète l'opération en direction des forges, Elany et les forgerons s'affaissent à leur tour.

Des cloches sonnent à toute volée depuis le palais, donnant l'alerte. J'entends un bruit de pas précipités : des renforts sont en route.

– Dégage ! hurle le prince.

Il réussit à se remettre debout, m'entraînant dans son mouvement. Il recule, me marche sur le pied, tente de me repousser. Je lui saute sur le dos, enroule mes jambes autour de sa taille, crochetant mes chevilles l'une à l'autre, sans relâcher ma prise sur l'épée qu'il tient toujours à deux mains. Tournant la tête de côté, il me mord le bras. Sous la douleur, je relâche mon bras droit et laisse retomber mes jambes, avant de changer de tactique : je le pousse en avant de toutes mes forces. Ravis se retrouve de nouveau par terre, à plat ventre. J'attends qu'il se retourne pour lui sauter dessus, sans lui laisser le temps d'user de son arme. À califourchon sur lui, je lui cloue les bras au sol au-dessus de sa tête.

– Assez ! s'écrie Ravis, manifestement humilié par l'indignité de sa position. Saisissez-la ! hurle-t-il aux renforts qui approchent à toute vitesse.

Ils auront raison de moi en deux secondes si je ne lui arrache pas l'épée ! Il ajoute à mon intention :

– Je te ferai pendre pour ça ! J'aurais dû te tuer quand j'en avais l'occasion !

– Lâche cette épée !

– Non !

Soudain, un grondement emplit l'air et fait trembler le sol. Un roulement de sabots et de roues qui écrasent sans distinction cailloux et plantes. Je lâche Ravis du regard une seconde pour voir Kellyn passer en trombe, juché sur la charrette de minerai. Soldats et forgerons s'écartent de son passage en catastrophe, mais certains ne sont pas assez rapides. Les os craquent sous les sabots, et les cahots sont si forts que Kellyn manque être jeté à bas de son siège. Il freine son attelage, fait demi-tour et revient au galop pour décimer une nouvelle vague de soldats.

Pendant ce temps, je continue de lutter contre Ravis. Il se sert de sa science du combat pour essayer de me repousser, tandis que je l'écrase de toutes mes forces. Je pense avoir plus d'endurance que lui, mais combien de temps me faudra-t-il pour le maîtriser ?

Ravis parvient à dégager l'un de ses bras et à m'envoyer un coup de poing. Je l'esquive, mais il en profite pour nous faire rouler sur le côté. Cette fois, c'est lui qui se retrouve sur moi, il m'écrase les poumons, me donne des coups de coude pour me forcer à lâcher prise. Du coin de l'œil, j'aperçois des joyaux qui scintillent au soleil et je tends une main pour attraper le poignard du prince qu'il a laissé tomber dans la bagarre.

L'instant d'après, je presse la lame contre son cou d'une main, l'autre bloquant toujours sa prise sur l'épée bâtarde.

– Lâche cette arme ou je te tranche la gorge avec ton propre poignard !

L'épée tinte en retombant sur le sol.

– Maintenant, ôte-toi de là !

Il se relève, me laissant étendue dans la poussière. Son regard se pose sur quelque chose derrière moi. Il éclate de rire.

– Tu as perdu, et maintenant…

Le prince s'effondre, sa poitrine se soulevant et s'abaissant au rythme d'une respiration profonde. Je suis enfin sur mes pieds, avec à la main l'épée ensorcelée dont je viens de me servir pour endormir Ravis. Essoufflée, le bras dégouttant de sang et de sueur, entourée de ronflements qui s'élèvent de toute part, je me tourne pour voir ce qu'il regardait.

– Pas un geste ! ordonne une garde.

Comme une douzaine d'autres, elle pointe son épée sur le torse de Kellyn. Des centaines de soldats semblent se déverser du palais, répondant à l'alerte. Mais ceux qui sont déjà là ont vu le pouvoir de l'épée et n'ont clairement aucune envie de s'en approcher. Au lieu de quoi, ils pensent pouvoir aider leur souverain en s'attaquant une fois de plus à ma faiblesse : le mercenaire. Damné soit-il !

– J'ai fait de mon mieux, dit Kellyn. Tu es libre. Va-t'en. Personne n'osera t'arrêter tant que tu portes cet engin, ajoute-t-il en désignant l'épée d'un coup de menton.

– Voilà comment ça va se passer, commence la garde la plus proche de Kellyn, sans doute la plus gradée après Strax. Tu vas lâcher cette arme, ou bien je l'étripe comme un cochon.

Je suis bien au-delà de la peur, l'adrénaline court dans mes veines et la magie de l'épée m'insuffle force et vie.

Le choix est simple.

– Désolée, Kellyn.

Je balaye l'air de mon épée avant que les gardes puissent réagir.

Kellyn s'écroule en même temps que tous ceux qui l'encerclent. Les soldats qui se trouvaient hors de portée me chargent, mais un nouveau coup d'épée les terrasse aussitôt. Bientôt, les abords du palais de Ravis sont jonchés de corps endormis.

J'attends encore quelques minutes de voir si d'autres renforts vont surgir, mais comme les chefs des troupes de Ravis sont tous plongés dans un profond sommeil, il ne reste plus personne pour donner des ordres. Les quelques domestiques et gardes encore debout n'osent pas s'approcher. Les cloches ont cessé de sonner depuis longtemps.

Je suis entourée d'ennemis en état de vulnérabilité totale. N'importe qui pourrait venir leur trancher la gorge. Si Ravis avait mis la main sur cette arme, il l'aurait utilisée en première ligne, neutralisant ses adversaires en masse avant que ses soldats ne les tuent sans résistance.

Je baisse les yeux sur le prince qui gît à mes pieds et suis envahie d'une rage froide. Il a voulu faire de moi son esclave. Il m'a peut-être coûté la vie de Temra en capturant Serutha. C'est à cause de lui que je suis séparée de mes amis.

Et il a menacé Kellyn.

C'est peut-être idiot, mais je détache le fourreau fixé à sa ceinture et glisse dedans le poignard. Ravis m'a volé des semaines de vie, à mon tour de lui voler quelque chose de précieux.

Sur l'un des gardes endormis, je récupère un fourreau pour l'épée bâtarde, puis je cherche parmi les corps celui de Kellyn. Il ronfle plus fort que tout le monde, et je retiens un sourire en le voyant.

À force de manœuvres, je réussis à stationner la charrette au plus près de Kellyn sans écraser personne, puis hisse le mercenaire endormi sur mon dos pour le déposer enfin sur le plateau arrière. Ensuite, me souvenant de Lady Tueuse, je trouve Strax et récupère l'espadon de Kellyn. Je ne sais pas où sont mes marteaux (ni le bec-de-corbin que j'ai ensorcelé), et je n'ai pas le temps de les chercher. Il me faut partir avec ce que j'ai pu sauver.

Je rassemble autant de nourriture que possible, privilégiant ce qui se gardera un moment. Du pain, de la viande séchée. Quelques fruits et légumes, qu'on pourra manger en premier.

Je fais rouler une barrique d'eau que je charge dans la charrette, enfile une capeline volée à un soldat, m'assure qu'elle dissimule mon visage, saute sur le siège du cocher et fais claquer les rênes.

Et nous voilà partis.

Chapitre
— 10 —

Je n'ai aucune idée d'où je vais. Derrière moi, le château dresse son ombre imposante. Jusqu'ici, mon seul but a été de m'éloigner du fief de Ravis, mais à présent il me faut trouver le moyen de rejoindre Skiro. Je conduis une charrette chargée d'un mercenaire endormi : emprunter la bonne route est crucial.

J'imagine que, tant que Kellyn dort, Ravis et ses gardes en font de même. Mais ça veut dire que je ne peux pas compter sur l'aide du mercenaire.

Sur la grande place de la ville, je cherche la personne la moins intimidante, une jeune fille de mon âge, et lui demande la route la plus directe vers le sud.

– La seule route qui vous mènera dans cette direction est celle de Briska. De là, vous pourrez aller vers le sud.

Je retiens une grimace. La dernière fois que nous sommes passés à Briska, ça s'est mal terminé. Nous avons été battus et emprisonnés.

– C'est un long voyage, me prévient-elle. Sans vouloir vous offenser, vous ne me paraissez pas avoir assez de provisions pour tenir jusque-là. La plupart de ces produits se gâteront très vite.

Je perds de précieuses minutes à troquer de la nourriture fraîche contre des denrées moins périssables. Je vends ensuite le poignard de Ravis pour acheter des selles, des sacoches, des outres d'eau, des nécessaires de couchage et autres fournitures.

On n'ira pas loin si on n'a pas tout ce qu'il nous faut pour voyager. La dernière fois qu'on a essayé, on n'avait qu'une semaine de route pour rejoindre la ferme familiale de Kellyn, et il connaissait assez le terrain pour nous procurer de la nourriture en chemin.

Cette fois, on n'a aucun de ces atouts.

La charrette bien remplie, je trouve la bonne route et pousse les chevaux. J'ai l'espadon de Kellyn accroché dans le dos et l'épée du sommeil posée à côté de moi. Pourtant, je n'ai pas confiance dans mes capacités à nous défendre si on devait subir une attaque.

Je ne commence à me détendre qu'une fois sortie de la ville. Les immeubles font place aux chaumières qui disparaissent à leur tour après un moment. Les cactus et buissons épars sont remplacés par des arbres. Du pin et du sapin. Une essence à feuilles caduques jaunes et à l'écorce blanche. Les feuilles sèches crépitent sous les roues de la charrette, détachées des branches par une brise légère.

Je croise quelques personnes sur la route, mais nous n'échangeons aucune parole. On n'entend ni cor ni aboiement de chien. Aucun signe de poursuite. Et Kellyn dort toujours profondément. Je vérifie de temps en temps qu'il respire encore. J'essaie même de le réveiller. Je le secoue par l'épaule. Crie son nom. Aucune réaction.

La magie est décidément une force puissante.

Le soir tombe, pourtant, je ne fais pas de halte. J'autorise les chevaux à passer du trot au pas, mais c'est le seul répit que je peux leur offrir. Il nous faut mettre le plus de distance possible entre nous et Ravis, d'autant plus que je suis obligée de rester sur la route. Impossible d'emprunter des chemins de traverse avec une charrette.

Je repense à la dernière fois où j'ai voyagé avec un Kellyn inconscient. Temra et moi avions tout juste réussi à l'attacher sur un cheval. On l'avait en quelque sorte enlevé. Il avait accepté de nous escorter sur la route de Thersa, avant de s'écrouler ivre mort, ayant fêté toute la journée son vingtième anniversaire. Il a deux ans de plus que moi.

Je me souviens de ma dispute avec Temra, ce jour-là. Elle soutenait qu'on avait besoin de Kellyn pour nous protéger, qu'il fût sobre ou pas sur le moment. Je ne voulais pas d'un inconnu avec nous, encore moins si je le trouvais attirant.

Je donnerais tout pour pouvoir me disputer encore avec ma sœur.

Je ne sais pas ce que je ferai si je parviens jusqu'à Skiro et apprends finalement qu'elle est morte. Que je n'ai pas été assez rapide. Que Serutha n'a rien pu faire pour la sauver.

À l'idée de perdre ma sœur, mes yeux s'emplissent de larmes.

– Arrête, je me réprimande, me forçant à penser à autre chose.

Mais la seule autre chose à laquelle penser, ce sont les bois obscurs. Durant le jour, le feuillage déployait une gamme merveilleuse de jaunes dorés, d'orange cuivrés et de rouges flamboyants. À présent, tout est gris et noir. Ombres et chuchotis.

Je n'ai croisé aucun voyageur depuis au moins une heure. La plupart ont sans doute déjà dressé leur campement pour la nuit. Mais je n'ai pas ce luxe.

Chaque son me pousse à me retourner. Les chevaux deviennent nerveux, tressaillant à chaque brindille qui craque, à chaque bruissement de feuilles.

Je voudrais avoir des yeux derrière la tête. Je me mets à imaginer de sombres silhouettes rampant dans mon dos, prêtes à bondir. Je suis transie de froid, mais incapable de me résoudre à chercher une couverture à l'arrière de la charrette. Il me paraît plus sûr de ne pas bouger.

Je perds la notion du temps. L'épuisement dont m'avait débarrassée l'épée m'a rattrapée et je me sens prête à craquer à la moindre provocation.

– Qu'est-ce qui se passe ?

Je fais un bond avant de reconnaître la voix de Kellyn. Je crois que j'ai crié parce qu'il ajoute : « Désolé ». Quand les battements de mon cœur se calment un peu, je réponds :

– On est en fuite.

– Ah, dans ce cas, rien de nouveau.

Il vient me rejoindre à l'avant, et je sens tout mon être se détendre à la proximité de ce corps. Je n'ai jamais eu peur du noir, mais si on y ajoute la crainte d'être reprise, il prend soudain une dimension terrifiante.

Le corps de Kellyn est tout chaud, et j'espère qu'il ne remarque pas que je me rapproche de lui. Je suis plus que soulagée qu'il aille bien, et sa présence auprès de moi dans cette situation effrayante me réconforte au plus haut point.

Pourtant, je ne devrais pas chercher la proximité physique avec lui. Je devrais le jeter à bas de la charrette pour avoir révélé mon identité à Ravis, et ce qui s'en est ensuivi. Toutes ces armes magiques qui sont désormais entre les mains des soldats de Ravis.

Plus tard. J'enragerai contre lui plus tard. Pour l'instant, j'essaie seulement de réaliser que nous sommes tous les deux sains et saufs.

– Je ne me souviens plus... dit Kellyn. Attends, tu venais de battre Ravis et de lui reprendre l'épée. Ses hommes me tenaient en joue.

– Je n'avais pas d'autre choix que d'utiliser l'épée. Tu as succombé à son pouvoir comme les autres.

– Je ne me plains pas.

Kellyn me prend dans ses bras et me serre fort contre lui. Je sens ses lèvres déposer un baiser sur ma tempe.

C'est une sensation très agréable, hormis la pointe de culpabilité qui l'accompagne.

– Je savais que tu nous délivrerais tous les deux. Je n'en ai jamais douté.

Il est bien le seul.

– Si tu es éveillé, alors tout le château l'est aussi. Il faut qu'on selle les chevaux et qu'on quitte la route. Elle mène à Briska, mais si on part tout droit vers le sud, on atteindra la capitale de Skiro bien plus vite que les hommes de Ravis.

Kellyn relâche son étreinte.

– Tu ne tiens pas debout. Laisse-moi conduire un moment, repose-toi une heure ou deux dans la charrette. Ensuite, on sellera les chevaux.

– On n'a pas le temps. On doit quitter la route tout de suite. Les soldats iront plus vite sans charrette pour les ralentir.

– Une heure, insiste-t-il.

– Je refuse de prendre le risque d'être à nouveau capturée !

J'ai presque crié et j'espère qu'il entend le « à cause de toi » bien que je ne le prononce pas.

– Et si on partageait un cheval ? Tu pourrais dormir contre moi ?

Il n'a pas l'air perturbé le moins du monde par mon accès de colère et arrête les chevaux avant que je puisse répondre. En deux temps trois mouvements, nous avons sellé les deux chevaux et transféré les provisions dans les sacoches.

– Comment tu t'es procuré tout ça ?

– J'ai vendu le poignard de Ravis.

Il sourit.

On dissimule la charrette du mieux qu'on peut, la traînant aussi loin de la route que possible avant de la recouvrir de branchages et de feuilles. Ensuite, il se met en selle et me tend la main.

– Je peux monter à cheval.

– Je sais, mais ce n'est pas nécessaire. Allez, Ziva, laisse-moi prendre mon tour de garde. Grâce à toi, je suis parfaitement reposé.

Je ne prends sa main que parce que je suis morte de fatigue. Je tente d'ignorer la chaleur qui se répand dans mon bras. J'éprouve des picotements quand je colle mon dos à son ventre, un sentiment étrange où se mêlent terreur, exaltation et frustration. Il fut un temps où j'arrivais à me détendre en sa présence. Mais les choses ont changé. Ravis a menacé de le tuer, et j'ai trimé jour après jour pour le garder en vie. Évidemment, je tiens encore à lui, mais ça ne change rien au fait qu'il m'a causé du tort et a trahi ma confiance. Je ne sais plus où on en est. Je ne sais pas comment démêler tous ces sentiments contraires qui luttent en moi.

Je dois être encore plus fatiguée que je le croyais parce que, soudain, je suis en train de me réveiller.

Kellyn entoure ma taille de son bras pour m'empêcher de tomber. Mon hongre, attaché au pommeau de la selle par une longe, suit derrière.

J'ai chaud et je suis bien, alors que je ne devrais pas, vu que j'ai dormi en position assise. Mais je me sentais en sécurité, ce qui ne m'était pas arrivé depuis longtemps. Et puis, quelle sensation agréable d'être enveloppée entre les bras de Kellyn, de sentir son corps derrière moi. J'ai envie de m'étirer, de reposer ma tête contre son épaule, de l'enfouir dans son cou pour humer son odeur. Au lieu de quoi je l'informe :

– Je suis réveillée.

– Rendors-toi. Il n'est que midi. Tu as encore besoin de repos.

– Ne me dis pas ce que je dois faire.

Je lui prends les rênes des mains et arrête le cheval. Je mets pied à terre, détache mon hongre noir comme la nuit et me mets en selle.

Ainsi je peux retrouver ma lucidité. Parce que Kellyn ne me touche plus.

Il ne dit pas un mot tandis qu'on chemine, et le silence qui s'installe m'apparaît si chargé que ça me rend furieuse. Je résiste aussi longtemps que possible à l'envie de parler.

– Tu sais où on va ? je demande enfin.

– Le soleil s'est levé de ce côté. On se dirige vers le sud. Ne t'inquiète pas. Je gagne ma vie en voyageant, tu te souviens ?

Le silence retombe et il m'est insupportable. On a été emprisonnés pendant des semaines dans les forges avec l'interdiction de se parler, mais maintenant qu'on le peut, il n'a rien à me dire ?

Il doit bien se rendre compte que je suis énervée. Pourquoi ne m'interroge-t-il pas ?

– Qu'est-ce que tu fais ?

– Je nous conduis à Skiro.

– Tu es silencieux. Tu es plus bavard d'habitude.

– Si tu veux parler, je t'en prie. J'ai cru comprendre que tout ce que je pourrais dire ne ferait qu'attiser ta colère. J'ai tort ?

Il n'a pas tort, et ça me met encore plus en colère.

– Kellyn, dis-je en arrêtant mon cheval.

Il fait pirouetter sa jument alezane pour me regarder en face.

– Ne révèle plus *jamais* mes pouvoirs à quiconque sans ma permission.

Je le regarde dans les yeux en prononçant ces mots, insufflant toute la gravité dont je suis capable dans ma voix.

– Il allait te tuer, réplique-t-il.

– J'aime mieux mourir que forger des armes qui détruiront Ghadra.

– Dans ce cas, tu aurais dû refuser.

– Il ne menaçait pas de me tuer moi, mais *toi* !

Faisant demi-tour, il pousse de nouveau sa jument.

– Alors je ne vois pas où est le problème.

Je mets mon cheval au trot pour dépasser Kellyn et lui bloquer le passage.

– Le problème, c'est que je ne veux causer la mort de personne. Et c'est toi qui m'as mise de force dans cette situation !

– Tu aurais dû traverser l'armoire. C'est toi qui m'as forcé la main.

– Et tu n'aurais pas dû me quitter !

Il ouvre de grands yeux, mais ne dit rien.

J'ai le ventre noué et des larmes coulent le long de mes joues.

– Ma sœur était mourante. Elle est peut-être déjà morte, et toi, tu t'es dit que tu pouvais te sacrifier et m'obliger à te perdre toi aussi.

Je baisse la tête, essuie mes larmes, fais des tentatives pitoyables pour me ressaisir. Puis je remets mon cheval dans la bonne direction et le pousse en avant.

Lorsque Kellyn reprend la parole, sa voix est un ton plus grave que d'habitude.

– Je croyais que tu ne voulais plus de moi. Je croyais que tu te fichais de mon sort du moment que ta sœur était sauvée. J'essayais juste de t'offrir ce que tu voulais. Ce que tu mérites.

Je ne parviens sans doute à prononcer les mots suivants que parce que je lui tourne le dos :

– Ce n'est pas parce que je ne peux pas être avec toi que je ne tiens pas à toi. Jamais je ne pourrais accepter que tu sois tué ou emprisonné, ou que tu ne mènes pas une vie heureuse.

– Et comment j'aurais pu le savoir ? Après le combat contre Kymora, tu m'as ignoré. On n'a même pas parlé de ce qui s'était passé. Temra était blessée et requérait toute ton attention ; je comprends. Mais à présent, ce n'est plus le cas, et je compte me défendre. J'étais dans le feu de l'action, Ziva. Je n'ai pas saisi ce que tu disais quand tu m'as demandé de sauver Temra. Je t'ai vue être enlevée et j'ai réagi. Tu peux me reprocher ce que tu veux, mais c'est Kymora qui a blessé ta sœur, pas moi. Et tout ce que j'ai fait depuis, je l'ai fait dans le but d'aider Temra.

– Ah oui ? En quoi révéler mes pouvoirs à Ravis et lui donner l'idée que je forge des armes pour détruire le monde va aider Temra ? Ou Petrik ? Ou tous ceux qui seront massacrés dans la guerre que veut mener Ravis ?

– Premièrement, je n'avais pas vraiment le temps de demander ta permission avant de dévoiler ton identité à Ravis. On te menaçait d'un couteau ! J'ai dû réfléchir vite et sous la pression. C'est la seule chose que j'ai trouvée pour te sauver la vie. Deuxièmement, je savais que tu nous sortirais de là avant de faire trop de dégâts.

– Tu ne pouvais pas le savoir ! Et d'ailleurs, tu te trompais parce qu'aujourd'hui Ravis a des dizaines d'armes magiques pour l'aider dans sa conquête.

– La plupart ne sont pas si puissantes, et tu as récupéré Lady Tueuse.

– Quelqu'un a mon marteau-bouclier, et puis il y a ce bec-de-corbin…

– Ziva, ce n'est pas grave.

– Si, c'est grave ! Nous sommes les seuls à pouvoir prévenir le prince Skiro que la guerre est imminente. Si on n'arrive pas là-bas à temps, ce sera un bain de sang. Des gens que j'aime seront tués par des armes que j'ai forgées ! Et tu crois que Ravis s'arrêtera au territoire de Skiro ? Non. Il veut reprendre ce qu'il considère comme son droit de naissance. Il va s'arroger le pouvoir sur les six territoires et unifier Ghadra. Je n'ai pas seulement condamné ma famille et mes amis, j'ai condamné le royaume tout entier. Comment le supporter ? Ça me fait mal, Kellyn, ici, dans ma poitrine. Ça m'empêche de respirer.

Rien que d'y penser, ma respiration s'accélère dangereusement.

– Du calme, dit Kellyn.

Saisissant les rênes de ma monture, il nous arrête tous les deux et me prend la main. Du haut de son cheval, il ne peut pas faire beaucoup plus.

– Tu te souviens de ce que je t'ai dit quand tu paniquais au sujet de Kymora et Mange-Secrets ?

– Je panique souvent. Il va falloir que tu sois plus précis.

Il retient un sourire.

– Tu n'es pas si importante.

– Pardon ?

– C'est ce que je t'ai dit. Tu n'es pas si importante. Tu n'as pas à porter le poids du monde sur tes épaules. C'est injuste, et ce n'est pas ta faute. C'était la faute de Kymora. C'est celle de Ravis. De ceux qui leur ont juré allégeance. Tant que tu te bats du côté de la justice, tu n'as rien à te reprocher.

– Peu importent mes intentions si mes actes causent la mort d'innocents.

– On ne peut pas savoir ce qui va se passer, mais on fera de notre mieux, le moment venu, pour régler le problème. Pour l'instant, tu devrais essayer de te concentrer sur ce que tu as sauvé. Tu as sauvé le monde des ravages qu'aurait causés Mange-Secrets. Tu as sauvé Temra. Tu as sauvé Petrik. Tu m'as sauvé, *moi.* Mais surtout, tu t'es sauvée toi-même. Tu as fait beaucoup de bonnes choses.

– Je n'arrive même pas à les voir, elles sont enfouies sous tout le mal que j'ai causé.

Les actes qu'il m'a obligée à commettre.

Il me serre la main une dernière fois avant de la lâcher, et on se remet en marche.

– Je ne sais pas toujours trouver les mots justes, mais rappelle-toi que je suis là. Tu n'es pas seule.

– Merci.

– Merci de m'avoir sauvé. Même si tu n'en avais sans doute plus envie, finalement.

Comment peut-il penser cela ?

– Je ne t'abandonnerai jamais. Je n'aurais pas supporté de traverser l'armoire sans toi. Je ne pouvais pas rentrer saine et sauve dans le territoire de Skiro en n'ayant aucune idée de ce qu'il adviendrait de toi. Ça me rend déjà folle de ne pas savoir où en est Temra.

– Je l'ignorais.

– Tu me crois superficielle au point de ne plus me soucier de ce qui t'arrive, juste parce que tu as fait des choses qui me déplaisent ?

– La seule constante dans ma vie, ç'a toujours été ma famille. Je voyage en permanence. Je peux nouer des relations amicales avec les gens qui m'emploient, mais une fois que je les ai menés à bon port, c'est terminé. Je ne les revois plus jamais. Je suis obligé de passer à autre chose, sinon c'est beaucoup trop déprimant. Je n'aurais pas dû présumer que tu fonctionnais de la même façon.

Ça veut dire qu'il est passé à autre chose ? Parce qu'il en a l'habitude ? Ce serait… bien, non ? On s'est trop querellés, on s'est fait trop de mal pour réussir à tout surmonter, n'est-ce pas ? Je ne sais pas quoi penser. Je n'ai jamais rompu avec qui que ce soit jusqu'à maintenant.

Pourtant, un grand vide se fait dans mon cœur à l'idée qu'il ait déjà tourné la page.

Au bout d'un moment, Kellyn se met à pouffer. Je le regarde, certaine qu'il a lu dans mes pensées et qu'il se moque de moi.

– Désolé, dit-il. Je pensais au fait qu'hier soir c'était la deuxième fois que je me réveillais alors que tu me transbahutais quelque part.

– Tu devrais m'en être reconnaissant.

– Oh, je le suis ! dit-il en gloussant de nouveau.

– Si c'est pour te moquer de moi alors que je souffre, tu peux partir de ton côté.

Je n'ai vraiment pas envie qu'il me quitte, mais j'ai ma fierté. J'ajoute pour faire bonne mesure :

– Mais la nourriture et les provisions sont à moi. Je les ai achetées.

– Avec le poignard volé à Ravis.

– Ça ne change rien. Et n'oublie pas que c'est ta faute si tu es dans ce pétrin.

– Comme pour tout le reste.

– Naturellement.

Il arbore un grand sourire en regardant la route devant nous.

– Je prends le risque de rester avec toi, même si tu es une teigne.

Après ça, le silence se fait plus convivial.

Chapitre

— 11 —

Avant qu'il ne fasse trop sombre, j'arrête mon hongre au pied d'une sorte d'érable aux feuilles rouges et aux premières branches basses. Puis j'entame mon ascension.

Kellyn ne me demande pas ce que je fais. Il me suit sans un mot.

Quand j'étais petite, je grimpais tout le temps aux arbres. C'était une échappatoire idéale. À trente mètres de haut, personne ne vient vous chercher pour vous parler. Comme notre maison à Lirasu se trouvait à la périphérie de la ville, l'accès à la forêt était facile.

Mes mains sont couvertes de sève, mes genoux sont écorchés et je me sens merveilleusement bien. Les arbres sentent délicieusement bon. Une odeur différente de la forêt de chez nous, mais toujours fraîche, verte et libre. Tandis que je me rapproche du sommet, l'arbre se balance dans le vent et je ris de cette sensation.

Et puis, je perce la canopée.

Sous mes yeux se déploie un océan de vert avec des touches d'or, d'orange et de rouge annonçant l'automne. C'est beau. Paisible. Pourquoi Ravis ne peut-il se satisfaire de ce qu'il a ? Son territoire est magnifique.

Lorsque Kellyn me rejoint à la cime, je lui montre ce que je cherchais.

Il est un peu essoufflé, mais il repère tout de suite la fumée. Quelques kilomètres à peine derrière nous.

– Ils sont plus proches que je le pensais, dit-il.

– Mais ils ont monté le camp pour la nuit. Poussons les chevaux encore un peu avant d'en faire de même.

– Je crois qu'ils sont restés sur la route principale. Ils n'ont pas trouvé la charrette et s'imaginent qu'on se dirige au sud-est, vers Briska. On devrait faire halte maintenant. Il faut ménager nos chevaux, on leur en a beaucoup demandé.

On ne prend pas le risque de faire du feu, de peur que nos ennemis ne nous repèrent aussi facilement qu'on les a détectés. Kellyn monte la tente, pendant que je vais chercher les nécessaires de couchage et le dîner.

En retournant auprès du mercenaire, je suis prise d'une violente crise nerveuse.

Parfois, ça m'arrive. Ça vient de nulle part et je ne sais pas toujours pourquoi ça me prend. Parfois, ça frappe sans raison. Mais en général, c'est lié aux personnes qui m'entourent à ce moment-là.

Et je viens de réaliser qu'il n'y en a qu'une, présentement. Il n'y a que moi, Kellyn et une seule tente.

Le mercenaire et moi avons déjà traversé Ghadra ensemble, mais nous étions avec ma sœur et Petrik. Jamais seuls tous les deux. Alors que nous avons un passif, que nous avons échangé des baisers, des caresses, qu'il y a eu entre nous des sentiments, et ensuite Temra a été blessée et tout est allé de travers et…

– Ziva.

Je plonge dans ses yeux dorés, et l'angoisse augmente d'un cran.

– Hé, respire ! Ça va aller. Est-ce que je peux faire quelque chose ?

– Hum… tu pourrais juste t'éloigner un moment ?

Un silence.

– Oui, je peux faire ça.

Je me fais l'effet d'un monstre de lui demander ça, mais je ne retire pas mes paroles. J'attends pendant qu'il s'en va dans la direction de nos poursuivants, s'interposant entre eux et moi. Je le regarde s'éloigner jusqu'à disparaître complètement.

Et alors seulement je peux à nouveau respirer.

Je me concentre sur la préparation de nos couchages, tapotant les oreillers aplatis, ajoutant des couvertures supplémentaires. Je desselle les chevaux, les attache avec beaucoup de longe pour qu'ils puissent brouter et se reposer. Puis je retourne sous la tente et m'assieds du côté qui m'est réservé.

Comme je n'ai plus rien à faire, je suis bien obligée d'affronter mes pensées.

Kellyn ne va pas te faire de mal. Il ne va rien se passer d'effrayant. Il ne dira rien qui puisse te gêner ou t'humilier. Il n'est pas comme ça.

Enfin, pas d'habitude. De temps en temps, il ne peut pas s'empêcher de me taquiner.

Et tu aimes ça. Tu aimes le taquiner. C'est donnant-donnant.

Je me concentre sur ma respiration, me frotte les bras pour en chasser le fourmillement désagréable. La solitude me réconforte un peu, mais je me mets à stresser en pensant au moment où Kellyn va revenir. Et si je dis quelque chose d'embarrassant ? Et si je m'humilie toute seule ? Je suis coincée jusqu'à ce qu'on atteigne Skiro, et déesses savent combien de temps ça nous prendra.

Je me balance doucement pour tenter de me calmer, pour freiner la spirale de mes pensées.

Kellyn me trouve dans cette position, recroquevillée sous la tente. Je suis sûre qu'il s'est absenté au moins une heure, et pourtant, je ne suis pas encore remise.

– Je déteste être en crise et je déteste que tu me voies dans cet état.

Je m'enveloppe dans la couverture et la tire au-dessus de ma tête, comme une barrière entre Kellyn et moi. Il s'assied sur son couchage. Je ne tourne pas la tête pour éviter qu'il voie mon visage.

– On discutait sans problème quand on était en chemin. Qu'est-ce qui a changé ? J'ai fait quelque chose ? demande-t-il.

– C'est que… hum… j'ai réalisé qu'on est seuls tous les deux et qu'on va dormir dans la même tente.

– Tu sais que je ne tenterais jamais…

– Je sais. Ce n'est pas ça. Ça n'a rien à voir avec toi. Ça ne fonctionne pas comme ça. Ce n'est pas rationnel. C'est un sentiment qui m'envahit parfois. Un sentiment douloureux qui m'empêche de réfléchir.

Il joint ses mains sur ses genoux. Je discerne son geste du coin de l'œil.

– Tu veux en parler ? M'expliquer ? Est-ce que ça t'aiderait ?

– Je ne sais pas.

– D'accord.

J'en parle tout le temps avec Temra. Elle est indulgente. Elle m'accepte comme je suis. Elle m'aime d'un amour inconditionnel, car elle est ma sœur.

Kellyn n'est pas obligé de m'accepter. Il pourrait me rejeter d'un instant à l'autre, et c'est pourquoi en parler avec lui est tellement plus difficile. Il ne le propose que par politesse. Je ne veux pas être un objet de pitié.

Pourtant, on doit collaborer si on veut s'en sortir, et s'il y a un moyen de diminuer mon angoisse, je me dois d'essayer.

Kellyn patiente pendant que je cherche les mots justes dans mon cerveau encombré. Chaque parcelle de mon corps me crie de m'enfuir. De trouver la solitude, dans un endroit sûr.

Mais des ennemis sont à nos trousses, c'est ici que je suis le plus en sûreté.

– Pense à l'expérience la plus humiliante de ta vie, dis-je.

– OK, j'y suis, dit-il après quelques secondes.

– Pense à ce que tu as ressenti. Maintenant, multiplie cette sensation par cent et imagine ressentir la même chose chaque fois que tu es en présence d'une ou plusieurs personnes. Ou sans raison aucune. Et comment ce sentiment t'oblige à repenser à chaque idiotie que tu as jamais commise ou dite devant des gens. Tous ces instants s'additionnent à mesure qu'ils te reviennent en mémoire, et bientôt, tu as perdu tout contrôle.

Kellyn soupire.

– C'est *ça* que tu ressens tous les jours ?

– Oui. Et parfois, je suis épuisée alors que je n'ai rien fait de spécial. C'est comme si mon esprit et mon cœur avaient couru un marathon, et que seule la solitude leur redonnera des forces.

Kellyn se lève, et je perçois l'affaissement de mon couchage quand il s'assied à côté de moi. De la chaleur quand ses bras m'entourent.

– C'est mieux comme ça ou c'est pire ?

– Les deux.

– Et si je serre un peu plus fort ?

– C'est plutôt mieux.

Il appuie sa tête contre la mienne, et le seul fait que quelqu'un tente de me comprendre me réconforte.

– Je veux que tu saches que je suis vraiment contente de ne pas être seule. Je suis contente que tu sois avec moi. Je me sens plus en sécurité. Mais il y a des moments où j'ai besoin de solitude, pour ma santé mentale. Tu comprends ?

– Je crois. Merci de m'en avoir parlé. De m'aider à comprendre. Je ne saurai jamais exactement ce que tu vis, mais j'espère que tu sais que tu peux toujours me confier comment tu te sens, ou ce dont tu as besoin.

– Merci.

Après un moment, il demande :

– Tu veux que je te raconte ma plus grande humiliation ?

– Bien sûr.

Tout en me gardant dans ses bras, il me parle de l'un de ses premiers boulots de mercenaire.

– Il est sorti de nulle part. A volé la bourse directement sur la selle de ma cliente. Je l'ai poursuivi au milieu de la route encombrée. Je n'ai pas vu une flaque d'eau créée par la pluie de la veille. Je suis arrivé dessus à pleine vitesse, j'ai glissé et je suis tombé à plat dos dans la gadoue. Il s'est enfui.

– Ça n'a pas l'air si terrible.

– À l'époque, je trouvais ma cliente attirante. J'ai glissé, je me suis rétamé et j'ai perdu l'argent sous les yeux d'une très jolie femme. Et si ça ne suffisait pas, ce soir-là, à la taverne où je me rendais pour trouver un nouveau boulot, tout le monde racontait mes exploits ! Quelqu'un m'a pointé du doigt, et j'ai dû revivre tout l'épisode humiliant. Il m'a fallu gagner la ville suivante pour trouver du travail.

À mon tour de glousser, disparus le malaise et la tension.

Mais mes pensées s'emballent. J'essaie d'imaginer la belle jeune femme qui l'employait. Ont-ils vécu une histoire au cours de leur voyage ? Se sont-ils embrassés ? Sont-ils allés plus loin qu'un simple baiser ? Pense-t-il encore à elle ?

Je ferme les yeux, comme si ça pouvait chasser ces images.

C'est alors que Kellyn se met à me caresser le bras, me distrayant de ces pensées importunes. Chaleur plaisante et contact humain. Je compte chaque caresse tandis que ma respiration s'apaise, que le calme revient enfin dans mon esprit.

†

Quelques jours plus tard, je remonte à la cime d'un arbre pour tenter de localiser nos poursuivants. Ce que je découvre est pire que tout ce que j'avais pu imaginer.

Je me laisse glisser au bas de l'arbre, m'écorchant la paume des mains au passage.

– Il faut partir, j'annonce en remballant les restes de notre déjeuner.

– Qu'est-ce qui se passe ?

– De la poussière. Elle obscurcit le ciel. Au début, je ne comprenais pas, mais…

– L'armée de Ravis est en marche, dit Kellyn.

– Ils ne devraient pas être prêts si tôt ! À quoi pense Ravis ?

Nous sautons en selle et mettons les chevaux au trot.

– Il veut profiter de l'effet de surprise, réfléchit Kellyn à haute voix. Il marche sur l'ennemi, prêt ou pas. S'ils n'ont pas assez de vivres pour les soldats, ils commenceront sans doute par piller Briska. La ville n'est protégée que par une maigre garnison. Elle n'a aucune chance de résister.

– Il faut qu'on rejoigne Skiro tout de suite. Il pourra prévenir les autres membres de la famille royale grâce à ses portails magiques. C'est tout ce qu'on peut faire pour l'instant.

Il est impossible de galoper ventre à terre au milieu d'une forêt. On pousse nos chevaux autant qu'on l'ose sans les faire trébucher. Un membre brisé équivaut à une sentence de mort pour un cheval.

Je tente de me raisonner : nous avons l'avantage. Nous sommes à cheval, alors que les troupes de Ravis sont à pied. On trace tout droit vers Skiro, alors qu'ils sont obligés de rester sur les routes.

On arrivera en premier. Skiro sera averti.

Je retrouverai Temra en train de rire avec Petrik, tous deux attendant mon retour.

Tout va bien se passer.

†

Pousser les chevaux nous oblige à leur accorder des pauses plus fréquentes. Je brûle de *faire* quelque chose. Se déplacer ne me donne pas l'impression d'être utile. Au contraire, j'ai l'impression de perdre mon temps.

Et même si chaque pas me rapproche de ma sœur, je suis de plus en plus tendue.

– Tu déroutes ton cheval, dit Kellyn, une semaine plus tard.

Je cesse de me tordre les doigts, et la foulée de mon hongre devient aussitôt plus régulière. À force de me sentir triturer les rênes, la pauvre bête ne savait plus si elle devait avancer ou s'arrêter.

Au cours des dix minutes qui suivent, je me rends compte que je dévie sur la gauche.

– Ta jambe, me fait remarquer Kellyn.

Elle est agitée d'un tremblement, et le cheval s'en écarte, croyant que je lui indique de tourner à gauche.

– Tu ne devrais pas t'inquiéter. On distingue à peine l'armée du prince au loin. Notre avance ne fait que s'accroître.

– Parfois, je préférerais ne jamais atteindre Skiro.

En fait, aujourd'hui, je ne pense qu'à ça : combien je n'ai pas envie d'arriver à Skiro, jamais.

– Pourquoi ?

– Parce que si Temra est morte, alors je le saurai. Ne pas savoir me fait moins peur que savoir qu'elle est morte. Mais ne pas savoir est en train de me tuer. Pourtant, si elle est morte, je voudrais l'ignorer encore un peu.

– Mieux vaut savoir. Si tu dois fêter sa guérison ou porter son deuil. Ne pas savoir te rendra folle.

– Je ne veux pas porter un nouveau deuil. Je suis déjà passée par là. Si Temra meurt, j'aurai perdu tout ce qu'il me reste de famille.

– Non. Tu m'auras moi, tu auras Petrik. Nous serons ta famille. Après ce que nous avons traversé ensemble, nous sommes déjà une famille.

Comment peut-il parler ainsi après tout ce qui s'est passé ? Je l'ai entraîné dans mes déboires avec Kymora. J'ai rompu notre relation. Il a tourné la page. Comment peut-il prétendre qu'il sera ma famille ?

Je me sens si lourde, comme si mon sang et mes os s'étaient mués en briques. La simple idée que Temra puisse être morte fait couler des larmes silencieuses sur mes joues. Je sais que son pronostic n'était pas fameux. Elle ne tenait plus qu'à un fil, or il nous a fallu des heures pour récupérer Serutha…

– Si elle ne s'en sort pas, je ne crois pas que j'y survivrai.

– Tu survivras.

– Je ne peux pas vivre sans elle.

– Tu le peux.

– Je sais que tu essaies de m'aider, mais c'est exaspérant quand tu parles comme ça. Tu ne comprends pas. Temra est mon monde. Mon cœur. Mon roc. Elle me protège de tout ce qui me terrifie. Je suis sérieuse quand je dis que je ne survivrai pas sans elle.

Kellyn garde le silence pendant quelques minutes avant de répondre :

– Pardon, Ziva, mais c'est des conneries.

J'ai un hoquet en l'entendant jurer. Kellyn ne jure pas souvent, et quand il se le permet, c'est d'autant plus choquant.

– Je ne sais pas comment tu t'es mis dans le crâne que tu étais une petite chose sans défense. Tu as assuré ta survie et celle de ta sœur quand vos parents sont morts. Tu as réussi à échapper à la seigneuresse de guerre. Tu as sauvé le monde d'une épée toute-puissante.

J'ouvre la bouche, mais il poursuit :

– Et avant de m'objecter que Temra était avec toi tout du long, laisse-moi ajouter que tu as détruit un portail magique pour assurer l'évasion de celle qui peut sauver ta sœur. Tu as été plus rusée qu'un prince, sa cour et toute son armée. Tu m'as fait sortir de la ville en toute discrétion. Et tu as fait tout ça sans ta sœur. Tu es capable d'être forte sans elle.

– C'était différent.

– Non. C'était toi ! Sous la pression. Terrifiée. Seule. Et pourtant, tu as réussi.

– Je n'étais pas seule. Tu étais là.

– Je n'ai rien fait. Je n'ai pas conçu de plan d'évasion. Je n'ai pas forgé d'épée magique pour le réaliser. Je n'ai pas vaincu Ravis en combat singulier.

– Tu as tenu ses hommes à distance avec les chevaux et la charrette.

Kellyn a un geste d'agacement.

– Pourquoi tu fais toujours ça ?

– Faire quoi ?

– Chercher à te rabaisser. Pourquoi es-tu incapable d'admettre que tu as accompli seule des choses incroyables ? Que tu es forte, persévérante, charitable ? Tu es une protectrice, Ziva. Tu as fait tant de bien autour de toi.

– Parce que ce n'est pas ce que je ressens *à l'intérieur*. À l'intérieur, je ne suis rien de tout cela. Je suis faible. Peureuse. Complexée. En permanence. Je ne pense qu'à ça : mes échecs et mes défauts. Ils hurlent plus fort qu'aucun exploit le pourrait jamais.

Kellyn soupire.

– Je voudrais que tu puisses te voir comme les gens te voient. Comme Temra ou Petrik te voient. Comme *je* te vois.

Je sais que son but n'est pas de provoquer un nouvel accès d'anxiété, mais il y parvient tout de même avec ses derniers mots. Je ne veux pas parler de ce qu'il voit en moi. Comment la conversation a-t-elle pris ce tour ?

Je nous ramène au sujet principal.

– Même si je suis capable d'être forte de temps à autre, je n'ai pas envie de vivre sans ma sœur.

– Personne n'en a envie. Le monde est rendu meilleur par sa présence. Mais Ziva, tu as tant à donner au monde, toi aussi. Tu es une adulte. Ta sœur l'est quasiment. Tu ne t'es jamais dit qu'il était temps de commencer à vivre pour toi ?

Il pousse son cheval pour marcher devant, indiquant ainsi qu'il n'attend pas de réponse. J'ignore si j'aurais pu lui en donner une.

Lorsque nous montons le camp, ses mots résonnent encore dans ma tête.

Vivre pour toi.

Mon hongre hennit doucement de contentement quand je le brosse.

Vivre pour toi.

Je mâchonne du wapiti séché au dîner.

Vivre pour toi.

Il se met à pleuvoir, Kellyn et moi nous réfugions sous la tente. On se sert de nos couvertures supplémentaires pour garder les chevaux au sec. Les arbres les protègent en partie de la pluie, mais pas complètement.

– Kellyn, tu es l'aîné de ta fratrie ?

– Onze fois l'aîné.

– Comment as-tu justifié ta décision de quitter ta famille pour devenir mercenaire ?

Kellyn retire ses bottes avant de s'asseoir en tailleur sur son couchage.

– J'ai donné à ma famille les premières années de ma vie. Je continue de leur envoyer de l'argent dès que je peux pour les aider. Mais je voulais voir le monde. Avoir une famille n'était pas une raison pour me priver de cette expérience. Il n'y avait rien à justifier. Je suis un individu et je mérite de trouver le bonheur.

– Ça ne te rend pas heureux d'être avec ta famille ?

– Si. Mais j'ai la bougeotte après un certain temps. Et les retrouvailles avec mes proches sont encore plus douces quand je me suis absenté un moment. Tu comprends ?

– Plus ou moins. Temra a toujours fait partie de mes projets d'avenir. Je veux forger des armes dans un endroit retiré où personne ne pourra me trouver. Un lieu sûr, juste Temra et moi.

– J'ai passé pas mal de temps avec ta sœur et je t'assure qu'elle n'a pas les mêmes projets.

– Bien sûr que si ! Elle peut très bien devenir garde dans une petite ville isolée quelque part…

– Non, Temra veut être remarquée. Elle veut côtoyer des gens. Elle a envie de rire, de se faire des amis et des souvenirs. Elle aime être au centre de l'attention et apprécie la camaraderie. Elle t'aime et elle aime ta compagnie. Mais elle a aussi envie d'autre chose.

Ses mots sonnent juste et me déchirent le cœur. Évidemment que Temra veut autre chose que moi. Elle m'a toujours suffi, mais moi, je ne lui suffis pas.

Je me dis que même si Temra n'est pas morte, je l'ai peut-être déjà perdue, dans un autre sens. Elle a goûté à l'aventure, et il n'y aura pas de retour en arrière possible pour elle. Elle peut compter sur Petrik pour construire sa vie, si elle arrête de faire sa tête de mule assez longtemps pour reconnaître qu'elle l'aime.

Et elle m'aime, moi, évidemment. Mais elle vivra pour elle-même. Parce qu'elle a toujours fait ça. Elle n'a jamais eu à vivre pour moi comme j'ai vécu pour elle. Peut-être que ç'aurait été différent si elle était née la première. Si elle avait dû se sacrifier et travailler plus dur pour me protéger. Mais elle n'a jamais eu à s'occuper que d'elle-même et de ses propres intérêts. Certes, elle est toujours intervenue lorsqu'elle a remarqué que j'avais besoin d'elle, mais elle n'a jamais eu à sacrifier quoi que ce soit en mon nom. Je ne l'aime pas moins pour autant. La vie a simplement été plus clémente avec elle.

Je veux que Temra soit heureuse. N'est-ce pas plus important que de l'avoir toujours près de moi ? Bien sûr que si. Je peux la laisser partir faire ce qui la rendra heureuse, même si cela l'éloigne de moi.

Alors que j'essaie d'imaginer une vie sans ma sœur à mes côtés, je sens que je commence à m'apitoyer sur mon sort. Mais je préfère qu'elle soit vivante et heureuse plutôt que morte. Quoi qu'il arrive, je vais perdre ma sœur d'une manière ou d'une autre. Et si je peux survivre à la première, alors pourquoi ne pourrais-je pas survivre à la seconde, comme Kellyn l'a suggéré plus tôt ?

Et s'il a raison sur ce point, se peut-il qu'il ait raison sur tout le reste ? Que je suis réellement forte, persévérante et charitable ? Même si ce n'est pas ainsi que je me vois.

Comment pourrais-je avoir une vision plus lucide de moi-même ? Je n'ai pas *envie* d'être effrayée et complexée en permanence.

– À quoi tu penses ? demande Kellyn.

– J'essaie de décider si tu as raison ou pas.

– À propos de quoi ?

– De tout.

– Tu me diras si tu décides que oui. C'est toujours plaisant à entendre.

Je lui lance mon oreiller à la figure. Il l'attrape au vol et le renvoie d'un geste inoffensif à la tête de mon couchage.

– Bonne nuit, Ziva.

Chapitre
— 12 —

Le lendemain, je tente une expérience inédite. Kellyn dit que je me rabaisse tout le temps et m'a suggéré de me concentrer sur ce que j'avais sauvé. Alors, chaque fois que je commence à me juger, je me force à penser du bien de moi. Ou si je me mets à ressasser quelque chose de négatif, j'essaie de le remplacer par du positif.

Ma première pensée au réveil (après avoir remarqué le ronflement sonore de Kellyn) est que j'aurais dû faire mieux pour protéger Temra de Kymora.

Mais je m'arrête et m'oblige à penser autrement.

Tu as offert à Temra un vrai foyer en la sortant de l'orphelinat. Tu l'as élevée de sorte qu'elle devienne la personne formidable qu'elle est et tu as travaillé pour qu'elle puisse se consacrer à ses études.

Et si l'anxiété ne me quitte pas tout à fait, je me sens un peu mieux pour commencer la journée.

En chemin, quand je commence à ressasser à quel point la relation que j'avais avec Kellyn me manque, le fait qu'il ait tourné la page, que je l'aie laissé partir… j'oblige mon cerveau à changer de disque.

L'histoire qu'on a vécue ensemble m'est précieuse et je ne l'échangerais pour rien au monde. Parfois, les relations amoureuses ne durent pas, et ce n'est pas très réaliste de ma part d'avoir cru que ma première serait la bonne.

Mon regard se tourne vers Kellyn, concentré sur la route devant lui, plongé dans ses pensées. Puis mes yeux se posent sur ses lèvres. Et j'oublie complètement à quoi je pensais.

Au bout d'un moment, je me sens un peu idiote, à m'imposer de penser de manière plus positive, mais je me fais la promesse de recommencer demain.

Une semaine plus tard, on tombe sur une route dans les bois. Elle est visiblement peu empruntée, envahie d'herbes folles entre les ornières laissées par les roues des charrettes. Je grimpe à un arbre pour observer les environs.

À ma grande surprise, je découvre des toits et des cheminées qui pointent entre les arbres.

– Il y a un village un peu plus loin, dis-je à Kellyn, une fois redescendue.

– J'ignorais que le coin était habité. Je ne me suis jamais autant éloigné de la route principale dans ce territoire, et je n'ai jamais vu de village indiqué sur une carte par ici. On le contourne ?

– Ça rallongera le voyage. C'est un assez gros village.

L'argent qu'il me reste de la vente du poignard de Ravis est dans une bourse attachée à ma sacoche. Je n'aime pas l'idée d'interagir avec qui que ce soit, mais si Kellyn veut bien parler pour nous deux…

– On pourrait peut-être se payer une chambre pour la nuit ? Dormir dans un vrai lit ?

– Ça me plaît bien.

Nous entrons dans la ville, nos chevaux marchant côte à côte. La température a fraîchi à mesure que nous descendions vers le sud, et les gens d'ici sont plus couverts que ceux de la capitale. Personne ne nous regarde, ce qui me laisse penser qu'ils ont l'habitude de voir des voyageurs. Quel que soit le nom de ce village, il est bien plus grand qu'Amanor.

Il y a même une auberge.

Nous confions les chevaux à une fille d'écurie, mais conservons avec nous armes et argent. Dès qu'on entre dans l'auberge, je sens la nervosité me gagner. Tout en embrassant la salle du regard, je m'efforce de ne voir que des silhouettes floues. Je refuse d'enregistrer des visages ou d'autres détails, sous peine d'augmenter encore mon trouble.

Je suis Kellyn jusqu'au comptoir où il entame la conversation avec le patron.

– Ici, vous êtes à Vinder. Nous sommes une communauté de chasseurs et de fermiers. Nous collaborons avec de nombreux marchands qui vendent des peaux aux territoires voisins. Certaines personnes viennent camper par ici avant de se lancer à la recherche de nourriture pour leur famille.

Nous sommes si éloignés de la capitale que le prince ne peut pas nous arrêter pour braconnage, explique-t-il avec un clin d'œil.

Kellyn paie d'avance pour nos repas, des bains et une chambre avec deux lits.

Quand le mercenaire mentionne « deux lits », le patron nous regarde tour à tour.

– Ma sœur, dit Kellyn.

L'homme hoche la tête, puis transmet notre commande aux cuisines.

Kellyn se tourne alors vers moi :

– Ça t'ennuierait beaucoup qu'on dîne ici ?

– Avec tous ces gens ?

– J'ai juste envie de faire un truc normal pour une fois. De me sentir normal.

Que se trouver au milieu d'inconnus soit normal pour lui me rappelle à quel point nous sommes différents. Mais je ne peux pas le lui reprocher : être entouré de gens qui ne lui veulent pas de mal doit représenter pour lui une agréable nouveauté. Il ne porte plus de bandages à la tête et ses cheveux masquent sa blessure. Mais elle est toujours bien là et, me souvenant que j'en suis à l'origine, je ne peux lui refuser ce plaisir.

– D'accord. Choisis une table.

Il me lance un regard étonné, comme s'il s'attendait à ce que je refuse et le supplie de m'accompagner à l'étage.

– Tu es sûre ?

– Oui.

On s'installe à une table pour deux. Je cache immédiatement mes mains entre mes genoux, mes doigts s'entremêlent et se tordent, je triture mes cuticules. Kellyn a l'air parfaitement détendu, alors que je ressens des picotements tout le long de ma colonne vertébrale. La moitié de l'assistance est derrière moi et peut me voir à mon insu. Je déteste ça.

Je peux presque entendre la voix de Temra dans ma tête.

Personne ne te regarde. Personne ne se soucie de toi. Tout le monde s'occupe de ses propres affaires. Concentre-toi sur le fait de passer un bon moment. Pense aux plats chauds qui arriveront bientôt.

Je regarde les poutres du plafond, deux étages au-dessus de ma tête. Baisse les yeux pour étudier le grain de la table, fixe mes genoux. Tout pour éviter de remarquer les gens autour de moi et l'homme assis en face.

Parce que lui, c'est clair qu'il me scrute.

– Quoi ? je demande en le regardant enfin.

Je fixe son cou pour éviter de perdre mes moyens en plongeant dans ses yeux. Ça m'arrive encore, quand je me sens dépassée.

– J'essaie juste de déterminer comment tu te sens.

– Je vais très bien. Je n'ai pas besoin que tu me couves.

– Je sais, mais j'aime quand même le faire.

– Pourquoi ?

Il n'a pas le temps de répondre qu'on nous apporte nos plats et nos boissons. Un bol d'une épaisse soupe de pommes de terre accompagné de maïs et d'une viande est posé devant chacun de nous.

– Merci, je marmonne, mais la serveuse ne répond pas.

D'ailleurs, elle ne me regarde même pas. Elle sourit à Kellyn. Elle dépose deux verres de bière sur la table. C'est une jolie femme à la peau laiteuse, aux cheveux courts et bouclés, dotée d'une silhouette parfaite.

Je ne sais pas pourquoi, je la déteste immédiatement.

– On pourrait avoir aussi de l'eau ? Ma sœur n'aime pas la bière.

– Votre sœur ? C'est bon à savoir.

– Ah bon ?

– Oui. Ça m'autorise à vous informer que mon service se termine à dix heures.

Kellyn sourit de toutes ses dents. Quand m'a-t-il offert un tel sourire pour la dernière fois ? Est-ce que ça signifie qu'il a envie de la voir à la fin de son service ? Me laissera-t-il seule dans notre chambre cette nuit ?

– Je suis flatté, mais pas disponible, répond-il.

– Peut-être demain, dans ce cas ?

– Désolé, Mademoiselle. Je ne voulais pas dire que mon temps était déjà pris, mais que mon cœur l'est.

Elle lève les yeux au ciel.

– Les plus mignons sont toujours déjà pris. Je reviens tout de suite avec votre carafe d'eau.

Elle repart vers la cuisine, comme si la conversation n'avait même pas heurté son amour-propre.

Dans ma tête tournent tant de pensées que je peux à peine les examiner une par une.

Pourquoi dit-il à tout le monde que je suis sa sœur ?

Pourquoi a-t-il dit à la serveuse qu'il n'était pas disponible ?

Et comment son cœur peut-il être déjà pris ? A-t-il rencontré une fille dans les geôles de Ravis ?

C'est absurde, et tu le sais, Ziva.

A-t-il trouvé le temps de séduire quelqu'un durant les brefs moments où nous n'étions pas ensemble dans le palais de Skiro ?

Tout aussi improbable.

Alors, c'est qu'il a menti.

Mais pourquoi s'en donner la peine ? Est-ce qu'il ne la trouve pas attirante ? Et si c'est le cas, comment a-t-il pu me trouver, moi, attirante ? Je suis loin d'être aussi jolie qu'elle.

Manifestement, quelque chose chez lui ne tourne pas rond.

Je commence à manger tout en m'interrogeant. Lorsque la serveuse revient avec l'eau, Kellyn ne lui accorde même pas un regard. Il savoure son repas tout en observant les clients de l'auberge.

– Si c'était une journée normale pour moi, j'essaierais de chercher du boulot. De trouver quelqu'un ayant besoin d'une escorte pour la route.

– Ça te manque.

– Un peu.

– Je suis désolée.

– Je n'attendais pas d'excuses de ta part. Je fais juste la conversation.

– Alors pourquoi tu ne lui ferais pas la conversation ? À elle ? À dix heures ? dis-je en désignant du regard la serveuse qui passe à côté.

Aussitôt, je me maudis pour cette sortie. Autant lui dire directement que je suis une imbécile jalouse qui devrait mieux contrôler ses émotions…

L'aubergiste empêche Kellyn de répondre, m'épargnant ainsi une plus grande humiliation, en annonçant :

– Le bain est prêt.

Je lui arrache la clé des mains, abandonne le reste de mon repas et me précipite à l'étage comme si ma vie en dépendait.

La chambre est plus petite que ce que j'attendais. Il y a à peine la place pour la baignoire au pied des deux lits, qui pourraient aussi bien n'en être qu'un au vu des trente centimètres qui les séparent. Je dois me faufiler entre la baignoire et le mur pour réussir à fermer la porte.

Je la verrouille, me déshabille et entre dans la baignoire en m'efforçant d'oublier la bêtise que je viens de commettre.

Je tiens à peu près deux secondes.

Pourquoi Kellyn a-t-il refusé l'invitation de la jolie serveuse ? Peut-être a-t-il envie d'un peu de solitude, mais dans ce cas pourquoi avoir choisi de dîner entouré d'inconnus ? Je plonge la tête sous l'eau et retiens ma respiration.

Pourquoi lui ai-je posé la question ? Maintenant, il sait que je pense à lui et à ses exploits amoureux.

Quand mes poumons me brûlent, je remonte à la surface. Une fois lavée, je nettoie mes vêtements sales et les étends à sécher sur le pied de lit. J'enfile la chemise de nuit fournie par l'auberge. En me passant les doigts dans les cheveux, je me demande quelle est la probabilité que Kellyn prenne son temps pour dîner.

Un poing cogne à la porte en une succession de coups rapides, me faisant sursauter.

Mais je ne fais pas un bruit, espérant que l'intrus s'en ira de lui-même.

– Ziva, tu as pris la seule clé.

Oh, c'est vrai.

Je déverrouille la porte, puis retourne m'asseoir sur mon lit.

Si je n'angoissais pas encore à propos de mon commentaire de tout à l'heure, je trouverais sans doute amusant de voir Kellyn se glisser dans la chambre. Il lui faut deux tentatives avant de réussir à refermer la porte, et il manque se casser la figure en retirant ses bottes.

– Tu préfères attendre en bas, le temps que je prenne mon bain, ou rester ici ? demande-t-il.

Sa voix me semble tendue, mais je n'arrive pas à cerner son humeur.

Surtout, je ne sais pas répondre à sa question. En bas, il y a des gens. Ici, il y a Kellyn tout nu.

– Je suis en chemise de nuit, dis-je comme si c'était une réponse ou une explication.

– Dans ce cas, tu peux peut-être te retourner ?

Toujours assise bien droite, je me tourne face à l'unique petite fenêtre.

Dans laquelle je peux voir le reflet de Kellyn. Je ferme les yeux dès que j'entends le bruit de vêtements tombant au sol. Quand viennent des éclaboussements, je crois que j'arrête de respirer.

Si la conversation de tout à l'heure était une expérience pénible, ceci est nettement pire. J'aurais dû sortir. J'aurais dû descendre, peu importe ma tenue. Peut-être mon repas m'attend-il encore sur la table, même si j'ai perdu tout appétit ?

– Il y a un problème, Ziva ? demande-t-il alors que j'entends le bruit du savon sur sa peau.

– On peut ne pas parler ?

– Pourquoi ?

– Parce que tu es nu.

– Et alors ? Ma bouche fonctionne quand même.

– Eh bien, pas la mienne.

J'ouvre les yeux une demi-seconde, et je croise le regard de Kellyn dans son reflet. Je les referme aussitôt, consumée par la gêne.

– Je me demandais si tu risquerais un coup d'œil. Tu devrais avoir honte.

– Je ne vois rien d'important. Tu es dans une baignoire !

Il éclate de rire, et ça me rend encore plus nerveuse.

Puis il se lève, et j'entends l'eau couler sur sa peau, la serviette frotter ses cheveux, et enfin son pas lourd. Je sens la chaleur de son corps quand il attrape la chemise de nuit posée sur son lit.

Lorsque son sommier craque sous son poids, je rouvre enfin les yeux.

– On peut parler maintenant ?

– Certainement pas.

– Ziva, c'est moi. Tu n'as rien à craindre.

– Tu es plus terrifiant que tout.

– C'est ridicule.

Ah bon ? Est-ce ridicule, alors que ses paroles ont le pouvoir de m'effrayer, de me blesser, de me rejeter ? Alors même qu'il n'y a plus rien à rejeter, pourquoi possède-t-il encore un tel pouvoir sur moi ?

– Pourquoi tu racontes à tout le monde que je suis ta sœur ? je demande, dans une tentative pour reprendre le contrôle sur la conversation.

– Je trouvais que c'était plus facile que de te décrire comme mon ex-partenaire amoureuse.

Pourquoi ces mots me font-ils mal ?

– Tu aurais pu dire qu'on était amis !

– Des amis qui partagent une chambre ?

– C'est plus sûr de rester ensemble !

– Je sais, mais je n'allais tout de même pas entrer dans les détails devant tout le monde.

Entourant mes genoux de mes bras, je reste obstinément tournée vers la fenêtre.

– Il n'y a pas d'autre raison ?

– Non. Quel mobile secret pourrais-je avoir ?

Créer une distance entre nous. Faire savoir aux autres femmes qu'il est célibataire ?

– D'accord, ne réponds rien. Dis-moi plutôt pourquoi tu t'es autant énervée au sujet de cette serveuse.

Oh non !

– Je ne suis pas énervée. Peu m'importe combien de femmes se jettent à ton cou.

– Donc ça ne te dérangerait pas si je descendais flirter avec elle ?

– Pas du tout.

– Et si je passais la nuit avec elle ?

Un silence.

– Pas du tout.

– Et si je voulais rester dans ce village et devenir chasseur pour voir mon nouvel amour tous les jours ?

En l'entendant sortir une telle énormité, je lui fais enfin face, prête à lui passer un savon, mais je m'arrête en le voyant réprimer un éclat de rire.

– Qu'est-ce que tu fais ?

– Je t'observe ne pas t'énerver.

– Arrête de jouer avec moi, Kellyn. Je n'aime pas ce genre de conversation. Dis-moi franchement : pourquoi tu as refusé son invitation ?

Il se penche en avant, appuyant ses coudes sur ses genoux.

– Comment peux-tu encore l'ignorer ? Comment peux-tu encore douter ?

– Au lieu de me rabaisser, si tu me disais simplement ce que j'ignore ? Si tu allais droit au but au lieu de tourner autour du pot ?

– C'est assez gonflé, venant de toi !

Je me lève, prête à sortir en trombe, avant de me rappeler que la baignoire bloque toujours le passage. Et que je n'ai nulle part où aller. Avec un grognement, je me rassieds sur mon lit. J'ai le cœur qui bat à tout rompre, la respiration saccadée, et je voudrais juste être seule. Là où il ne pourrait ni me voir, ni lire dans mes pensées, ni se moquer de moi.

Au lieu de quoi Kellyn me prend les mains pour calmer leur tremblement, que je n'avais même pas remarqué. Nos genoux se touchent. Il regarde ce point de contact, puis mes mains enserrées dans la chaleur des siennes, puis mon visage.

Il se penche d'un mouvement brusque, si près que je sens son souffle.

– Je vais t'embrasser, dit-il. Si tu n'en as pas envie, retire-toi maintenant.

Je n'ai pas le temps de digérer ces mots que ses lèvres se posent sur les miennes. Ce n'est pas sa faute : il a attendu trois bonnes secondes, et j'ai vu à quel point il lui en coûtait. C'est à cause de moi et de mon incapacité à réfléchir quand il est si proche.

Sans parler de ce qui se produit dans mon cerveau quand il me touche. Quand il m'embrasse. Ses lèvres contre les miennes trahissent un sentiment d'urgence, semblent chercher à provoquer une réaction de ma part. En même temps, j'ai la tête qui tourne, la poitrine oppressée, et pourquoi suis-je incapable du moindre mouvement ?

Après quelques secondes sans réponse, il se recule, mais pas bien loin.

– Ziva, j'ai toujours envie de toi. Je n'ai pas cessé depuis notre première rencontre dans ta boutique. Tu étais si mutique et ridicule.

Le souvenir de ce moment le fait rire.

– Je ne veux personne d'autre. Je ne vois même pas les autres femmes parce que tu m'obsèdes en permanence. Si j'ai l'air distant ou indifférent, c'est seulement parce que je fais de mon mieux pour digérer le fait que tu aies rompu avec moi. Mais je ne digère rien du tout. Je me demande constamment ce que tu penses. J'essaie de deviner ce que tu ressens. Parfois, je lis en toi comme dans un livre ouvert. Parfois, tu représentes un mystère total, que j'adore tenter de résoudre. Mais je te veux, Ziva. Je préfère qu'il n'y ait aucun malentendu à ce sujet.

Je baisse les yeux pour pouvoir réfléchir, mais je sens mes joues s'enflammer.

– Tu n'es pas obligée de me répondre. Je sais que ça te met mal à l'aise. Je voulais juste que tu le saches. Étant donné que tu t'es manifestement convaincue que je ne voulais plus de toi.

Quand je respire de nouveau, j'ai les poumons en feu.

Chapitre — 13 —

Il a envie de moi ? Ne sait-il pas qu'il est la seule personne dont j'aie jamais eu envie ?

Mais je ne peux pas l'avoir.

Parce que…

Pourquoi, en fait ?

J'en oublie mes raisons tandis que nos souffles se mêlent.

J'en ai tellement marre de réfléchir. De m'inquiéter tout le temps. Parfois, je ne maîtrise pas mes pensées. Parfois, je ne suis qu'une boule de nervosité incontrôlable.

J'ai envie de lui.

Cette pensée est aussi réelle et éclatante qu'un rayon de soleil perçant les nuages. Et si je pouvais être avec lui, même provisoirement, je crois que tout irait mieux. Mais je suis terrifiée. Le simple fait de le toucher me donne l'impression de brûler de l'intérieur. Je l'ai perdu une fois.

Je ne veux plus le perdre. Je ne suis pas censée être de nouveau avec lui parce que… Pour certaines raisons.

Pourtant, il me manque tellement. Ce que je ressentais en sa présence me manque. Être avec lui me manque, et par-dessus tout, l'embrasser me manque.

Lève les yeux.

Je serre ses mains entre les miennes. Quoi que je décide, nous sommes dans cette chambre jusqu'au matin. Pourquoi ne pas en profiter tant que je l'ai juste pour moi ? Je ne suis pas assez courageuse pour faire le premier pas. Pour raisonner avec lui. Mais je peux le regarder et lui faire confiance pour la suite.

Je pose les yeux sur ses lèvres et il n'en faut pas plus à mon mercenaire.

Cette fois, quand il m'embrasse, je suis prête. Cette fois, je lui rends son baiser.

Ses genoux s'écartent pour enserrer les miens, je m'agrippe à ses bras pendant qu'il m'embrasse à en perdre la raison. Ma mémoire me déçoit énormément. Elle ne sélectionne que le mauvais, dans les moindres détails, afin que je sois tourmentée pendant des années par la plus petite humiliation. Mais les bons moments ? Elle les ignore, les laisse s'effacer.

L'embrasser aujourd'hui, c'est comme l'embrasser pour la première fois. C'est nouveau et excitant. Merveilleux et bouleversant.

Mes mains explorent son visage, s'attardent sur la rugosité de la barbe qui a poussé tout au long du voyage.

Sur son cou puissant. La ligne de sa mâchoire. Ses cheveux mouillés qui me caressent le front.

J'aime tout de lui, et mon esprit connaît enfin une paix telle que je souhaite que ce moment dure pour l'éternité.

Il émet un grondement de gorge quand je suçote sa lèvre inférieure avant de pousser ma langue dans sa bouche. Je me presse contre lui si fort qu'il bascule en arrière, tombe sur le lit avec moi sur lui.

On ne s'est jamais embrassés allongés.

Nos jambes s'entrelacent, j'ai peur de l'écraser. Je tente de le soulager de mon poids en m'appuyant sur les bras.

– Non, chuchote-t-il en m'attirant à lui.

D'accord.

J'arrête de penser à mon poids et me concentre sur chaque point de contact entre nous, chacun rendant nos baisers plus doux encore. Au bout d'un temps indéterminé, Kellyn nous fait rouler et se retrouve au-dessus.

Je vois exactement ce qu'il voulait dire.

J'adore sentir son poids sur moi. Sentir sa force et son corps allongé sur le mien de la tête aux pieds. Je n'ai jamais été aussi proche de quelqu'un. Je ne savais pas ce que je ratais.

– N'arrête jamais de m'embrasser, dis-je.

Mes premiers mots depuis ce qui me semble des heures.

– À toi de choisir quand on s'arrête.

Je ne l'arrête que quand je sens mes yeux se fermer malgré moi. Et nous sombrons ensemble dans le sommeil.

Le lendemain matin, Kellyn se comporte avec moi comme d'ordinaire. Il va chercher le petit déjeuner à la cuisine, m'offre mon repas et demande :

– Bien dormi ?

– Plus profondément que ces derniers temps.

– Pareil pour moi.

Il ne me regarde pas pendant qu'on selle les chevaux. Je le sais parce que je l'observe dès que je le peux.

Lorsqu'on se met en route, laissant la ville derrière nous, il se met à fredonner.

Fredonne-t-il de joie ? Nonchalamment ? Ou juste pour passer le temps ?

Je pense peut-être trop à lui et à chacun de ses gestes. Pourquoi agirait-il différemment juste parce qu'on s'est embrassés ? Même si fredonner n'est pas dans ses habitudes. Bref. Ce qui compte, c'est qu'il va très bien, et que je devrais aller bien moi aussi.

Comporte-toi normalement. Et tout te paraîtra normal.

Au bout d'un moment.

Sans doute.

Lorsque je parviens enfin à me sortir Kellyn de la tête, c'est seulement parce que mon cerveau a trouvé une autre source d'inquiétude. Je vois l'épée du sommeil attachée à mon paquetage et me souviens combien j'ai hésité à la forger. Surtout tant que Ravis pouvait mettre la main dessus.

À présent, ses hommes sont à nos trousses, gagnant sans doute chaque jour du terrain.

Après quelques instants à retourner le problème mentalement, je dis à Kellyn :

– J'ai réfléchi à cette épée.

– Laquelle ?

– L'épée bâtarde que j'ai forgée pour faciliter notre évasion. Je crois qu'on devrait s'en débarrasser.

– Pourquoi ?

Je flatte l'encolure de mon cheval quand il se rétablit après avoir trébuché sur un caillou.

– Elle est trop puissante. Elle ne devrait pas exister. Si Ravis s'en empare au cours de sa conquête, il pourra endormir des légions entières et les tuer dans leur sommeil en toute impunité. L'épée a rempli son rôle, je crois qu'il est temps de la rendre à la terre.

Kellyn garde le silence un instant avant de répondre :

– Ça me paraît sensé. On veut aider nos amis, mais on ne peut pas prendre le risque qu'une arme trop puissante tombe entre de mauvaises mains. Comment tu proposes qu'on s'en débarrasse ? Tu comptes forger un autre roc de métal ?

– Je ne crois pas que ce soit nécessaire. L'épée ne devrait pas être indestructible comme Mange-Secrets. Je n'y ai pas mis autant de moi. J'ai créé celle-ci dans un but précis, en lui donnant un pouvoir précis. La magie devrait se dissiper si l'épée est brisée.

– On peut s'en occuper tout de suite, si tu veux ?

– Je pense que le plus tôt sera le mieux.

– Très bien.

On met pied à terre, et Kellyn s'approche d'un arbre couché.

– Tu permets ? dit-il.

Je lui remets l'arme. Il l'enfonce sous le tronc d'arbre aussi loin que possible, de sorte que la poignée dépasse du sol selon un angle de quarante-cinq degrés. Puis il place en dessous un rocher gros comme sa tête. Il grimpe sur le tronc d'arbre.

– Recule-toi, dit-il, et j'entraîne les chevaux un peu plus loin.

Kellyn saute, et l'épée se brise dans un craquement qui résonne à travers toute la forêt.

Je sens la magie quitter l'arme, comme si une pierre chauffée par le soleil perdait soudain toute sa chaleur. On abandonne les fragments sur le sol. Kellyn remonte sur son cheval. Tout est réglé en un rien de temps.

– Si seulement ç'avait été aussi facile de neutraliser Mange-Secrets. Peut-être que Kymora m'aurait laissée en paix.

– J'en doute.

Il a probablement raison.

– Qu'est-ce que Skiro a fait d'elle, selon toi ?

– S'il a un peu de jugeote, il lui aura tranché la tête. Une telle personne est trop dangereuse pour qu'on lui accorde la vie.

Il frissonne, et je crois savoir exactement l'image qui est apparue dans son esprit. Le combat devant la forge d'Amanor. Lui contre elle, épée contre épée – le mercenaire largement dominé.

Il serait mort si Petrik et moi n'étions pas intervenus avec nos armes magiques. Kymora est la plus grande bretteuse de tous les temps.

– À ton avis, que fait Petrik en ce moment ? je demande. Si…

Si Temra a succombé à ses blessures. Est-ce qu'il nous attend ? Est-ce qu'il conseille son frère ? Est-ce qu'il reste auprès de sa mère, si elle est en vie ?

– S'il pense que nous sommes vivants, il nous attend, tente de convaincre son frère d'envoyer des hommes à notre recherche. S'il nous croit morts, il est peut-être rentré dans sa grande bibliothèque.

Je garde le silence un moment avant de formuler la question que je ne devrais pas poser. L'espoir peut rendre la vérité d'autant plus écrasante.

– Et Temra, qu'est-ce que tu penses qu'elle fait ? je prononce d'une voix faible.

– Je parie qu'une tripotée de médecins l'obligent à se reposer jusqu'à guérison complète, alors qu'elle essaie de les repousser pour venir à ton secours.

J'esquisse un sourire. L'idée que Temra veuille me sauver me réchauffe le cœur, mais je n'aimerais pas qu'elle essaie pour de vrai. Le but de notre expédition chez Ravis était de la sauver, elle. Si elle guérit seulement pour se jeter de nouveau dans la gueule du loup…

Kellyn garde ensuite le silence tandis que nous cheminons. Il n'entame pas de nouvelle conversation, à moins d'y être obligé. Si j'ai envie de parler, c'est à moi de me lancer et de choisir le sujet. Je n'arrive pas à savoir s'il est silencieux parce qu'il pense que ça me convient mieux, ou pour d'autres motifs que j'ignore. Quoi qu'il en soit, j'apprécie qu'il ne m'impose pas de parler de ce qui s'est passé entre nous. Qu'il fasse en sorte qu'il n'y ait pas de malaise malgré les événements d'hier soir. Et même s'il est plus mutique que d'habitude, je ne lui en fais pas la remarque.

En revanche, moi j'ai besoin de parler de choses normales pour éviter de penser à ce qui s'est passé et aux mille questions que ça soulève en moi. Lui ai-je complètement pardonné ? Et lui, me pardonne-t-il tout ? Est-ce qu'on revient désormais à une forme de normalité – quoi que ça signifie pour nous ? Il a dit qu'il avait envie de moi, mais il ne parlait peut-être pas du présent immédiat, vu qu'il n'a pris aucune initiative depuis le baiser.

Je finis par lâcher :

– Je regrette d'avoir perdu mes marteaux.

– J'ai adoré te voir à l'œuvre avec, dit-il. Je suis sûr qu'on trouvera le moyen de les récupérer. Ravis les emportera probablement lorsqu'il lancera son invasion. Ou tu pourrais en fabriquer de nouveaux avant qu'il parvienne jusqu'à nous ? Skiro te donnera certainement accès à tout ce dont tu as besoin. Il a l'air aussi fasciné par la magie que Petrik. Ça doit être une histoire de famille.

– Heureusement qu'aucun d'entre eux ne possède le moindre don magique. Tu imagines ce que ça donnerait des personnes dans de telles positions de pouvoir dotées en plus de magie ?

– Ce serait terrible, admet-il.

Il se tourne vers moi comme s'il voulait ajouter quelque chose. Quand j'entends le son d'une flèche fendant l'air, il est déjà trop tard.

Kellyn pousse un cri de douleur, et sa jument, effrayée par le bruit et la soudaine tension sur les rênes, fait un écart et se cabre, envoyant Kellyn rouler au sol. Le mercenaire demeure prostré.

– Non !

Je mets pied à terre, sans même arrêter mon cheval, et me précipite.

– Kellyn, dis quelque chose !

La flèche lui a traversé le bras et la pointe ressort à l'arrière. Il y a du sang. Mais s'il est blessé au bras, pourquoi n'est-il pas…

Du sang coule le long de son visage. Sa tête a heurté un rocher dans sa chute. Il est assommé, mais il respire encore.

J'enregistre tout ça en une seconde. Puis je me lève. Lady Tueuse est toujours accrochée au dos de Kellyn, je la tire de son fourreau, la tenant à deux mains avant de faire face à nos assaillants.

Ils sont cinq, portant les couleurs de Ravis.

Nos poursuivants n'ont pas pris la route. Ils ont été malins et ont suivi nos traces. Et ils nous ont rattrapés.

– Forgeronne, dit l'un d'entre eux, un homme à la barbe fournie et aux sourcils épais, le roi Ravis souhaite te parler. Dépose ton arme et viens avec nous.

Déjà que je vais devoir les combattre alors qu'ils sont en écrasante supériorité numérique, il faudrait en plus que je leur parle ?

– Ravis n'est pas roi et il n'a aucune autorité sur moi.

Voilà, impressionnant, n'est-ce pas ? Si seulement mon ton avait eu un peu de mordant. Je n'ai réussi à produire qu'un filet de voix faiblard.

– Son armée est la plus puissante de Ghadra, et il a un droit de naissance. Premier né de feu le roi Arund. Il possède toute l'autorité nécessaire.

J'aimerais dire quelque chose de menaçant. *Si vous voulez m'arrêter, venez donc me chercher.* Mais narguer les soldats les pousserait à s'approcher, or je veux qu'ils restent à distance.

– Il ne conquerra pas Ghadra sans résistance.

Les soldats éclatent de rire.

– Et qui l'en empêchera ? Toi ?

S'il le faut. C'est cela qu'il faudrait dire, mais je n'en ai pas l'intention. Je veux juste retrouver ma sœur et partir vers le nord. Loin de Ghadra et de tous ses problèmes.

– Faites demi-tour et marchez droit devant sans vous arrêter.

– Si nous rentrons les mains vides, le roi nous tuera.

– Si vous avancez, c'est moi qui m'en chargerai. Je vous conseille de partir sans demander votre reste.

Je m'efforce de prendre l'air imposant. Je me redresse de toute ma taille, fais rouler mes muscles, lève haut l'espadon de Kellyn. Il pèse trop lourd entre mes mains, je n'ai jamais eu à manier une arme d'une telle envergure.

S'il vous plaît, ne m'obligez pas à vous tuer. J'en ai assez des tueries.

Les soldats s'avancent, formant un éventail autour de moi.

– Ravis ne vous a pas dit de quoi j'étais capable ? Vous ne connaissez pas les pouvoirs de cette épée ?

Ils n'ont pas un instant d'hésitation, alors que mes mains tremblent sur la poignée de l'espadon. Je ne vois que trois des gardes. Les deux autres doivent se trouver derrière moi.

C'est alors que l'épée me tire vers la gauche ; je pirouette de ce côté et la lève juste à temps pour bloquer le pommeau qui visait ma tête.

Mais ce faisant, j'ai entaillé le bras de l'homme qui m'attaquait.

Il hurle, lâche son arme et recule.

Je me détends légèrement, en me souvenant qu'ils n'ont pas l'intention de me tuer. Ravis me veut vivante, probablement pour pouvoir me tuer de ses mains. Ces soldats vont essayer de me désarmer, de m'assommer, me ligoter et m'enlever.

Et alors Kellyn se videra de son sang, seul et abandonné.

Hors de question !

L'espadon me pousse de l'autre côté où la pointe d'une épée me vise. J'esquive le coup d'un bond sur le côté, mais mon mouvement est maladroit. L'épée est trop lourde et tellement longue ! Rien à voir avec le maniement d'un marteau et, une fois de plus, mes marteaux bien-aimés me manquent cruellement.

J'envoie un coup de pied à l'homme qui se trouve devant moi, bloque avec Lady Tueuse l'attaque d'une garde qui m'a contournée. Lorsque nos armes s'entrechoquent, je manque lâcher mon épée sous la puissance du choc. Je resserre ma prise, mais la femme écarte ma lame d'un geste expert du poignet et s'apprête à porter le coup fatal.

Si elle voulait me tuer, je serais morte. Au lieu de quoi sa lame s'arrête à un centimètre de mon nez.

– Rends-toi, ordonne-t-elle.

Je bondis en arrière, lance une nouvelle attaque en y mettant tout mon poids. Pourtant, j'ai le sentiment de tout rater. Cette épée est ensorcelée, et je risque quand même de perdre ce combat. L'arme a beau me tirer et me pousser dans la bonne direction, je n'ai pas les bons réflexes pour me protéger. Peut-être pourrais-je à l'avenir forger une épée qui combatte toute seule ? J'en ai clairement besoin.

Lady Tueuse tire vers le haut, et je lève les bras pour la suivre, bloquant l'épée bâtarde d'un assaillant. Il tire un poignard caché sous sa tunique, mais l'épée ne bouge pas, sa priorité semble être de protéger mon visage du coup le plus dangereux. Il faut que j'arrête d'être sur la défensive. J'ai un espadon. Ils ont des épées bâtardes. J'ai plus d'allonge qu'eux.

Le poignard m'entaille le bras, avant d'être dirigé vers mon cou. Ils veulent me forcer à me rendre.

Mais ils ne te tueront pas, je me rappelle.

De nouveau, je bondis en arrière, décrivant des tourniquets avec mon épée. Quatre adversaires, tous devant moi. Je peux y arriver.

Je frappe de taille et d'estoc, mais les gardes parent mes coups. Deux d'entre eux visent ma tête en même temps, mais Lady Tueuse me tire vers le sol. Accroupie, je plante ma lame dans la botte d'un soldat, le deuxième saute pour éviter ma frappe.

En voilà deux hors de combat. Plus que trois.

Toujours au sol, j'attrape une poignée de terre que je lance au visage de la femme en me relevant. Elle ferme les yeux par réflexe, et j'en profite pour lui entailler les côtes.

Plus que deux.

Du sang coule sur mon coude. La sueur enflamme la blessure, je suis en nage même si c'est peut-être dû plus à la tension nerveuse qu'à mon activité physique proprement dite.

L'espadon plonge de nouveau vers le sol et je le suis. L'homme dont j'ai poignardé le pied essaie de me saisir aux jambes, et Lady Tueuse lui traverse la main, la clouant au sol.

Ah, dégueu !

Des hurlements déchirent l'air, Lady Tueuse dégouline de sang quand je la libère, prête à affronter les deux gardes restants.

Je ne peux plus reculer, je dois aller au bout.

J'abats l'espadon sur l'épée du soldat le plus proche et, en même temps, je lui envoie mon poing gauche dans la figure.

Ils ne s'attendaient pas à ce que je sois capable de me battre. Je les prends par surprise. Cet avantage, mon épée magique et le fait qu'ils s'efforcent de ne pas me tuer sont les seules raisons de ma résistance efficace.

Lorsqu'il recule, sonné par le coup, je lui plante ma lame dans le flanc. Il hurle, mais pas aussi fort que quand je retire mon épée.

L'homme dont j'ai entaillé le bras tente de m'attraper par-derrière, mais je m'en débarrasse facilement en lui ouvrant le ventre.

Plus qu'un. Le chef.

Je lui fais face, épée brandie.

Alors une silhouette se dresse dans son dos. J'entends un craquement et le soldat s'écroule au sol, révélant Kellyn derrière lui, une pierre à la main.

– Bien joué, dit-il avant de s'effondrer à son tour.

Chapitre 14

Je tente de l'attraper pour amortir sa chute, mais j'ai toujours Lady Tueuse à la main et je ne lâche pas l'épée à temps. Kellyn grogne de douleur à chaque respiration. Il se tient la tête d'une main, le bras de l'autre.

– Ça va aller, lui dis-je. Ça va aller. Attends-moi un instant.

Comme s'il pouvait se déplacer…

Je pars à la recherche des chevaux. Ce ne sont pas des destriers entraînés à la guerre et ils ont fui dès le début du combat. La jument de Kellyn a disparu, mais je retrouve mon hongre broutant tranquillement un parterre d'herbe grasse à une centaine de mètres de là.

Je le ramène sur le lieu du combat, la clairière maculée de sang, détache une outre d'eau du paquetage et retourne auprès de Kellyn. Je nettoie sa blessure à la tête et improvise un bandage avec la chemise déchirée d'un soldat mort.

Kellyn ronfle doucement, je lui donne une pichenette sur le nez.

– Quoi ? hurle-t-il, avant de se remettre à gémir.

– Ne t'endors pas.

– Pourquoi ?

– Tu as reçu un coup à la tête.

– Et alors ?

– Alors quand on est frappé à la tête, il ne faut pas s'endormir.

– Pourquoi ?

– J'en sais rien ! C'est ce qu'on dit, c'est tout !

– Il faudra bien que je dorme à un moment ou un autre.

– Tu veux bien arrêter de râler. Je dois décider quoi faire de cette flèche.

La blessure est profonde, mais la pointe dépasse à peine de l'autre côté du bras. Est-ce que je dois la pousser pour qu'elle finisse de traverser le membre ? Je ne peux la tirer en arrière. La blessure ne saigne pas trop, *mais il a une flèche fichée dans la chair, et ça ne peut pas lui faire de bien.*

– Réveille-toi !

Kellyn revient à lui avec un sursaut.

– Ziva, je suis fatigué.

– Non, tu n'as pas le droit de t'endormir. Aide-moi à décider pour la flèche.

– N'y touche pas, siffle-t-il. On n'a rien pour la faire sortir ni pour me recoudre ou…

– Kellyn !

– Je ne dors pas !

– Tu peux te mettre en selle ?

– Je ne sais pas si je tiendrai à cheval.

De nouveau il commence à s'assoupir, et je me rends compte que le fût de la flèche va être un problème. Très long, il risque de cogner contre la selle, une branche ou autre chose, causant à Kellyn toujours plus de douleur.

Si le coup à la tête ne le tue pas avant.

Ne pense pas à ça !

Saisissant le fût à deux mains, au plus près de la peau de Kellyn, je le brise en deux d'un coup sec.

– Ahhh ! Bon sang de merde !

Le mercenaire se redresse comme un ressort et me repousse brutalement. Je sais qu'il est dans un état second, encore augmenté par une douleur inimaginable, donc je ne le prends pas personnellement.

Je jette le bout de la flèche cassée, couvre la blessure du mieux que je peux autour du fût encore planté dans le bras et aide Kellyn à se remettre sur pied.

– Allez, à cheval ! Ensuite, tu pourras te reposer.

Je dois trouver un gros rocher pour servir à Kellyn de marchepied afin qu'il réussisse à se hisser en selle. Je monte derrière lui, et il s'affaisse contre moi. Comme tout poids mort, il pèse beaucoup plus lourd qu'en temps normal.

– Kellyn, parle-moi.

– Tu as dit que je pouvais me reposer.

– Tu te reposes : tu n'es pas en mouvement. Mais tu dois quand même me parler.

– Je n'ai pas envie de te parler. J'ai envie que tu me parles.

Le cheval enjambe un petit tronc, arrachant un gémissement au mercenaire.

– Qu'est-ce que tu veux dire ?

– C'est toujours moi qui prends toutes les initiatives. Quand on se parle. Quand on s'embrasse. Quand on flirte. Tout. Au début, je le faisais parce que tu es timide, je pensais que tu avais besoin que je prenne les devants…

Il perd le fil.

– Kellyn !

– Mais ce n'est pas juste ! crie-t-il en revenant à lui dans un sursaut. J'ai envie de quelqu'un qui ait envie de moi. Qui soit prêt à faire un effort pour être avec moi. Une relation, ça se joue à deux, deux partenaires égaux. Et même si j'ai très envie de toi, je ne peux pas te forcer à me désirer. Donc je vais prendre du recul, et si tu veux de moi, il va falloir que tu y mettes du tien.

Il retombe dans le sommeil, et je suis tellement choquée par sa sortie que je le laisse tranquille un moment.

Déesses ! C'est ça qu'il faisait, alors. Agir comme si de rien n'était. En ne reparlant pas du baiser. En ne flirtant pas. Il veut que je fasse un effort. Il veut une partenaire égale dans la relation, et je ne sais pas si je peux l'être. Je passe tellement de temps seule, et c'est ce que je préfère. Je ne sais pas comment être ce qu'il cherche. Ce qu'il désire.

Il ne te demande pas de changer toute ta personnalité. Il te demande de faire un effort.

Mais si cet effort me met trop mal à l'aise ? Si je dis ou fais quelque chose de terrible qui le dégoûte à jamais ?

Il ne se rend pas compte que je lui rends service en le laissant faire le premier pas ? Je ne voudrais pas prendre une initiative qui lui déplairait.

Je me dis que je n'ai pas besoin de décider maintenant. Pour l'instant, je dois emmener Kellyn jusqu'à la capitale pour que Serutha le soigne. Combien de temps encore ? Trois semaines ? Un mois ?

Et combien de temps cette flèche peut-elle rester dans son bras avant qu'il y ait des complications ?

– Kellyn ?

– Hmm ? marmonne-t-il d'une voix endormie.

– C'était juste pour vérifier.

Même si, pour être honnête, je ne sais pas ce que je vérifie. S'il est cohérent chaque fois que je le réveille, c'est que tout va bien, non ?

Déesses, j'espère qu'il oubliera tout ce qu'il m'a dit aujourd'hui.

Nous chevauchons toute la nuit. Si la plupart des gardes étaient inconscients, je ne sais pas combien d'entre eux étaient morts. J'espère que leurs blessures sont assez graves pour qu'ils cherchent du secours au lieu de nous poursuivre.

Kellyn reprend ses esprits au cours des deux jours qui suivent et tente de masquer sa douleur.

– Tiens, dis-je en lui tendant une écharpe improvisée.

– Merci.

S'il se souvient de ce qu'il a déclaré quand il était commotionné, il n'en dit rien.

Comme nous sommes obligés de partager un seul cheval, nous passons plus de temps à pied qu'en selle, car le pauvre hongre ne peut pas nous porter tous les deux bien longtemps.

– Je peux prendre les rênes, dit Kellyn un matin, après une bonne nuit de sommeil.

Il monte en croupe, attendant manifestement que je m'installe devant lui.

– Tu es blessé. Je vais continuer à tenir les rênes.

Son regard s'assombrit.

– Si on est poursuivis, il vaut mieux que ce soit moi qui mène. Que je prenne les rênes ne diminue en rien ta virilité.

– Ce n'est pas…

– Vraiment ?

Il ne répond pas.

– Pousse-toi, dis-je, et il s'exécute.

Chaque jour, nous changeons les bandages de Kellyn. Je fais bouillir de l'eau de la rivière pour laver les bandelettes ensanglantées avant de refaire le pansement. Il faut maintenir la plaie couverte pour éviter l'infection.

Mais après une semaine de plus sur la route, je sens une chaleur qui émane de son bras. Le soir, alors que je retire les bandages, la plaie sent mauvais et suppure un liquide blanchâtre.

– Il faut qu'on nettoie ça.

– D'accord, dit-il après quelques secondes de silence.

De son bras valide, il ramasse un bout de bois par terre et le cale entre ses dents.

– Vas-y, marmonne-t-il.

J'ai très peur d'aggraver encore son état. Je n'ai jamais fait ça avant, mais je l'ai vu faire. Je me suis coupée avec du métal plein de fois, et ai dû aller consulter la guérisseuse de Lirasu.

Je place son bras de façon que la plaie soit parallèle au sol.

– Il faut que tu gardes le bras dans cette position.

Il plie un genou pour pouvoir y appuyer son coude.

– Tu veux détourner le regard ?

– Non.

– OK.

Je pose les doigts de part et d'autre de la plaie et commence à presser doucement. Kellyn laisse échapper un gémissement sonore.

– Je suis désolée, dis-je en regardant le liquide blanc s'écouler sur le sol.

Je rince la plaie avec de l'eau, puis recommence, pinçant la chair autour du fût de la flèche.

Le hurlement de Kellyn est à peine assourdi par le bâton qu'il mord, sa main droite agrippe mon épaule dans un geste réflexe.

– Voilà. Encore une dernière fois.

– Je… je ne crois pas que je peux, dit-il en laissant tomber le bâton de sa bouche.

– Tu le peux. Il faut qu'on évacue le pus autant que possible.

– Je crois que je préfère mourir.

– Ne dis pas ça !

Son souffle est haché, il a besoin d'une diversion.

La solution évidente me tombe dessus.

Embrasse-le.

Vas-y. Prends l'initiative. Maintenant.

Non, non. Je ne peux pas, je ne suis pas prête.

Tu ne seras jamais prête. Arrête de réfléchir, fais-le, un point c'est tout. C'est une étape importante pour toi. Attendre ne rendra pas les choses plus faciles.

Mais si je le fais mal ? Ou s'il n'en a pas envie ? Ou…

« *Je peux te promettre que je ne refuserai jamais un baiser de toi.* »

Ne m'a-t-il pas dit ça, un jour ? Mais s'il avait changé d'avis ? Les choses sont si différentes, à présent…

Pour l'amour des déesses, Ziva, il souffre atrocement et toi, tu es là à débattre avec toi-même comme une idiote.

Il s'est pris une flèche. La moindre des choses, c'est de distraire ce pauvre homme. Cet homme incroyablement beau, gentil et merveilleux qui occupe toutes tes pensées.

C'est bon, d'accord !

Avant de me dégonfler, j'attrape le visage de Kellyn à deux mains et me penche vers lui. Mon nez bute sur sa joue avant que mes lèvres ne touchent les siennes, et quand tout son corps se contracte, je me dis que j'ai commis une grave erreur.

Déesses ! Recule, recule. Mais j'ai perdu l'équilibre, je suis déjà engagée. Je ne peux plus faire semblant qu'il ne s'est rien passé. Comment expliquer mon geste ? Je devrais au moins finir ce que j'ai entamé, non ?

Je l'embrasse comme je l'ai fait des dizaines de fois. Difficile de savoir si je le fais correctement quand il reste figé comme une pierre. Est-ce que j'appuie trop fort ? Pas assez ? Est-ce que je devrais dire quelque chose ?

Je devrais peut-être me lever et m'en aller. Faire comme si ça n'était jamais arrivé. Peut-être que je trébucherais sur un caillou, tomberais dans un fossé et mourrais de honte pour ne pas être obligée de le revoir après ça.

Alors que je m'apprête à reculer, il se met soudain à bouger.

D'abord, je crois qu'il veut me repousser, mais au contraire sa main sur mon épaule m'attire à lui, ses lèvres s'ouvrent sous les miennes. *Il me rend mon baiser.*

Il y a un sentiment de victoire à ce qu'on vous rende un baiser. Savoir qu'il était désiré. Accepté. Que *je* suis acceptée.

Sauf, bien sûr, s'il essaie juste de me faire plaisir. Oh, j'espère que ce n'est pas ça !

Mais c'est lui qui m'embrasse de plus belle, qui pousse sa langue entre mes lèvres et me colle contre lui. Je lui mordille les lèvres, avide de leur goût, noue mes doigts dans ses cheveux pour nous souder l'un à l'autre.

Avant, je pensais que quand j'aurais été embrassée pour la première fois, j'intégrerais un groupe restreint de gens qui *savent*. Qu'une fois qu'on avait éprouvé cette expérience, on savait toujours à quoi s'attendre. Comme de se faire couper les cheveux.

Mais il y a toutes sortes de baisers différents. Certains sont d'une douceur électrisante. Certains sont profonds et pénétrants. Et d'autres sont tellement puissants qu'ils me mettent presque à genoux.

Kellyn dessine avec sa langue le contour de ma lèvre supérieure avant de sucer celle du bas. Ses lèvres tracent une piste le long de ma gorge, s'attardent à l'endroit que je préfère, m'arrachant un gémissement venu du ventre.

Bientôt, c'est moi qui ai le souffle court et je me souviens de mon but. Je retire lentement mes mains de ses cheveux, penche la tête de façon à voir la flèche et appuie d'un coup avec mes doigts.

Il a un violent mouvement de recul, mordant mon cou au passage, par réflexe, mais je ne relâche pas la pression avant que le liquide blanc ne laisse place au sang.

– Voilà ! je m'exclame triomphalement.

Kellyn s'écroule sur le côté, perd connaissance, et je profite qu'il soit inconscient pour refaire son bandage. Au moins, il ne souffre plus.

On s'est embrassés si souvent quand on était chez ses parents, avant que Temra ne soit blessée. Des baisers si nombreux que je ne suis plus capable de me rappeler le détail de chacun d'eux. Mais celui-ci, je m'en souviendrai pour toujours.

Les jours s'écoulent et l'état de Kellyn ne s'améliore pas. Son bras s'infecte peu à peu et bientôt purger la plaie ne suffit plus. Il a de la fièvre et, quand notre périple vers le sud à travers bois rejoint enfin la route principale, il est devenu si faible qu'il ne tient plus à cheval de lui-même.

C'est comme avec Temra, tout recommence, sur la même route qui nous mène vers de l'aide. Mais cette fois, au moins, je sais que Serutha sera capable d'aider. Sauf si Skiro l'a envoyée quelque part pour une mission quelconque.

Il ne ferait pas ça. Il vient de la récupérer.

Il ne peut pas avoir fait ça.

Kellyn grogne et marmonne des choses incohérentes, et ma sœur me manque immensément. Elle saurait quoi dire pour me calmer. Pour m'aider à me concentrer sur le positif et empêcher mes pensées de partir en vrille. Je fais de mon mieux sans elle.

Ce soir-là, je trempe un bout de tissu dans l'eau froide de la rivière pour éponger le front de Kellyn. Je ne l'ai jamais vu dans cet état.

Sans défense. Réduit à l'impuissance à cause d'une flèche idiote.

– Tu ne vas pas mourir. Pas sous ma garde. Il faut penser au positif. Par exemple, on n'est pas morts. Petrik s'en est sorti. On sait qu'il est à l'abri. Et Serutha est libre.

Mais Temra pourrait quand même être morte.

Positif, Ziva !

– Comme on s'est échappés, on peut prévenir Skiro de l'armée qui s'apprête à l'envahir. On a récupéré ton épée. Je suis à peu près indemne, donc je peux nous conduire jusqu'à la capitale. On n'est plus qu'à quelques jours de marche.

Si seulement les bois nous avaient recrachés avant la piste menant à Amanor. J'aurais pu l'emmener chez la guérisseuse du village. Ç'aurait été plus près, et j'aurais pu le laisser avec sa famille.

Mais Serutha le soignera mieux. Il faut seulement qu'il tienne le coup.

Et s'il ne tient pas ?

On a dit positif, Ziva !

– On a largement de quoi manger et boire. On a un cheval. Tu imagines si j'avais dû te traîner jusqu'ici à la force de mes bras ?

Je suis forte, mais pas à ce point.

– On va y arriver.

Mais Kellyn n'entend pas un mot.

†

Lorsqu'on approche du pont qui enjambe la rivière, je reconnais instantanément l'endroit.

Surtout en voyant l'arbre abattu.

Une bande de détrousseurs surgit de la pente qui mène à la rivière.

– Bonsoir, les amis, dit le chef de la bande.

Comment il s'appelle, déjà ? Il doit avoir trouvé des hommes pour remplacer ceux qu'on a tués, car il est à la tête d'une bande fournie.

– Devran, dis-je d'un ton menaçant, en me rappelant soudain son nom.

– Comment tu… Toi ! crie-t-il en reculant, les yeux écarquillés. Mais tu ne viens pas de passer par ici ? Qu'est-ce que tu fais de retour ?

– Je n'ai vraiment pas le temps de discuter. Retirez cet arbre de mon passage, ou je tuerai tous vos hommes une deuxième fois ! Enfin, pas les mêmes hommes, évidemment. Je tuerai les nouveaux hommes. Je tuerai tout plein d'hommes différents, comme la dernière fois !

Parfois, j'ai l'impression de gagner en courage pour parler haut et fort, et puis voilà que je me ridiculise.

– Bien sûr ! dit Devran. Virez-moi cet arbre, les gars !

– Mais on n'a pas encore été payés, proteste l'un des bandits les plus petits.

– Celle-ci a déjà payé à son dernier passage.

– Tu ne les fais payer qu'une fois ? demande un autre. Ça ne me paraît pas très rentable, chef.

– Fermez-la et au boulot !

– Elle n'est pas très effrayante, ajoute un troisième.

– Tout homme qui refuse de déplacer cet arbre sera exclu de la bande, compris ? crache Devran.

Alors, lentement mais sûrement, les hommes grimpent sur le pont et se mettent au travail. Je soupire de soulagement. Je ne crois pas que mon cheval aurait pu sauter l'obstacle avec Kellyn et moi sur le dos.

Quand ils ont terminé, j'attends que les bandits s'écartent avant de traverser le pont. Au milieu, je m'arrête.

– Devran ?

– Oui, Mademoiselle ?

– Que je ne te reprenne pas sur ce pont une troisième fois !

– Oui, Mademoiselle. Enfin, non, Mademoiselle. On ne reviendra pas.

– Bien.

– Mais tu ne veux pas plutôt dire une quatrième fois ? crie-t-il dans mon dos alors que je m'éloigne.

Il a vraiment besoin de se trouver un nouveau boulot, mais je ne vois pas comment s'il ne sait pas compter.

Chapitre
— 15 —

Enfin, j'aperçois le château ! Ce n'est pas trop tôt. Kellyn ne cesse de perdre l'équilibre, menaçant à chaque instant de glisser de la selle. Je lutte en permanence pour le maintenir contre moi, tout en tenant les rênes, en criant aux gens dans la rue de dégager le passage et en poussant le cheval.

Quand on arrive devant l'entrée, il manque tomber au sol, mais je le rattrape *in extremis*, les muscles bandés par l'effort. Je crie aux hommes de garde :

– Il lui faut la guérisseuse Serutha ! Vite ! Et je dois voir Petrik.

C'est seulement après avoir parlé que je me rends compte que je n'ai aucune autorité dans ces lieux. Ils ne savent sans doute même pas qui je suis. Je suis à peine passée en coup de vent ici.

– Tout de suite, maîtresse Ziva, dit l'un des gardes.

Ou alors, je me trompe, encore une fois. Peut-être que ce sont les mêmes gardes que la dernière fois et qu'ils ont une super bonne mémoire ?

Plus probablement, Petrik leur a demandé de guetter mon arrivée.

Quelques serviteurs surgissent à l'entrée, portant un brancard. Ils aident Kellyn à descendre de cheval et l'installent sur le brancard avant de l'emporter à l'intérieur. Je les suis, avec une désagréable impression de déjà-vu.

– Ziva ? dit une voix derrière moi.

– Petrik !

Je me jette sur lui, et il sursaute avant de me prendre doucement dans ses bras et de me tapoter le dos.

– Qu'est-ce qu'il y a ? Qu'est-ce qui s'est passé ? demande-t-il en voyant Kellyn.

– On a été attaqués sur le chemin du retour. Il a pris une flèche dans le bras. Je ne pouvais pas la retirer et elle s'est infectée. La plaie, je veux dire, pas la flèche, évidemment.

Il prend le temps de me regarder, d'enregistrer l'état de crasse dans lequel je suis après le voyage.

– Le chemin du retour ? Mais d'où ?

Les serviteurs portant le brancard de Kellyn tournent au coin d'un couloir et j'attrape Petrik par le bras pour qu'on les suive tout en parlant.

– Comment ça, « d'où » ? Franchement, Petrik, tu n'as pas remarqué qu'on était partis ?

– Eh bien, tu ne m'as pas dit que tu allais quelque part, si ? Qui a tiré sur Kellyn ?

– Les hommes de Ravis.

– Les hommes de Ravis sont ici ?

– Pas encore, mais son armée est en marche. Il faut que je parle à Skiro ! Mais d'abord, comment va Temra ? Je dois savoir. Dis-moi !

Je le prends par les épaules, l'obligeant à me regarder en face.

Son visage se décompose et une expression douloureuse se peint sur ses traits.

Je sens mon souffle s'évaporer. Le sol se dérobe sous mes pieds et je tombe à genoux.

– Non !

Le visage enfoui dans mes mains, je me mets à pleurer.

J'entends un bruit de frottement, comme si Petrik se dandinait d'un pied sur l'autre. J'aimerais lui en vouloir de faire preuve d'aussi peu d'émotion, mais j'imagine qu'il a eu plus d'un mois pour digérer la mort de Temra. Moi, je viens de l'apprendre.

Mes pleurs redoublent. Pour une fois, je me fiche d'être vue ou entendue. Je me fiche de ce qu'on pensera de moi. Seule existe la douleur qui a pris place dans mon cœur.

– Ziva ?

Je renifle en me redressant comme un ressort. Cette voix !

C'est ma sœur. C'est Temra. Ou alors je suis tellement hystérique que j'hallucine.

Elle est différente. Son expression est prudente, presque hésitante, comme si elle craignait de me briser.

Je me jette à son cou, l'écrase sur mon cœur comme si je voulais fusionner nos deux corps. Pour qu'on ne soit plus jamais séparées. Elle aussi me serre de toutes ses forces.

– Tu m'as manqué.

Aucun mot ne peut exprimer ce que j'ai ressenti tout le temps que nous avons été séparées, alors je me tais.

Et puis, je me rappelle d'un coup ce qui s'est passé juste avant son arrivée.

– Bordel, Petrik !

Pivotant sur moi-même, je lui colle mon poing sur la figure. « Ah ! » on crie tous les deux en même temps. Il se prend le nez à deux mains tandis que je secoue mes doigts endoloris. Je suis toujours aussi nulle quand il s'agit de frapper quelqu'un. Ça fait toujours aussi mal.

– Pourquoi tu as fait ça ? demande-t-il, quelques gouttes de sang perlant sur sa lèvre.

– Tu m'as laissé croire qu'elle était morte !

– Mais de quoi tu parles ?

– Pourquoi tu l'as frappé ? demande Temra.

– Ta tête ! Tu avais l'air de m'annoncer une mauvaise nouvelle.

Petrik me regarde de la tête aux pieds, remarquant ma tenue débraillée. Il semble complètement perdu.

– Merde, dit-il soudain en tirant Temra par le bras pour l'éloigner de moi.

– Qu'est-ce que tu fiches ?

Petrik s'interpose entre ma sœur et moi, comme pour la protéger, et je suis tentée de lui remettre un coup de poing.

– Lâche-moi ! proteste Temra en essayant de se dégager.

– Arrête ! dit Petrik. Ziva, quelle est la première arme magique que tu aies forgée seule ?

– Qu'est-ce qui se passe ?

Temra tente de contourner Petrik, mais il accompagne son mouvement. Elle lui lance un regard assassin, comme dégoûtée par sa seule proximité.

– Réponds à la question, Ziva.

– Pourquoi ?

– Parce que je t'ai vue hier soir quand tu es arrivée au palais, donc clairement, il y a deux Ziva qui se promènent dans le coin et j'ai besoin de savoir laquelle est la fausse.

À ces mots, Temra fait volte-face.

– Ziva est rentrée hier et tu ne m'as rien dit ?

– Comment je pouvais savoir qu'elle n'était pas venue te voir ?

Leur chamaillerie va trop vite pour moi, mais j'ai un affreux pressentiment. Quelqu'un est ici qui porte mon visage.

– Minuit ! je crie pour interrompre leur dispute. Ma première arme était l'épée courte de Temra. Mais franchement, l'autre moi n'a pas immédiatement demandé à voir Temra et ça ne t'a pas mis la puce à l'oreille ?

– Tu étais différente, mais j'ai pensé que c'était à cause de ce que t'avait fait subir Ravis. Comment aurais-je pu deviner qu'il y avait de la magie là-dessous ?

– Ravis ? Que vient faire Ravis dans l'histoire ? demande Temra.

– La Fileuse de coton travaille clairement pour lui, explique Petrik. D'abord, l'étoffe qui cachait la porte de

Serutha, et maintenant, ça. Il doit s'être emparé d'elle après la capture de Kymora.

– Tu as aussi vu Kellyn, hier ?

Il confirme d'un hochement de tête.

– Pourquoi on parle de Ravis et Serutha et de portes cachées ? demande Temra. J'ai loupé quelque chose ?

Les traits de Petrik expriment alors une culpabilité comme je n'en ai jamais vu. Il se tourne vers moi, l'air extrêmement embarrassé.

– Il faut qu'on parle en privé, une fois qu'on aura démasqué les imposteurs.

– Quand est-ce que tu m'as vue pour la dernière fois ?

– Hier soir. On a parlé de… (il lance un coup d'œil vers Temra) certaines choses, et puis, tu es allée te coucher. Mais avant, Skiro t'a demandé de déjeuner avec lui le lendemain. J'ai trouvé bizarre que tu acceptes aussi facilement.

– Quelle heure il est ?

– Midi, répond Temra.

– Et où est le prince ?

– Oh, non ! gémit Petrik.

Temra et moi courons côte à côte, juste derrière Petrik.

– Faut que tu le saches, dit Temra, tu sens vraiment mauvais.

– J'étais sur les routes !

Petrik tourne au coin du couloir, sa robe d'érudit couleur saphir volant derrière lui, et nous suivons sur ses talons.

– Oui, mais depuis le territoire de Ravis ? Qu'est-ce que tu faisais là-bas ?

– Arrêtez de parler et occupez-vous de courir ! crie Petrik par-dessus son épaule. Gardes ! lance-t-il à ceux qu'on croise, et ils nous emboîtent le pas.

Arrivés devant une grande porte, on s'y engouffre pour trouver Skiro assis à une table privée installée dans un coin d'une pièce douillette. Notre irruption l'interrompt en plein éclat de rire.

– Petrik, que se passe-t-il ?

En découvrant ce qui se trame dans cette pièce, je hausse les sourcils. Skiro a une main posée sur le bras de la fille assise à son côté, vers qui il se penche.

Une fille avec mon visage.

Elle bondit sur ses pieds, se place derrière la chaise de Skiro et presse un couteau à beurre contre son cou. Pas la plus mortelle des armes, mais efficace si elle la plante exactement au bon endroit.

– Cette femme n'est pas Ziva Tellion, dit Petrik. Il y a des imposteurs dans le palais.

– Merci, je crois que j'ai compris, grogne Skiro. Alors qu'on passait un si bon moment…

Je sens mes joues s'enflammer en repensant à l'intimité qu'on a surprise entre eux, pourtant ce n'est pas ma faute. Ce n'est pas moi qui tentais de séduire le prince. Je serais incapable de séduire qui que ce soit, même si ma vie en dépendait.

– Posez vos armes ! ordonne la fille avec mon visage.

– Elle ne parle même pas comme moi !

– Je croyais que tu couvais un rhume, se défend Petrik.

– Vos armes ! répète l'usurpatrice.

– Faites ce qu'elle dit, ordonne Skiro.

Un fracas métallique retentit quand les gardes derrière nous lâchent leurs lances. Temra abaisse son épée, Minuit, qui est devenue noire comme la nuit, nous avertissant d'un danger imminent.

La fille recule avec le prince jusqu'à être acculée contre le mur, qu'elle longe ensuite jusqu'à la porte.

– Si vous nous suivez, il meurt.

– Vous pouvez me serrer un peu moins ? demande Skiro. Aïe !

Elle doit avoir au contraire resserré sa prise. Pétrifiés, nous les regardons s'éloigner lentement dans le couloir à reculons. Juste avant qu'ils disparaissent à notre vue, la fille pousse brutalement Skiro en avant et s'enfuit en courant.

– Attrapez-la ! hurle Petrik, maintenant que Skiro est libre.

Les gardes se sont déjà rués à sa poursuite ; quelques-uns restent pour protéger le prince. Temra, Petrik et moi rejoignons Skiro.

– Tu es blessé ? demande Petrik.

– Seulement ma fierté, répond le prince.

– Elle n'était pas ici pour vous assassiner, fait remarquer Temra. Sinon, elle aurait eu largement le temps de vous éliminer.

– Vous avez parlé de quoi ? s'enquiert Petrik.

Skiro met de l'ordre dans sa tenue, puis fait un signe aux gardes qui s'écartent tout en restant aux aguets.

– Je lui faisais la cour, avoue Skiro. J'ai toujours eu un faible pour les femmes de haute taille. Tu le sais bien.

Je rougis et regarde mes pieds.

– Mais qu'as-tu dit ? Elle t'a posé des questions ?

– Je croyais que c'était la forgeronne. Elle voulait savoir pour combien d'hommes elle devait forger des armes, quelles fortifications étaient déjà en place pour pouvoir les renforcer avec sa magie. Celui qui l'a envoyée voulait connaître l'état de nos défenses.

– C'était Ravis. Kellyn et moi avons vu son armée sur la route derrière nous. Il doit avoir envoyé des espions en reconnaissance.

– Ravis marche sur le palais avec une armée ? s'étonne le prince, soudain alarmé. Combien d'avance avez-vous sur lui ?

– Difficile à dire. On n'a pas pris la route principale, mais je dirais entre trois à quatre semaines maximum.

– Moins d'un mois…

Skiro déglutit difficilement, recule jusqu'au mur auquel il s'adosse comme pour se soutenir.

– Nous n'avons pas d'armée, ici. Il y a la garde de la cité et celle du palais. Une poignée d'hommes et de femmes.

On se tait tous, et le garde du corps de Skiro s'agite, inquiet.

Je vois à sa tête que Skiro se dit qu'il n'aurait sans doute pas dû prononcer ces paroles à voix haute. Il n'a vraiment pas besoin que des rumeurs se répandent avant qu'il ait pu évaluer correctement la situation. Il se redresse.

– Nous trouverons une solution demain. Un problème à la fois. Occupons-nous d'abord de ces imposteurs.

Quelques minutes plus tard, un garde accourt en trottinant. Il s'incline devant son prince avant de brandir un objet.

– Aucune trace de la fille, sire, mais on a trouvé ça.

Je le reconnais aussitôt. C'est le même genre de masque que Kellyn a arraché au garde dans la capitale de Lisady, celui qui portait son visage. Un camaïeu de bleu, en dégradé du plus clair au plus foncé. Le masque de mon visage. Je sais que quiconque l'enfilera prendra mon apparence.

– Il y en a un autre, dit Petrik. Trouvez le mercenaire et arrêtez-le. Le vrai Kellyn est à l'hôpital.

Comme précédemment, on m'oblige à me laver avant de me laisser entrer dans l'infirmerie pour voir où en est Kellyn. Temra propose de me conduire à sa chambre, où on peut faire apporter une baignoire, mais Petrik se plante face à moi.

– Ziva, un mot en privé, si tu veux bien ?

– Pas question, intervient Temra, une main posée sur la hanche. Pas de conversation privée entre vous deux. Vous me cachez quelque chose.

– Ziva, s'il te plaît…

Temra le coupe.

– Je veux savoir ce qui s'est passé. Pourquoi tu étais dans le territoire de Ravis, et comment Kellyn a été blessé.

J'essaie de me remémorer la conversation de tout à l'heure. J'étais paniquée par les blessures de Kellyn et la découverte qu'il y avait des imposteurs parmi nous. À part ça, je ne me souviens plus de grand-chose.

Et à quoi joue Petrik ? Pourquoi a-t-il menti à ma sœur ?

– Quand on est arrivés dans la capitale de Skiro, Serutha n'était pas là, j'explique. Elle avait été kidnappée par Ravis.

Petrik pousse un grognement et se cache le visage dans les mains. Je me sens un peu coupable, mais ma loyauté va d'abord à ma sœur, pas à mon ami. Je continue :

– Tous les trois, nous avons emprunté un portail magique pour nous rendre dans le palais de Ravis afin de la trouver. On a réussi et Petrik et elle ont pu revenir par le portail. Kellyn et moi avons été capturés. C'était horrible. Je ne savais pas si tu étais sauvée, si tu avais survécu. J'étais prisonnière dans un territoire lointain, j'ai essayé de m'enfuir pour te rejoindre. Je suis désolée d'avoir mis si longtemps.

Pour la deuxième fois de la journée, Petrik se prend un coup en pleine face.

Mais Temra ne s'arrête pas là. Elle se jette sur lui, à coups de poing et de pied, tandis qu'il essaie vainement de se protéger. J'attrape ma sœur et la tire en arrière, alors qu'elle continue de se débattre pour lui taper dessus.

– Elle était en danger ! Prisonnière ! Oh, juste au moment où j'allais te pardonner d'avoir gardé le secret pour Kymora ! Et maintenant je découvre que tu m'as *menti* à propos de ma *sœur*. Comment tu as pu faire ça ? Lâche-moi, Ziva !

– Pas avant que tu te calmes.

– Je me calmerai quand j'aurai des réponses !

Petrik se tâte la mâchoire. Je crois qu'elle n'y est pas allée de main morte.

– J'essayais de te protéger, dit-il faiblement.

– Quoi ? dit Temra.

Je crois qu'elle ne l'a pas entendu avec tous ses grognements et son agitation. Mais son corps s'immobilise enfin et je la repose, prête à intervenir de nouveau si besoin.

– Tu étais grièvement blessée, explique-t-il. Tu as failli y rester. Je ne savais pas si tu pourrais encaisser d'apprendre que Ziva était en danger.

– Ah oui, parce que je suis une petite chose délicate, maintenant !

– Non, ce n'est pas ce que je dis ! Ziva venait de se sacrifier pour te sauver. Je n'allais pas laisser ce sacrifice être réduit à néant en te laissant courir vers le danger afin de la rejoindre. Ziva ne l'aurait pas voulu.

– Tu ne le voulais pas, surtout ! Et ce que je voulais moi ? Je méritais de connaître la vérité !

– Je te connais. Tu n'aurais pas pu t'en empêcher. Tu aurais traversé tout le pays pour prendre d'assaut les portes de Ravis. Tu ne peux pas affronter une armée entière toute seule. Tu ne peux pas…

Elle le frappe de nouveau avant que je puisse intervenir.

– Je te déteste, crache-t-elle avant de tourner les talons.

Petrik saigne de nouveau du nez. Il est penaud, les épaules voûtées.

– Petrik, merci. Vraiment. Tu l'as sauvée plus d'une fois. Et je pars sur les traces de ma sœur.

Je n'avais pas vu grand-chose du palais de Skiro lors de ma première visite. Je ne pensais qu'à une chose : sauver Temra. Mais à présent, en courant derrière elle, je parcours des passages inconnus. À l'inverse des grandes pièces vides de Ravis, celles de Skiro arborent une décoration chargée. Tapisseries et tapis isolent les murs de pierre. Sur les murs sont accrochés des portraits et je me demande si certains sont des portails magiques vers d'autres lieux du monde. La signature de l'artiste est la même, un gribouillis de lettres et de courbes illisibles. Toute surface vide a été peinte directement, à même la pierre. Des animaux, des paysages, toute sorte de faune et de flore.

Skiro aime les arts, et ça se voit dans chaque recoin de son palais. Il est amoureux de la création, pas de la destruction. Il ne sera jamais prêt pour la guerre que Ravis vient lui imposer.

Temra pénètre dans une pièce et je la suis.

Lorsque nous avons fui Lirasu, nous n'avons emporté que le strict nécessaire. Ni objets personnels ni souvenirs. Temra ne possède plus rien de notre ancienne vie pour décorer sa chambre au palais. Mais ses murs sont couverts de livres – cadeaux de Petrik, je parie – et un râtelier à armes vient d'être fixé sur un mur.

Elle est trop en colère pour parler tout de suite de ce qui s'est passé, donc je prends mon bain en silence pendant qu'elle fait les cent pas dans sa chambre à côté en marmonnant furieusement.

Dès que je suis propre et habillée de vêtements prêtés, je lui dis que je vais voir où en est Kellyn. J'adorerais rester, mais je sais déjà qu'elle est en sécurité. Je dois savoir si c'est aussi le cas pour Kellyn.

†

Il est encore inconscient, mais on l'a lavé et on a retiré la flèche, un bon signe. Serutha est penchée sur lui, les doigts étendus au-dessus de la blessure.

Je ne dis pas un mot pour ne pas la déconcentrer. Au lieu de quoi, je passe de l'autre côté du lit et prends la main valide de Kellyn dans la mienne.

– Il va s'en sortir, dit la guérisseuse, les yeux fermés. J'ai évacué l'infection. Il ne reste qu'à réparer les muscles et la peau.

– Merci.

– Non, merci à vous. Vous m'avez sauvée. C'est le moins que je puisse faire.

– Vous avez aussi soigné ma sœur. Je crois que j'ai encore une dette envers vous.

Elle secoue la tête et ouvre ses yeux sombres.

– C'est mon métier. C'est ce que j'aime faire. Vous voyez sûrement ce que je veux dire, non ? J'ai beaucoup entendu parler de vous depuis mon retour. Vous travaillez avec le métal comme je travaille avec la chair. J'espère que vous n'en voulez pas à Petrik de m'avoir parlé. Une fois qu'il était parti à s'excuser de vous avoir révélé qui j'étais, je crois qu'il avait besoin de rétablir l'équilibre en quelque sorte.

– Ça ne me dérange pas que vous soyez au courant.

Je regarde la chair de Kellyn se suturer d'elle-même grâce aux bons soins de Serutha.

– Votre pouvoir est bien plus impressionnant que le mien.

– Ce n'est pas un concours.

– Non, mais vous sauvez des vies, alors que je ne suis bonne qu'à les menacer.

Serutha se masse la main gauche quand elle a fini.

– Je parie que des centaines de gens témoigneraient du contraire. Je suis sûre que vos armes ont sauvé bien des vies dont vous n'entendrez jamais parler. La seule différence entre nous, c'est que je peux voir le résultat de mon travail en direct.

Ces paroles sont aimables et je les accepte. Pour l'instant.

– Comment il marche ? Votre pouvoir. Vous êtes la seule autre personne douée de magie que j'aie jamais rencontrée.

Elle sourit et s'assied face à moi. Alors qu'elle ne doit pas être beaucoup plus vieille que moi, elle me semble plus âgée, comme si elle en savait plus sur la vie. J'imagine qu'elle a vu beaucoup de gens mourir tandis qu'elle perfectionnait son pouvoir et apprenait à s'en servir. Il y a de quoi faire vieillir n'importe qui.

– Je doute que ce soit vrai. Vous n'avez pas rencontré Elany quand vous étiez prisonnière de Ravis ?

– Elany ? Oui, elle me suivait partout, selon les ordres de Ravis. Elle a un don magique ?

– Oui. L'étoffe camouflage devant la porte de ma prison ? C'était son œuvre.

Il me faut un temps fou pour faire le rapprochement.

– Elany est la Fileuse de coton !

Je devrais être étonnée, mais je ne ressens que de la fureur.

– Comment peut-elle trahir ceux de sa race ?

– Elle a ses propres allégeances, comme nous avons les nôtres.

– Mais Ravis est affreux !

– Je le sais bien. Elany doit encore le comprendre. J'espère qu'elle y parviendra bientôt.

Un ange passe pendant que je digère cette nouvelle information. Les assassins invisibles sur la route, le soldat portant le visage de Kellyn, le camouflage de la porte… tout ça, c'était Elany. Elle m'a causé des souffrances indescriptibles, et je n'avais aucune idée qu'elle était sous mon nez pendant des semaines.

Qu'est-ce que tu aurais fait si tu avais su ?

Rien. Je le sais. Je ne pouvais rien faire tant que j'étais prisonnière de Ravis. Les choses se seraient passées exactement de la même façon.

Je soupire en tentant d'expulser toute la tension de mon corps.

– Vous voulez toujours savoir comment fonctionne mon pouvoir ? demande Serutha, peut-être pour me distraire de mes peines passées.

– Oui.

– Je perçois toutes les parties du corps et je ressens ce qui est brisé ou mourant. Et je le guide. J'encourage les os à se remettre en place, les muscles à se reconstituer.

Je demande à l'infection de s'en aller. Je parle au corps, dans ma tête, et il m'écoute.

– Je parle au métal de la même façon. Mais parfois à voix haute.

– C'est fascinant que des dons si différents soient en même temps si semblables.

– Vous pensez que nous sommes douées ? Que ces pouvoirs sont des dons des Sœurs-Déesses ?

Ou bien sommes-nous maudites ? Condamnées à être des pions entre les mains des puissants ?

– Les déesses ont créé la première femme à leur image, qui a ensuite donné naissance à l'espèce humaine. Je crois profondément qu'elles ont doté certaines d'entre nous, soigneusement sélectionnées, de plus que leur image. Nous avons le pouvoir de créer, comme elles. Pas à l'échelle cosmique, mais dans une moindre mesure.

– Mais dans quel but ?

– Pour voir ce qu'on ferait de ce genre de puissance. J'ai entendu dire qu'on était des créations d'Ebanarra, mais je suis persuadée que nous avons été créées par Tasminya.

– La déesse du Chaos. Pourquoi ?

– Tu ne trouves pas que ça lui correspond ? Comme si elle voulait pimenter un peu le monde avec des saveurs différentes. Avec de la magie. Juste pour voir ce qui se passerait.

Toute ma vie, je n'ai souhaité qu'une chose : tout contrôler. Ce que je dis et ce que je fais. Comment les gens réagissent à ce que je dis et fais. J'ai toujours pensé que je devais tenir d'Ebanarra. Mais ce que dit Serutha me paraît bien plus sensé.

Peut-être qu'il n'existe pas d'autre but que de vivre du mieux qu'on peut, pour le temps qui nous est accordé et avec les dons qu'on a.

– Y a-t-il d'autres personnes comme nous qui vivent ici ?

J'aimerais en rencontrer d'autres. Je veux savoir de quels autres prodiges sont capables les magiciens de ce monde.

– Oui, mais je les laisserai se révéler à toi quand et si elles s'y sentent prêtes. De même que je garderai le secret sur ton identité, et j'espère que tu feras pareil pour moi.

– Bien sûr.

– Bien. Je te laisse seule avec ton homme, maintenant. J'ai fait ma part. J'ignore quand il se réveillera. Guérir est épuisant, et le corps a besoin de récupérer. Ne le réveille pas avant qu'il soit prêt.

– Je comprends. Encore merci.

Sur un hochement de tête, elle quitte la pièce.

L'hôpital est presque désert. J'aperçois une femme qui somnole sur une couchette dans un coin, mais elle a l'air d'une soignante faisant une sieste bien méritée plutôt que d'une patiente. Il semblerait que Serutha soigne rapidement toute personne qui entre à l'infirmerie.

Je ne veux pas risquer de réveiller Kellyn, après les avertissements de Serutha, donc je ne dis rien. Je tiens sa main, lui caresse les doigts, repousse une mèche rebelle sur son front.

J'y suis vraiment attachée, à cette brute.

Chapitre

— 16 —

Lorsqu'il se fait tard, je retourne dans la chambre de ma sœur. Temra n'est pas prête à se coucher : elle se tient debout au centre de la pièce, une épée dans la main gauche qui n'est pas Minuit. Je la contourne prudemment pour m'installer sur le lit et la regarder s'entraîner.

– Elle est lestée, explique-t-elle. J'apprends à entraîner ma main gauche, ainsi qu'à augmenter mon endurance.

– Malin.

Elle pirouette, feint des attaques, travaille des enchaînements que quelqu'un lui a appris en secret. Elle savait que je n'approuverais pas le fait qu'elle s'entraîne pour devenir un soldat, alors elle l'a fait dans mon dos et sans ma permission. Je m'en suis remise, depuis.

Au bout de quelques minutes, la sueur perle à son front. Je la regarde en silence. Elle est si déterminée. Si féroce. Je suis sûre qu'elle s'entraîne ainsi chaque jour, pourtant, je sens que l'intensité de la séance de ce soir est due à un certain garçon et à ses mensonges.

Quand elle semble fatiguer, je lui dis :

– Tu devrais lui pardonner.

– Hors de question.

– Temra, il t'a sauvée quand j'en étais incapable.

– Il m'a empêchée de te sauver quand *j'aurais pu* le faire.

– Tout va bien, maintenant, je me suis échappée. Je me suis sauvée moi-même.

Je me suis sauvée moi-même.

Les mots sortent tout naturellement, pourtant ils me surprennent. Kellyn avait raison, bon sang !

Je me suis sauvée moi-même. Je ne suis pas vulnérable. Je suis capable de m'en sortir sans ma sœur.

Une agréable sensation de chaleur m'envahit en découvrant cette vérité profonde.

– Mais tu n'aurais pas dû avoir à te passer de moi. J'aurais dû être là.

– Tu avais besoin de guérir.

Son halètement rend ses mots suivants presque inintelligibles.

– Ça ne va pas, Ziva. C'est toujours toi qui sauves tout le monde ! Tu nous as sauvés de Kymora. Tu m'as sauvée de la secte à Thersa. Tu as sauvé Ghadra du pouvoir de Mange-Secrets. Tu m'as sauvée de la mort. Tu sauves tout le monde pendant que moi, je ne sers à rien. *Je veux sauver, moi aussi.* C'est pour ça que je me suis entraînée. C'est ce que j'ai toujours voulu. Et pourtant, je suis clouée au lit, inconsciente, pendant que tu pars pour une nouvelle aventure !

L'épée lui échappe des mains sur le mouvement suivant et elle se baisse en grognant pour la ramasser.

– Tu crois que je me suis amusée ? Tu crois que ça m'a plu de devoir fuir et te protéger du danger ? Tu crois que j'ai aimé ça, me demander si tu étais morte en sachant que ce serait ma faute ?

– Moi, ça m'a plu, dit-elle en reprenant ses exercices. J'ai adoré ça. Être en cavale. Me battre pour ma survie. Je ne me suis jamais sentie aussi vivante.

– Et quand tu étais en train de mourir ? Quand tu as pris un coup d'épée au bras et au poumon ? C'était comment ?

– Évidemment, cette partie-là n'était pas géniale, mais tout le reste, oui !

Décidément, nous sommes radicalement différentes…

– Donc tu es furieuse contre Petrik parce qu'il t'a privée d'une aventure ?

– Je suis furieuse parce qu'il m'a *menti*. Je suis inconsolable parce que tu étais en danger et que je n'en savais rien. Nous sommes sœurs. Ça veut dire que l'on se protège l'une l'autre. Pas que c'est toujours *toi* qui *me* protèges. Quand pourrai-je jamais te rendre la pareille si tu fais tout le temps tout ?

– Temra, tu ne me dois rien.

– Mais si. Je te dois tout. Ma vie. Tout ce que je possède. Tout ce que je suis, c'est grâce à toi. Et Petrik est un sale menteur. S'il n'était pas le frère du prince, encore une chose qu'il nous a cachée, d'ailleurs, je l'éventrerais sur-le-champ.

Elle range l'épée dans le râtelier, puis s'assied par terre pour s'étirer. Jambes tendues devant elle, elle se penche pour toucher ses pieds.

– Tu ne le penses pas.

– Si. S'il tient à la vie, il ferait mieux de rester hors de ma vue. Qui sait de quoi je serais capable si on me provoque ?

– Il a sillonné tout Ghadra à nos côtés. Il a pris notre parti contre sa propre mère. Il s'est battu, il a tué pour toi. Il est venu avec moi pour sauver Serutha.

Il t'aime, c'est ce que je ne dis pas, même si j'aimerais bien.

– Tu ne l'as pas vu après que tu as été blessée. Il était aussi inconsolable que moi. Il a rompu sa promesse à Serutha en nous révélant son identité et en nous conduisant vers la seule personne qui pouvait te sauver.

– Il t'a laissée rester chez Ravis. Comment je peux lui pardonner ? Il m'a choisie moi avant toi.

J'ouvre la bouche et la referme aussitôt. Ce serait bien hypocrite de ma part de protester. Kellyn a laissé Temra être blessée et je lui en ai voulu, convaincue que je ne pourrais jamais lui pardonner.

Alors que je lui ai déjà pardonné, entendre les pensées de Temra m'aide à me rendre compte à quel point j'ai été injuste envers lui.

J'ai envie de dire à Temra qu'elle s'en est bien sortie. Elle ne savait ni où j'étais ni ce que je faisais. Elle ignorait complètement que j'étais en danger. Elle ne l'a découvert qu'une fois que j'étais rentrée saine et sauve. Alors, franchement, de quoi se plaint-elle ?

– Tu me racontes l'histoire ? Comment vous avez été capturés et comment vous vous êtes échappés ?

– En fait, c'était la faute de Kellyn.

Je lui raconte comment cet idiot s'est sacrifié pour elle afin que le reste de l'équipe puisse s'enfuir, puis comment je suis restée moi aussi pour l'aider lui.

– Tu es restée. Exprès ?

– Sans moi, il serait mort.

Elle adopte un air pensif, et comme je n'ai aucun moyen de deviner ce qui lui passe par la tête, je poursuis mon récit : comment Kellyn a révélé mes capacités à Ravis, comment j'ai réussi à nous libérer, comment on a été traqués sur la route, comment Kellyn a été blessé.

– On dirait que je dois beaucoup à ce mercenaire, commente Temra à la fin, tout en me serrant dans ses bras.

– Il est incroyable, non ? dis-je, savourant cette embrassade. Quel idiot !

– Il a le don de te taper sur les nerfs.

– Pas du tout.

– Bien sûr que si ! Et il aura toujours tort. Il laisse un malheur m'arriver, et tu le détestes. Il me sauve, et tu le détestes.

– Je ne le déteste pas.

– Je sais bien. J'espère juste qu'il le sait aussi.

– Ça lui fait du bien de mariner un peu.

Son rire fait trembler sa tête sur mon épaule.

– Je pense qu'il est parfait pour toi. Si vous pouviez mettre vos ego de côté, je crois que vous seriez très heureux ensemble.

– On peut dire la même chose de toi et Petrik.

– Non. C'est un imbécile ennuyeux qui se soucie plus des livres que des gens.

– Ennuyeux ?

– Oui.

– Tu trouves pourtant ses histoires fascinantes. Quand on était sur la route, vous passiez des heures à discuter.

– Bon, d'accord, il n'est pas ennuyeux. Ça n'empêche qu'il se soucie trop peu des gens. Trop peu, en tout cas, pour éviter de leur mentir.

– Je dirais plutôt qu'il s'en soucie au point de leur mentir. Il tient tellement à toi qu'il est prêt à se faire détester si c'est pour te protéger. Ça prouve qu'il fait passer ton bonheur avant le sien.

Ne sachant que répondre, elle tente de se dégager, mais je la serre plus fort contre moi, avant de changer de sujet.

– Tu es en nage.

– Oui, tu devrais peut-être me lâcher.

– Jamais !

J'ai envie de passer la nuit à parler avec Temra, mais je suis trop fatiguée par le voyage et le stress des derniers jours. Tout le monde est sain et sauf, et je peux enfin m'endormir profondément dans le lit doux et tiède de Temra.

J'ai les yeux tout collés quand j'émerge. J'ai mal partout et une envie pressante. Mais le signe le plus éloquent du fait que j'ai dormi longtemps, c'est Kellyn, assis sur la chaise dans un coin de la chambre, les jambes croisées aux chevilles. Il tient un livre et tourne une page de temps en temps.

– Tu sais lire, alors ! dis-je d'une voix rouillée par le sommeil.

Il me regarde, me sourit et pose son livre.

– C'est l'œuvre de Petrik. Son récit de notre périple pour échapper à Kymora.

– C'est bien ?

– Exceptionnel. Il a un vrai talent avec les mots. Il réussit à nous rendre bien plus héroïques qu'on ne l'est réellement.

– Je ne crois pas que ce soit possible en ce qui te concerne.

Il se lève, s'approche et s'assied au bord du lit.

– Comment tu te sens ?

– Très bien. Ce n'est pas moi qui ai pris une flèche. Comment va ton bras ?

Il roule sa manche pour me montrer une mince cicatrice blanche.

– Presque comme neuf ! Il y a encore une légère raideur, mais Serutha dit qu'elle devrait disparaître après un moment.

– Je suis soulagée. Et ton oreille ?

Il blêmit avant de soulever ses cheveux pour dégager le côté gauche de son visage.

– Elle est très bien !

– Elle est hideuse, dit-il en laissant aussitôt retomber ses boucles rousses.

– Ne sois pas ridicule.

– Je ne le suis pas. Il me manque la moitié de l'oreille, c'est affreux. Et je n'entends plus aussi bien de ce côté.

– Mais la peau a parfaitement cicatrisé autour de la coupure. Ça va aller.

Kellyn ne répond rien, les yeux fixés sur le mur derrière moi.

– Est-ce que… tu es énervé parce qu'il t'a blessé à cause de moi ?

– Déesses, non ! Ziva, ce n'est absolument pas ta faute. Comment aurais-tu pu prédire ce qu'il ferait ? Tu m'as sauvé ! Tu m'as sorti de cet enfer et ramené ici.

– Alors qu'est-ce qui cloche ?

Il soupire.

– J'ai peur que les gens me voient différemment. Qu'ils me trouvent… amoindri.

– C'est idiot. Personne ne penserait ça. Au contraire : cette blessure est la preuve de ton courage. Que tu as survécu à un sort horrible et que tu en es plus fort aujourd'hui. Ne sois pas si dur avec toi-même. Et si quiconque te traite différemment, préviens-moi. Je lui dirai ma façon de penser.

Il esquisse un pauvre sourire en me regardant.

– Et toi ?

– Quoi, moi ?

– Et si ton regard sur moi changeait ?

Il ne… Il ne pense pas sérieusement que je pourrais le repousser à cause de son oreille ?

– Kellyn, tu me crois donc si superficielle ? Es-tu vaniteux à ce point ?

– Je suis ridicule.

– Oui !

Il hoche la tête d'un air satisfait, puis m'offre enfin un vrai sourire.

Mais je ne peux ignorer mon corps plus longtemps.

– Excuse-moi un instant.

Je me lève et vais m'enfermer aux toilettes pour me soulager. Quand j'ai fini, je repère une brosse posée sur la coiffeuse et prends le temps de me démêler les cheveux. Ensuite, je jette un œil au miroir au-dessus du lavabo.

C'est peut-être idiot, mais je n'ai pas eu souvent l'occasion de me regarder au cours des derniers mois. On n'avait pas de miroir sur la route ou en prison. La mère de Kellyn en avait un, mais il était accroché au mur dans sa chambre et il me paraissait impoli de faire intrusion dans son espace personnel.

Mon visage est couvert de taches de rousseur, plus que jamais. Tout ce temps passé sur la route au soleil les a multipliées. Elles sont plus sombres sur mes joues, plus claires sur mes lèvres. Mes cheveux courts ont repoussé. Au début de notre fuite, Temra les avait coupés au niveau de mon menton. Aujourd'hui, ils atteignent mes épaules, rebiquant légèrement aux pointes. Avant, je les attachais en queue-de-cheval, mais ils ont été trop courts pour ça pendant longtemps. Et à présent, je n'ai plus d'élastique. Je pourrais peut-être en dénicher un quelque part, mais Temra n'en a pas ici.

Je gagne du temps, et je le sais. Je fixe mes yeux bleus dans le miroir. *Tout va bien. Il n'y a pas de quoi avoir peur. C'est juste Kellyn.*

Oui, mais il ne serait pas ici s'il ne voulait pas parler. Et parler, ça fait peur.

Qu'est-ce qui pourrait encore me gêner devant cet homme ? On a traversé l'enfer ensemble !

Je respire un bon coup avant de sortir.

Kellyn n'est plus là.

Pourtant, au lieu d'être soulagée, je suis irritée.

Je me précipite à la porte et trouve Kellyn qui s'éloigne à grands pas dans le couloir.

– Hé !

Il s'arrête, se tourne vers moi.

Comme je n'ai pas envie d'avoir cette conversation en criant dans le couloir, je trottine pour le rejoindre, gênée par le regard qu'il pose sur moi.

– Pourquoi t'es parti ?

– Tu es partie en premier. Je me suis dit que c'était une façon polie de me congédier.

– Pas du tout ! Je devais vraiment aller aux toilettes.

– Tu as pris ton temps.

– Parce que j'avais besoin de me préparer à te parler, et puis quand je suis sortie, tu n'étais plus là.

– Tu avais besoin de te préparer ?

– Oui. Parfois, je dois me calmer avant d'entamer une conversation.

– Une conversation sérieuse ?

Incapable de le regarder en face, je fixe son cou puissant.

– Je ne sais pas, mais tu me connais. Je me mets dans des états pas possibles et je dois me forcer à redescendre.

– Dans ce cas, tu aurais dû être soulagée que je sois parti, non ? Pas de conversation effrayante.

– J'aurais dû, mais je ne l'étais pas.

– Non ?

– Non, dis-je en m'obligeant à soutenir son regard.

– Dis-moi, pourquoi est-ce plus difficile de me parler maintenant que quand on était sur la route ?

– Parce que sur la route, on était obligés d'être ensemble. Les silences n'étaient pas gênants, parce qu'il est impossible de parler toute la journée, tous les jours. Alors que maintenant, s'il y a des silences, c'est parce que j'échoue à maintenir la conversation. Tu comprends ?

– Oui.

Ses doigts remuent, comme s'il voulait tendre la main et me toucher, mais il se retient.

Je me remémore les mots qu'il a prononcés dans les bois, lorsqu'il délirait à moitié. Il cherche une partenaire qui soit son égale. Il ne veut pas être le seul à agir, à prendre des initiatives.

Et c'est vrai que j'ai envie de prendre sa main.

Alors, même si ça me terrifie, j'effleure ses doigts et referme les miens sur sa main. Si Kellyn a l'air surpris, ça ne dure qu'un instant.

– Tu m'as fait très peur, dis-je. Tu délirais de fièvre sur la route. Je n'étais pas sûre que tu t'en sortirais.

Main dans la main, on se remet à marcher dans le couloir. Mon cœur bat la chamade. J'essaie de me détendre.

– Tu t'occupais tellement bien de moi, comment aurais-je pu ne pas m'en sortir ? dit-il en me serrant la main et en nouant ses doigts aux miens.

Décidément, j'aime vraiment le toucher.

Kellyn semble savoir où il va et je le laisse me guider.

– Combien de temps ai-je dormi ?

– Environ vingt-six heures. Je ne suis debout que depuis le milieu de la nuit dernière. Temra m'a demandé de te veiller pendant qu'elle allait s'entraîner. Elle travaille encore plus dur depuis qu'on sait que Ravis marche sur nous.

Elle peut bien s'entraîner autant qu'elle veut, il est hors de question que je la laisse approcher de Ravis ou de son armée.

– Où on va ?

– Te trouver de quoi petit-déjeuner.

– Oh.

– Tu as l'air étonnée.

– Je n'ai pas l'habitude qu'on prenne soin de moi ou qu'on se soucie de mes besoins, dis-je avant de me corriger aussitôt. Pas que Temra ne pense pas à moi. Je voulais dire quelqu'un d'autre que ma sœur.

– Ne t'y habitue pas. Je t'en dois une parce que tu m'as libéré de Ravis, mais après ça, on est quittes.

Je ris, commençant enfin à me détendre.

– Me trouver de quoi petit-déjeuner, ça n'est pas tout à fait équivalent à te sauver d'une forteresse défendue par des troupes d'élite.

– D'accord, tu auras deux petits déjeuners. Mais n'en demande pas trop.

Kellyn franchit une porte à deux battants, et je sens une bonne odeur de pain frais et de beurre fondu. J'en ai l'eau à la bouche.

– J'ai flairé la cuisine à la seconde où je me suis réveillé, explique Kellyn. Le cuistot nous a à la bonne, donc la cuisine est à nous quand on veut.

Une femme mince, les cheveux tressés relevés sur la tête, sort un plat du four. Elle est jeune, peut-être vingt-cinq ans, et très jolie.

Kellyn se dirige droit vers elle.

– Paulia, re-bonjour !

– Kellyn !

M'ignorant complètement, elle se jette à son cou, et Kellyn me lâche la main pour lui rendre la pareille.

Je sens mes sourcils se froncer, mon appétit s'évaporer.

Elle demande des nouvelles de son bras à Kellyn, et il lui montre sa cicatrice. Mais si Kellyn s'est réveillé seulement la nuit dernière, il ne peut pas s'être écoulé bien longtemps depuis leur dernière rencontre ? Et comment se fait-il qu'ils soient déjà si proches ?

Kellyn lui demande comment s'est passée sa matinée, et ils papotent tous les deux comme s'ils étaient seuls dans la pièce. D'habitude, je suis ravie d'être exclue de la conversation parce que trouver quelque chose à dire est une corvée. Mais là, ce n'est pas le cas. Là, j'ai envie de sortir n'importe quoi juste pour empêcher cette Paulia de le regarder. De le toucher.

– J'ai amené quelqu'un que tu as très envie de rencontrer, dit enfin Kellyn.

Il semble surpris en découvrant mon air renfrogné, mais poursuit sans s'arrêter.

– Je te présente Ziva.

Le visage de Paulia s'illumine. Elle lâche l'épaule de Kellyn et se jette sur moi. Sa tête m'arrive à la poitrine, ce qui rend son étreinte un peu étrange, mais elle finit par s'écarter comme si je lui avais fait une grande faveur.

– Je ne pourrais jamais assez te remercier. Tu m'as rendu ce que j'ai de plus cher au monde. Viens ici quand tu veux et je te préparerai tout ce que tu voudras. Qu'est-ce que ce sera, ce matin ?

Je suis dépassée par sa générosité et sa sincérité, même si je lutte encore contre la jalousie. Je cherche une explication du côté de Kellyn.

– Paulia est avec Serutha. Elles sont fiancées.

– Oh... oh ! je m'écrie en me tournant vers cette femme si chaleureuse.

J'ai sauvé Serutha des griffes de Ravis. Voilà d'où vient sa reconnaissance. Mon cerveau met bien trop longtemps à absorber cette information.

– C'était la moindre des choses, dis-je enfin. Je suis heureuse qu'elle soit rentrée saine et sauve, et infiniment reconnaissante qu'elle ait soigné ma sœur et mon... et Kellyn.

Il retient un sourire, amusé par mon lapsus.

– Ça n'empêche que je te dois tout, reprend Paulia. Alors, qu'est-ce qui te ferait plaisir pour le petit déjeuner ?

– C'est du pain que je sens ?

Elle me présente le plat qui sort du four.

– Des pains au lait. Tu en veux ?

Elle pose alors devant moi une assiette, des couverts, une motte de beurre et un pot de miel.

Elle me plaît de plus en plus.

Paulia emplit la cuisine d'un bavardage constant, et je suis ravie de n'avoir qu'à hocher la tête ou répondre à une question de temps en temps. Elle a l'art de mettre les gens à l'aise. Kellyn prend un pain au lait, le beurre et le tartine de miel. Je le regarde mordre dedans et essuyer d'un coup de langue une goutte de miel égarée sur ses lèvres. Je me remets à saliver.

Lorsqu'il me surprend à le fixer, je baisse les yeux, mortifiée.

J'ai soudain très chaud, incapable de participer à la conversation. Kellyn a dû nous excuser parce que, tout à coup, il m'entraîne hors de la cuisine, nos mains de nouveau entrelacées.

Il marche à grands pas et je suis obligée de trottiner pour le suivre. Si je dois ma haute taille essentiellement à mon torse, celle de Kellyn est due à ses longues jambes. Il pousse une porte, passe une tête puis me tire à l'intérieur derrière lui.

J'entrevois à peine la pièce : une chambre à coucher inutilisée. Des draps blancs recouvrent les meubles. L'air sent le renfermé et tout disparaît sous une couche de poussière.

– Ça va ? demande Kellyn. C'était trop ? Je sais que c'est une pipelette, mais…

Je me jette sur lui dès que je comprends qu'on est seuls. On est seuls et en sécurité, à l'abri, pour une fois, de tout danger immédiat.

Je le plaque contre le mur le plus proche avant de l'embrasser à pleine bouche, avalant son cri de surprise. Il a un goût de beurre et de miel, mais cette douceur n'est rien comparée à celle de sa main dans mes cheveux, sur ma joue, de ses lèvres sur mes lèvres.

Je fais glisser mes mains le long de son torse, savourant la dureté de son ventre à travers ses vêtements. Quand j'arrive en bas, une douce chaleur me surprend : mes doigts ont trouvé sa peau nue sous sa chemise. Comme il continue de m'embrasser, je pose ma main à plat sur son ventre. Il pousse un petit cri et je retire aussitôt ma main comme si je m'étais brûlée.

– Pardon !

Oh, non ! J'ai tout gâché. Je suis allée trop loin, j'aurais dû…

Kellyn me plaque contre lui, ses lèvres se collent aux miennes et, d'une main, il repose la mienne sur sa peau.

Mais sa réaction me fait douter. J'ai peur de faire quelque chose qui lui déplaise, trop peur pour bouger, alors je me concentre sur ses lèvres.

Kellyn embrasse ma bouche, mes joues, me mordille l'oreille et souffle son haleine fraîche sur ma peau.

– J'ai juste été surpris, murmure-t-il. J'adore quand tu me touches.

Je pense à ce que je ressens quand ses mains caressent mon dos, quand ses doigts effleurent mon visage. Quand il me touche, je me sens vivante. Est-ce la même chose pour lui ?

Je pose l'autre main à côté de la première, laisse mes doigts passer dans son dos, je le serre contre moi, fusionnant nos deux corps. Kellyn émet un léger bourdonnement et j'adore ce son. Je pourrais embrasser cet homme des années durant, apprendre ses soupirs de plaisir, les zones les plus sensibles de sa peau.

Il fait glisser une main jusqu'à ma cuisse, s'en saisit, la soulève et l'enroule autour de sa taille. Et puis il essaie de faire pareil avec mon autre jambe. Mais alors je ne pourrais plus maintenir mon équilibre… Est-ce qu'il veut que je… ?

Je saute dans ses bras et il m'attrape sans effort. Il nous fait pivoter et me plaque à son tour contre le mur. Sa chemise est froissée entre nos deux corps, je promène mes ongles le long de son dos, savourant la tension de ses muscles qui me soutiennent.

Je ne comprends pas. Temra s'ennuie toujours si vite avec les hommes, papillonnant de l'un à l'autre. Il lui faut de la variété. Mais je ne suis pas comme ça. Je veux apprendre toutes les façons d'embrasser cet homme, et je pourrais jouer à ça toute la journée sans me fatiguer.

Au bout d'une heure ou de cinq, Kellyn me repose au sol. Je manque tomber, mais il me retient. Nous reprenons notre souffle un instant, front contre front.

– Je croyais que c'était à moi de décider quand rompre le baiser.

Il rit, m'embrasse sur le nez, me prend la main.

– Si on ne va pas retrouver ta sœur, c'est elle qui va te chercher.

– Elle ne nous trouverait jamais ici.

– Tu as sans doute raison, mais on nous attend pour une réunion.

– Une réunion ?

– Avec Skiro et Petrik. Au sujet de l'armée de Ravis qui approche.

– Pourquoi tu ne m'as rien dit ?

– Tu m'as distrait.

– Donc c'est ma faute ?

Il m'entraîne hors de la pièce, dans le couloir et nous montons une volée de marches.

– C'est entièrement ta faute, mais j'ai adoré chaque seconde.

– Moi aussi. Assister à une réunion me tente beaucoup moins.

– Si tu veux, on peut s'embrasser encore après la réunion.

– Non !

– Ça, c'est un non qui vient du cœur, dit-il.

– Je veux dire qu'on ne peut pas planifier le moment où on s'embrasse.

– Ah bon ?

– Non, parce que si je sais que ça va arriver, je vais trop réfléchir. Je vais stresser et paniquer jusqu'à ce que le moment soit venu. Je serai incapable de me concentrer sur quoi que ce soit d'autre.

– Pourquoi ?

– Je m'imaginerai tout ce que je peux faire de travers.

– Tu ne peux pas embrasser de travers, dit-il avec assurance.

– Mais mon cerveau le croit, lui, et je ne le contrôle pas. C'est comme ça.

– Très bien, on ne s'embrassera pas après la réunion. Ça te va mieux ?

– … non.

Il éclate de rire, si fort qu'on doit s'arrêter au milieu du couloir. Quand il reprend son souffle, il ouvre la bouche comme pour dire quelque chose, mais se ravise et se contente de m'entraîner derrière lui.

Chapitre 17

Au centre de la salle de réunion trône une grande table en chêne dont les pieds et les côtés sont délicatement sculptés : on y reconnaît les montagnes du Sud, tandis que les pieds forment des rivières et des arbres. Les chaises ont chacune un coussin brodé à la main à l'effigie des fleurs du pays.

Lorsque nous entrons dans la grande salle, Petrik se lève.

– Ce n'est pas trop tôt ! Kellyn, je t'avais dit de la réveiller si elle n'était pas debout à quatre heures de l'après-midi.

– Elle était debout.

– Dans ce cas, pourquoi êtes-vous si en retard ? grince Petrik. Il me semble que la situation est suffisamment grave pour qu'on fasse preuve d'un peu de sérieux. Pourquoi tes bras sont-ils couverts de poussière ?

Kellyn remarque alors les traces grises sur ses vêtements et tente de les épousseter du bout des doigts.

– Et Ziva, tu en as partout, toi aussi. Qu'est-ce que vous fabriquiez ?

Je déglutis, le feu aux joues.

Comme d'habitude, c'est Temra qui vient à ma rescousse.

– Arrête de les harceler et reprends le fil de la réunion, dit-elle à Petrik.

– Je croyais que tu ne me parlais plus, rétorque-t-il. Et je ne les harcèle pas, je pose une question tout à fait légitime.

– Petrik, ils sont tous les deux couverts de poussière. À ton avis, que faisaient-ils, dans un lieu retiré et à l'abandon ?

Petrik arrondit les yeux et il bafouille quelque peu avant de se rasseoir.

– Crétin, marmonne Temra.

– Qu'est-ce qu'on a loupé ? s'enquiert Kellyn.

– On a attrapé l'espion qui portait ton visage, répond Temra. Malheureusement, il s'est suicidé avant qu'on puisse l'interroger. Il avait sur lui une fiole de poison.

– Donc on ne sait rien ? je demande.

– Rien d'autre que votre propre avertissement concernant l'armée en marche. Venez vous asseoir. On discute de l'éventualité d'un siège.

Autour de la table, il y a de nombreuses places inoccupées : je m'installe à côté de Temra, tandis que Kellyn prend une chaise à côté de moi.

En m'asseyant, je découvre le regard de Skiro posé sur moi. Il me sourit, me fait un clin d'œil, et mes joues s'enflamment de nouveau. A-t-il capté la conversation que je viens d'avoir avec mes amis ? Ou son attitude est-elle liée à l'attirance qu'il éprouvait pour l'usurpatrice qui portait mon visage ?

Pour toi, Ziva. S'il était attiré par une femme portant ton visage, alors il est attiré par toi.

– Ziva, commence le prince, je n'ai pas encore eu l'occasion de vous remercier pour avoir ramené Serutha parmi nous. Vous m'avez rendu un grand service ; je ne l'oublierai pas.

Je hoche la tête, incapable de parler.

– Comme je le disais, intervient une femme que je ne connais pas, il y a un peu plus de trois mille personnes dans la cité. On peut les abriter dans l'enceinte du palais, mais ça sera serré.

– Faites-les entrer, dit Skiro. Si c'est possible, alors que ce soit fait. C'est la seule façon d'éviter que Ravis ne massacre des innocents dans sa marche sur le palais.

– Et quand il atteindra le palais ? interroge un homme inconnu.

– On négocie, dit Skiro. Il doit exister une solution pacifique. Si Ravis réclame quelque chose pour épargner mon peuple, alors on doit lui donner cette chose.

Temra se penche vers moi et murmure à mon oreille :

– L'homme, c'est Saydan, le chef de tous les gardes du palais et de la cité. La femme s'appelle Bida. Elle est une sorte d'administratrice de la cité et de ses habitants. Elle a aidé le Territoire de Skiro à trouver ses marques après la partition. Elle s'y connaît en finances, en nourriture, en commerce… en tout.

– Et l'autre femme ?

– Isulay. Elle est la gouvernante du château. Elle sait en permanence qui y vit, y compris domestiques, invités, etc. Elle travaillera main dans la main avec Bida pour préparer le siège.

Quand je relève la tête, Kellyn a pris la parole.

– Ravis n'a aucune envie de négocier, Prince Skiro. Il a la ferme intention de s'emparer de la totalité de Ghadra. Ziva et moi étions là-bas. Nous avons vu ses forges et son armurerie. Nous avons constaté la puissance de son armée. Je ne pense pas qu'il aurait levé autant d'hommes s'il avait juste envie de discuter.

– Peut-être… commente Skiro. Mais je connais mon frère. Il est raisonnable, malgré son ambition. Et si un arrangement est possible, alors nous devons essayer.

Saydan approuve d'un hochement de tête.

– La cité ne compte qu'une centaine d'hommes entraînés. Pas assez pour livrer bataille. Il faut tenter d'ouvrir des négociations.

– Et si elles tournent court, nous attendrons derrière nos murs qu'il se lasse. Nous avons de quoi soutenir un siège indéfiniment.

Grâce aux portails, je le comprends maintenant. Ils peuvent se ravitailler à leur guise.

Sauf que leurs murs ne resteront pas intacts assez longtemps. Je compte jusqu'à cinq avant de m'obliger à parler :

– Je ne crois pas qu'on puisse envisager un siège.

– Et pourquoi donc ? rétorque Saydan, l'homme aux cheveux gris et au visage sillonné de rides.

Je cherche la main de Kellyn sous la table, la serre fort et ferme les yeux.

– Un des hommes de Ravis possède un marteau de guerre qui change tout ce qu'il touche en poussière. Il fracassera la grande porte d'un seul coup bien frappé.

– Vraiment ? demande Skiro, l'air plus fasciné qu'horrifié. Comment avez-vous…

Petrik toussote discrètement, ce qui a pour effet de couper court à la digression de son frère. Skiro reprend :

– Nous avons des tireurs d'élite dans nos rangs. On les postera près de vous au sommet des remparts. Quiconque tentera d'approcher armé d'un marteau échouera.

Ça a l'air tellement simple quand il parle, comme si je n'avais pas commis un acte terrible en armant l'ennemi. Personne n'est donc en colère contre moi ?

– Y a-t-il quelqu'un qui puisse vous venir en aide, amener des renforts ? demande Kellyn.

– Personne d'autre n'a d'armée constituée, répond le prince. On n'a pas eu le temps de recruter depuis la partition de Ghadra. Je ne sais pas comment Ravis a réussi. Je suis proche de mes sœurs, mais elles n'ont pas assez d'hommes pour faire une vraie différence dans la bataille, et nous n'avons pas la place de les loger à l'intérieur des murs en cas de siège.

À court d'idées, je lance :

– Vous ne pouvez pas fuir ?

– Lui livrer le territoire sans même combattre ? s'insurge Skiro.

– La terre, c'est la terre. On peut la reprendre. Les gens sont plus difficiles à remplacer, dis-je, le cœur battant à tout rompre.

– Ziva, j'apprécie votre contribution, répond Skiro. Merci. Mais je dois tenter de conserver ce qui m'appartient. D'ailleurs, cette terre n'appartient pas qu'à moi, mais aussi à ceux et celles qui vivent ici. Ravis ne les laissera pas en paix. Il les écrasera sous l'impôt. Réquisitionnera leurs stocks pour nourrir son armée. Il pillera selon son désir, abandonnant le peuple à la famine.

Ce qu'il décrit correspond en tout point à ce que je connais de Ravis, aussi je me contente d'opiner.

Soudain, je suis frappée par l'absurdité de la situation. *Suis-je réellement en train de participer à un conseil de défense ? Est-ce que j'ai tenté de donner un avis ?*

Comment en est-on arrivés là ?

Je n'envie ni Skiro ni son peuple. Une grande violence va s'abattre sur eux.

Je garde le silence pour le restant de la réunion, me sentant déjà ridicule d'avoir osé parler.

†

Après, Temra et moi retournons à ses appartements. Kellyn a tenté de croiser mon regard au moment où je quittais la grande salle, mais j'ai détourné les yeux.

Je sais à quoi il pense. À ce qu'on a fait dans la chambre abandonnée, et qu'il veut refaire.

D'un côté, je le veux aussi, mais d'un autre, j'ai envie de m'enfuir et de passer du temps avec ma sœur. S'il ne nous fallait pas quitter ce territoire de toute urgence, j'insisterais pour avoir une chambre à moi et je m'y enfermerais à double tour jusqu'à ce que je sois prête à en sortir.

Quand nous arrivons chez Temra, je demande :

– Skiro a-t-il blanchi nos noms ? Avec tout ce qui s'est passé, je n'ai pas eu l'occasion de poser la question. Et il m'a semblé peu délicat de le faire pendant le conseil de défense.

– Bien vu. Oui, Petrik a tout expliqué à Skiro. Le prince a annulé toutes les poursuites et envoyé une circulaire en ce sens à toutes les grandes cités et les souverains de ces territoires. Nous ne sommes plus recherchées, et avec Kymora en prison, plus personne n'est à nos trousses.

– Ainsi la seigneuresse est en vie ?

– Skiro l'a enfermée dans ses geôles. Il rassemble autant de preuves que possible contre elle avant la tenue du procès. Je n'ai aucun doute qu'elle sera exécutée le moment venu.

Je pousse un soupir de soulagement.

– Bien. Dans ce cas, on peut partir. Commençons par tes bagages.

Temra me regarde en clignant des yeux.

– Partir ?

– On doit mettre la plus grande distance possible entre Ravis et nous. On va rejoindre le continent du Nord, comme on l'avait décidé.

– On ne peut pas abandonner Skiro à son sort !

J'ouvre l'armoire la plus proche, en sors des vêtements et les pose sur le lit en piles bien rangées.

– Il le faut, Temra. On n'a pas assez de forces pour résister à Ravis. Ses soldats possèdent trop de mes armes. Ça va être un massacre.

– Le prince pense qu'il peut négocier, et je crois qu'il connaît son frère mieux que toi.

– Peut-être quand ils étaient enfants et vivaient sous le même toit. Les gens changent. Ravis est avide et assoiffé de pouvoir. Tu sais parfaitement de quoi sont capables ce genre de personnes. On l'a vu avec Kymora. On doit partir, et on doit le faire tout de suite. Va parler à Petrik, je m'occupe de Kellyn. On partira tous ensemble.

Elle me lance un regard assassin.

– Donc ton plan, c'est de fuir comme une lâche et d'entraîner nos amis avec nous ?

– Ce n'est pas de la lâcheté, c'est du bon sens ! Tu n'y étais pas, Temra. Tu n'as pas été capturée par Ravis, forcée à accomplir ses quatre volontés en priant pour travailler assez vite et assez bien pour qu'il ne s'en prenne pas à la personne qui t'est chère.

Je voudrais réussir à lui faire entendre à quel point Ravis est dangereux. Arracher mon cœur affolé de ma poitrine et le ficher dans la sienne pour qu'elle connaisse le goût de ma peur et comprenne la gravité de la situation.

Son expression s'adoucit.

– Tu as raison. Je ne peux pas imaginer ce que tu as subi, mais Ziva, on ne peut pas quitter le palais maintenant. On doit essayer de négocier avec Ravis, et au moins tenter de soutenir le siège. Qu'adviendra-t-il de ceux qui sont trop pauvres ou trop faibles pour fuir ? Qu'adviendra-t-il d'Amanor ?

Ses mots me tombent dessus comme une enclume.

– Et les parents de Kellyn ? poursuit-elle, sans pitié. Ses frères et sœurs ? Les petits ? Ils ne partiront pas. Ils n'ont pas les moyens de s'installer dans le continent du Nord. Tu les abandonnerais aux soudards de Ravis ?

À cette pensée, mes yeux s'emplissent de larmes.

– Ils vivent loin de la grande route. Ravis ne trouvera pas leur village dans sa marche jusqu'ici !

– Et après ? Quand les colons commenceront à s'installer, à se multiplier, à explorer ? Les proches de Kellyn sont peut-être en sécurité pour le moment, mais qu'en sera-t-il quand tout le pays sera conquis ?

– Temra, on ne peut rien y faire, dis-je d'une voix désormais suppliante. Viens avec moi. Allons chercher notre argent à la banque de Lirasu, et ensuite nous partirons. Nous trouverons un refuge.

– Je ne peux pas. J'ai juré allégeance au prince. Il m'a acceptée dans les rangs de sa garde. Je suis un soldat, et ma place est ici. Même si je voulais partir, je ne le pourrais pas.

– Tu n'as pas fait ça !

– Je l'ai fait.

Des larmes de rage coulent sur mes joues, j'ai laissé tomber ma tentative de faire les valises.

– Qu'est-ce que tu feras ? Il y a une armée en marche, Temra ! Tu l'as oublié, peut-être ?

– On ne va pas les combattre. On va négocier et, si besoin, tenir le château jusqu'à ce que Ravis vienne à manquer de vivres et d'argent. Alors il rentrera chez lui. Voilà comment on sauvera tout le monde. Je peux protéger les remparts. Monter la garde de nuit pour que personne ne s'infiltre dans les murs.

Je ne sais plus quoi dire. Ce qu'elle raconte me semble tellement absurde. C'est de l'inconscience et de l'idiotie, mes parents doivent se retourner dans leur tombe à voir mon lamentable échec à protéger ma sœur.

– Tu peux aider, toi aussi. Sers-toi de ton don, ajoute Temra.

– Non !

J'ai crié et cet éclat me surprend presque autant que Temra.

– Mon don est trop dangereux. Imagine que je forge des armes magiques pour les hommes de Skiro et qu'il se montre ensuite aussi avide que son frère et décide de conquérir tout le pays à son tour ? Fabriquer des armes pour les puissants ne m'a jamais réussi. Je ne veux plus le faire. J'ai failli détruire le monde une fois. Je ne peux pas recommencer. C'est déjà assez terrible que plusieurs des hommes de Ravis soient en possession de mes armes.

– Ne forge pas des armes toutes-puissantes, dans ce cas. Contente-toi de nous fabriquer quelques lames pour nous donner un avantage, comme tu l'as fait pour amadouer Ravis. Si la rumeur se répand que la forgeronne magicienne se bat pour Skiro, d'autres viendront à notre aide en nombre. Nous pourrons bâtir une armée capable de vaincre Ravis à l'avenir. On peut œuvrer pour le bien, ici.

– Et si Ravis me capture de nouveau ? S'il te prend, toi, et t'utilise pour me forcer à fabriquer toujours plus d'armes, jusqu'à le rendre réellement invincible ?

– Je me tuerai plutôt que de le laisser se servir de moi de cette façon.

– Temra ! je m'écrie, horrifiée. Tu n'es pas sérieuse.

– Je le suis, mais on parle du pire scénario possible. On n'en arrivera pas là, Ziva. On t'exfiltrera hors du château si les choses tournent mal.

– Tu veux sauver le monde. Tu es accro à l'adrénaline et à l'aventure, et ça finira par te tuer.

– Au moins je mourrai en ayant vécu. En protégeant ce en quoi je crois.

– Te voilà bien romantique ! À rêver de gloire et de mort. D'où ça te vient, tout à coup ?

Elle me fixe d'un regard implacable.

– Ma sœur m'a élevée pour que je sois indépendante. Elle m'a appris à aimer qui je suis et à me battre pour ce que je désire. Je suis fière de la femme que je suis devenue.

Je quitte la pièce sans ajouter un mot. Que répondre à ça ?

À ma demande, un domestique me mène jusqu'à ma propre chambre, et je m'y enferme aussitôt.

Pourtant, je ne me sens pas mieux.

Ça m'a tellement manqué. Un lieu où je puisse être entièrement seule. Un lieu où je puisse être moi-même et ne pas me soucier de quiconque.

Pourtant, je me sens mal.

Égoïste.

Esseulée plutôt que seule.

Mon désir de garder mes distances avec Ravis est-il égoïste ? La nécessité de protéger le monde de mes pouvoirs est-elle juste un prétexte derrière lequel cacher ma vraie lâcheté, comme le suggère Temra ?

Je ne suis pas courageuse comme elle. Je fuis les problèmes. Je me cache en attendant que ça passe. J'aime me sentir en sécurité. Je ne veux que ça.

Que suis-je censée faire quand ma petite sœur se jette exprès au-devant du danger ? Je ne peux pas la contrôler. Je ne peux pas lui faire entendre raison.

– Mais je ne l'abandonnerai pas, dis-je à haute voix. Je vous le promets, maman, papa. Je ne la quitterai jamais.

Même si je suis capturée de nouveau à cause d'elle.

Au dîner, je trouve Petrik et Kellyn, assis côte à côte, devisant comme ils le faisaient sur la route.

– Tu es quelqu'un d'important, maintenant, dit le mercenaire. Regarde-toi : à conseiller des princes et convoquer des conseils de défense.

– Difficile de retourner à la bibliothèque avec tout ce qui se passe. Et puis, regarde-toi : te précipitant au-devant du danger alors qu'il n'y a pas d'argent à gagner. Prends garde, ou bien on finira par penser qu'un cœur a poussé dans ta poitrine.

Je pose mon plateau chargé d'un velouté de tomates et d'une tranche de pain de seigle et m'assieds en face d'eux.

– Qu'est-ce qui cloche ? demande Kellyn.

– Temra.

– Qu'est-ce qu'elle a ? interroge Petrik.

– Elle s'est enrôlée dans la garde personnelle de Skiro et est déterminée à rester pour attendre Ravis. Elle va se faire tuer !

– Elle a rejoint la garde ? répète Petrik qui se renfrogne autant que moi.

Il regarde par-dessus mon épaule, fixant quelque chose derrière moi. Je me retourne et vois Temra prendre place à table au milieu d'hommes et de femmes portant la tenue des gardes. Ses nouveaux amis, manifestement. Elle a toujours eu l'art d'attirer les gens autour d'elle.

– Comment la convaincre de partir ? je demande.

– Attends, comment ça « partir » ? demande Kellyn. Pourquoi veux-tu partir ?

– Pour éviter que Ravis ne fasse de moi sa prisonnière à nouveau !

Personne ne se rappelle donc ce qui s'est passé la dernière fois ?

– Des armes que j'ai forgées se dirigent vers nous au moment où l'on parle !

– Ravis ne voulait plus te reprendre, à la fin. Il te voulait morte. Bon, ce n'est pas beaucoup mieux.

– Il pourrait changer d'avis ! Je suis trop dangereuse pour rester dans les parages. Ce n'est pas mieux si je m'enfuis ?

– Non ! s'écrient les deux garçons à l'unisson.

– Je ne vous crois pas, mais de toute façon ça n'a aucune importance. Je ne partirais jamais sans Temra.

Kellyn paraît soulagé.

– Bien. On ne peut pas abandonner ces pauvres gens.

Pourtant, j'ai l'impression que c'est moi qui les mets tous en danger. Les deux hommes me fixent intensément, comme s'ils essayaient de lire dans mes pensées.

De trop longues secondes se sont écoulées depuis le commentaire de Kellyn, pourtant, je demande tout de même, sur le ton de la plaisanterie :

– Depuis quand tu te soucies des gens ?

Tout est bon pour détourner l'attention de ma personne.

Kellyn répond du tac au tac.

– Pourquoi est-ce que tout le monde parle de moi comme si j'étais un monstre ?

– Tu n'es pas un monstre. Tu sers juste souvent tes propres intérêts, corrige Petrik.

– Et c'est justement dans mon intérêt de rester ! Si on n'arrête pas Ravis ici, rien ne l'empêchera de ravager Ghadra, et il se trouve que je vis à Ghadra.

– Ziva, intervient Petrik comme s'il venait d'avoir une idée. Tu crois que tu pourrais…

– Si tu me demandes de forger des armes, je te frapperai de nouveau, dis-je, toute trace d'humour m'ayant quittée.

Petrik referme la bouche.

– Je ne serai plus jamais le pion de quiconque. Je ne forgerai plus jamais d'armes pour personne. Je refuse d'être détenue ou forcée contre mon gré.

La tablée devient soudain silencieuse, et les gens assis à proximité s'esquivent sagement.

– Personne ne te forcera à quoi que ce soit, dit Kellyn. Je ne les laisserai pas faire.

J'avale une cuillerée de soupe, pas plus avancée quant à la situation. J'espérais que Petrik aurait quelque sage parole ou que Kellyn partagerait mon point de vue.

Je n'ai pas cette chance.

Les garçons entament une nouvelle conversation, mais je reste en dehors. Je m'inquiète trop de ce que je ferai si Ravis me reprend. Il ne me donnera pas l'occasion de l'attaquer avec une arme magique, cette fois. Il ne commettra pas l'erreur de garder la personne que j'aime assez près de moi pour me permettre de la libérer. Je l'imagine enfermer Temra dans une haute tour, ses hommes observant mon travail à la lunette, prêts à trancher la gorge de ma sœur au moindre geste de travers.

Mes pensées s'assombrissant à toute vitesse, je lève la tête de mon assiette, cherchant une échappatoire.

Je surprends Petrik en train de jeter des regards enamourés derrière moi, et je saute sur la distraction bienvenue.

– Laisse-lui un peu de temps, dis-je à l'érudit. Tu sais comme elle peut être têtue. Elle finira probablement par te pardonner.

– J'ai tout gâché. Je n'aurais jamais dû lui mentir.

– Bien sûr que si. Tu as fait tout ce qu'il fallait.

– Je ne lui ai pas donné le choix. C'était injuste.

– Mais tu l'as sauvée.

– Je l'ai tenue éloignée de ce qui compte le plus à ses yeux : toi. Je ne crois pas qu'elle puisse me pardonner ça.

Timidement, je jette un coup d'œil à Kellyn.

– Tu pourrais être surpris.

Le lendemain matin, j'erre dans les couloirs sans savoir ce que je cherche. Des réponses ? Une solution à un problème insoluble ?

Au bout d'un moment, je me retrouve dans la cuisine, puisque c'est l'un des rares endroits du château que je suis capable de localiser. Paulia et Serutha sont là, seules. Serutha pétrit une sorte de pâte dans un bol pendant que Paulia vérifie une cuisson dans le four.

– Bonjour, dis-je d'une voix faible.

Les deux femmes interrompent aussitôt leur tâche et me font signe de m'asseoir. Paulia me fourre une assiette pleine de nourriture sous le nez, tandis que Serutha s'accoude en face de moi et me demande comment ça se passe avec Kellyn, maintenant qu'il est guéri. Des romantiques, toutes les deux.

– Il va très bien. Tout va très bien entre nous. Mais… vous ne savez pas ce qui se dirige vers nous ?

– L'armée, dit Serutha.

Je soupire.

– Suis-je la seule à avoir peur ? La seule à vouloir fuir ?

– Pas du tout, dit Paulia. Je suis terrifiée, mais je vais faire ce que je peux. Je prépare à manger pour tous ceux qui seront bientôt réfugiés derrière les murs du palais. On doit épuiser toutes les denrées périssables avant de recourir aux biscuits de mer et à la viande séchée. Serutha m'aide à cuisiner pour les foules.

– Mais vous restez ? Vous n'avez pas envie de fuir ? Vous êtes sur le point de commencer une vie ensemble, et Ravis est une menace à ce projet. Il a déjà enlevé Serutha une fois. Que se passera-t-il s'il s'empare d'elle de nouveau ?

Voilà pourquoi je suis ici, en fait. Parce que Serutha est la seule à comprendre ma frayeur. Elle aussi a été prisonnière de Ravis. Elle n'a pas pu l'oublier.

Serutha se lève, tambourine du bout des doigts sur la table.

– Je ne peux pas vivre dans la peur de ce qui peut arriver. Tout ce que je peux faire, c'est vivre.

– Moi j'ai peur, dis-je. S'il me capturait encore une fois ? Pourquoi rester ici quand je peux m'enfuir ?

La guérisseuse me lance un regard dur.

– Ravis nous a volé quelque chose. Il nous a forcées à utiliser nos dons d'une façon que nous abhorrons. À présent, tu doutes de toi dans ce qu'il y a justement de plus précieux pour toi. À présent, tu vois clairement comment ton don peut être détourné pour blesser plutôt que pour aider. Ne lui laisse pas ce pouvoir sur toi.

– Mais ton don est au service du bien ! Même si tu soignes des méchants, tu ne fais réellement aucun mal.

Ce n'est pas pareil. Pourquoi le monde refuse-t-il de voir à quel point je suis dangereuse, laissée entre de mauvaises mains ?

Serutha se raidit, et Paulia lui passe une main dans le dos.

– Ne crois-tu pas que si je suis capable de soigner les blessures, je peux aussi les infliger ? Ravis ne m'a pas seulement obligée à soigner ses moindres bobos. Il m'a aussi forcée à torturer des hommes et des femmes qu'il soupçonnait de l'avoir trahi. Crois-tu que ça ne pèse pas sur ma conscience ?

– Je suis désolée, dis-je d'une petite voix. Je ne savais pas. Pardon.

– Ce n'est pas toi qui dois me demander pardon. J'ai appris à me guérir de ces blessures en usant de mon pouvoir selon ma volonté. En y associant le bien au lieu du mal. Je te conseille de trouver un moyen de m'imiter.

– Je ne sais pas si je peux.

– Bien sûr que oui. Il y a une forge au château.

– Non, je veux dire… je ne peux pas forger d'armes pour Skiro.

Pas avec les risques que ça présente. Pas après les dégâts que j'ai déjà causés.

– Alors ne forge pas d'armes pour Skiro. Fabrique-les pour toi.

J'en ai tellement envie. Forger de nouveau pour moi. Mais toute arme que je fabriquerais serait brandie par quelqu'un dans la guerre à venir. Je ne pourrais pas les cacher.

À moins que…

Je forge une arme spécialement à *ma* main.

Kellyn n'a-t-il pas suggéré, quand nous étions sur la route, que je forge de nouveaux marteaux ? Me sentirais-je plus en sécurité si j'avais une arme pour me défendre ?

Une image prend forme dans mon esprit. Deux superbes marteaux, avec des manches lisses et doux et des têtes lourdes, massives. Une conception à mi-chemin entre marteau de guerre et marteau de forge. Je commence à visualiser différentes options pour le dessin et le travail de détail, ce que Ravis ne m'a jamais autorisée à faire.

– Serutha, merci. Maintenant, excusez-moi, j'ai à faire.

Chapitre 18

Lorsque je trouve Petrik, il est en pleine conversation avec Isulay, qui participait au conseil de défense.

– Le comte exige plus d'espace pour sa femme enceinte. Il ordonne à ses hommes d'expulser manu militari les domestiques de leur chambre. Je lui ai déjà dit que, s'il continue, lui et sa famille ne seront plus les bienvenus dans l'enceinte protégée du palais.

– Alors où est le problème ? demande Petrik.

– Si on le perd, lui, on perd ses hommes. Vingt combattants qui seront précieux pendant le siège.

– De combien est enceinte sa femme ?

– Huit mois et demi.

– Rappelez donc au comte que toutes les sages-femmes dans un rayon de vingt kilomètres sont ici au palais. S'il veut les meilleurs soins pour sa femme, il a intérêt à se tenir à carreau. On pourrait lui attribuer une plus grande chambre si une sage-femme la partage avec eux.

– Je m'en occupe.

– Voyons si ça règle le problème.

Isulay s'en va et je m'approche de Petrik, qui se frotte les tempes.

– Et moi qui croyais que le travail manuel était le plus fatigant… dis-je.

– Tous les jours, il faut régler des douzaines de ces chamailleries minables. C'est épuisant.

– Tu as l'air doué pour ça.

– Je sais. C'est bizarre.

– Pas si bizarre. Tu es la personne la plus intelligente que je connaisse.

– Si j'étais vraiment intelligent, je trouverais le moyen de convaincre Temra de me pardonner.

Il me fait de la peine, mais je ne peux rien pour lui. Sauf peut-être…

– Tu as essayé avec du gâteau ?

– Du gâteau ?

– Le gâteau au chocolat est son dessert préféré. Je suis sûr que si tu demandes à Paulia, elle se fera une joie de t'apprendre à le préparer. Dis-lui que tu viens de ma part.

– Merci, Ziva, dit-il avec un grand sourire. Je vais essayer tout de suite.

– Attends ! J'ai besoin de ton aide, d'abord.

– Qu'est-ce que je peux faire pour toi ?

– Peux-tu me conduire à ton frère ?

– Oui, bien sûr. Je peux demander pourquoi ?

– J'ai besoin d'avoir accès à une forge.

– Honnêtement, je crois qu'il n'attendait que ça, une telle demande de ta part. Suis-moi, dit-il avant de bâiller à s'en décrocher la mâchoire.

– Tu dors ? je demande.

– Mal. Je fais des recherches concernant les sièges et batailles des temps anciens.

J'ai remarqué que Petrik entrait et sortait du palais les bras chargés de livres, probablement empruntés à la Grande Bibliothèque. Elle est située à quelques minutes à pied du palais.

– Tu as trouvé de quoi nous venir en aide ?

– Je ne sais pas. On verra bien le moment venu.

Petrik me conduit jusqu'aux appartements de son frère, saluant d'un signe de tête les gardes postés de part et d'autre de la porte. Ils frappent trois coups discrets pour nous.

– Votre frère, mon prince, annonce l'un d'eux.

– Faites entrer.

Nous entrons.

– Tu préfères que je reste ou…

– Ça ne t'ennuie pas ?

– Bien sûr que non.

Je trouvais que le palais était magnifique, mais ce n'est rien comparé à l'opulence des appartements de Skiro. Des verts, des bleus, des rouge vif attirent l'œil dans chaque recoin de la salle de réception. Statues, tableaux, animaux empaillés et bien d'autres merveilles encore saturent l'espace. Skiro adore la beauté, et il a empli cette pièce de belles choses. J'imagine que le reste de la suite princière est à l'avenant.

Le prince est assis à une table finement sculptée, terminant son déjeuner. Le même ragoût de carottes et pommes de terre qu'on a tous mangé.

– Ziva, dit-il avec entrain. Vous ne vous asseyez pas ?

– C'est inutile. Je voulais seulement vous demander si je pouvais me servir de votre forge.

– Volontiers ! Prenez tout ce dont vous avez besoin. Appelez un domestique pour vous montrer le chemin.

– Merci.

Je me prépare à sortir, m'arrête, me retourne.

– Pourquoi ?

– Pardon ? fait-il en buvant une gorgée de thé.

– Pourquoi ai-je accès à tout ce dont j'ai besoin ?

– Parce que vous l'avez demandé.

– Oui, mais pourquoi me l'accordez-vous ?

– Parce que je veux que vous restiez, bien sûr. Installez-vous ici au palais, avec votre sœur. Quand cette affaire avec mon frère sera réglée, on vous donnera des appartements permanents au sein du château, si vous le désirez.

– Attendez-vous que je forge des armes pour vous ?

– Non, dit-il, les sourcils froncés. Pourquoi, c'est ce que vous voulez ?

– Non.

– Très bien, dans ce cas.

Je n'y comprends toujours rien.

Skiro poursuit.

– Vous fabriquez de magnifiques œuvres d'art, Ziva, et si je peux juste les contempler de temps en temps, ça suffira à mon bonheur. De plus, vous m'avez livré la traîtresse Kymora, vous avez déjoué pas un mais deux complots visant à dominer le monde, et vous avez sauvé la vie de mon frère, assez idiot pour vous suivre. De mon point de vue, vous méritez d'obtenir tout ce que vous désirez jusqu'à la fin des temps.

– Est-ce que vous pourriez libérer ma sœur ?

– La libérer ?

– De son serment d'allégeance. De la garde ?

Skiro se tamponne les lèvres avec une serviette brodée à ses initiales.

– Elle m'a supplié de l'engager et elle est libre de partir à tout moment. Les serments d'allégeance ne sont qu'une tradition héritée du passé. Je ne voudrais pas de quelqu'un pour me servir, moi et ce territoire, qui n'en ait pas envie. Ça ne serait agréable pour personne. Pourquoi ? A-t-elle demandé à partir ? Peut-être n'ai-je pas été assez clair lors de notre dernière discussion.

J'aimerais mentir, mais ça ne fera de bien à personne.

– Elle n'a aucune envie de partir.

– Je suis heureux de l'apprendre. Prenez donc vos aises dans la forge du château. Faites-moi savoir de quoi vous avez besoin.

– D'accord. Au revoir.

Pourquoi dire au revoir est-il toujours si gênant ? Je sors aussi vite que je suis entrée, les joues en feu.

†

Là où Ravis disposait de douzaines de forges et de centaines d'ouvriers, il n'existe qu'une seule grande forge dans le palais de Skiro. Elle n'est pas tout à fait aussi importante que la mienne à Lirasu, mais presque. La simple vue de l'endroit m'emplit de peur et d'appréhension, une réaction de mon corps que je maudis.

Tu entres ici de ton plein gré et tu peux en sortir quand tu veux.

Je convoque mentalement de bons souvenirs de la forge. Hallebardes, shurikens, épées et lances. Objets que j'ai fabriqués seule. Armes conçues avec soin auxquelles j'ai amoureusement donné vie. Je vois Temra, assise sur l'un des établis, bavardant gaiement pendant que je martèle. Je revois Kellyn passer sous mes fenêtres la première fois.

J'ai bien plus de bons que de mauvais souvenirs de forges. Il suffit que je les chérisse et que j'en crée de nouveaux. Alors je pose un pied devant l'autre, résolue à avancer.

À l'intérieur, je découvre une vieille femme aux cheveux gris hirsutes et aux bras trop longs pour son torse.

– Qu'est-ce que tu veux ? crache-t-elle en me voyant.

Son ton n'est guère encourageant, mais je balaie ma nervosité en me remémorant les paroles de Serutha. Je dois me réapproprier la forge. Je ferai en sorte, coûte que coûte, que ce soit de nouveau un espace sécurisant pour moi.

– Je veux t'aider. À quoi travailles-tu ?

– Demande-moi plutôt à quoi je ne travaille pas ! Boucliers fendus. Armures cabossées. Lances brisées !

– Tu as un tablier de forge à me prêter ?

– J'ai l'air d'avoir le temps de t'enseigner quoi que ce soit ? Skiro attend que je fasse des miracles, et il s'imagine…

Je remonte mes manches, dénudant mes biceps. Je me dirige vers l'enclume la plus proche, examine ce sur quoi travaillait la forgeronne et me saisis des pinces qu'elle a posées quand je suis entrée.

– Je tiens, tu martèles ?

Comme elle ne répond pas, je lève la tête. Elle me scrute, les yeux tellement plissés que je vois à peine ses pupilles. Mon cœur s'emballe, craignant d'avance le rejet inévitable.

– T'es qui ? demande-t-elle.

– Je m'appelle Ziva. Et toi ?

– Abelyn.

Le silence qui suit ne dure que quelques secondes. Abelyn fait un pas vers moi, mais je devine que je ne l'ai pas encore complètement séduite. Pendant que je tiens fermement le plastron, elle commence à jouer du marteau. Avant même qu'elle le demande, je retourne la pièce de métal.

Au bout de quelques minutes, elle s'interrompt.

– C'est bon, tu peux rester.

La main-d'œuvre est peut-être en sous-effectif (elle ne comprend qu'Abelyn), mais la forge est bien fournie. La capitale étant bâtie quasiment sur les pentes des montagnes du Sud, le minerai de fer ne manque pas. Je suis ravie de découvrir qu'Abelyn est experte dans la fabrication de l'acier.

Quand elle fait une pause pour boire une gorgée à son outre de peau, j'examine ses établis. Ciseaux, moules, filières, étampes, cônes d'enclume, poinçons, mandrins, forets, marteaux. D'innombrables marteaux de toutes formes et de toutes tailles. Chaque outil est d'une facture soignée et fort usé.

– Ne touche à rien ! dit la vieille quand elle surprend mon regard.

– Mon dernier lot de marteaux de forge m'a été volé par le prince Ravis, dis-je.

– Et pourquoi le prince en voulait-il à tes marteaux ?

J'hésite un court instant avant de répondre. Je ne pourrai pas ensorceler grand-chose ici sans qu'elle le remarque. Soit je vais jusqu'au bout, soit je n'ai qu'à partir tout de suite.

– Parce qu'ils étaient magiques. Je ne suis pas une guerrière, mais avec ces marteaux, je me sentais invincible.

Abelyn plisse de nouveau les yeux ; je crois que ce regard suspicieux n'en est pas vraiment un, seulement la disposition naturelle de ses traits.

– De la magie ? Dans des armes ? Foutaises. Jamais rien de vu pareil.

Je souris malgré moi.

– Tu veux que je te montre ?

– Tu dis que tu peux le faire ?

– Tu n'as vraiment pas entendu parler de moi ? Ziva, la forgeronne magicienne.

Abelyn crache par terre.

– Je n'aime pas les ragots et je déteste le bavardage.

Elle me plaît beaucoup, malgré son abord rébarbatif. Il n'y a pas de faux-semblants avec Abelyn. Elle est d'une sincérité brute.

– Et la magie, tu en penses quoi ?

– Jamais rencontrée.

– Me permettrais-tu de m'en servir ?

– Si tu n'étais pas clairement aussi à l'aise dans une forge, je te mettrais dehors à coups de pompe pour affabulations cinglées.

– Je peux fabriquer mes propres marteaux ? Je te montrerai comment la magie fonctionne.

Je décide de prendre son grognement pour un oui.

†

À deux, nous terminons rapidement les tâches du jour d'Abelyn. Je l'aide à fabriquer tout ce qu'il faut pour que notre pauvre centaine de gardes soit aussi correctement équipée que possible en prévision de la bataille.

Puis nous fabriquons ensemble mes marteaux.

C'est un processus plus rapide que pour d'autres types d'armes. Le martèlement requis pour transformer une masse d'acier chauffée à blanc en tête de marteau est limité. J'en profite pour prendre le temps d'apporter quelques embellissements de mon cru.

Sur les côtés s'enroule un lierre tournant – une belle liane qui prospère à Lirasu en raison des pluies abondantes. Elle est considérée dans certaines zones comme une mauvaise herbe, proliférant là où elle n'a pas sa place.

Un peu comme moi. Je n'ai jamais l'impression d'être à ma place, mais même quand les conditions se dégradent, je me débrouille pour survivre.

On crée les manches courts – à peu près la longueur de mon avant-bras, avec un pommeau rond et une épaisse couche de cuir enroulée sur la poignée.

Le marteau destiné à ma main gauche, je lui donne le même pouvoir que précédemment : celui d'un bouclier invisible avec effet rebond.

Mais je ne m'arrête pas là.

Son jumeau de droite recueillera l'énergie de chaque coup porté contre le marteau-bouclier. Ainsi, chacun de mes coups sera propulsé non seulement par ma propre force mais aussi par celle de mes adversaires dans la bataille.

Je nomme la paire Écho et Agonie.

Écho pour le bouclier. Mes ennemis subiront plus qu'un écho quand ils fracasseront leurs armes dessus, mais j'aime la douceur du mot. Il faut bien un peu de douceur dans la brutalité de la bataille.

Agonie pour le marteau droit. Il causera de la douleur chez ceux qui recevront mes coups, mais aussi chez moi. Je n'aime pas le combat. Je déteste ce qu'il change en moi, les images impossibles à oublier qu'il grave dans ma mémoire.

Pourtant, cette fois, je serai prête pour les luttes qui m'attendent. Le simple fait d'avoir ces marteaux à mon côté m'apporte un sentiment de sécurité qui me manquait, sans que je le sache.

†

Travailler m'aère l'esprit.

Peut-être est-ce dû à l'environnement familier de la forge, ou bien à la proximité retrouvée de mes amis et de ma famille. Toujours est-il que je me sens plus forte et plus courageuse chaque jour, comme si la situation était moins désespérée que je le craignais.

J'avais oublié à quel point cogner sur de l'acier m'aidait à lutter contre le stress. Quand j'étais prisonnière, il y avait toujours quelqu'un pour surveiller mon travail par-dessus mon épaule, mais à présent, c'est différent. Serutha avait raison : j'avais besoin de me réapproprier ce plaisir.

Au cours des semaines passées dans la forge avec Abelyn, je me rends compte que j'ai passé énormément de temps à m'inquiéter pour les autres, au point de m'oublier moi-même. J'avais peur des conséquences pour les autres si j'étais de nouveau capturée. Ma propre sécurité a toujours été secondaire.

Mais ici, dans ce lieu sûr, avec la vieille forgeronne pour seule compagnie, je comprends ce que voulait dire Serutha. Ce que Ravis m'a fait.

Il m'a pris quelque chose que j'aimais et l'a rendu effrayant. Il m'a fait perdre confiance dans mon don. Il a temporairement détruit mon amour de la forge. Il a menacé Kellyn.

Il a fait de cette guerre une affaire personnelle.

Si on laisse Ravis prendre le contrôle de Ghadra, il fera de ma vie et de celle de tous les magiciens du royaume un enfer.

Je veux rester et défendre mon droit à vivre comme je l'entends.

Je ne m'enfuirai pas. Je veux voir les vivres de Ravis s'épuiser lentement et le regarder battre en retraite la queue entre les jambes. Je veux rester pour construire quelque chose. Pour aider le monde à vaincre une fois pour toutes la tyrannie. Peut-être Temra a-t-elle raison et ma présence ralliera-t-elle d'autres gens à notre cause. Peut-être pourra-t-on un jour lever une armée assez grande pour le défaire.

Je ne reviendrai pas sur ma décision de ne plus jamais forger d'armes pour les puissants, mais ça ne m'empêchera pas de contribuer à l'effort. Je peux encore forger. Encore être moi-même.

Je me battrai pour *moi*.

†

Il y a beaucoup à faire pour se préparer à la guerre imminente. Même quand je ne suis pas à la forge, je suis toujours occupée. La population a besoin d'aide pour apporter corps et biens dans l'enceinte des murs. On porte des enfants sur nos épaules, on guide des moutons égarés sous la grande herse, on transporte des paniers pleins de nourriture et de vêtements jusque dans la cour extérieure.

Skiro ouvre le palais aux habitants de la ville, qui s'entassent dans les ailes des domestiques. Les domestiques s'entassent à leur tour dans les ailes vides habituellement réservées à la noblesse. Temra, Petrik,

Kellyn et moi entassons nos affaires dans une chambre pour libérer de l'espace.

Malgré tout, il n'y aura pas de place pour tout le monde à l'intérieur. J'aide à monter des tentes dans la cour. Vaches, chèvres et autres bestiaux errent sans but, aucune clôture ne les retenant plus. Des poules s'égaient devant les bottes des soldats qui courent partout. Les hommes de Skiro stockent armes, boucliers et autres articles nécessaires aux postes de sentinelle disséminés sur les remparts.

La peur s'infiltre dans le palais comme de la pluie, gouttant plus ou moins vite, selon son propre rythme. Les gardes surtout suintent de frayeur, mais Skiro s'efforce d'apaiser les craintes de tous. Il quitte le palais tous les jours pour aller parler à ses sujets. Il offre encouragements, sécurité et nourriture à tous.

Il prononce de beaux discours, qui ne calment en rien mes propres inquiétudes. Je préfère m'accrocher à ma détermination nouvelle, tout en comptant les jours qui passent.

Je reste pour moi devient mon nouveau mantra.

Maintenant que je considère les choses du point de vue de Temra, il ne me reste plus qu'une chose à faire.

Lui présenter mes excuses.

– Je te demande pardon, dis-je à un moment où nous sommes seules dans la chambre.

Elle fixe du regard une assiette de nourriture comme si celle-ci l'avait offensée.

– Quoi ?

– Je te demande pardon. Tu avais raison. On doit rester et résister. Je n'aurais pas dû me mettre en colère contre toi. Je suis désolée qu'on se soit disputées.

Temra sourit gaiement, comme s'il ne s'était rien passé entre nous.

– Pour une fois que c'est toi qui dois t'excuser… D'habitude, c'est moi qui déconne.

J'éclate de rire en m'asseyant à côté d'elle sur le lit.

– Je ne pense pas que ce soit vrai. Je déconne presque aussi souvent que toi.

– Mouais, fait-elle en me mettant une bourrade.

– Pourquoi tu fixes ton dîner avec ce regard noir ? je demande, une fois mon fou rire passé.

– Ce n'est pas le dîner, c'est le gâteau.

– Le gâteau ?

– Au chocolat.

– Et qu'a donc fait ton dessert préféré pour mériter un tel dédain ?

– Je soupçonne qu'il vient de Petrik, vu qu'il ne vient visiblement pas de toi.

– Et pourquoi il ne viendrait pas de moi ?

– Tu ne sais pas cuisiner.

– Toi non plus !

– Le fait est que je ne peux pas accepter ce gâteau.

– Pourquoi donc ?

– Parce que je hais Petrik, dit-elle comme si c'était une évidence.

– Et alors ? Ça ne veut pas dire que tu ne peux pas manger son gâteau.

– Paulia est déjà occupée à cuisiner pour tout le monde.

– Je ne te suis pas.

– Elle n'a pas préparé ce gâteau pour Petrik. Il a dû le cuisiner lui-même.

– Et ?

– C'est encore pire !

– Je ne comprends toujours pas.

– Il… s'est donné du mal. Il a travaillé dur en pensant à moi, et je le déteste, donc je ne peux pas le manger. Ce serait comme lui pardonner. Je ne peux pas accepter son gâteau parce que je ne l'accepte pas, lui.

– Tu réfléchis beaucoup trop.

– Je suis obligée, Ziva. C'est un gâteau !

– Il ne saura pas si tu l'as mangé ou non.

– Tu ne lui diras pas ?

– Jamais.

– Bon, dit-elle après un temps de réflexion. Peut-être juste une bouchée. Si ça se trouve, il n'est même pas bon. Peut-être que si j'en goûte juste un échantillon… de quoi nourrir ma colère…

– Sage décision, dis-je en retenant un fou rire.

Avec sa fourchette, elle en coupe un morceau qu'elle porte à sa bouche.

– Argh…

– Il est mauvais ?

– Pire. Il est délicieux.

Tirant le plateau à elle, elle mange le reste du gâteau sans ajouter un mot.

Mes marteaux demeurent cachés dans la forge jusqu'à ce que je termine la fabrication d'une nouvelle ceinture. Elle s'ajuste bas sur ma taille, avec deux étuis sur mesure, un sur chaque hanche. Les manches se glissent dans les étuis, les marteaux positionnés tête en haut. Leur poids est également réparti, et je peux désormais porter Écho et Agonie sur moi sans effort, où que j'aille.

Je ne peux m'empêcher de sourire.

Le sentiment de sécurité que me procurent ces marteaux y est pour beaucoup, mais je sais qu'il n'y a pas que ça. J'ai maintenant passé deux semaines avec Abelyn, à travailler aux armures et à l'équipement des soldats. C'était la première fois, d'aussi loin que je m'en souvienne, que j'exerçais mon métier de forgeronne sans envoûter le métal.

Et c'était agréable.

Ce n'était pas tout à fait la même chose qu'avant, mais je me sentais tout de même utile et presque comme chez moi.

Peut-être y a-t-il une place pour moi ici à long terme. Je pourrais ouvrir ma propre forge dans la capitale. Ce n'est pas l'espace qui manque sur les terres du palais. Ou je pourrais avoir une boutique en ville et rendre visite à Temra le week-end.

Une fois qu'on aura réglé son sort à Ravis.

Ce sera différent, mais je ne suis pas condamnée à détester ma vie. Ni à la passer loin de Temra.

C'est donc d'un pas plus léger que je me rends dans le grand hall juste à temps pour le dîner. L'endroit est plus bondé que jamais, avec les habitants de la ville qui occupent le palais et les cours, mais Kellyn se détache toujours comme un phare. Il dépasse tout le monde d'une bonne tête et ses cheveux roux dansent dans la lueur des bougies.

Il est entouré d'hommes portant l'uniforme de la garde. Ils rient bruyamment entre deux bouchées de ragoût de lapin.

Il s'est fait des nouveaux amis. Tant mieux pour lui.

Je ne suis pas sûre qu'Abelyn compte comme une nouvelle amie, vu qu'on ne parle pas vraiment, on se contente de travailler. Mais c'est mieux que rien.

C'est alors que je la vois.

Une place libre, à la droite de Kellyn.

Est-ce qu'il l'a gardée pour moi ?

Idiote. Toutes ses pensées ne te sont pas dédiées.

Mais si elle m'est bien réservée ? Ce serait grossier de l'ignorer.

Et si elle n'est pas pour toi ? La gêne, quand il te dira qu'il la garde pour quelqu'un d'autre ! Tous ces hommes riront de toi tandis que tu t'éloigneras la tête basse.

Personne ne va rire. Ce n'est pas drôle.

Oui, mais tu envisages les pires scénarios possibles. Et être l'objet de moqueries est toujours le pire.

Donc de quoi j'ai le plus peur ? De vexer Kellyn ou de me ridiculiser ?

Je commence à faire demi-tour. Je suis incapable de m'exposer à un tel ridicule.

Mais Kellyn veut une partenaire qui soit son égale. Et tu le veux, lui.

Je peux être courageuse quand je le décide.

Pour me le prouver, j'apporte mon plateau jusqu'à la table presque pleine. Quelques têtes se lèvent à mon approche, mais je garde les yeux fixés fermement sur la nuque de Kellyn. Sans quoi, je pourrais me dégonfler.

Lorsque je m'arrête derrière lui, je me rends compte qu'il ne m'a pas encore remarquée.

Évidemment. Il te tourne le dos, imbécile.

Dois-je me racler la gorge ? M'annoncer ? Lui tapoter l'épaule ? L'un des gardes est en train de parler, ce serait malpoli de le couper en pleine phrase. Pourtant, si je ne fais rien, je vais rester plantée là comme une idiote.

Je commence à paniquer. Je sens mes jambes trembler et j'ai envie de m'enfuir très très loin.

Finalement, je m'assieds à la fameuse place sans rien demander.

Chaque muscle de mon corps se contracte. Je suis coincée ici, alors que je viens peut-être de voler la place de quelqu'un. Si son occupant était juste parti aux toilettes ?

Oh, déesses ! Qu'est-ce que j'ai fait ? Qu'est-ce qui m'a pris de… À ce moment, un grand bras m'entoure les épaules et Kellyn dépose un baiser sur ma tempe.

Et tout est pour le mieux dans le meilleur des mondes.

Enfin, pas tout à fait. Je suis quand même entourée d'inconnus, situation que je déteste en tous points. Mais Kellyn me touche, et j'aime vraiment ça.

J'ai fait le plus dur ; maintenant, il s'agit de contrôler mes réactions.

J'essaie d'écouter la conversation.

– … et alors le mercenaire me fait culbuter à plat dos ! raconte l'un des jeunes hommes assis à table.

Les autres s'esclaffent de plus belle. Kellyn se penche à mon oreille.

– J'ai filé un coup de main pour l'entraînement, aujourd'hui. Je me suis fait de nouveaux amis.

En un jour ?

Je ne me suis jamais fait autant d'amis au cours d'une vie entière.

– Ils t'aiment bien, on dirait.

– Qu'est-ce qui n'est pas aimable, en moi ?

– J'ai deux ou trois idées…

Il sourit et me caresse les cheveux devant tout le monde. Comme pour affirmer haut et fort que je suis avec lui. Comme s'il était fier d'être avec moi.

Mais une démonstration d'affection aussi publique me met légèrement mal à l'aise, et je le lui dirai quand nous serons seuls. Il ne m'en voudra pas, j'en suis sûre.

– C'est qui ? demande l'un des hommes, faisant clairement allusion à moi.

Je retiens un mouvement de recul.

Kellyn se tourne vers moi, me laissant le choix de répondre ou non.

– Je m'appelle Ziva.

– Tu nous as pas dit que t'étais marié, dit l'un des gardes.

– Je ne le suis pas, répond Kellyn. Ziva et moi ne sommes ensemble que depuis quelques semaines.

Cela ferait plus longtemps si je n'avais pas rompu au cours de notre périple. Pourtant, Kellyn ne donne aucun signe que ses pensées suivent la même pente que les miennes.

L'homme assis en face de moi commente :

– Eh, si ça ne marche pas avec ce grand benêt, viens me voir, dit-il avec un clin d'œil.

Kellyn et moi nous raidissons tous les deux. Les choses sont fragiles entre nous, et ce type n'a vraiment aucune idée de la situation. Pour lui, c'est certainement juste une plaisanterie. Quoi qu'il en soit, je devrais répondre.

Mais quoi ? Donner mon nom, c'est une chose. Proposer un apport à la conversation, c'en est une autre.

C'est impensable.

Et comment éviter de me montrer agressive ou impolie ?

– Tu n'es pas mon genre, dis-je, un peu brusquement.

Il y a une éruption de rires autour de la table, et le voisin de l'homme qui a parlé lui ébouriffe les cheveux. Kellyn me serre d'un peu plus près contre lui.

– Et c'est quoi ton genre ?

– Les grands benêts, dis-je du tac au tac.

Nouveaux éclats de rire.

– La laisse pas filer, celle-là ! dit quelqu'un.

– Je n'en ai pas l'intention, répond Kellyn en me regardant dans les yeux.

Et tous peuvent voir mes joues s'empourprer.

†

Après le repas, je raconte à Kellyn ma journée à la forge et lui demande si je peux lui emprunter son espadon pour y travailler le lendemain.

– Oui, mais pour faire quoi ?

– J'ai des idées.

– Ça m'a l'air dangereux.

– Ce sera bientôt la guerre. Je dois assurer la sécurité de tout le monde. Je travaille déjà à quelques modifications sur Minuit, pour Temra : rendre la lame plus légère pour favoriser la dextérité et l'endurance.

– Et que vas-tu faire à Lady Tueuse ?

– À cause de sa taille, tu es obligé de détacher ton fourreau avant de pouvoir dégainer l'épée. Tu perds du temps, et en cas d'urgence, je pense qu'il serait intéressant de trouver un moyen plus rapide de te la mettre en main.

– Donc tu t'es remise à la magie ? demande-t-il avec prudence.

– Pas vraiment. Je ne le fais que pour les gens que je connais et en qui j'ai confiance.

Pour ceux que je ne supporterais pas de perdre dans cette guerre.

Quand j'en ai terminé avec Kellyn, je m'en vais voir Petrik.

Il est encore en réunion avec le prince et ses conseillers. Patiemment, j'attends devant la porte. Je rougis lorsqu'un des gardes me demande si je souhaite entrer. Je secoue la tête vigoureusement.

– J'attends Petrik.

Puis je fixe mon regard au sol. Je n'entends pas grand-chose, de temps à autre il me semble que Petrik crie quelque chose à propos de « plan B », mais sa voix retombe aussitôt.

Quelques minutes plus tard, les portes s'ouvrent à la volée, et le prince Skiro sort à grandes enjambées.

– Oh, fait-il, son expression irritée laissant place au ravissement. Bonjour Ziva, que puis-je faire pour vous ?

Je sais qu'il ne cherche pas à me mettre mal à l'aise, mais il m'est impossible d'agir normalement en sa présence alors que je le vois encore penché de manière suggestive vers l'usurpatrice qui portait mon visage.

– Je viens voir Petrik.

– Oh, répète-t-il, un ton plus bas. À bientôt, alors.

Son manteau de cour bleu flotte derrière lui tandis qu'il s'éloigne, ses conseillers sur les talons. Petrik sort en dernier.

– Tout va bien ?

Il ne cache pas son irritation.

– Non. Tout ce dont ils veulent discuter, c'est des stratégies de négociation avec Ravis. Ce qu'on est prêt à lui donner pour qu'il s'en aille. J'ai beau essayer d'aborder la marche à suivre si Ravis devait attaquer, mes inquiétudes sont balayées comme si elles étaient insignifiantes.

– Qu'est-ce qui explique une réaction aussi stupide ?

– On dirait qu'ils sont incapables d'envisager l'idée même d'une bataille parce que…

– On se fera tous massacrer si on en arrive là.

– Toujours ce tact légendaire, Ziva.

– Au moins, je suis d'accord avec toi.

Nous nous dirigeons de concert vers la chambre que nous partageons, et j'aborde la raison de ma visite.

– Pourquoi tu veux mon bâton ? demande Petrik.

– Je veux essayer de l'ensorceler de façon que nul autre que le lanceur ne puisse l'attraper. Régler cette faille dans son pouvoir.

– Waouh !

– Ce n'est pas grand-chose, dis-je, les joues en feu.

– C'est ça. Je vais te le chercher.

En effet, il ne se promène pas partout avec son bâton encombrant. Mais avant d'entrer dans la chambre, il demande :

– Elle l'a mangé ? Elle l'a aimé ?

– J'ai juré le secret.

– Très bien.

Chapitre
— 19 —

Une semaine passe. Le palais semble avoir été dépouillé : la plupart des fournitures et des stocks ont été donnés aux gens qui vivent dehors. Literie, malles, effets de toilette… tout ce qui peut faciliter la vie des sujets de Skiro.

Je termine d'envoûter les armes de Temra, Kellyn et Petrik avant de les rendre à leurs propriétaires. Les hommes de Skiro sont tous équipés d'armes neuves ou réparées. La plupart d'entre eux se déplacent désormais en armure, guettant le tocsin qui signalera l'approche de Ravis.

Pourtant, ce dernier n'arrive pas à la date où on l'attendait, et tout le monde devient plus nerveux que jamais.

Le temps s'écoule au ralenti, comme toujours dans ce genre de situation, et je commence à craindre qu'on nous soupçonne, Kellyn et moi, d'avoir tout inventé.

Ravis est en retard de plus de quinze jours.

On essaie néanmoins de rester occupés. Kellyn et Temra s'entraînent avec les gardes. Petrik conseille le prince. Je travaille avec Abelyn.

Nous avons terminé de forger tout l'équipement des soldats, aussi ne sommes-nous plus sollicitées que pour réparer ici ou là une casserole ou remplacer un fer à cheval. Désœuvrée, Abelyn est d'autant plus grognon.

– Pff... Encore une journée bien calme. Ne nous barbons pas mutuellement avec des bavardages insignifiants. Tu peux y aller. Trouve quelque chose d'utile à faire.

M'efforçant de ne pas le prendre personnellement, je m'en retourne au château. J'avais espéré travailler aujourd'hui. Du temps libre, ça veut dire du temps pour penser, et les sujets d'inquiétude ne manquent pas.

Du genre : où est Ravis ?

Que signifie son retard ? A-t-il subi un grave revers ? Une maladie a-t-elle décimé ses troupes ? Ou bien, au contraire, a-t-il reçu de bonnes nouvelles ? A-t-il fait un détour pour rallier des renforts ?

Je m'apprête à entrer dans la chambre que je partage avec les autres, mais en entendant la voix de Temra à l'intérieur, je m'arrête à la porte et tends l'oreille.

– Il faut que tu cesses. Je ne veux ni nourriture ni autres cadeaux de ta part. Je ne veux pas te surprendre en train de me regarder ou de penser à moi ou quoi que ce soit d'autre me concernant. Tu as perdu ce droit.

– Le droit de penser à toi ? demande Petrik sur un ton sarcastique.

– Oui.

– Ce n'est pas… Tu ne peux pas… J'ai commis une erreur, dit-il enfin.

– Deux, le reprend-elle.

– Deux erreurs. Je suis désolé. Je t'en prie, pourras-tu un jour me pardonner ?

– Tu n'as pas le droit de demander pardon. C'est une offense impardonnable.

– Je voulais seulement te protéger. Je t'en supplie, essaie de comprendre…

J'entends un grand bruit, j'imagine qu'elle lui a jeté quelque chose à la figure.

– Non, à toi de comprendre ! Tu étais face à un choix, et l'option que tu as choisie a pour résultat que nous ne serons plus jamais amis.

– Amis ? grince Petrik. On n'a jamais été amis.

– Qu'est-ce que tu essaies de dire ?

– Tu t'es servie de moi. Depuis le début.

– Quoi ?

– Le jeu de séduction. Les compliments. Les effleurements. J'ai toujours été une distraction que tu gardais à portée de main pour t'amuser. Tu voulais juste qu'on – que je – te regarde.

– Et toi, tu gardais toujours tes distances, alors la faute à qui ?

– Parce qu'à la seconde où j'aurais fait preuve du moindre intérêt pour toi, tu te serais ennuyée et tu serais passée à quelqu'un de plus excitant.

– Tu es en train de dire que tu es ennuyeux ? Ou que je suis superficielle ?

– Les filles comme toi ne s'intéressent pas aux garçons comme moi.

– Les menteurs pathologiques ? Je crois qu'ils ne sont le genre de personne.

– Je veux dire que les belles filles ne s'intéressent pas aux garçons intelligents. Elles préfèrent ceux qui sont dangereux. Excitants. Des gars avec des gros bras qui manient l'épée et brisent des crânes.

– Eh bien, heureusement que je suis jolie ! Sinon, comment pourrais-tu supporter la présence d'une telle idiote à tes côtés !

– Je n'ai jamais dit que tu étais stupide.

– C'était sous-entendu. Si je ne suis qu'une jolie fille, je n'ai rien d'autre pour moi. Quant à toi, si la seule qualité que tu te reconnais, c'est d'être capable de lire un livre, tu devrais travailler à ton estime de toi. Et sortir avec une jolie fille ne réglera pas ton problème.

Il s'ensuit un silence de dix secondes. Personne ne bouge. Je les entends à peine respirer de l'autre côté de la porte. Éprouvant soudain par procuration une gêne intense, j'ai envie de fuir presque autant que de rester pour écouter la suite.

– Pour moi, tu n'es pas qu'une jolie fille, explose finalement Petrik. Tu es protectrice, talentueuse dans tout ce que tu entreprends ! De façon presque agaçante, je dois dire. Tu fais preuve d'une empathie exceptionnelle avec ceux qui t'entourent. Tu es belle au-dedans et au-dehors !

Je ne sais pas pourquoi il continue à crier.

– Et je sais très bien que je vaux plus que ma capacité à lire. Je suis aussi loyal avec mes amis. J'aime apprendre comment les choses fonctionnent. Je me bats, même quand je sais la victoire impossible. Je suis gentil, généreux, et même, parfois, drôle. La richesse matérielle ne m'importe pas. Les gens m'importent. J'ai confiance dans ce que je fais. Le seul domaine où j'en manque, c'est toi !

Une pause, puis :

– Tu me renverses, dit Petrik d'une voix à peine audible. Je n'arrive pas à réfléchir quand tu es là. Je doute de tout ce que je dis, persuadé que mes mots te feront fuir. Au lieu de quoi, ce sont mes actes. Je suis désolé de t'avoir caché où était ta sœur. Je suis désolé de t'avoir menti. J'ai cru agir pour le mieux, considérant la situation. Mais je n'ai pas fait passer en priorité tes pensées et sentiments, comme j'aurais dû le faire. Et comme je le ferai dorénavant, si d'aventure tu acceptes un jour d'être mon amie de nouveau.

– Je croyais qu'on n'avait jamais été amis, murmure Temra.

– Tu es mon amie, même si je n'ai jamais désiré ton amitié.

– Non, tu cherchais juste un accès à Ziva et sa magie.

– Tu te méprends. Je n'ai jamais désiré ton *amitié*, Temra. J'ai toujours voulu autre chose.

Ensuite les voix se taisent. J'entends des bruits différents. Des bruits que je ne reconnais pas tout de suite. Et puis je comprends : ils sont en train de s'embrasser.

Je m'écarte de la porte d'un bond.

J'ai un million de questions. Qui a initié ce baiser ? Comment en sont-ils arrivés là ? Ils n'étaient pas en train de se quereller ? Kelly et moi ne concluons pas nos disputes avec des baisers.

Peut-être qu'on devrait.

Peut-être que tout devrait se conclure par des baisers.

Haut dans les tours du palais, des cloches se mettent à sonner. Le son semble emprisonné entre les murs de pierre, résonnant dans les grands halls.

Il me faut bien trop longtemps pour comprendre pourquoi elles sonnent.

Ravis et son armée sont enfin en vue.

Je me précipite vers l'entrée principale, suivie par Temra et Petrik. Je ne sais pas s'ils ont conscience que j'étais juste derrière la porte de la chambre, mais ce n'est pas le moment de s'en inquiéter. On a d'autres chats à fouetter.

J'aperçois Kellyn et Skiro déjà postés sur les remparts, au-dessus de la grande herse, observant ce qu'il y a au-delà des murs. Je dois me frayer un chemin parmi la foule de citadins qui appellent leurs proches, tentent de rassembler leurs enfants. Je saute par-dessus un mouton avant d'atteindre enfin l'escalier et d'en grimper les marches quatre à quatre.

D'en haut, je ne distingue d'abord rien. Puis un nuage de poussière au loin. De minuscules têtes d'épingles qui pourraient être des soldats en marche.

Malgré leur apparence minuscule et lointaine, l'effroi me saisit le cœur, se rue dans mes veines. Je suis pétrifiée, incapable de quitter des yeux l'ennemi qui avance.

Skiro ordonne :

– Saydan, envoie des cavaliers fixer une heure et un lieu pour la rencontre. On va résoudre cette histoire rapidement. Inutile d'effrayer le peuple plus que nécessaire.

J'ai juste le temps de voir Skiro passer à grandes enjambées devant un Petrik échevelé qui n'a d'yeux que pour ma sœur. Je rougis en me remémorant ce que j'ai surpris. Je ne devrais vraiment pas être au courant à moins que Temra le souhaite, mais il est trop tard pour revenir en arrière.

L'épaisse porte de bois s'ouvre en grinçant en dessous de nous et cinq cavaliers se lancent au galop vers l'armée qui approche. Ils n'emportent avec eux que la bannière au soleil doré de Skiro.

– Il n'y a rien à faire à part attendre le retour des cavaliers avec la réponse, dit Petrik.

– Je n'aime pas ça. Et si Ravis décidait de ruser ? De tuer Skiro pendant les négociations ?

– Il ne le fera pas, répond Petrik. Je ne l'aime pas beaucoup, mais ce n'est pas un sauvage. S'il accepte une rencontre, il en honorera les conditions.

– Tu es prêt à parier la vie de Skiro là-dessus ? demande Temra.

Petrik se mord la lèvre.

– Non.

On reste perchés sur les remparts, scrutant la plaine devant nous. Skiro est bientôt de retour, suivi par le chef de sa garde personnelle, Tazar, qui ne le lâche pas d'une semelle.

Une heure passe.

Deux.

Trois.

La nuit tombe, et les cavaliers ne reviennent toujours pas. À quelle distance exactement se trouve cette armée ? On aperçoit des lumières au loin, des torches à la flamme vacillante. La rumeur à peine audible de la marche est apportée par le vent.

Finalement, un cheval esseulé s'approche, pousse un hennissement lorsque son cavalier tire sur les rênes.

– Ouvrez la porte ! crie Saydan. C'est l'un des nôtres !

Skiro descend des remparts et nous le suivons. Dès que le cavalier est en sécurité à l'intérieur, la porte se referme avec fracas. J'espère qu'elle ne se rouvrira pas de sitôt.

Un petit homme descend de cheval ; il a manifestement été choisi pour être rapide. Lorsqu'il met pied à terre, il retire aussitôt son casque et s'incline devant le prince.

– J'ai envoyé cinq hommes, dit Skiro. Pourquoi reviens-tu seul ?

La voix du garde tremble un peu quand il répond :

– Le prince Ravis a déclaré qu'il suffisait d'un homme pour relayer son message. Il a gardé les autres. Je ne sais dans quel but, sauf peut-être pour affaiblir nos forces.

Skiro masque mal sa réaction à ces nouvelles. Les dents serrées, il s'enquiert :

– Quel est donc le message ?

– « Si tu me cèdes tes terres de ton plein gré, petit frère, aucun mal ne sera fait ni à toi ni à ton peuple. Autrement, tu les céderas après que le sang aura coulé. D'une façon ou d'une autre, elles m'appartiendront. »

Lorsque le garde termine sa tirade, Skiro en reste abasourdi.

– Et c'est tout ?

– C'est le message dans sa totalité, Sire. Il refuse de négocier. Il refuse de vous rencontrer.

Le prince serre les poings.

– Qu'as-tu observé d'autre ? Des forces en présence et de leur avancée.

– Ils seront là demain matin, et il n'y aura pas de siège, Sire.

– Que veux-tu dire ?

– Son armée est équipée d'échelles et de grappins. De béliers et de catapultes. Il a deux mille hommes. Ils perceront nos défenses en un rien de temps.

Ces déclarations ne me permettent pas d'observer les réactions du prince : je suis trop occupée à tenter de maîtriser les miennes. Je ravale un gémissement, ne peux m'empêcher de jeter un coup d'œil à Temra. Comme pour m'assurer qu'elle n'a pas disparu.

– On ne peut pas rester ici, dit Kellyn. Ça va être un massacre.

– Il est trop tard pour fuir, rétorque Skiro. Il est impossible de déplacer assez rapidement autant de civils, enfants et vieillards. Il nous rattraperait. Deux mille hommes, répète-t-il dans un murmure.

Personne ne croyait Ravis capable de rallier des forces aussi importantes.

– Et si on se servait des portails ?

Toute l'assistance se tourne vers moi.

– Je ne sais pas bien à quels portails vous faites allusion, dit Skiro, mais je suis certain qu'ils sont censés être un secret bien gardé, à ne pas divulguer à n'importe qui.

– Je n'ai jamais promis de garder le secret, dis-je. Et ils sont peut-être notre seule chance de sauver tout le monde.

– Je ne peux pas tout simplement faire entrer clandestinement dans un autre territoire des milliers de gens ! Dans un autre palais.

– N'agissez pas clandestinement, dans ce cas ! je crie, mal à l'aise, agacée et effrayée.

Me souvenant que je m'adresse à un prince, je baisse d'un ton.

– On pourrait prévenir de notre arrivée. Vous avez dit être proche de vos sœurs. Aucune d'entre elles ne serait donc prête à nous secourir dans notre détresse ? Elles auront sûrement besoin de nos renforts quand Ravis s'en prendra à leur territoire ?

Skiro me scrute longuement, les mains sur les hanches. Cet examen m'est insupportable, mais je veux qu'il me prenne au sérieux, aussi je soutiens son regard.

– Marossa, déclare Petrik. Elle nous accueillerait volontiers.

En entendant le nom de la princesse, je cligne des yeux. C'est elle qui règne sur ma cité natale de Lirasu. Je ne sais presque rien d'autre d'elle. La capitale se trouve à deux semaines de route de ma ville, et je n'ai jamais eu à effectuer ce voyage.

Skiro pousse un long soupir.

– Même si elle accepte de nous abriter, et même si j'abandonne le seul avantage que j'ai sur mes frères et sœurs, on n'arriverait tout de même pas à faire passer autant de gens par les portails avant que l'armée n'attaque. On a besoin de gagner du temps.

– On peut ralentir l'armée, dit Temra en dégainant son épée.

Personne ne dit rien pendant un moment.

– Tu ne peux pas ralentir une armée de deux mille hommes avec une poignée de soldats ! je m'écrie.

– On a l'avantage de la position, me contre-t-elle.

– Seulement jusqu'à ce qu'ils percent les murs.

– Alors on se battra jusqu'à notre dernier souffle, afin de permettre au plus grand nombre de fuir.

– Tu veux que tous les hommes et femmes entraînés au combat sacrifient leur vie pour que quelques civils de plus puissent fuir ?

– On jure de protéger et servir lorsqu'on prête serment. On est prêts à donner nos vies.

– Tu ne donneras ta vie pour personne !

Je bous de rage. Si je dois la ligoter et la traîner de force moi-même à travers ce portail, je le ferai.

– Il existe des stratégies, intervient Petrik d'une voix douce, rompant le lourd silence retombé après mon éclat. Des façons de défendre les remparts plus longtemps. J'ai fait des recherches. Je pourrais consulter mes livres…

– Les livres ne sont d'aucune utilité à présent, petit frère, dit Skiro. Ce qu'il nous faut, c'est quelqu'un pour commander les troupes pendant le siège.

Il lance un regard à son garde du corps, Tazar.

– Je ne suis formé qu'à votre protection, Sire. Et Saydan n'a jamais mené des hommes dans une bataille. Il n'a aucune expérience en matière de siège.

– Dans ce cas, nous devons demander aux gardes de la ville de nous donner le plus de temps possible. Je vais parler à ma sœur et la prévenir de notre arrivée. Je serai de retour sous peu. Temra, voulez-vous guider les civils pour franchir le portail ?

Alors que sa question s'adresse à ma sœur, c'est moi qu'il regarde en la posant.

Temra se mord la joue. Je connais son dilemme. Elle voudrait être sur les remparts, à combattre. Mais elle ne peut désobéir au prince. Finalement, elle acquiesce d'un signe de tête :

– Bien sûr, Prince.

Skiro s'éloigne de quelques pas.

– Attendez ! s'écrie Kellyn. Nous avons une personne ici au palais qui sait mener les hommes au combat. Qui a une longue expérience des sièges. Quelqu'un capable de commander aux troupes et de gagner du temps pour que tous les civils puissent fuir.

Je regarde Kellyn. Qui donc a-t-il en tête ?

– Non ! je crie.

– Vous parlez de la seigneuresse de guerre, Kymora, comprend Skiro.

– Elle est notre prisonnière. Nous devrions nous servir d'elle.

– On ne peut pas lui faire confiance ! je proteste. Elle a failli nous tuer plus d'une fois ! Elle s'évadera à la première occasion et aidera nos ennemis si elle le peut !

– On pourrait lui offrir quelque chose qu'elle désire, avance Petrik avec prudence.

– Et tu es prêt à lui offrir quoi, exactement ? je demande à l'érudit.

– Sa liberté, déclare Skiro sur un ton déterminé. Saydan, occupe-toi de ça. Je dois parler à ma sœur. Temra, Petrik, suivez-moi.

†

Je dois avoir imaginé toute cette conversation. Le prince ne peut pas être assez idiot pour…

C'est alors que j'entends sa voix.

– C'est tout ce qu'on a comme troupes ?

– Oui, répond Saydan à Kymora.

– Pfff… On va devoir se servir des habitants. Dites-leur de former des groupes et d'aller ramasser des pierres dans les montagnes alentour.

– Le prince Skiro a donné l'ordre de maintenir la porte fermée.

– Et moi, je te dis de l'ouvrir.

Je les regarde traverser la grande cour. Ils sont tout près maintenant.

– Je veux qu'on allume des feux dans chaque tour. Il nous faut de grandes marmites. Dites aux cuisines de faire bouillir de l'eau.

Saydan fait signe à quelques-uns des hommes qui le suivent, et aussitôt ils s'en vont exécuter ses ordres.

– Donnez une torche à chaque homme posté sur le mur. Vous avez de la poix ? interroge Kymora.

– Nous avons de l'huile.

– Ça fera l'affaire. Rassemblez les soldats sur les remparts pour que je puisse m'adresser à eux.

– Tout de suite.

Saydan se tourne vers Kellyn et moi avant de s'éloigner, laissant Kymora sous notre garde.

Malgré la présence à ma ceinture de mes deux marteaux magiques, je ne suis pas rassurée d'avoir la seigneuresse à ma gauche.

Kellyn, le traître, se tient de l'autre côté de la guerrière, les bras croisés sur la poitrine. Il a l'air insouciant, presque détendu. Comme si aucune armée ne marchait sur nous. Comme si tout était pour le mieux dans le meilleur des mondes.

Pourquoi suis-je la seule à comprendre que nous allons tous mourir ? Pourquoi suis-je la seule à être transie de peur ?

Après un silence qui me met au supplice, Kymora éclate de rire.

– C'est drôle comme les choses peuvent changer en une seconde.

Elle a les poignets menottés et on ne l'a pas autorisée à porter une arme, elle demeure toutefois redoutable. Elle est capable de courir, de sauter. Elle peut faire tout ce qu'elle veut.

Je regarde ses genoux, tout à fait fonctionnels. Des genoux que j'ai jadis fracassés d'un coup de marteau. Kymora remarque mon regard.

– On m'a bandé les yeux. On a fait venir une magicienne, et elle m'a guérie. J'imagine que Skiro a compris que je devais pouvoir marcher si je devais vous mener au combat.

Un son monte de ma gorge, un haut-le-cœur. Serutha ne mérite pas les pouvoirs qu'elle a.

– Au cœur de la bataille, tout peut arriver, je murmure. Peut-être un de mes marteaux m'échappera-t-il. Peut-être fendra-t-il ton crâne en deux.

– J'aimerais voir dans ce cas comment vous vous en tirerez avec l'armée qui approche, riposte-t-elle.

– Probablement mieux ! Pour ce qu'on en sait, tu donneras aux hommes des ordres pour entraver notre action.

La guerrière pose sur moi un regard indifférent.

– Je suis une femme de parole. J'ai promis de faire de mon mieux pour combattre l'armée qui marche sur nous, en échange de ma liberté. J'ai l'intention d'honorer ce serment.

– Et après ? Je suppose que tu abandonneras tout simplement ton projet de conquérir le monde ? Que tu cesseras de me traquer ainsi que les autres magiciens ?

Son sourire est insipide, ses yeux, vicieux.

– Je n'ai rien promis quant à ce que je ferai après la bataille.

– Si tu t'en prends à nouveau à moi ou à ceux que j'aime, je te tuerai. Tu n'auras pas droit à ma pitié une deuxième fois.

– Tu ne me vaincras pas une deuxième fois.

– On verra.

– Assez ! intervient Kellyn. Kymora, arrête de la narguer. Concentre-toi sur ta mission.

Elle regarde Kellyn avec un intérêt renouvelé.

– Pourquoi es-tu encore là ? Je te croyais mercenaire. Quelle somme t'a offerte Skiro afin de te convaincre de rester pour cette entreprise suicidaire ?

– Elle n'est pas suicidaire, je la coupe. Tu vas t'assurer qu'on remporte la victoire !

– Je n'ai jamais dit qu'on allait gagner. J'ai dit que je ferais de mon mieux. Même moi, je ne peux pas transformer des hommes dépourvus de formation en soldats. Je parierais que la moitié d'entre eux ont obtenu un poste dans la garde parce qu'ils avaient l'air impressionnants avec une épée à la main, pas parce qu'ils savaient s'en servir. En outre, nos préparatifs iraient bien plus vite si vous deux participiez à l'effort.

– On s'assure que tu ne fasses rien de stupide, dis-je. Et rien de ce que tu pourras dire ne me convaincra de te laisser seule.

– Comment va ta sœur ? demande soudain Kymora.

Je la fusille du regard. Elle croit que Temra est morte, me dis-je. Elle essaie de me provoquer pour me pousser à m'éloigner ou à la charger, lui donnant accès à mes armes. Elle ne se doute absolument pas que Temra est en vie. Comment le pourrait-elle ? Les blessures de ma sœur étaient fatales. Mais elle sait à présent qu'il y a une guérisseuse magicienne au palais. Peut-être a-t-elle fait le rapprochement…

Je décide de l'ignorer, sans toutefois la quitter des yeux.

Au bout d'un moment, Skiro revient, accompagné de Petrik et Tazar. Le garde du corps s'interpose entre Kymora et le prince.

– Les choses sont lancées, nous informe Skiro. Il ne reste plus qu'à attendre.

Petrik scrute longuement sa mère. Je ne peux imaginer ce qui doit lui passer par la tête. Que ferais-je si ma mère était une traîtresse, si elle tentait de tuer quelqu'un que j'aime ? Si elle ordonnait à ses hommes de m'assassiner ?

– Petrik, dit Kymora avec un signe de tête formel à son intention, comme s'ils venaient de faire connaissance.

– Kymora, répond-il.

Alors, la farouche guerrière a un mouvement de faiblesse. Un mouvement à peine perceptible. Je ne le surprends que parce que je surveille la seigneuresse comme le lait sur le feu.

C'est la première fois qu'il s'adresse à elle en l'appelant par son nom plutôt qu'en lui donnant du « mère ». Comme s'il avait officiellement coupé les ponts avec elle, et elle le sait.

Elle se détourne un instant et revêt aussitôt son masque d'indifférence.

Un grand nombre d'habitants sont entassés dans la cour, et nous observons les gardes qui les font entrer dans le palais par petits groupes, les poussant doucement à travers les portes.

J'imagine que certains pourraient résister, hésiter à franchir un portail magique sans savoir si c'est risqué. Avec un peu de chance, Temra et Serutha parviendront à convaincre tout le monde.

Que des difficultés surgissent ou non, faire passer les gens en file indienne avec tous leurs biens prendra du temps.

Or l'armée sera là bien avant.

Lorsque les forces de Ravis ne sont plus qu'à un jet de pierre, seule la moitié des habitants a franchi le portail.

Les troupes de l'ennemi paraissent plus nombreuses avec les armes lourdes et les armures qu'elles transportent. Toutes arborent l'emblème de Ravis, un lion bondissant. Ils ont des lances à la main et des épées à la ceinture. Une arme de jet. Une autre pour le combat rapproché. Je me demande si les soldats sont assez forts pour envoyer une lance par-dessus les remparts.

Peut-être.

Des chevaux tractent des chariots couverts. Seule une poignée d'hommes est à cheval. La plupart sont à pied.

C'est une chose de savoir qu'une armée est en marche ; c'en est une autre de la voir dans sa totalité.

– Doucement, dit Kellyn.

Je comprends un instant plus tard qu'il s'adresse à moi.

– Je vais bien.

– On devrait vous mettre à l'abri, Sire, dit Tazar au prince.

– Je refuse de me cacher. Je veux être utile si je le peux. Mon épée !

Tazar hésite avant de lui passer l'arme qu'il porte à son côté, un sabre. La poignée a l'air usée, mais lorsque le prince dégaine le sabre, je vois que la lame en est affûtée.

– Donnez aussi un bouclier au prince, dit Kymora. Il en aura besoin.

Elle a ordonné aux hommes d'aligner des boucliers tout le long des remparts. Tazar en tend un au prince. Saydan reste juste derrière Kymora, arme au poing. Je n'aime pas la voir en liberté, avec juste une chaîne pour lier ses mains. Ce n'est pas suffisant.

La formation des troupes de Ravis n'est pas parfaite, je le remarque maintenant qu'elles sont plus proches. Leurs lignes ne sont pas droites, les hommes sont fatigués après une longue nuit de marche forcée.

C'est un maigre avantage, considérant leur écrasante supériorité numérique. Je suis obligée de tourner la tête pour embrasser l'armée dans sa totalité. Mais je me rassure en voyant nos murs. La position défensive du palais. Le château de Skiro étant bâti adossé à la falaise, les assaillants seront contraints de nous attaquer de front.

Ils s'avancent jusqu'à une vingtaine de mètres du mur d'enceinte. Là, ils s'arrêtent, reforment leurs lignes.

C'est alors que j'aperçois Ravis, à cheval, se frayant un passage parmi ses hommes pour se poster devant eux. Il porte une armure qui brille au soleil, sans une bosse ou une égratignure.

Je recule d'un pas sans m'en rendre compte. Puis j'avance de nouveau jusqu'au rempart et tiens ma position. Je refuse d'avoir peur. Je montrerai à Ravis qu'il ne peut m'atteindre. Je refuse de lui donner ce pouvoir.

– Cher frère, dit Skiro à son aîné depuis le mur.

– Skiro, répond Ravis. Tes portes sont fermées.

– Tu n'es pas invité.

– Ce sera la guerre, alors ?

– Si tel est ton choix.

Ravis ricane de façon très peu princière.

– Je t'ai offert la paix. Je t'ai dit ce que j'exigeais. C'est toi qui fais le choix des armes.

Skiro secoue la tête.

– Je suis resté dans la limite de mes frontières. C'est toi qui m'envahis.

– Tu n'es pas capable de régner, et j'entends que tu ne l'es pas plus de combattre. Mon espion m'a rapporté que tu n'as qu'une pauvre centaine d'hommes derrière tes murs. Vas-tu réellement les obliger à mourir pour toi ?

– Je ne les oblige à rien. S'ils choisissent de se battre, ce sera pour leur terre et leur famille. Tu es venu pour les leur prendre.

Skiro joue sa partition à la perfection, faisant traîner la conversation autant que possible afin de permettre à plus de civils de franchir le portail.

Mais il en reste tellement dans la cour…

Kymora demeure en retrait, hors de la vue du prince ennemi. Lorsque je lui lance un regard, elle me dit :

– Ne jamais montrer son jeu.

Elle ne veut pas que Ravis la repère. Je me demande si le prince serait moins enclin à attaquer s'il savait qu'elle est avec nous. Il la connaît sûrement du temps qu'elle servait son père. Il doit se souvenir d'elle : elle avait une réputation bien avant que le roi ne divise son royaume.

– Assez ! reprend Ravis. C'est ta dernière chance. Ouvre la porte maintenant, ou bien mes hommes attaqueront.

– Non, ceci est ta dernière chance. Pars. Va-t'en. J'ai des magiciens et des fortifications solides. Nous ne sommes pas aussi vulnérables que tu veux le croire. Tu t'obstines à tes risques et périls.

Ravis ne bronche pas, mais se tourne vers moi.

– Forgeronne, tu es du mauvais côté du mur.

Je ne lui fais pas l'honneur de lui répondre.

– Je te ferai pendre pour le tour que tu m'as joué. Souviens-toi que je t'ai donné une chance de me servir volontairement. Je ne suis pas dépourvu de pitié.

– Seulement de la décence humaine la plus élémentaire, je grince entre mes dents.

– Soldats de Ghadra ! hurle alors Ravis. En avant, marche !

Ravis disparaît derrière la marée humaine de son armée, se mettant à l'abri en couard qu'il est.

Puis ça commence. L'attaque est lancée.

Chapitre
— 20 —

Mes quelques expériences de combat m'ont appris que c'est une activité chaotique. Sanglante. Bruyante. Puante.

Il n'y a vraiment rien de plaisant là-dedans.

Alors être prise dans une bataille entre des milliers d'hommes et de femmes ? C'est bien pire. Un martèlement de tous les sens. Une peur si visqueuse qu'on a l'impression d'y nager péniblement. J'ai connu ma part d'attaques de panique, mais rien qui approche ce que je vis là.

Des flèches tirées par l'ennemi s'élèvent dans les airs, franchissant les remparts sans difficulté. Je brandis mon marteau de gauche, Écho, pour me protéger et m'accroupis pour me faire toute petite. Une flèche frappe le côté de mon bouclier et rebondit aussitôt, repartant dans l'autre sens. Mon deuxième marteau, Agonie, absorbe la quantité de force équivalente.

Les volées de flèches s'enchaînent sans répit.

Dans la cour, la foule se précipite vers l'entrée du palais, tous se serrant dans les moindres recoins en attendant leur tour de franchir le portail. Il se passe autant de choses derrière moi que devant, mais je préfère garder le regard fixé sur la plaine où le danger guette.

– Attendez ! Tenez vos positions ! crie Kymora.

On ne peut rien faire tant que les troupes de Ravis sont hors de portée. Skiro a dans ses rangs quelques archers de talent : ils tirent une volée de flèches par-dessus nos têtes. Si certaines atteignent leur but, c'est tout à fait insuffisant pour décourager ou même ralentir l'imposante armée dans sa marche.

Les hommes de Ravis débâchent les chariots qu'ils ont traînés jusqu'ici, dévoilant échelles et grappins. Ils transportent le lourd équipement en file indienne pour le déposer au pied des murs.

Un cri plus loin sur le rempart : un garde, trop lent à s'abriter derrière son bouclier, est transpercé d'une flèche et bascule en arrière dans la cour du palais. Ses camarades demeurent pétrifiés, le temps d'un souffle.

– Apportez l'eau ! hurle Kymora.

À l'aide de gants renforcés, des soldats retirent du feu les marmites d'eau bouillante, les remplaçant par d'autres prêtes à chauffer.

La première échelle est dressée, son sommet dépassant tout juste des remparts. Kymora la toise avec mépris, observant les hommes tout en bas qui commencent l'ascension.

Mes mains se mettent à trembler tandis que je suis leur progression, attendant que Kymora réagisse.

C'est seulement quand le premier soldat s'approche du sommet qu'elle se décale d'un pas et fait un signe au garde qui tient la première marmite.

Il verse l'eau bouillante sur les soldats en dessous. Des cris terribles déchirent l'air, suivis du bruit des corps qui chutent et s'écrasent au sol.

Lorsqu'il n'y a plus personne sur l'échelle, Kymora s'en saisit et la repousse sur le côté. Le bois éclate en se fracassant au sol, l'échelle est entièrement détruite.

Les hommes de Skiro suivent aussitôt d'eux-mêmes l'exemple de la seigneuresse de guerre. Dès qu'une échelle est appuyée contre le mur, ils l'accueillent avec une marmite d'eau bouillante.

Bientôt, les troupes de Ravis abandonnent temporairement les échelles, craignant trop d'être ébouillantés. Elles se limitent à envoyer de nouvelles volées de flèches.

Ça ne dure qu'un temps.

L'ennemi lance rapidement un nouvel assaut, cette fois à l'aide de grappins ; son but est de nous déborder par la seule force du nombre. Une vingtaine de cordes sont lancées, les grappins accrochent le sommet du mur d'enceinte. Les hommes grimpent avec agilité malgré leur lourde armure.

– L'huile ! crie Kymora.

Pendant que des soldats de Skiro entreprennent de couper les cordes au couteau, Kymora ordonne à d'autres de faire couler l'huile le long des cordes. Une torche à la main, elle les enflamme une à une.

De nouveaux hurlements retentissent tandis que le feu court le long des cordes, embrasant les malheureux qui se sont fait arroser d'huile. Finalement, les cordes se rompent, mangées par les flammes.

Aussitôt, de nouveaux grappins, de nouvelles échelles remplacent l'équipement détruit, deux fois plus nombreux que lors des précédents assauts. J'en viens à me demander si les deux premières vagues n'étaient destinées qu'à tester nos défenses.

Je me poste face à l'échelle la plus proche, laissant Kymora à la garde de Kellyn.

Je fracasse des têtes à mesure qu'elles atteignent le dernier échelon, envoyant valser hommes et femmes avec leur casque cabossé. Certains meurent en s'écrasant au sol, d'autres se remettent sur pied et font quelques pas avant de s'écrouler.

J'ai la nausée.

Tuer me rend malade.

Savoir que la voracité de Ravis est la cause de tout ceci me rend malade.

Penser que des gens vont mourir si bêtement me rend malade.

Au moins, les habitants de la ville sont désormais tous à l'intérieur du palais, même s'ils n'ont pas encore tous franchi le portail. Des gardes tiennent Skiro régulièrement informé.

Puis, quelques hommes de Ravis réussissent à prendre pied sur les remparts.

À l'extrémité gauche du mur, là où il rencontre la roche, un grappin s'est accroché là où personne ne l'attendait pour brûler ou couper la corde.

Cinq hommes se ruent vers nous, tandis que d'autres grimpent à leur suite.

– Kellyn !

Il est plus près que moi. En les voyant, il jette un bref coup d'œil à Kymora avant de se décider.

La suite, je l'aperçois du coin de l'œil. Kellyn lève la main et ouvre le poing. En un battement de cils, Lady Tueuse glisse d'elle-même hors de son fourreau et vient se loger dans la main de Kellyn. Le mercenaire bondit par-dessus nos hommes penchés sur le mur, occupés à verser toujours plus d'eau bouillante sur les assaillants.

La pointe d'une épée jaillit par en dessous, à deux doigts de mon visage ; j'interpose Écho in extremis. Le rebond magique fait dégringoler le soldat en bas de l'échelle, délogeant dans sa chute ceux qui grimpaient derrière lui.

L'échelle désormais débarrassée de ce poids, je la repousse loin du mur et la regarde s'écraser au sol.

Lorsque je relève la tête, Kellyn a neutralisé les cinq hommes du mur. Il essaie de couper la corde avec la lame de son épée, mais je vois qu'un autre homme est sur le point d'atteindre le sommet. L'ennemi s'arrête pour dégainer et s'en prend à Kellyn, manquant sa gorge de peu. Sans réfléchir, je me rue à son secours.

Pendant que je fracasse des crânes, Kellyn continue de scier et la corde rompt en un rien de temps.

Me rappelant que nous avons laissé Kymora sans surveillance, je pivote sur moi-même, mais elle est toujours en train de hurler des ordres depuis les remparts. Je la vois esquiver une flèche sans cesser de crier.

Elle est vraiment extraordinaire. J'aimerais tant qu'elle soit *réellement* de notre côté.

Petrik lance son bâton sur les hommes en contrebas, essayant tant bien que mal d'interrompre le flot des assaillants. L'une d'eux tente de s'emparer du bâton, mais il lui glisse entre les doigts comme s'il était recouvert d'huile et revient se loger dans la main de Petrik.

J'ai un accès de fierté en voyant mes armes se comporter exactement comme je leur ai demandé.

Un vacarme du côté droit du mur nous fait lever la tête. Un soldat ennemi a atteint le sommet. Une grande femme vêtue d'une armure légère nous charge. Des hommes se jettent en travers, mais elle brandit un marteau et…

Hé ! C'est *mon* marteau !

Les hommes volent en tous sens tandis qu'elle continue d'avancer avec le marteau que Ravis m'a volé. Elle les piétine en se ruant à l'attaque du prince.

Une petite voix dans ma tête me supplie de fuir. De protéger ma vie. Mais en l'occurrence, la Ziva courageuse est plus puissante. Parce que c'est *mon* marteau, que *j'ai* forgé, et cette femme s'en sert pour blesser des gens, et je dois réparer le mal qu'elle fait.

Je dépasse le prince Skiro, contourne Kymora et Petrik. Plus rien ni personne ne se trouve alors entre moi et la guerrière qui approche. Elle me jauge du regard, note la présence de mes deux marteaux et découvre ses dents dans un rictus malveillant qui me retourne l'estomac. Pourtant, je tiens ma position, brandissant Écho tandis que la femme me charge en pointant sur moi mon ancien marteau.

Les deux boucliers invisibles se heurtent dans un fracas métallique, et je suis projetée en arrière, atterrissant à plat dos contre les briques du rempart. Le souffle coupé, je reste au sol un moment. Quand je me redresse, je découvre que mon adversaire est dans le même état que moi. Secouées, nous nous remettons sur pied avant de reprendre la lutte. Cette fois, au lieu de foncer sur moi bouclier tendu, elle le garde près de sa taille, se préparant à frapper avec le marteau droit dépourvu de magie.

Ce qu'elle ignore, c'est qu'Agonie a absorbé la force de notre collision, le marteau vibre de puissance. J'esquive le coup de la femme, puis riposte avec mon marteau droit.

Ma frappe l'envoie littéralement voler dans les airs. Par-dessus le mur, par-dessus les têtes des soldats ennemis tout en bas, elle vole avant de s'écraser au sol. Je me détourne pour ne pas voir l'impact. Puis je ramasse mon vieux marteau là où elle l'a laissé tomber et le glisse à ma ceinture.

J'aperçois Kymora, une moue pensive tordant ses lèvres. Je n'ai aucune envie de savoir ce qui lui passe par la tête, mais je peux presque voir les rouages de sa pensée se mettre en branle, son esprit calculer toutes les façons de se servir de moi à la première occasion.

Lorsqu'elle se concentre de nouveau sur les hommes de Ravis, elle lâche une bordée de jurons.

En suivant son regard, je découvre qu'ils ont sorti le bélier.

– Des pierres ! crie Kymora. Concentrez toute la puissance de frappe sur ces soldats ! Arrêtez-les !

Je range mes marteaux pour me saisir de grosses pierres et les lancer sur l'ennemi. Même s'ils portent des casques, les pierres lancées de cette hauteur suffisent à enfoncer l'acier et plusieurs hommes et femmes tombent à genoux. Le bélier vacille, déséquilibré, jusqu'à ce que des renforts viennent remplacer les soldats tombés.

Je craignais que Ravis n'ordonne à son garde du corps de se servir du marteau de guerre que j'ai forgé pour réduire la grande porte en miettes, mais il ne s'en donne même pas la peine. Il n'a pas besoin de risquer un soldat de haut rang, entraîné au maniement d'une arme toute-puissante, alors qu'il a quantité de pions et d'équipements capables d'achever la besogne.

– Encore ! crie Kymora. Ne les laissez pas atteindre la porte !

Petrik lance et relance son bâton. Kellyn et moi aidons les hommes de Skiro à lancer des pierres ; le prince lui-même ramasse des pierres pour en bombarder l'adversaire. Mais les stocks de munitions s'amenuisent.

Soudain, le mur tremble sous le premier coup de bélier.

– Archers ! hurle Kymora. Ici, avec moi ! Vous, là, descendez tenir la porte. Ne les laissez pas entrer !

Ses ordres sont accomplis dans l'instant. Les hommes prennent leurs nouvelles positions. La porte encaisse un nouveau coup de boutoir au moment où nous jetons nos dernières pierres.

– Apportez l'eau bouillante !

Elle est versée sur les hommes qui manient le bélier. Plusieurs d'entre eux s'enfuient en hurlant sous la brûlure, mais sont immédiatement remplacés. Il y en a toujours plus. Ravis se fiche du nombre qu'il sacrifie pour assurer sa victoire.

– Archers ! Tirez à volonté ! Empêchez tout homme de toucher le bélier !

Alors que tout le monde est concentré sur la défense de la porte, d'autres assaillants prennent pied sur le mur.

Mais combien d'échelles Ravis a-t-il apportées ?

Kellyn défend à lui seul tout le côté gauche du mur, Lady Tueuse lui permettant tout juste de contenir les assauts répétés. Mais du côté droit, les hommes de Skiro tombent comme des mouches, débordés par les hordes toujours plus nombreuses qui escaladent les remparts.

Kymora, voyant la situation, tend ses mains menottées vers moi.

– Enlève-moi ça.

– Non.

– Tu veux qu'on soit envahis tout de suite ? Enlève ces menottes et donne-moi une arme.

Je secoue la tête avec véhémence. On ne peut pas lui faire confiance. Je me fiche qu'elle ait mené efficacement la défense jusqu'ici. Elle a tué mes parents. Elle a failli tuer

Temra. Kellyn. Son propre fils. Une personne capable de ces crimes est parfaitement instable.

– Pour l'amour des déesses ! crie-t-elle.

Elle se baisse, ramasse l'épée d'un soldat mort et s'avance du côté droit du mur, les mains toujours entravées.

Ne sachant que faire, je décide de la suivre.

Kymora se jette dans la mêlée avec l'aisance du soldat expérimenté, combattant épaule contre épaule avec les hommes de Skiro. Même les mains liées, elle manie l'épée avec une habileté redoutable, abattant les soldats ennemis par grappes entières.

Pourtant, les hommes de Skiro continuent de tomber, alors je viens avec mes marteaux me battre au côté de Kymora.

Ça me paraît complètement contre-nature. Comment en suis-je arrivée là ? À combattre aux côtés de l'assassin de mes parents ?

J'ai les mains croûtées de sang, il m'éclabousse les yeux, provenant en partie des coups que j'inflige mais surtout de ceux de Kymora. Son épée fend l'air, elle bouge avec la grâce d'une danseuse, faisant jaillir le sang partout, distribuant la mort avec une efficacité diabolique.

Je glisse sur une flaque de sang, tombe sur un genou. Me croyant hors d'état de nuire, un soldat ennemi tente de me dépasser, mais je le cueille d'un coup de marteau. Son cou craque. Ou bien est-ce sa mâchoire ? En tout cas, il est projeté en arrière, s'écrase au sol et ne bouge plus.

Les gens prennent-ils réellement goût à cette violence ?

On ne dit jamais à quel point c'est salissant. De tuer. Dans les livres, il n'est question que de gloire et d'honneur. On ne parle pas du sang que vous avalez malgré vous. Des vessies qui se vident. De l'odeur de la mort, si dense qu'elle vous étouffe. Des visages animés un instant et sans vie l'instant d'après. On ne vous dit pas que chaque fois que vous tuez, c'est une petite part de vous-même qui meurt aussi.

Pourtant, je continue de tuer. Ma sœur est dans le palais. Mes amis sont sur ce mur. Ravis progresse, dans le but d'anéantir toute idée de paix. D'asservir les magiciens et magiciennes de ce monde à sa volonté.

Quiconque menace ma famille et mes amis aura affaire à mes marteaux.

Je n'hésite plus avant de frapper, mais ça ne veut pas dire que j'y prends plaisir. Et ça me plaît d'autant moins que je m'améliore.

– À ta droite ! crie Kymora.

Je pivote juste à temps pour contrer la charge d'un soldat. D'un coup d'Écho, je l'envoie valdinguer contre le mur. Ses bras et jambes forment des angles qui les rendent désormais inutilisables.

Soudain, j'entends un immense craquement. Le bois qui se fend, un vacarme de métal, les gémissements et les cris des hommes.

Horrifiée, je comprends que la porte est enfoncée.

– Sors le prince d'ici ! crie Kymora. Vite, avant qu'ils s'emparent de lui !

Tazar est déjà en train d'emmener le prince, avec l'aide de Petrik.

– Ce n'est pas fini, halète Skiro. On doit...

– C'est terminé, dit Petrik. Tu dois franchir le portail sans perdre une seconde !

Kymora a un rictus en entendant le mot « portail », mais ne dit rien. Elle est rapidement distraite par une nouvelle vague de soldats qui passent les remparts.

Je m'apprête à lui porter assistance, mais une main posée sur mon bras m'arrête. Je pivote sur mes talons, bouclier brandi, et m'arrête in extremis en reconnaissant Kellyn.

– Tu ne peux pas m'attraper comme ça sans prévenir alors qu'on est au milieu d'une bataille !

– Désolé, il faut qu'on y aille.

– Mais... Kymora ?

– A rempli sa part du contrat. Elle nous a gagné du temps. Le prince lui a promis la liberté. Il est temps de la laisser partir.

– Non !

Kellyn m'entraîne de force dans l'escalier, s'arrêtant de temps à autre pour repousser un ennemi.

– Baisse-toi ! je crie.

Il s'exécute et, levant Écho, j'envoie voler un soldat qui l'attaquait.

– On ne peut pas la laisser là ! dis-je, reprenant la discussion tout en courant de nouveau.

– Que veux-tu qu'on fasse ? Qu'on l'emmène ? Comment donc pourrions-nous la forcer à venir avec nous ? Et tu n'as pas le droit de rompre la promesse que lui a faite Skiro.

– Mais moi, je n'ai rien promis !

– Et donc ? Tu comptes rester, tenter de la tuer puis mourir une fois que les soldats de Ravis t'auront cernée ?

Ça me met en rage. Qu'il ait raison. Je ne sais plus où donner de la tête et je déteste ça, je déteste le chaos. C'est l'exact contraire de ce que j'aime : être seule et en sécurité.

– Tu ne veux pas t'assurer que Temra a bien franchi le portail ? finit par demander Kellyn.

Il sait exactement quoi dire pour me faire courir plus vite.

On s'engouffre dans le palais. Skiro et Petrik, loin devant, disparaissent à notre vue. Kellyn et moi neutralisons quelques soldats ennemis au passage, fonçant vers l'escalier.

À ce moment, Kellyn jette un regard derrière lui. Je le vois écarquiller les yeux, puis il me tire avec lui dans un recoin sombre entre une bibliothèque et l'espace situé sous une autre volée de marches.

Mon cœur tambourine dans mes oreilles, je dégouline de sueur. Pourtant, Kellyn couvre mon corps du sien, nous poussant plus loin dans l'ombre, me cachant à la vue de tous ceux qui passent en courant dans le couloir. Il n'y a rien d'érotique dans son geste, il ne s'agit que de survie. Je plaque mes mains sur ma bouche pour calmer ma respiration. Le goût de sang séché sur ma peau manque me faire vomir.

Des pas précipités résonnent de toutes parts dans le palais, mais je repère immédiatement les plus bruyants, qui s'arrêtent à l'apogée d'un long crescendo, ce qui ne peut que signifier qu'ils sont tout proches de notre cachette.

– Tu veux dire que tu as négocié ta liberté en échange du meurtre de douzaines de mes soldats ?

Tous mes muscles se crispent en reconnaissant la voix de Ravis.

– Tu aurais dû m'attendre avant d'attaquer. J'aurais pu t'éviter la perte de si nombreux hommes.

Le choc est encore plus grand quand je me rends compte que c'est Kymora qui lui répond.

– Tu as causé toutes ces pertes !

– Et si j'avais été du bon côté du mur, ces pertes auraient touché exclusivement les rangs de Skiro.

– Je n'avais pas le temps de t'attendre. Tu as disparu pendant des semaines ! Je te croyais morte.

Kymora ricane.

– Je ne suis pas si facile à tuer.

– Non, juste à capturer et à traîner à travers tout Ghadra par une bande d'adolescents.

– J'ai entendu que les mêmes adolescents s'étaient joués de toi. Qu'ils t'avaient neutralisé toi, et tout un régiment, d'un seul coup d'épée.

– C'est cette fichue forgeronne. Quand je mettrai la main sur elle…

– Tu ne feras rien. On a besoin d'elle.

– Comme de la peste, oui ! Nous avons la supériorité numérique. Je renonce à tirer quoi que ce soit de cette damnée forgeronne.

– Il suffit de la manipuler avec précaution et de lui donner la juste motivation. Elle ne nous mettra plus de bâtons dans les roues.

– Parce qu'elle sera morte.

– Ravis, sers-toi de ta cervelle ! Même quand tu auras conquis le trône, il te faudra les ressources nécessaires pour le conserver.

– C'est là que tu interviens. Je te rétablis en tant que général de mes armées. Je règne en tant que roi. C'était notre accord. Ce n'est pas ma faute si tu as foutu en l'air le plan en faisant un détour et en perdant du temps avec cette forgeronne magicienne. Si tu avais joint tes hommes aux miens plus tôt, le monde serait déjà à nous.

– Au lieu de quoi, tu as pris Elany et mes hommes pour les tiens, répond Kymora, sa voix descendant de façon menaçante dans les graves.

– Ils avaient besoin d'argent pour nourrir leurs familles. Je leur ai offert du travail rémunéré, dit-il pour sa défense. Ce qui est fait est fait, mais je ne te laisserai pas tout gâcher de nouveau. La forgeronne mourra. Ses amis aussi. Et mon frère passera le restant de ses jours dans un cachot.

– Et ton autre frère ?

– Le bâtard de mon père ?

Petrik.

– Mon fils, rétorque Kymora sur un ton qui exprime clairement ce qu'elle pense du terme choisi par Ravis.

– Tu peux le tuer ou le jeter aux oubliettes avec Skiro. Ils peuvent pourrir ensemble, peu m'importe. Je veux juste récupérer ce qui aurait dû être à moi dès le départ.

– À toi ? répète la guerrière avec mépris. Ravis, si ton père a divisé le royaume, c'était en partie parce que tu étais incapable d'en assumer seul l'entière responsabilité.

– C'est faux, et tu le sais.

– Très bien. Ce sont ses notions erronées de l'amour parental qui l'ont poussé à agir ainsi, mais ça ne change rien au fait que tu serais un très mauvais roi.

– Prends garde, seigneuresse ! Je ne tolérerai pas un tel manque de respect. Je suis ton roi, et tu me dois la déférence due à ce titre.

– Tu n'es pas encore roi. Et tu n'es certainement pas un guerrier, comme l'a prouvé ton comportement lors de l'attaque. Tu te crois supérieur aux autres enfants royaux, mais que se passera-t-il quand le continent du Nord décidera d'envahir notre terre ? Et quand les îles de l'Ouest bâtiront une puissante armada pour venir voir si on a quelques biens de valeur qui les intéressent ?

– Tu les repousseras, c'est ton boulot.

Un silence. Puis Kymora reprend :

– Oui, je les repousserai. Ce qui m'interroge, c'est pourquoi tu devrais faire partie de l'équation.

– J'ai… j'ai une armée ! J'ai pour moi le droit de naissance ! Je suis… je suis…

Kymora pousse un long soupir d'ennui.

– Tu crois vraiment que j'ai fait tout ça pour servir un autre roi ? Tu crois que j'ai constitué une telle force, recruté et entraîné de loyaux soldats, juste pour te les offrir sur un plateau ? Ravis, depuis le début j'avais l'intention de te trahir. Je me suis servie de toi et de tes réseaux parce que tu étais le plus assoiffé de pouvoir. Je t'ai laissé le soin de rallier à ta cause les nobles de ton territoire pour pouvoir en récolter les bénéfices. Maintenant que l'armée est rassemblée en un lieu où se trouvent également le soutien et l'argent nécessaires à son fonctionnement, je ne vois pas pourquoi je devrais attendre encore pour me débarrasser de toi.

Un gémissement étrange, étranglé, échappe au prince, avant qu'il se mette à crier :

– Strax ! Saisis la seigneuresse !

Il y a des bruits de lutte, quoique brève. Strax et ses hommes sont clairement persuadés qu'ils auront vite le dessus sur la seigneuresse, d'autant plus qu'elle est toujours menottée. Pourtant, j'entends les corps chuter, et je sais qu'aucun n'est celui de la seigneuresse. Le combat se conclut sur le bruit mouillé d'une épée pénétrant les chairs.

Kymora émet un claquement de langue.

– C'était le seul homme de tout le château qui t'était loyal. À présent, il est mort par ta faute.

– J'en commande encore près de deux mille, bredouille Ravis d'une voix affaiblie.

– Et tu achètes leur loyauté avec de l'argent. La plupart sont mes soldats, qui se rallieront à moi dès qu'ils me sauront en vie. Nous prendrons Ghadra sans toi, et si le restant de tes hommes a un peu de jugeote, ils se rangeront derrière moi. Adieu, Ravis. Passe le bonjour à ton père.

De nouveau un bruit mouillé.

Un cri étouffé.

Un corps qui s'affale.

Puis la voix de Kymora, claire et nette :

– Skiro ne m'intéresse pas. Je veux la forgeronne. Celui qui me la livrera recevra d'innombrables richesses et une place d'honneur à mon côté dans la reconquête du royaume.

Chapitre
— 21 —

Kymora est partie depuis plusieurs minutes, pourtant, Kellyn et moi n'avons pas bougé d'un cheveu. Je suis pétrifiée de stupéfaction. Mon cerveau mouline à toute vitesse, pas assez toutefois pour rassembler tous les éléments.

Kymora était complice de Ravis depuis le début.

Elle vient de le tuer.

Elle est libre et possède désormais sa propre armée.

Elle veut me soumettre à sa volonté.

Elle va nous pourchasser, tous autant que nous sommes.

Elle a l'intention de conquérir tout le pays et elle a maintenant les forces nécessaires pour y parvenir.

Si elle me capture, elle aura tout ce qu'il lui faut pour rester au pouvoir à jamais. Surtout si elle met en plus la main sur Temra ou Kellyn.

Temra…

– Il faut qu'on passe le portail, dis-je. Tout de suite, avant que Kymora et ses hommes ne le trouvent. Il est peut-être déjà détruit.

– Je ne sais pas si c'est une chance qu'elle ne le cherche pas activement pour le moment. Parce qu'elle est occupée à…

– Me chercher.

J'essaie de ne pas regarder le corps de Ravis quand nous sortons de notre cachette, mais je le vois quand même, ainsi que celui de Strax, et je pense de nouveau, malgré moi : ces morts auraient pu être évitées. Pourquoi ne pouvait-il se contenter de ce qu'il avait ?

Est-ce aussi mon problème ? De ne pas me satisfaire de ce que j'ai. Aurais-je dû me contenter de mes modestes revenus, vivre en paix dans la maison de mes parents pour toujours ? Peut-être ai-je été trop avide. Peut-être n'aurais-je pas dû accepter toujours plus de commandes, pas dû laisser la rumeur de mes pouvoirs se répandre. J'aurais dû exercer mon métier et vivre comme une simple forgeronne, sans jamais forger quoi que ce soit de magique pour quiconque. Temra et moi aurions vécu simplement, mais nous aurions vécu !

Vivre, tout simplement, me manque. Aujourd'hui, je ne fais plus que survivre.

Nous empruntons les couloirs avec détermination, comme si on savait ce qu'on faisait et où on allait. Les hommes de Ravis – non, de Kymora – sont partout. On se cache derrière meubles et tentures quand on le peut, sinon on fait semblant d'être des leurs.

Personne ne nous arrête. Ils cherchent tous une forgeronne, pas un soldat. Or je ressemble certainement plus à ce dernier, avec le sang dont je suis entièrement couverte.

Lorsque nous arrivons devant la pièce aux portails, elle n'est pas verrouillée. Kellyn ouvre la porte et me pousse à l'intérieur devant lui. Devant le spectacle qui m'attend, je crois perdre la raison.

Une destruction totale.

Tous les portails ont été saccagés, afin que ni Kymora ni aucun autre ennemi ne puissent les utiliser.

En revanche, il semble que tous les civils, le prince et les autres aient réussi à passer. Sauf Kellyn et moi. Une fois de plus.

On ne sortira jamais de ce palais.

Je perds l'équilibre, ne sens plus mes jambes. Je ne suis plus connectée à l'ici et maintenant. Je perds le contrôle. Je n'arrive plus à respirer. J'ai chaud, je me sens prisonnière dans mon propre corps, je voudrais m'arracher la peau.

Je suis piégée. Enfermée pour toujours. Je ne serai jamais heureuse.

– Ziva…

La voix de Kellyn me parvient de très loin, je ne sens même pas qu'il me prend par le bras. Je vais le perdre. Je vais perdre Temra. J'ai tout perdu, et c'est toujours de ma faute.

La pièce se met à tourner.

Non, c'est juste moi qui ai pivoté, poussée par Kellyn qui me place face à l'un des portraits.

Celui de Marossa.

J'arrive enfin à faire le point sur un détail d'une importance capitale. Ce portrait est intact. Tous les portails sont détruits, sauf celui-ci. J'attrape la main de Kellyn et ensemble, nous traversons le portrait.

Je me prépare à l'impact. La dernière fois que j'ai passé un portail, je me suis écrasée contre un mur. Mais cette fois-ci ? Rien. L'air sent toujours le renfermé, la poussière me chatouille les narines, mais peu importe. Des lumières clignotent autour de nous ; je crois que nous sommes dans une sorte de couloir.

– Merci mes Déesses ! s'écrie une voix que je connais bien.

De la pointe de son épée, Temra gratte la peinture du portrait derrière nous, puis balance un seau d'eau sur le tableau. La peinture dégouline en petits ruisseaux avant de former une flaque brunâtre sur le sol.

Cela fait, ma sœur me prend dans ses bras.

– Je suis tellement soulagée de vous voir. J'étais prête à aller vous chercher si vous ne vous montriez pas dans la minute.

– Moi aussi, ajoute Petrik qui s'avance vers nous dans le couloir faiblement éclairé.

– Où sommes-nous ? je demande.

– Un passage secret dans le château de Marossa.

– Plus vraiment secret, commente Kellyn.

Petrik grimace.

– Les choses sont un peu tendues pour l'instant entre mon frère et ma sœur. Inutile de verser de l'huile sur le feu.

Avec Temra, il nous entraîne le long de l'étroit boyau. Le couloir est sale, le sol couvert de boue, de plumes et de tout ce que les évacués ont ramené sous leurs semelles.

– Marossa n'a pas apprécié que Skiro révèle l'existence de ce passage à tant de monde ?

– En fait, elle n'en savait rien, elle ignorait l'existence du portail, donc vous pouvez imaginer son état d'esprit en ce moment, explique Petrik.

– Mais elle a tout de même accepté de nous accueillir dans son territoire ?

– Accueillir est un grand mot. Disons plutôt, tolérer. D'ailleurs, je ferais mieux de retourner auprès d'elle et Skiro avant qu'ils s'entretuent. Ziva, Kellyn, vous voulez bien venir avec moi ? C'est vous qui en savez le plus concernant Ravis et ses projets. Ma sœur souhaitera sûrement entendre ce que vous avez à dire directement.

J'ouvre la bouche, bafouille un instant avant de soupirer :

– D'accord.

Kellyn commente :

– On vient de mener une bataille contre des forces bien supérieures, mais c'est rencontrer quelqu'un de nouveau qui va l'achever…

S'il n'avait pas dit ça sur un ton très affectueux, j'en serais gênée.

Petrik s'arrête, tend la main, tâtonne le long du mur. On entend un « clic » et un pan de mur bascule sur le côté, ouvrant un passage vers un espace bien plus lumineux. Je plisse les yeux, éblouie par la lumière soudaine.

Hommes et femmes en livrée noire brodée d'un arbre couleur émeraude sont alignés de part et d'autre de la grande salle. Ils nous suivent du regard, mais ne prononcent pas un mot.

Dans une antichambre, d'autres gardes sont postés. Il y en a partout. On voit à peine les murs tant il y a de gardes massés dans chaque couloir.

La princesse Marossa nous a peut-être ouvert son château, mais elle ne fait clairement confiance à personne.

– Par ici, indique Petrik en nous menant au-delà des gardes mutiques.

Ils sont d'une telle immobilité qu'on a peine à croire qu'ils respirent.

Une pensée incongrue me vient à l'esprit : j'ai passé beaucoup de temps dans des châteaux, dernièrement.

Il y a encore quelques mois, je n'avais jamais mis les pieds dans un palais. Aujourd'hui, je connais la moitié des palais royaux de Ghadra. Et à présent, alors que je ne suis pas prête, je rencontre un troisième personnage royal, celle qui règne sur mon territoire natal.

La princesse Marossa a de longs cheveux noirs tressés en fines nattes qui dégringolent sur ses épaules. Elle a la peau marron foncé, comme Skiro et Ravis. Son teint sans défaut, ses lèvres charnues lui donnent une beauté stupéfiante. Elle est menue, mince et longiligne, plus petite que ses frères. Elle m'arriverait à l'épaule si je me tenais à côté d'elle. À la place d'une robe, elle porte une tenue de cuir ajustée. Un arc pend dans son dos, la corde passée en bandoulière sur son épaule.

– … crasseux ! dit-elle à Skiro. Tout simplement crasseux. Tu as vu mes halls après que trois mille personnes y ont traîné leurs guêtres ? Et elles ont emmené du bétail ! Du bétail, Skiro ! Des plumes, de la laine qui se collent partout ! Le pauvre Algarow ne cesse d'éternuer. Je n'ai jamais voulu régner sur rien, et voilà que tu doubles la population de ma cité en un seul jour !

Petrik toussote, mettant fin à la dispute.

Je me fige lorsque Marossa pose sur moi un regard glacial.

– C'est eux ? dit-elle en nous scrutant, Kellyn et moi.

– Oui, dit Skiro. Voici Ziva et Kellyn, que Ravis a retenus en captivité. Ils ont récolté une somme d'informations concernant ses projets et sont venus m'avertir.

Je note avec gratitude que Skiro ne mentionne pas mes pouvoirs.

– Skiro, je n'ai pas besoin que quelqu'un d'autre me dise que la guerre menace, je te crois ! C'est toi qui l'as amenée à mes portes ! Ce dont j'ai besoin, c'est de réponses. Comment arrêter Ravis et ses hommes ? Comment protéger la population ?

– En fait, Ravis est mort.

J'ai lâché ces mots abrupts sans prendre soin d'adoucir le coup.

– Quoi ? s'écrient en même temps les deux souverains, en tournant leur regard vers moi.

Je me dandine, mal à l'aise, heureusement Kellyn prend le relais.

– Nous avons vu son corps. La seigneuresse Kymora l'a assassiné. Ils travaillaient ensemble depuis le début à la conquête de Ghadra, mais Kymora a dit qu'elle n'avait plus besoin de lui. Elle ne souhaite pas être rétablie dans ses fonctions de général. Elle désire porter elle-même la couronne.

Petrik est le premier à réagir :

– Rapportez-nous chaque mot que vous avez surpris. Qu'est-ce qui s'est passé exactement ?

Kellyn raconte toute l'histoire pendant que je vacille sur mes jambes. Je suis épuisée, mes mains me démangent à cause de la croûte de sang séché. Quand le mercenaire a terminé son compte rendu, Marossa se mord les lèvres, fermant les yeux.

– Et maintenant la seigneuresse veut s'en prendre à nous ? avance Skiro avec prudence comme s'il craignait de faire apparaître Kymora en parlant trop fort.

Kellyn confirme d'un hochement de tête. Ce qu'il dit est la stricte vérité, mais il s'est bien gardé de préciser que Kymora me veut moi, avant tout.

Une fois de plus.

– Algarow ! appelle Marossa. Apporte-moi mon arc. J'ai envie de tirer sur quelque chose.

– Il est sur votre dos, Altesse.

– Des flèches, dans ce cas ! Et des cibles. Non, mène-moi plutôt aux salles de taxidermie. Je tirerai sur les têtes empaillées !

La princesse quitte la pièce en trombe, suivie de ses serviteurs.

Le prince Skiro ferme les yeux, se tenant l'arête du nez.

– Je suis désolé, dit Petrik d'une voix douce. Il t'a peut-être attaqué, mais il était tout de même notre frère. Je ne l'ai jamais vraiment connu, mais je suis sûr que tu l'aimais. Malgré lui.

Après quelques secondes de silence, Skiro déclare :

– La journée a été longue. Je pense qu'on a tous envie d'un bon bain avant de se mettre au lit. Merci de faire le nécessaire, conclut-il en s'adressant aux domestiques postés le long du mur.

†

Je me prélasse dans le bain pendant des heures, bien après que l'eau a refroidi, mais j'ai du mal à me sentir propre.

Des visions de sang, de mort, de cris et de crânes enfoncés tournent en boucle dans mon esprit. Tout ce qui s'est passé, tout ce que j'ai fait – impossible de calmer le tourbillon. De l'arrêter. Mon cerveau obsessionnel a de nouvelles horreurs à ressasser, et j'ai l'impression d'avoir perdu le contrôle.

Je quitte la chambre après m'être habillée et hésite un instant dans le couloir. La chambre de Temra est sur ma droite, celle de Kellyn sur ma gauche.

Je toque à la porte de droite.

Comme personne ne répond, je jette un rapide coup d'œil à l'intérieur. Le lit est vide, encore fait. J'entends des voix derrière la porte suivante et mets un temps fou à comprendre que Temra est dans la chambre de Petrik.

Je ne sais d'abord pas quoi penser de la situation. Pourtant, j'entends leurs voix. Ils ne font que parler, Ziva. Et même si ce n'était pas le cas…

Beurk, je ne veux même pas y penser.

J'ai donc un nouveau choix à faire.

Revenir seule dans ma chambre ou…

Je frappe à la porte de gauche.

La nervosité m'envahit alors que j'attends une réponse.

Et s'il dormait et que je venais de le réveiller ?

Et s'il est encore dans son bain et qu'il ouvre vêtu seulement d'un peignoir ?

Et si…

La porte s'entrouvre et sa chevelure rousse apparaît.

– Ziva, dit-il, visiblement surpris.

Comme si j'étais la dernière personne qu'il s'attendait à trouver derrière sa porte.

– Kellyn, dis-je.

Et puis rien.

Je suis venue à lui. Je suis censée dire quelque chose. Qu'est-ce que je veux ? Pourquoi j'ai frappé à sa porte ?

– Tu veux… tu veux entrer ? demande-t-il.

Il a bafouillé. C'est la première fois que je l'entends bafouiller.

– Oui, dis-je.

Il s'écarte et je pénètre dans la chambre. Elle est identique à la mienne. À la vue de la baignoire, je me demande comment il a réussi à s'y caler avec sa taille. Moi-même, j'ai eu du mal.

Il y a une chaise, un bureau et un lit. Rien d'autre. Marossa ne cultive pas le même amour de l'opulence que Skiro.

Je ne sais pas pourquoi, mais je suis incapable de regarder le lit.

Un long silence s'ensuit tandis que Kellyn me regarde examiner sa chambre. Il porte une robe de chambre semblable à la mienne, avec le cordon autour du cou dénoué.

– Temra est dans la chambre de Petrik, je lâche soudain, dès que mon esprit trouve quelque chose à dire.

– Ah bon ?

– Oui.

Pourquoi je m'inflige ça ? Je crois que je peux être courageuse et relever des défis, et puis je me jette tête baissée dans ces situations mortellement embarrassantes et j'ai envie de mourir.

S'il vous plaît, s'il vous plaît, faites que le plafond s'écroule et que le sol m'avale !

Quand le silence m'est devenu insupportable, je dis :

– S'il te plaît, dis quelque chose. J'ai besoin que tu prennes les choses en main, là. Je sais que tu veux que j'initie les choses entre nous. Et j'ai essayé, de toutes mes forces. Dis-moi au moins que tu l'as remarqué ?

Avant qu'il puisse répondre, comme si une vague immense forçait ma bouche pour en extraire les mots, je poursuis :

– Je t'ai touché. J'ai initié des baisers. Entamé des conversations. Tu as dit que tu voulais une partenaire qui soit ton égale, et j'ai essayé, Kellyn, mais c'est si difficile ! Je ne sais pas si je suis capable de maintenir cet effort en permanence. On peut dire que j'ai appris la leçon ? On peut se répartir les initiatives à tour de rôle maintenant ? Tu veux bien faire la moitié du chemin ?

J'avale de l'air quand j'ai fini, comme si je venais de courir un sprint.

– Quoi ? s'exclame Kellyn d'une voix incrédule.

– Ne m'oblige pas à tout répéter, dis-je. Je suis sûre que j'en ai déjà oublié la moitié.

D'ailleurs, la seule chose qui occupe mon esprit dans l'instant, c'est mon malaise. Ma peau trop serrée. Comme toujours. J'essaie de me concentrer sur le positif. Être proche de Kellyn. Je dois juste réussir à ignorer ma nervosité. Elle finira par disparaître. C'est toujours le cas, quand il s'agit de lui.

– Je t'ai entendue. Mais je ne comprends pas. Quand donc ai-je dit que tu devais prendre l'initiative ?

– Après que tu t'es cogné la tête dans les bois. Quand tu as pris une flèche. Tu as dit que tu en avais ras le bol de me courir après. Que tu te mettais en retrait parce que tu désirais une partenaire sur un pied d'égalité et que tu voulais que je fasse un effort pour une fois.

– J'ai vraiment dit tout ça ?

Je hoche la tête, ose le regarder.

– Tu n'en pensais rien ? C'était la commotion qui parlait ?

– Oui, c'est-à-dire non. Je le pensais à ce moment-là, mais je n'avais aucune idée que j'avais parlé tout haut. Et je n'en reviens pas d'avoir été si abrupt. Je suis désolé. Ça n'aurait pas dû se passer comme ça.

– Je suis contente que tu aies parlé ! Je croyais que tu ne voulais plus de moi. Tu te renfrognais. Tu ne parlais plus, ne me touchais plus. Je ne savais plus quoi penser !

– Mais je te l'ai dit ! À l'auberge, je t'ai dit que je voulais de toi !

– Mais ensuite tu t'es éloigné. Tu n'as plus abordé le sujet. Tu as cessé d'être toi-même. Je pensais que tu avais peut-être changé d'avis.

– Changé d'avis…

– Oui !

– En l'espace de quelques heures ?

– Oui ! Pourquoi écouter tes paroles quand tes actes disent le contraire ? Je suis heureuse parce que tu m'as mise au défi d'être plus courageuse. De me saisir de ce que je désire. Et ce que je désire, c'est toi.

Son regard intense me frappe comme un coup de foudre. Je poursuis :

– Mais s'il te plaît, ne me laisse pas diriger tout le temps. On peut faire ça chacun notre tour ?

Son regard s'adoucit, plein de tendresse.

– Bien sûr que oui.

– Tu ne me laisseras plus mener chaque conversation ?

– Non.

– Et tu prendras de nouveau l'initiative de m'embrasser ?

– Oui.

– Bien.

Kellyn adopte un air pensif. Il réfléchit très sérieusement à quelque chose, et j'aimerais savoir à quoi. Mais comme il ne semble pas prêt à le formuler, je garde le silence. Il a besoin de temps pour absorber tout ce que j'ai dit. Moi, je rumine tout cela depuis des semaines ; lui vient tout juste de l'entendre.

Lorsqu'il sort de sa réflexion, il déclare :

– J'ai remarqué tes efforts. J'ai adoré. Mais c'était aussi un peu mesquin de ma part. Je me suis montré rancunier. Je voulais que tu saches ce que j'avais vécu quand on fuyait devant Kymora. C'était injuste. Et je suis vraiment désolé. Si on se contentait d'être nous-mêmes ?

– Oui, ça me plairait.

À ce moment, une vague d'épuisement me submerge. Un rappel de la bataille sanglante que nous venons de mener. De notre fuite éperdue. De la tuerie. Je ferme les yeux pour m'en protéger.

Je dis :

– Ce soir, j'ai besoin que tu prennes les choses en main.

Il fait un pas vers moi et m'entoure de ses bras.

– Ma chérie, dit-il, et ce terme est si tendre et si délicieux que j'en frémis d'aise. Je ne demande pas mieux, mais je ne sais pas de quoi tu as besoin. Tu dois me le dire. Tu veux parler de ce qui s'est passé aujourd'hui ? Tu veux que je te serre dans mes bras ? Tu veux que j'aille arracher Petrik des bras de ta sœur et que je l'enferme dans ma chambre cette nuit pour qu'il ne puisse pas la toucher ? Dis-moi ce que tu veux, et je m'exécute.

Sa dernière proposition me fait rire, et il me serre un peu plus fort.

– Voilà un son que je n'entends pas assez.

Parfois, j'oublie que ce n'est pas parce que je ne sais jamais quoi dire que les autres le savent toujours. Kellyn ne lit pas dans les pensées. Si j'ai besoin de quelque chose, à moi de le lui dire.

– La journée a été rude. Je voudrais que tu me serres fort dans tes bras, s'il te plaît.

– Tu veux qu'on s'installe plus confortablement ? On peut rester debout un moment. On pourrait aussi s'asseoir sur le canapé. Par terre. Où tu veux.

– On peut s'allonger sur le lit ? On peut dormir côte à côte comme on l'a fait sous la tente ?

– Bien sûr, dit-il d'une voix très grave.

Je suis consciente de plusieurs choses. Du fait qu'on est tous deux bien peu vêtus. Du fait qu'on est seuls dans cette chambre. Du fait qu'on ait un lit à partager.

Mais dans mes pensées se bousculent encore le sang et les cris qui me donnent la nausée.

Kellyn nous installe une montagne d'oreillers, tire la couverture sur nous et me serre contre son torse. Ses cheveux sont encore mouillés après son bain, mais peu m'importe, son corps me tient chaud.

– Je n'arrête pas de penser à la bataille, dis-je au bout d'un moment. C'était horrible.

– Oui, reconnaît-il. Je n'ai jamais rien vécu de tel.

– Je me sens sale. Non, mon âme est souillée. J'ai tué tellement de gens que j'ai perdu le compte. Je me sens mauvaise. Malfaisante. Comme si je méritais d'être envoyée dans l'un des enfers des déesses à l'heure de ma mort.

Kellyn tente d'intervenir, mais je continue sans lui en laisser le temps :

– Sauf qu'ensuite je pense à toi. Toi aussi tu as tué, et pourtant tu n'es pas mauvais. Ton âme n'est pas mauvaise. Pourquoi est-ce que je me fixe à moi-même des valeurs plus élevées qu'à toi ? Ce qu'on a fait était nécessaire. Je le sais. Mais je me sens quand même mal. J'avais un sentiment similaire après le combat contre Kymora à Amanor, mais à ce moment-là, je n'avais pas le loisir d'y penser, j'étais trop occupée à sauver la vie de Temra. Ensuite, c'est la tienne que je m'efforçais de préserver. Et après ça, on est arrivés chez Skiro et la guerre était imminente. La bataille a finalement eu lieu, et j'ai tué de nouveau. C'est trop frais dans mon esprit pour que je puisse dormir. Et toi, comment tu fais pour supporter ça ?

– Je crois que mon esprit ne fonctionne pas comme le tien. Je suis capable de faire abstraction des pensées douloureuses quand je le veux. Mais toi, ça t'est impossible, n'est-ce pas ? Tes pensées te consument, absorbent toute ton énergie.

– Oui, c'est ça.

– Parfois, ça m'aide de me concentrer sur le *pourquoi* plutôt que sur le *quoi*. Je ne pense pas à la mort que j'ai répandue. Je pense à ceux que je protégeais. À mon foyer et ma famille. À toi. Je me rappelle tout ce qu'il y a de bon pour ne pas laisser de place au mauvais.

– Avant, je reprenais le contrôle de mes pensées en forgeant mentalement un objet du début à la fin. Mais aujourd'hui… le résultat final est une arme. Les armes servent à combattre. Et me revoilà revenue au point de départ, remâchant de nouveau les pensées que je voulais éviter. Avant, la seule chose qui m'inquiétait, c'était de parler aux gens. De subir leur jugement. Aujourd'hui, je m'inquiète que des gens veuillent me tuer. Je crois que ça décuple mes angoisses ordinaires.

– C'est vraiment injuste. Je suis désolé.

– Pourtant, j'ai cessé de me considérer comme coupable, et c'est un progrès. Ce qui se passe n'est pas ma faute. Mes actes n'ont pas autant d'impact sur le monde que je le croyais.

Sans compter que j'ai juré de ne plus jamais forger d'armes puissantes pour des gens que je ne connais pas. Ou pour quiconque est dans une position de pouvoir.

– Je suis content de l'entendre.

Ça me fait un bien fou de me livrer. D'exprimer tout haut ce qui me ronge. Alors je continue.

– Elle est libre, et de nouveau décidée à me traquer.

– Elle ne t'aura pas. Je ne la laisserai pas te reprendre, même si je dois en mourir.

– Ne dis pas ça. Ne parle pas de mourir, s'il te plaît. Dis-moi juste qu'on la vaincra de nouveau. Que tout ira bien.

– On la vaincra de nouveau, je te le promets, et tout ira bien.

Je sais qu'il ne peut rien promettre de tel, mais ça fait du bien de l'entendre.

J'adore l'odeur de Kellyn : un parfum de forêt, de cuir et de musc. Je hume son odeur, le nez collé à son torse. Maintenant qu'on discute, ma nervosité a disparu, je me détends à son contact.

– Je suis mort d'inquiétude pour ma famille, dit Kellyn. Si on échoue, si l'armée de Kymora remporte la victoire, il n'y aura plus rien pour l'arrêter. Quelles seront les conséquences pour ceux que j'aime ? Je ne suis qu'un guerrier isolé, je ne peux pas la vaincre seul. Même en combat singulier, je ne pourrais pas la battre, elle est trop forte.

Et maintenant, elle a une armée entière à sa disposition.

– Cette fois, on n'est pas seuls, je lui rappelle. Les souverains n'ont envie de perdre ni leurs terres ni leur tête. Ils s'uniront pour la combattre, ils n'ont pas le choix. Et si par malheur ils sont vaincus, nous irons à Amanor défendre ta famille jusqu'au bout.

J'ai parlé avec force et détermination et j'ai pesé mes mots. J'adore sa famille, et jamais je ne les abandonnerais à leur sort.

– Ziva, murmure Kellyn, je t'aime.

Je me fige, mon corps se tend comme la corde d'un arc. Il ne pense pas ce qu'il dit. Il essaie juste de me remonter le moral parce que je suis encore sous le choc de la bataille…

Arrête. Ne laisse pas tes angoisses gâcher ce moment.

J'ai envie de lui dire que je l'aime aussi. Comment pourrait-il en être autrement ? Il est le seul homme que j'aie jamais eu envie d'aimer. La seule personne dont je sois aussi proche.

Mais je suis incapable de prononcer les mots. C'est trop effrayant, et je suis encore à moitié convaincue qu'il ne les pensait pas.

– Tu n'as pas besoin… commence Kellyn.

Je pose un doigt sur ses lèvres.

– Je veux être avec toi pour toujours.

Même s'il change d'avis, ce ne sera pas mon cas.

– Vendu ! dit-il.

Ne sait-il donc pas que c'est une promesse qu'il ne peut pas faire ?

Chapitre 22

Des coups frappés à la porte me tirent du sommeil. Je suis d'abord désorientée, comme souvent lorsqu'on se réveille dans un lieu inconnu. Pourtant, je devrais avoir l'habitude depuis le temps…

Ensuite, il y a le ronflement de Kellyn. J'ai l'occasion d'admirer le corps du mercenaire pendant quelques secondes avant que les coups redoublent, plus forts.

Kellyn s'éveille.

– Qu'est-ce qui se passe ?

La porte s'ouvre sur Petrik. Propre et vêtu de neuf, on le croirait prêt à affronter seul Kymora et son armée.

Il nous observe, Kellyn et moi, une brève seconde.

– Bien, Ziva est là aussi. Ça m'évitera de devoir te chercher partout. Vous êtes tous deux requis pour assister à une réunion avec mon frère et ma sœur. Elle doit débuter dans une heure. Un domestique posté dans le couloir vous guidera jusqu'à la salle. Essayez d'être à l'heure pour une fois.

Il ressort presque aussitôt en sifflotant. En sifflotant !

Kellyn laisse retomber sa tête sur l'oreiller, un bras posé sur les yeux pour les protéger de la lumière.

– Tu aurais dû me demander de l'enfermer ici, la nuit dernière.

– Pourquoi ?

– À ton avis, pourquoi il est de si bonne humeur ? demande-t-il d'un air amusé.

– Parce que lui et Temra se sont enfin réconciliés.

– Ils ont fait plus que ça, Ziva.

– Non ! Il ne ferait pas… Temra ne ferait pas…

Oh, Temra en serait parfaitement capable ! Et Petrik serait incapable de lui refuser quoi que ce soit. Pas qu'il en éprouverait le désir, de toute façon. Il serait un acteur volontaire et consentant.

– Argh…

– Essaie de ne pas y penser, me conseille Kellyn.

– Je crois que je devrais avoir une discussion avec Petrik.

– Qu'est-ce que tu comptes lui dire ?

– Que je le tuerai s'il fait le moindre mal à Temra.

– Je crois que tu n'as pas à t'inquiéter de ce côté-là, mais une bonne frayeur de temps en temps, ça ne ferait pas de mal à Petrik. Tu es terrifiante quand tu veux.

– Je vais aussi devoir parler avec Temra.

– À quel sujet ?

– Au sujet des précautions à prendre.

– Précautions ?

– Pour éviter une grossesse.

– Oh… Tu parles de… Désolé, je ne savais pas que les femmes avaient le moyen de contrôler ce genre de chose.

Il a l'air extrêmement mal à l'aise, ce qui m'amuse beaucoup.

– Il existe des herbes.

– Je l'ignorais. Mes parents ne s'embarrassent manifestement pas de ce genre de considération.

J'éclate de rire, avant de prendre conscience de ce qu'il vient de dire.

– Donc, tu ne savais pas ?

– Je viens de te dire que non.

– Non, je parle de… toutes les femmes avec qui tu as été. Tu ne savais pas si vous preniez des précautions ?

Il pourrait avoir des enfants dont il ignore tout. C'est une pensée très désagréable.

Kellyn se redresse soudainement et me tourne face à lui.

– Toutes les femmes avec qui j'ai été ? Mais tu crois que j'en ai connu combien, exactement ?

Oh, je déteste cette conversation ! Devoir penser à l'immense différence d'expérience dans ce domaine entre Kellyn et moi… La jalousie me consume comme un monstre palpable.

– Beau gosse comme tu es ? Je dirais au moins une douzaine.

Je doute immédiatement de ma réponse. Trouvera-t-il ce chiffre trop petit ? Est-ce que je l'ai offensé sans le savoir ?

On s'en fiche, Ziva. Ce n'est pas le moment de…

– Ziva, je n'ai jamais été avec personne.

– Quoi ?

– Personne.

– Oh. Mais pourquoi ?

Ma question le fait rire.

– Et toi, tu as déjà été avec quelqu'un ?

– Tu plaisantes ?

– Je ne voulais pas présumer de…

– Tu es mon premier en tout, Kellyn. Enfin, pas *tout*. Pas encore.

Aussitôt, je me mets à rougir.

– Oh non, dis-je en me cachant le visage dans mes mains. Ce n'est pas ce que je voulais dire. S'il te plaît, ignore…

– Pas encore ?

Kellyn se jette sur l'expression comme sur une friandise.

– Tu as des projets ? Je veux avoir tous les détails.

J'essaie de me cacher sous les couvertures, mais Kellyn me les arrache des mains.

– Il faut que j'aille m'habiller, j'élude en tentant de m'extraire du lit.

Mais il ne me laisse pas m'en sortir si facilement. Déplaçant son corps au-dessus du mien, il me piège entre ses bras.

– Ziva, s'il te plaît, regarde-moi.

Son poids délicieux réchauffe mon corps. Je soupire et trouve le courage d'écarter mes mains. Sa bouche se colle à la mienne. La gêne s'évapore et je l'embrasse passionnément, de toute mon âme.

Bien trop vite, il rompt le baiser, appuyant son front contre le mien.

– Je t'aime. Ne te cache pas devant moi. On est au-delà de ça, non ?

– Sans doute, oui.

– Même quand tu prononces des mots aussi beaux. Je n'aurais jamais cru que « pas encore » deviendraient mes mots préférés.

– Haha ! « Pas encore », ce sont tes mots préférés ?

– Parfaitement.

J'entoure son cou de mes bras pour l'attirer à moi, pour embrasser de nouveau ses lèvres si douces, si tièdes. J'aime quand elles s'ouvrent sous les miennes, j'aime sa façon de me toucher et ses soupirs.

Je l'aime, et ça fait mal.

Parce qu'il est désormais un être de plus que je pourrais perdre.

On s'embrasse si longtemps que j'en viens presque à vouloir transformer « pas encore » en « tout de suite », mais il finit par s'écarter.

– La réunion, souffle-t-il. On nous attend pour une réunion.

J'émets un son à la limite entre grognement et soupir.

Ses lèvres sur mon cou, il murmure :

– Je te proposerais bien de continuer après la réunion, mais je sais déjà ce que tu vas dire. Donc, peut-être que je t'embrasserai spontanément quand on sera libérés de nos obligations.

– Ce n'est pas spontané si tu prévois de le faire !

– Peut-être que je l'envisagerais spontanément… après la réunion.

– Tu es incorrigible.

– Tu es irrésistible.

On frappe de nouveau à la porte et la voix de Petrik retentit :

– Vingt minutes !

Je fais rouler Kellyn sur le côté et sors du lit.

– À ton avis, quelles sont mes chances d'échapper à cette fichue réunion ?

– Très minces. À moins de trouver une excellente cachette.

– Avec tous les gardes qui patrouillent dans le moindre recoin du palais ? Je pense qu'elles sont carrément nulles.

– On pourrait barricader la porte…

Je ris encore en sortant de la chambre.

†

Habillée, coiffée et pleine d'une assurance nouvelle, je quitte ma chambre et tombe dans le couloir sur mon mercenaire qui m'attend en compagnie d'un domestique. Ce dernier ouvre la voie, tandis que Kellyn et moi nous prenons par la main.

Si le palais de Skiro était richement décoré de toutes sortes d'œuvres artistiques, celui de Marossa est plein d'animaux empaillés. Des têtes de lynx, des bois de cerf, même un ours entier sont disséminés sur le chemin qu'on emprunte. C'est assez dérangeant, mais vu l'amour de la chasse exhibé par la princesse, la provenance de ces bêtes ne fait aucun doute.

La salle de réunion est bondée. Kellyn et moi tentons de nous planquer à l'arrière, mais Petrik nous oblige à nous placer tout devant, à côté des souverains, de leurs gardes et de leurs conseillers.

C'est réellement stupéfiant, le nombre de personnes qui s'entassent dans cette pièce. Et elles sont debout, comme s'il n'existait pas de table assez grande au palais pour tous nous accueillir.

Je me dandine d'un pied sur l'autre, mal à l'aise, jusqu'à ce que Kellyn se place derrière moi, collé à mon dos, et me prenne les mains. Comme s'il me protégeait des gens présents dans cette pièce. C'est agréable.

J'aperçois Temra, debout à côté de Petrik, et comme si elle avait senti le poids de mon regard, elle tourne les yeux vers moi.

Je lui adresse un signe de tête éloquent, la désignant elle puis Petrik, en haussant un sourcil.

Elle sourit avant de détourner le regard.

Comme si la discussion s'arrêtait là.

Tu te mets le doigt dans l'œil, ma sœur.

Cela dit, ça attendra, car Skiro entreprend de récapituler la situation pour l'assistance.

J'essaie de l'écouter attentivement, mais je suis rapidement distraite par autre chose.

Par ce « pas encore ».

Les doigts de Kellyn dessinent des lignes sur le dos de mes mains, et j'imagine ces mêmes doigts se promener ailleurs sur mon corps. Je rougis intensément, bien que personne ne puisse savoir à quoi je pense. On se dira juste que j'ai trop chaud. Il y a beaucoup de monde dans cette pièce, et ceux qui me connaissent verront là la cause de mon malaise.

Depuis qu'on en a parlé, de ce « pas encore », mon esprit tourne autour de façon obsessionnelle. Je ne pense plus qu'à ça, parce que c'est ainsi que fonctionne mon cerveau.

Des corps nus.

Moi, Ziva Tellion, je pense à des corps nus, des chambres à coucher, de la sueur, des halètements...

– La séance est levée jusqu'au retour d'Ashper avec des nouvelles fraîches. En attendant, nous devons nous préparer pour la guerre.

Je sursaute en comprenant que la réunion est terminée et que je n'ai rien écouté. La foule se dirige vers la sortie, et j'aperçois Temra qui tente de s'esquiver par la porte de derrière.

– On se retrouve plus tard, dis-je à Kellyn. Je dois parler à ma sœur.

– Essaie de ne pas trop lui faire honte.

– Je lui ferai honte autant que je le jugerai nécessaire.

Il me sourit, je lui souris, et on se quitte là-dessus.

Petrik marche quelques pas derrière ma sœur dans le couloir, comme s'ils s'efforçaient de quitter la réunion chacun de leur côté, mais échouaient lamentablement.

Temra pénètre dans sa chambre, et Petrik atteint sa porte un instant plus tard.

– Attends ! dis-je.

Il se fige. Quand il se tourne vers moi, c'est avec l'expression d'un homme pris en flagrant délit.

– Petrik, je tiens à toi en tant qu'ami, dis-je.

À ces mots, il se détend quelque peu.

– Moi aussi, je tiens à notre amitié.

– Très bien. Dans ce cas, ne fais rien qui pourrait la gâcher.

– La gâcher ?

– Si tu fais du mal à ma sœur, je te traquerai et découperai ton membre préféré avec l'instrument le plus émoussé de ma forge.

Il déglutit.

– Compris. Je ne lui ferai plus jamais le moindre mal. Elle m'est plus précieuse que tout.

– Parfait. Maintenant, va-t'en. J'ai besoin de lui parler.

Il fait la moue, temporise.

– Je lui dirai que tu es passé.

– D'accord, cède-t-il.

En partant, il jette un coup d'œil par-dessus son épaule, comme s'il espérait apercevoir ma sœur à travers la porte.

– Il ne s'agit que de quelques heures, imbécile, dis-je entre mes dents, avant d'entrer dans la chambre.

Temra me fait face, bras croisés sur la poitrine, un air de défi dans le regard, comme si elle m'attendait.

– Ziva, je suis une adulte et si j'ai l'âge de me battre, alors j'ai aussi l'âge de…

– Est-ce que tu prends tes précautions ?

– Évidemment.

– C'est ce que tu veux ? Tu ne ressens aucune pression ?

– C'est ce que je désire le plus au monde. Je l'aime.

– Tu le détestais encore il y a deux jours, je lui fais remarquer.

– Je l'aimais déjà alors. C'est pour ça que j'étais si furieuse. Mais on a parlé hier soir et on a trouvé un accord.

– Un accord ?

– S'il me ment ou me cache quelque chose encore une fois, c'est terminé entre nous. Il doit me faire confiance, savoir que je ferai le bon choix si je suis en possession de toutes les données.

– C'est bien. Tu mérites en effet quelqu'un qui fasse confiance à ton intelligence.

Je le sais, même si je suis parfois tentée de contrôler ses choix. Je me prépare à lui poser la question suivante.

– Est-ce que… Est-ce que c'était ta première fois ?

– Oui. Ç'aurait changé quelque chose si ce n'était pas le cas ?

– J'aurais été déçue que tu ne me le dises pas. Tu veux en parler ?

– Peut-être plus tard, quand ce sera moins récent.

– Mais tu vas bien ? Tu n'as pas de regrets ?

– Aucun.

Mon cœur saigne, car pour une raison inconnue je pense à ma mère. Je me demande ce qu'elle lui dirait, ce qu'elle ferait. Je ne peux rien faire pour aider ma sœur, et je n'ai aucun conseil à lui donner puisque je n'ai pas connu cette première fois.

Pas encore.

Encore ces mots !

– Qu'as-tu pensé de la décision de Skiro et Marossa ? demande Temra en tentant de changer le sujet.

D'accord.

– Laquelle ?

– Se servir d'Ashper pour envoyer des émissaires dans chacun des autres territoires afin d'en rallier les souverains à notre cause.

– Qui est Ashper ?

– Tu n'écoutais pas ?

– J'étais distraite.

– Bien sûr, à cause du nombre de personnes présentes.

Je me garde bien de la détromper.

– Ashper est le peintre magicien. Il va peindre de nouveaux portails ici, ainsi on pourra se rendre dans les autres territoires pour parler en personne aux souverains.

– Oh, c'est rusé !

Temra croise alors les bras.

– Petrik dit qu'il t'a trouvée dans le lit de Kellyn, ce matin.

Elle est bien mal placée pour me juger !

– J'étais submergée par les images de la bataille. J'avais besoin de parler à quelqu'un. Je suis passée chez toi d'abord, mais tu n'étais pas dans ta chambre.

Une ombre de culpabilité traverse son visage.

– Vous n'avez fait que parler ?

– Oui.

– Bon, dit-elle avant de farfouiller sous son matelas et d'en tirer une petite poche en cuir. Donc tu ne veux pas de ça ?

Du sachet, elle sort un bouquet d'herbes qu'elle brandit sous mon nez avec un sourire diabolique.

J'en reste bouche bée.

– Mais comment as-tu… ?

– Je les ai achetées quand on était dans le territoire de Skiro. Et je les avais sur moi quand j'ai franchi le portail.

– Tu les avais sur toi ?

– Bien sûr. Je savais que ça se produirait dès lors que j'avais décidé d'aller jusqu'au bout. Je voulais être préparée à cette éventualité. Au cas où ce serait un acte spontané. Je savais aussi qu'on serait obligés de quitter le territoire de Skiro à un moment ou un autre. Mieux vaut prévenir que guérir.

– Toi et moi avons vraiment des priorités très différentes.

Elle me tend la moitié du bouquet.

– Ça changera, une fois que tu auras goûté à ton mercenaire.

Je regarde fixement les herbes, songeant à les refuser. Parce que je devrais montrer l'exemple. Parce qu'on est en train de se préparer pour une guerre et que je ne devrais pas penser à ce genre de chose. Parce que… Il existe sûrement d'autres bonnes raisons, non ?

Finalement, je me saisis de son offrande.

Temra a l'air encore plus surprise que moi.

– Je ne pensais pas que tu me prendrais au mot.

– Kellyn et moi, on est de plus en plus proches, dis-je sur un ton penaud. Et je suis de plus en plus courageuse.

– Je suis contente pour toi. Mais s'il songe à tenter quelque chose qui ne te plaît pas, tu viens m'en parler.

J'éclate de rire : normalement, c'est moi, la grande sœur !

– Je suis sérieuse. Ce n'est pas parce que tu dis oui que tu n'as pas le droit de changer d'avis ou de refuser certaines choses dans le feu de l'action. Tu as toujours voix au chapitre, et tu devrais toujours la faire entendre. Surtout si tu es nerveuse. S'il t'aime, il écoutera tes désirs.

– Il dit qu'il m'aime.

– Mais tu ne le crois pas ?

– En partie, si. Mais une autre part de moi, l'irrationnelle, ne veut pas y croire.

– Ne la laisse pas gagner.

– Je ferai de mon mieux.

†

Les herbes contraceptives me semblent peser dans ma poche toute la journée, mais je ne les en sors pas. De temps à autre, je m'assure qu'elles sont toujours bien là. Je me sens coupable de les avoir avec moi, ce qui est absurde.

Je termine de déjeuner et me demande quoi faire du reste de ma journée lorsque j'entends quelqu'un me héler. Serutha et Paulia s'avancent, main dans la main, accompagnées de Petrik, ce qui me réjouit car ça veut dire qu'il n'est pas avec ma sœur.

Il va me falloir un moment pour m'habituer à cette idée.

– Je te cherchais, dit Serutha. Il y a quelqu'un qui aimerait te rencontrer.

Je suis prise de sueurs froides. Une nouvelle personne ? Une conversation ?

– Ne fais pas cette tête, ajoute Paulia. C'est seulement Ashper.

– Si beaucoup connaissent son nom, personne ne sait à quoi il ressemble, explique Serutha. Il veut te rencontrer. Je me suis dit que ce serait chouette qu'on passe l'après-midi tous ensemble. L'union des magiciens, tu vois... Si tu acceptes qu'il connaisse ton identité, bien sûr.

Évidemment, ça change tout.

– Dans ce cas, je suis d'accord.

– Tu n'as qu'à l'emmener pendant que je vais faire connaissance avec le personnel des cuisines, propose Paulia.

– Excellente idée, conclut Serutha.

Elle embrasse sa compagne avant de s'engager dans le hall. Elle se retourne une fois pour s'assurer que je la suis.

Petrik demeure à mon côté.

– Je pensais venir avec toi, si ça peut te mettre à l'aise.

Un instant, je reste sans voix. Je suis tellement touchée par sa proposition. Bien sûr, il est probablement tout excité à l'idée de passer du temps avec des magiciens et d'y trouver matière pour son livre, mais je ne crois pas que ce soit sa motivation première.

– Merci, dis-je.

J'ai vraiment de la chance d'avoir un ami tel que lui.

Lorsque nous rejoignons Serutha, elle me demande :

– Est-ce que c'est bizarre, pour toi, de te trouver dans la capitale, si près de chez toi ? Tu es bien de Lirasu, n'est-ce pas ?

– Oui et oui.

Il n'y a que deux semaines de marche pour rejoindre Lirasu. Ma maison et ma forge.

– Ça paraît contre-nature que ma ville natale soit aussi proche, alors que je n'ai fait que traverser un tableau pour atterrir ici.

– Je vois tout à fait de quoi tu parles. Quand Petrik m'a fait franchir le portail et que j'ai échappé à Ravis, il a fallu un moment à mon cerveau pour recoller les morceaux.

– Exactement ! je m'exclame. Cela dit, mes sens m'aident à percevoir où je suis. Je sens l'odeur de la forêt dans l'air. La fraîcheur du climat. Le ciel chargé. Ça ressemble à chez moi, dehors, même si je n'y suis pas tout à fait.

À sa suite, nous passons une porte qui s'ouvre sur une pièce étroite. D'innombrables gardes sont alignés là, tassés dans l'espace exigu. Serutha les salue, puis franchit une nouvelle porte et gravit un escalier en colimaçon.

J'entends des voix avant que nous parvenions en haut.

– Tout ce que je dis, Skiro, c'est que si tu m'avais informée de l'existence des portails, on aurait pu se voir plus souvent ! On aurait pu collaborer. Trouver une solution à la situation. Pourquoi étais-tu si déterminé à l'affronter seul ?

– Il ne s'agit pas de toi et moi, Marossa. Je tiens à mes amis et je refuse de divulguer leur identité ou leurs pouvoirs à moins qu'ils ne le souhaitent.

– Tu dramatises !

– Non, je me montre simplement respectueux.

Un instant plus tard, le prince et la princesse apparaissent à notre vue. Skiro porte sa mante bleue et une tunique dorée. Marossa est de nouveau vêtue de cuir, ses bottes impeccablement cirées et son arc en bandoulière.

– Tu es impossible ! s'énerve-t-elle. Je vais faire un tour à cheval. Assure-toi qu'il ait fini dans les plus brefs délais. On n'a plus de temps à perdre !

Marossa passe devant nous sans nous jeter un regard et descend l'escalier que nous venons d'emprunter.

Petrik semble navré par le comportement de ses frère et sœur.

– Pardonnez cette scène, dit Skiro, et je crois d'abord qu'il s'adresse à Serutha et moi.

Mais ensuite, je remarque un homme agenouillé, occupé à peindre le mur. Je ne vois que son dos, mais l'homme est mince et élégant – on le devine à la délicatesse des coups de pinceau. Il a les cheveux bien plus longs que les miens, retenus par un bandeau qui dégage son visage. Ses boucles blondes tombent en cascade jusqu'à sa taille.

– Ce n'est rien, répond l'homme, sans doute Ashper.

– Elle est réellement reconnaissante pour ton travail. Nous te serons à jamais redevables.

Il hoche la tête sans quitter son œuvre des yeux.

Œuvre qui, je le remarque seulement maintenant, est l'ébauche des portraits qui seront identiques à ceux détruits dans le palais de Skiro.

– Je te laisse travailler, dit Skiro. Si tu as besoin de quoi que ce soit, fais-le-moi savoir.

Tournant les talons, le prince sursaute en me voyant.

– Ziva !

– Prince, dis-je, mal à l'aise sous son regard.

Il agite une main.

– Appelez-moi Skiro, je vous en prie.

Certainement pas.

– En fait, vous tombez à pic, dit-il en me prenant par le coude pour m'entraîner dans un recoin de la pièce, à distance des deux magiciens et de Petrik. Je me demandais si vous accepteriez de souper avec moi.

– Souper ?

J'ai la chair de poule et la poitrine oppressée par la peur.

– Oui. Dîner, si vous préférez. Manger. Un repas. Vous et moi. Seuls.

– Pourquoi ? je lâche.

Il rit.

– Parce que je vous aime bien et que j'aimerais apprendre à vous connaître un peu mieux. Les choses se sont provisoirement calmées. J'ai de nouveau le temps de penser et de m'occuper de ce que je veux, pour une fois.

– Vous aimez les filles de haute taille, dis-je avant de me gifler mentalement pour avoir répété ses propres mots à voix haute.

Il rit de nouveau.

– Je pense juste qu'on pourrait bien s'entendre.

– Je suis avec quelqu'un.

– Ah… Ce mercenaire.

– Oui.

– Et c'est sérieux ?

Les herbes semblent une fois encore pulser dans ma poche.

– Très sérieux.

– Dommage. Bon, faites-moi savoir si la situation évolue.

Sur ce, il s'en va.

Mais qu'est-ce qui vient de se passer ?

– Une conversation plaisante ? demande Serutha longtemps après le départ du prince, alors que je n'ai toujours pas bougé.

Je me secoue, mais l'air me paraît soudain étouffant.

– Oui, oui, dis-je avant de m'asseoir sur des coussins posés par terre.

Ashper garde les yeux rivés au mur, une palette de peintre dans une main. Ses doigts sont maculés de couleurs séchées, un pinceau est logé derrière son oreille.

– Ziva, Ashper. Ashper, Ziva.

Le peintre marque une pause, lève les yeux et me salue d'un hochement de tête.

– Enchanté.

– De même. On a beaucoup de chance de vous avoir.

– J'aime peindre, dit-il en haussant les épaules.

Puis il pose sa palette, plonge son pinceau dans un verre d'eau et pivote sur lui-même, nous offrant son attention pleine et entière.

Enfin, *m'*offrant.

Il me fixe intensément. Mes joues s'enflamment.

– Vous avez des pommettes saillantes, remarque Ashper. Et ces taches de rousseur ! Il me faudrait des jours pour capturer la singularité de chacune. Oh, j'aimerais faire votre portrait un de ces jours.

Je ne sais pas quoi dire.

– C'est un compliment, de sa part, explique Petrik. Tu n'es pas bizarre.

– Non, bien sûr que non, confirme Ashper. Vous êtes une rareté. Vous êtes si grande, il faudrait une quantité phénoménale de peinture pour capturer votre hauteur dans tous ses détails sur une toile.

– Merci ?

– Ashper, tu la mets mal à l'aise, commente Serutha.

– Désolé, marmonne-t-il avant de reprendre son travail. Je n'ai jamais été doué avec les gens. Je préfère la peinture.

– Je vois tout à fait. Sauf que moi, c'est le métal que je préfère.

Pour toute réponse, Ashper émet un grognement. Plongeant son pinceau dans différentes couleurs, il poursuit son tableau. Il semble qu'il esquisse la silhouette des trois souverains encore en vie qui ne sont pas au château.

– Vous ne devez pas vous rendre dans les autres territoires pour y peindre les portraits, aussi ?

Je suis curieuse de connaître le fonctionnement de son pouvoir magique.

– Non, les portraits du château de Skiro sont les seuls à avoir été détruits. Ceux qui se trouvent à Verak, Lisady et Orena y sont toujours. Il me suffit de les reproduire ici et les portails fonctionneront.

– Et ils doivent être absolument identiques ?

– Absolument.

– Comment faites-vous pour vous rappeler tous les détails ?

– Mon esprit n'oublie jamais le moindre détail.

– En vérité, c'est très agaçant, commente Serutha.

Un frisson involontaire me traverse. Un esprit qui n'oublie jamais rien, combiné à ma façon de ruminer obsessionnellement... quel cauchemar !

– Quand je nous aurai sauvé la vie en faisant venir par ces portails les renforts dont on a besoin, on verra si je suis toujours agaçant.

– Tes portails m'ont déjà sauvée deux fois, mon ami. Je ne doute pas une seconde qu'ils le feront encore.

Ashper pousse un nouveau grognement.

– J'ai le sentiment que vous ne serez pas trop de trois pour réussir ce coup, dit Petrik.

– Quel coup ? je m'enquiers, songeant que je suis peut-être ici pour une raison cachée.

Petrik aurait-il organisé cette rencontre dans un but bien précis ?

– Gagner la guerre, bien sûr !

– Je peux nous procurer les renforts nécessaires grâce à mes portails, approuve Ashper.

– Et moi, je peux soigner nos soldats, ajoute Serutha.

Ils se tournent vers moi, attendant ma contribution.

Je baisse les yeux, me tords les doigts. J'ai beau avoir fait mon boulot en tant que forgeronne parfaitement normale pour participer à l'effort de guerre, j'ai l'impression que ce n'est pas ce qu'ils attendent de moi.

– Je ne peux pas donner ce que vous me demandez.

– Tu fabriques des armes magiques, Ziva, dit Serutha. Tu ne pourrais pas rendre nos soldats invincibles au combat ?

Mais à quel prix ? ai-je envie de demander. Que se passerait-il si l'un de ces soldats décidait qu'il veut régner sur le monde ? Et si ces armes tombaient dans de mauvaises mains ? Les mains d'une personne déjà trop puissante ?

J'envisage un instant l'idée de forger des armes qui s'autodétruiraient une fois la bataille terminée. Mais ce serait impossible de prévoir le moment à l'avance.

– Des gens sont blessés par les objets que je fabrique. Mes pouvoirs ne sont pas comme les vôtres. La peinture et la médecine ne mènent pas à la conquête du monde.

J'en veux à Petrik. Il sait tout ça. Essaie-t-il de me forcer la main en profitant de la présence de tierces personnes ? Il n'oserait pas, si ?

– Ziva, dit Petrik, je n'essaie pas de te mettre la pression, promis ! Je cherche seulement un moyen de contourner tes réticences. J'y ai beaucoup réfléchi, j'en ai discuté avec Ashper et Serutha. Ashper peut peindre n'importe quoi pour en faire un portail. Serutha peut guérir tout ce qui est brisé dans un corps. Tu peux ensorceler n'importe quel objet en métal. Pourquoi ça se limiterait aux armes ?

– Parce que…

Les armes, c'est ce que j'ai toujours fabriqué. Enfin, pas tout à fait. Avant les armes, je forgeais des équipements de ferme, à l'époque de mon apprentissage avec Monsieur Deseroy, l'homme qui a adopté ma sœur et moi à l'orphelinat de Lirasu.

Les armes, ce sont ma vocation. C'est ce qui m'a toujours attirée.

Je n'ai jamais ensorcelé autre chose, sauf en cas de nécessité. Mais je le pourrais.

En croisant le regard de Petrik, je comprends enfin ce qu'il suggère.

Un fourmillement court sous ma peau. Une sensation d'impatience et d'excitation. Pas de peur. Une chose pleine d'espoir, concrète et merveilleuse.

Un moyen d'être utile. Un moyen de travailler de nouveau métal et magie, d'être moi-même.

– Excusez-moi, dis-je, avant de dévaler l'escalier en courant.

Chapitre

— 23 —

Je mets un moment à trouver Abelyn, la forgeronne bougonne de Skiro. Elle est avec les autres réfugiés, éparpillés dans la forêt derrière le palais. Je fais le tour d'innombrables tentes et abris, demandant chaque fois si quelqu'un l'a vue.

Quand je la trouve enfin, il ne me faut pas longtemps pour la convaincre de m'accompagner jusqu'à la forge du château de Marossa.

Celle-ci n'est pas plus luxueuse que celle de Skiro, mais elle dispose au moins de réserves importantes, le palais étant situé tout près des montagnes du Sud. Quand nous arrivons, un homme âgé est vautré par terre dans la forge. Il tient dans une main une bouteille de rhum et, dans l'autre, le coin d'une petite couverture. Je crois qu'il ronfle les yeux ouverts.

– Euh… fait Abelyn en voyant les pointes de flèches alignées sur l'établi le plus proche.

Du bout de sa botte, elle secoue l'homme à terre. Il ne bronche même pas.

– Comment cette forge peut-elle fonctionner ? Le forgeron de Marossa est un ivrogne !

Un bruit de pas. Un jeune garçon, treize ou quatorze ans, sursaute en nous voyant. Ses cheveux sont si longs et si emmêlés qu'ils n'ont probablement jamais vu de brosse.

– C'est toi qui fabriques ça ? demande Abelyn en prenant une pointe de flèche.

Le garçon jette un regard paniqué à l'homme endormi.

– Non, Clivor fabrique tout. Moi, je l'aide juste avec les corvées.

Abelyn ricane.

– Épargne-moi tes mensonges. On a besoin de personnes compétentes. Si tu ne sers à rien, dégage !

Une main sur l'épaule d'Abelyn, je m'interpose entre elle et l'adolescent.

– Comment tu t'appelles ?

– Il m'appelle Cloporte… quand il est sobre.

– Et ton vrai nom ?

– Zovid.

– Zovid, tu sais sans doute que la guerre est imminente. On doit s'y préparer. Est-ce que tu sais manier ces outils ?

Après une brève hésitation, il hoche la tête.

– Et c'est toi qui as fabriqué ces pointes de flèches ?

De nouveau, il hoche la tête.

– La princesse commande surtout des flèches. Je sais bien les fabriquer. Pour le reste, il faut que je le réveille.

Il n'est pas content quand je le réveille, ajoute-t-il dans un souffle.

– Il va l'être encore moins quand il aura fait ma connaissance, gronde Abelyn.

Je décide d'ignorer sa remarque.

– On va travailler ici, dis-je. Tu veux bien nous aider ?

Zovid acquiesce.

– Bien. J'aurais besoin que tu fasses quelques commissions pour moi. Tu peux faire ça ?

Nouveau hochement de tête.

– Il faut que tous les soldats de la capitale m'apportent leur armure. Va les récupérer pour moi. Ou demande-leur de me les apporter eux-mêmes. Peu m'importe, du moment que je les ai toutes.

†

Ce soir-là, j'ai le cœur gonflé de joie. Temra remarque immédiatement mon excitation.

– Qu'est-ce qu'il y a ? demande-t-elle.

– J'ai passé la journée à la forge.

– Et ? Ne t'arrête pas là. Qu'est-ce que tu as fait ?

Je m'assieds à côté d'elle sur le lit, m'installe confortablement.

– Bon, tu connais ma réticence ces derniers temps à forger des armes ?

– Oui.

– Et j'étais malheureuse parce que je voulais me rendre utile grâce à mes pouvoirs magiques, mais je ne voyais pas comment, vu la dangerosité des armes que j'ai forgées récemment.

– Je sais.

Elle ne dit rien de plus, et je lui en sais gré, je me doute toutefois de son avis sur mon dilemme. Même s'ils n'en ont rien dit, je soupçonne qu'elle, Kellyn et Petrik trouvent mon attitude absurde. À quoi bon une forgeronne magicienne qui refuse d'ensorceler des armes ?

– J'ai commencé à ensorceler des armures, aujourd'hui. Je n'ai pas le temps de les fabriquer entièrement, mais j'ai chauffé les armures des gardes et leur ai insufflé des pouvoirs de protection. Les flèches et autres projectiles rebondiront dessus. Aucune lame ne pourra les percer. Je peux ainsi assurer la sécurité de nos soldats dans la bataille.

– C'est merveilleux ! s'écrie Temra dont le sourire est aussi grand que le mien.

– J'ai fait une cinquantaine d'armures aujourd'hui. J'en ferai autant demain et le jour suivant – jusqu'à ce que tout le monde soit protégé.

– Tu es vraiment douée pour tout.

– Pas pour le chant, dis-je en riant.

– Ce n'est pas ce que je voulais dire. Je veux dire que, quand tu t'es fixé un but, tu es capable de tout. Je suis heureuse que tu aies trouvé un moyen d'utiliser ton don sans trahir tes convictions.

– Merci pour ton soutien. Je sais que tu n'es pas toujours d'accord avec ma vision des choses.

– Le plus important, à mes yeux, c'est que tu es là. Tu es là, prête à te battre pour défendre les tiens. Pour venger nos parents, ajoute-t-elle.

À ces mots, une vague incandescente me parcourt le dos.

– Je voulais tuer Kymora à la seconde où elle a révélé son rôle dans le meurtre de nos parents. Mais tu as été blessée, et j'ai dû me concentrer sur la tâche de te sauver. Et après, j'avais peur que Skiro ne nous accorde pas l'accès à sa guérisseuse si on n'avait pas la seigneuresse comme monnaie d'échange.

– Maintenant, elle est libre et plus dangereuse que jamais.

– On ne commettra pas une deuxième fois l'erreur de la laisser en vie.

– Non, approuve Temra en me prenant la main.

Notre accord plane un instant au-dessus de nous, tandis que nous restons silencieuses, chacune enfermée dans ses pensées. Je ne sais pas ce qui passe par la tête de Temra ; quant à moi, j'imagine ce que je serai peut-être amenée à commettre si je me trouve en position de neutraliser Kymora.

Des flashs de la bataille précédente envahissent mon esprit. Le bruit des chairs déchirées, la vue du sang qui jaillit, l'odeur écœurante de mort.

Je me force à repousser ces visions, à revenir à l'ici et maintenant, à la chaleur de Temra à mon côté.

– J'ai le mal du pays, dis-je.

– Moi aussi.

– Qu'est-ce que tu crois qu'on ferait, en ce moment même, si on menait encore une vie normale à Lirasu ?

Temra réfléchit un instant.

– On est en novembre. C'est bientôt le tournoi.

Le tournoi.

Un accès de nostalgie gonfle ma poitrine.

Il y a combien de temps que je préparais les commandes des mercenaires qui souhaitaient s'engager ? J'essaie de remonter à ce jour, il y a plusieurs mois déjà, où Garik était venu à la forge exiger le remboursement parce qu'il s'était coupé lui-même avec sa propre épée.

Ce souvenir me fait rire. Je m'apprêtais à forger des armes pour le tournoi à venir lorsque Kymora était venue commander Mange-Secrets.

Il me semble que c'était dans une autre vie.

– Tu finirais ton avant-dernière année d'école, dis-je.

– Et tu forgerais toujours plus d'armes, pour approcher de ton but ultime de prendre ta retraite dans le continent du Nord.

– As-tu jamais eu l'intention de venir avec moi ? Ou bien tu le disais juste pour me faire plaisir ?

– Je comptais venir. Essayer, au moins.

Elle n'a pas besoin de préciser : qu'elle serait repartie à la minute où l'ennui l'aurait rattrapée.

– Et ton projet de devenir une guerrière professionnelle ? Une garde ? Quand comptais-tu m'en parler ?

– Je pensais t'en faire part une fois que tu serais installée dans ton paradis. Je me disais que ton caractère en serait adouci.

– Je n'en reviens toujours pas que tu m'aies caché tant de choses à l'époque.

– Tu es une grande anxieuse, explique Temra. Je ne voulais pas te stresser.

– Oh, donc c'était uniquement pour m'épargner ?

– Non, c'était aussi un peu égoïste de ma part.

Je ne peux pas vraiment le lui reprocher.

– Je veux ton bonheur, dis-je. Quand tout sera terminé, si ce que tu veux, c'est t'enrôler dans la garde personnelle de Skiro de façon permanente, alors c'est ce que je veux aussi.

Il m'en coûte de prononcer ces mots, mais je m'y oblige.

– Et toi ? Que feras-tu ?

– Ne t'inquiète pas pour moi.

– Ziva…

– Je suis sérieuse. Je m'en sortirai. Je trouverai quelque chose.

– Promets-moi juste qu'on continuera à se voir.

– Ça fait du bien de te l'entendre dire, j'ironise.

Elle a une moue offensée.

– Ce n'est pas parce qu'on a des aspirations différentes que je ne voudrais plus te voir ! Tu es la seule constante dans ma vie. Et j'espère que tu le seras toujours.

– Je le serai à jamais. Même si on se voit moins, on se verra encore.

Il faut juste qu'on survive d'abord à l'attaque de Kymora.

La semaine qui suit, mes journées deviennent routinières. Toute la journée, je chauffe des armures pour les ensorceler, à la chaîne. Zovid active le soufflet. Abelyn maintient les pièces d'armure devant moi avec les tenailles. Et je leur demande d'être solides. D'être légères. De former un bouclier incassable pour les corps.

Je passe mes soirées en compagnie de Kellyn, ou de ma sœur et Petrik. On bavarde, on rit, on se raconte des histoires. Parfois, je vais retrouver Ashper et Serutha pour parler de magie avec eux. C'est agréable de passer du temps avec mes semblables.

Je ne me suis jamais rapprochée de personne aussi vite de toute ma vie. Je peux dire sans mentir qu'avant de quitter Lirasu, je n'avais pas d'amis. Ce qui me surprend le plus, cependant, c'est le plaisir que j'ai à être entourée de gens.

À petites doses, certes.

Temra et Kellyn passent la majeure partie de leur temps avec l'armée, à se préparer. S'entraîner aux manœuvres, faire de l'exercice, former les chevaux et les hommes. Si Marossa a deux fois plus d'hommes à sa disposition que n'en avait Skiro, ça reste pitoyable au regard des troupes de Kymora. Toutefois, la princesse dispose d'une cavalerie impressionnante dotée de chevaux de grande qualité. Cela nous donnera un avantage certain.

L'esprit curieux de Petrik se prête naturellement à la politique. Je l'observe mener sa barque dans la salle de réunion comme un conseiller royal qui aurait fait ça toute sa vie. Il a beau être sollicité sans répit, Petrik semble s'animer de jour en jour, comme s'il avait trouvé sa vocation. Une façon de mettre à profit toutes ses années d'étude, toute son érudition.

Bien sûr, être de nouveau dans les bonnes grâces de ma sœur participe grandement à son humeur joviale. J'essaie de ne pas trop y penser.

Plusieurs semaines s'écoulent, même si elles semblent passer en un clin d'œil.

Ashper termine les portraits.

Accompagné de Serutha, il vient me voir à la forge. Il est couvert de peinture tandis que Serutha dégage un parfum d'herbes médicinales.

– C'est fait ! déclare-t-il en ignorant totalement Abelyn et Zovid (et les ronflements du forgeron endormi qui n'a pas bougé d'un pouce depuis mon arrivée à la forge. Je le soupçonne de se saouler à mort tous les soirs).

– Le prince Skiro et la princesse Marossa ont franchi le premier portail, explique Serutha. Il n'y a plus qu'à attendre. On est venus voir si on pouvait se rendre utiles ici.

– Silence ! aboie Abelyn en découvrant nos visiteurs. Vous nous détournez de notre travail.

– Ils sont venus nous aider, dis-je.

Sa bouche se tord en un rictus suggérant une douleur physique. Je lève les yeux au ciel avant de donner à Serutha et Ashper une paire de tenailles chacun. En un rien de temps, ils apprennent comment sélectionner une pièce d'armure, la plonger dans le four quelques secondes et l'en ressortir avec les tenailles pour que je puisse l'ensorceler.

Quand nous avons terminé une armure complète (Abelyn n'a pas cessé de grommeler), Ashper demande :

– Pourquoi tu n'ensorcelles pas toutes les armures en même temps ?

– Parce que je ne peux pas, dis-je, comme si c'était évident. Je dois me concentrer sur un article à la fois.

Ashper et Serutha échangent un regard, et cette dernière me demande ensuite :

– As-tu déjà essayé d'ensorceler plus d'une pièce de métal à la fois ?

– … non. Mais c'est déjà assez difficile d'ensorceler un objet ! Je serais incapable d'en faire plus !

– Au risque de paraître prétentieux, dit Ashper, je le fais tout le temps. Quand j'ai fini de peindre les portails, je les ensorcelle d'un bloc puisque je veux qu'ils fassent tous la même chose.

– Moi aussi, ajoute Serutha. Il en coûterait la vie à bon nombre de mes patients si je prenais le temps de soigner chaque blessure individuellement au lieu d'enjoindre aux plus graves d'entre elles de guérir toutes à la fois.

Je croise les bras, les yeux fixés au sol.

– J'ai déjà dit que vos pouvoirs à tous les deux sont beaucoup plus impressionnants que les miens.

– Foutaises, réagit Abelyn. Tu viens de dire que tu n'avais jamais essayé. Alors essaie !

– Pour perdre du temps…

– C'est toi qui perds du temps en nous empêchant d'aller plus vite ! Réfléchis : si tu y arrives, ça veut dire qu'on peut passer aux caparaçons des chevaux !

– Bon, d'accord ! je finis par grogner.

Tous tentent de dissimuler leur sourire. Seule Abelyn y parvient.

En quelques secondes, un canon d'avant-bras, un gantelet et un casque sont brandis dans ma direction, encore fumants dans l'air frais de l'automne.

– Je ne sais pas où fixer mon regard. Si je ne regarde qu'une seule pièce, je n'ensorcellerai que celle-là !

– Ce n'est pas une question de regard, dit Serutha. C'est une question de concentration. Je me sers mieux de la magie les yeux fermés.

– Et moi, j'y parviens de dos, dit Ashper en secouant sa longue queue-de-cheval.

Ces deux-là sont vraiment doués pour les encouragements !

– Ne sois pas stupide, le rabroue Abelyn. Dis quelque chose d'utile, ou bien ferme-la !

Ashper a une grimace comique avant de s'adresser à moi.

– Ressens le fer. Ressens la magie. Réunis les deux.

Comme si c'était simple !

Je ferme les yeux, ressens la chaleur que dégage le fer. Je serre les poings comme je l'ai toujours fait au moment d'ensorceler un objet, les muscles tendus, mon esprit répétant en boucle : *Solide. Incassable. Impénétrable. Intouchable.* Et tous les synonymes qui me passent par la tête.

Mais au lieu de projeter les pensées sur un seul article, je les étire, je m'imagine emplir la pièce de la magie.

Et la magie répond, imprégnant toutes les pièces de métal chauffées présentes dans la forge.

Je souris tellement que j'en ai mal aux joues.

– Ça a marché !

– Super, dit Serutha. Maintenant, on peut passer à la vitesse supérieure.

Avec Ashper, elle se dirige vers la pile d'armures qui s'entassent à l'extérieur de la forge. Ils en reviennent les bras chargés et jettent dans le four différentes pièces. Plastrons, grèves, casques, gantelets, braconnières, épaulières et autres.

Serutha désigne l'ouverture du four.

– Maintenant, recommence.

Chapitre
— 24 —

C'est uniquement parce qu'elle est qualifiée « d'urgente » que j'accepte de me rendre à la réunion convoquée par Petrik.

Je profitais d'une après-midi de repos. Grâce à mon nouveau pouvoir d'ensorceler plusieurs objets en même temps, il ne m'a fallu qu'une journée pour terminer toutes les armures.

Je soupire en pensant à quoi je renonce : un après-midi entier juste pour moi.

Pourtant, je marche sur les talons de l'érudit dans les couloirs du palais.

J'entends les cris avant même d'atteindre la grande salle.

– … idiot borné ! rugit Skiro. Imbécile. Misérable bon à rien !

– Verak a toujours été le chouchou de notre mère, commente Marossa au moment où je franchis la porte.

Elle l'a trop dorloté. Il n'a jamais été capable de voir le danger avec lucidité.

– Il le verra quand il sera à sa porte.

La princesse Marossa se cure les ongles avec la pointe affûtée d'un couteau.

– On sera morts d'ici là, et tu ne pourras même plus lui dire « je te l'avais bien dit ».

– Oui, c'est vraiment ça qui m'inquiète ! rugit de nouveau Skiro. Manquer une occasion de me rendre insupportable. Tu veux bien prendre cette affaire au sérieux ? On n'a pas assez d'hommes.

– Orena et Lisady nous envoient toutes deux des troupes par les portails.

– À peine une centaine d'hommes chacune ! Qu'est-ce qu'on est censés en faire ?

– Je suppose qu'on les enverra au combat.

– Et quand ils seront morts, nos sœurs n'auront plus personne pour défendre leurs propres territoires. Si seulement elles venaient ici. Si seulement elles acceptaient de nous rejoindre pour établir une stratégie, un plan, afin de présenter à Kymora un front uni ! Au lieu de quoi, elles préfèrent se planquer chez elles.

Marossa inspecte ses ongles.

– N'oublie pas Verak, qui fait l'andouille juste pour nous embêter.

– Tout ça, c'est la faute de notre père. Si seulement il n'avait pas divisé le royaume. S'il avait laissé Ravis hériter de tout le cirque…

– Tu ne penses pas ce que tu dis, s'insurge Petrik.

– Bien sûr que si ! Si Ravis régnait sans partage, je n'aurais pas à protéger tous ces gens. Je pourrais passer mes journées à la Grande Bibliothèque à rencontrer des artistes du monde entier.

– Non, tu ne le pourrais pas.

Skiro se dresse de toute sa taille, puis se débarrasse de sa mante bleue comme s'il avait trop chaud.

– Explique-toi.

– Si Ravis régnait, vous autres seriez soit morts soit retenus prisonniers. Il ne prendrait pas le risque que l'un d'entre vous tente d'usurper son trône. Et de toute façon, Kymora l'aurait probablement déjà assassiné. Et nous serions dans l'incapacité de l'arrêter.

Marossa cesse enfin de regarder ses ongles.

– Je crois que ce qu'essaie de dire Skiro, c'est que nous sommes de fait dans l'incapacité de l'arrêter. Il est déjà persuadé que nous allons perdre.

– Pourtant, notre situation est moins désespérée qu'elle ne l'était, dit Petrik. Nous aurons le choix du terrain d'affrontement. Nous avons plus d'hommes en cas de siège. Z… le forgeron a ensorcelé les armures de tous les soldats pour les rendre incassables. Les hommes sont à l'entraînement. Ils seront en bonne condition physique, aptes à supporter une dure bataille, alors que ceux de Kymora seront fatigués par une longue marche.

– N'oublie pas mes chevaux, intervient Marossa.

– En effet : nous avons une cavalerie, ajoute Petrik, elle aussi protégée par des caparaçons magiques.

– Ça ne suffit pas, chuchote Skiro. Cinq cents hommes ne peuvent en vaincre deux mille. Ce n'est pas parce que nos chances sont meilleures cette fois que nous allons l'emporter. Il nous faut plus d'hommes. Certes, les armures ensorcelées seront un grand atout, mais une armure ne couvre pas l'entièreté du corps. Il y a des interstices. Il ne faudra pas longtemps aux soldats de Kymora pour le comprendre et en profiter.

– Dans ce cas, tu devrais ordonner à ce forgeron magicien de produire autre chose que des armures magiques ! s'écrie Marossa, paraissant finalement s'intéresser à la conversation. On a besoin d'armes qui compensent notre infériorité numérique, qui permettent à un seul de nos soldats d'en éliminer dix des leurs. Là, on aurait l'avantage.

Skiro fronce les sourcils.

– Je t'ai déjà dit que ce n'était pas possible.

– Ah bon ? On dirait plutôt que tu manques de poigne avec tes sujets.

– Techniquement, je suis *votre* sujet.

Ma voix s'élève dans la pièce, mais il ne me semble pas qu'elle vienne de moi.

– Pardon ? fait Marossa.

Voilà ce qui arrive quand je parle sans réfléchir. Je me donne en spectacle, en oubliant l'anxiété qui me terrassera dès que je serai au centre de l'attention.

Le cœur au bord des lèvres, je poursuis tout de même :

– Je suis née dans votre territoire. J'ai passé ma vie à Lirasu. Je suis votre sujet.

– Soit, dit la princesse, comme si elle se fichait complètement que je lui aie révélé mon identité. Dans ce cas, *je* vous ordonne de forger des armes pour la guerre.

Skiro ricane.

– Et que feras-tu si elle refuse ?

– Elle ne peut pas refuser. C'est un ordre !

– On refuse des ordres tous les jours !

– Bon, alors je la punirai. Algarow, est-ce qu'on a un pilori ?

– Non, princesse.

– Pas de pilori ? Et un camp de travail forcé ?

– J'ai bien peur que non.

– Un cachot ? demande-t-elle, au bord de la crise de nerfs.

– Je crois qu'on pourrait verrouiller une chambre du palais de l'extérieur.

Marissa hoche la tête, satisfaite.

– Voilà. On…

– Arrête ! aboie Skiro. On doit récompenser les gens pour leur travail. Pas les punir.

– Arrête de me dire quoi faire. Je suis ton aînée, Skiro.

– De onze mois, oui.

– Tu ferais bien de ne pas l'oublier.

– Vous vous ridiculisez, siffle Petrik, exaspéré.

Le prince et la princesse jettent un regard circulaire à la grande salle, comme s'ils prenaient seulement conscience qu'elle était pleine de gens.

– Eh bien, vous êtes nos conseillers ! Conseillez-nous donc ! glapit Marossa.

Personne ne pipe mot. Le silence s'éternise. Temra prend alors la parole :

– Le tournoi de Lirasu approche. De nombreux visiteurs s'y rassembleront pour assister au spectacle. Ils se trouveront sur le chemin de Kymora. Il faut l'empêcher de leur faire du mal. On doit déplacer nos soldats là-bas. C'est là qu'on devrait mener la bataille finale.

J'ai la nausée à l'idée que ma ville natale soit ravagée par l'armée de la seigneuresse de guerre. Temra a raison : Lirasu est une grande cité, mais Kymora n'en fera qu'une bouchée.

Quelque chose s'est mis en branle dans mon esprit quand Temra a parlé du tournoi, mais je n'arrive pas à mettre le doigt dessus, à comprendre ce que mon inconscient essaie de me dire.

– La situation de la ville ressemble à celle de la capitale de Skiro, ajoute Petrik, le menton dans la main pendant qu'il réfléchit tout haut. Elle est adossée aux montagnes. Plus facile à défendre que la capitale ici.

– Le gouverneur de Lirasu a une petite garde personnelle, poursuit Temra. Elle ne compte pas beaucoup d'hommes, mais c'est mieux que rien. Il possède aussi une arme forgée par Ziva qui pourrait s'avérer utile dans la bataille.

Une arme.

Le tournoi.

Je regarde Kellyn.

Des mercenaires.

Skiro et Marossa discutent déjà de la proposition de Temra, mais je les interromps :

– Le tournoi !

À cette exclamation, toutes les têtes se tournent vers moi.

– Une cinquantaine de mercenaires convergent à Lirasu pour le tournoi. Et ils portent tous des armes que j'ai forgées.

Temra ouvre des yeux ronds en comprenant où je veux en venir.

– On doit les engager, je conclus.

– Engager des mercenaires ? s'insurge Marossa. Aucun ne serait assez fou pour se lancer dans une lutte aussi inégale, même extrêmement bien payé. Ce qu'ils ne seront pas, car il n'y a pas d'argent, dit-elle en se tournant vers son frère pour qu'il confirme.

– Ne me regarde pas, élude Skiro. J'ai tout laissé dans mon territoire. Je n'ai que les vêtements que je porte sur le dos.

Les conseillers ajoutent alors leur grain de sel, discutant d'argent, de fonds et de ce qu'il est possible de faire.

Dans mon esprit, une image se forme : celle de la banque de Lirasu, qui abrite l'argent que j'ai gagné au cours des sept dernières années. Ce que m'ont payé les mercenaires en question pour les armes que je leur ai fabriquées.

Ma retraite.

Mais à quoi servira-t-elle si je suis morte ?

– J'ai de l'argent, je murmure.

Comme personne ne m'a entendue, je répète plus fort, presque en criant :

– J'ai de l'argent !

– Ziva, non, dit Temra. Tu ne peux pas faire ça.

– L'argent n'est rien quand on risque la mort.

En outre, j'ai ma réponse. Je refuse de forger des armes trop puissantes pour des gens qui pourraient s'en servir à mauvais escient. Mais des mercenaires ? Qui n'ont de loyauté qu'envers eux-mêmes et l'argent ? Qui n'ont d'autre ambition que le prochain jour de solde ? Qui possèdent déjà des armes que j'ai forgées ?

Ils sont exactement ce dont on a besoin.

– Dans ce cas, c'est décidé, déclare Skiro. Nous partons pour Lirasu dès que possible. Combien de temps nous reste-t-il avant l'arrivée de Kymora ?

– Peut-être trois semaines, avance Petrik.

– Alors on ferait mieux de se dépêcher.

†

La main de Kellyn est brûlante dans la mienne tandis que nous retournons à nos chambres pour la nuit. Le toucher m'apporte toujours une agréable sensation de chaleur, mais cette fois, c'est différent. Prendre la parole en public, sacrifier les économies de toute une vie… je brûle de l'intérieur. Pourtant, je sais que j'ai pris la bonne décision.

Au lieu de m'embrasser devant ma porte comme d'habitude, Kellyn entre avec moi. Posant ses deux mains sur mes épaules, il demande :

– Tu es sûre de ce que tu fais ?

– Je ne suis sûre de rien en ce qui concerne cette guerre.

– Mais Ziva, toutes tes économies ! Le fruit de ton travail acharné. Ces souverains ne le méritent pas.

– Ce n'est pas à eux que je le donne, mais à une poignée de mercenaires.

– En leur nom.

– Au nom de Ghadra. Et je ne suis pas la seule à contribuer. Marossa et Skiro participent aussi. Tout ce qu'ils peuvent récupérer sur les impôts. Tout ce que la noblesse peut donner.

– Ça ne me plaît pas.

– Moi non plus, mais je ne vois pas d'autre moyen.

– Peut-être qu'on pourrait convaincre les mercenaires de se battre sans motivation pécuniaire. C'est leur pays aussi. Ils souffriront tout autant si Kymora prend le pouvoir.

– Mets-toi à leur place. Tu accepterais ce boulot sans être payé ?

– Si je connaissais l'étendue de la situation. Si je me battais pour ma famille…

– Combien de ces mercenaires sont susceptibles d'avoir une famille ?

– Pas beaucoup… reconnaît-il à mi-voix.

Je le prends dans mes bras, attirant sa tête sur mon épaule.

– Tu es en train de me réconforter, dit-il avec une pointe d'humour.

– Tu as l'air d'en avoir besoin.

– C'est toi qui devrais en avoir besoin.

– Et pourtant, je vais très bien, malgré les événements.

– Tu es un roc. Solide et incassable.

– Tu oublies inamovible.

Il rit, passe les mains dans mes cheveux.

– Tu veux bien rester, cette nuit ? je demande.

– Bien sûr. Donne-moi une minute pour me changer et je reviens.

J'en profite pour me changer, moi aussi. Je pose mes marteaux sur la table de chevet, à portée de main. Un geste qui n'a jamais été nécessaire avant que je quitte mon foyer. À présent, il semble que j'aie toujours besoin d'avoir un objet contondant ou affûté à proximité.

Je vide mes poches, pensant ranger les herbes dans un tiroir, loin des yeux indiscrets. Mais à leur vue, et songeant que Kellyn me rejoint pour la nuit, je pose sur ma langue avec précaution une feuille séchée.

Le goût est amer, elles sont censées être diluées dans un thé. Mais ce n'est pas le moment de faire bouillir de l'eau. J'avale rapidement.

Et mon visage s'enflamme aussitôt.

C'est ridicule : personne ne sait ce que je viens d'avaler, je n'ai aucune raison d'être gênée.

Pourtant, lorsque Kellyn toque à la porte, je sens mes joues rougir encore plus.

– Tout va bien ? demande-t-il en me voyant. Tu veux que j'ouvre une fenêtre ?

– Ça ira, merci.

– Un reste d'angoisse due à la réunion ?

– Certainement.

– Sûre ?

Un fou rire mal venu et extrêmement embarrassant monte dans ma gorge, et je me fais l'impression d'une folle.

Ce n'est pas parce que j'ai mangé cette herbe que je suis obligée de faire quoi que ce soit. Ce n'était qu'une précaution.

Parce que tu l'espérais, murmure une voix intérieure.

Chut !

– C'est toi qui me fais cet effet, dis-je, une fois le fou rire sous contrôle. Tu me rends cinglée. Tu me rends maladroite. Tu me fais rire.

Son visage s'adoucit. Il fait un pas vers moi, me caresse le dos de la main puis le bras. J'en ai des frissons.

– Tu me rends heureux, dit-il. Tu me rends peureux. Maintenant que je t'ai trouvée, j'ai horriblement peur de te perdre.

– Je ressens la même chose !

De la main droite, je joue avec le lacet de son col. Ça m'aide d'avoir de quoi occuper mes mains.

– Tu me permets aussi de croire qu'il subsiste un espoir pour le monde, ajoute-t-il.

– Le monde ?

– Il t'est arrivé tant de malheurs, et pourtant tu ne t'es pas perdue. Tu es restée bonne. Forte. Déterminée. Le monde est rendu meilleur par ton existence. Et mon cœur aussi.

Il verse carrément dans le lyrisme, mais j'adore ce qu'il dit. Ses mots sont du miel pour mes oreilles.

C'est le moment.

– Ne me quitte jamais, je chuchote en me dressant sur la pointe des pieds.

Ce n'est pas encore une déclaration d'amour, mais c'est le mieux que je puisse faire pour l'instant.

– Je ne te quitterai pas, dit-il en se baissant pour m'embrasser.

Je suis toujours émerveillée par les sensations que me procurent ses baisers. Peu importe leur fréquence, elles sont toujours aussi puissantes.

La sensation de ses doigts dans mes cheveux.

L'odeur de sa peau.

Le goût de ses lèvres.

Il est tout ce que j'ignorais désirer.

Et oh, comme je le désire en ce moment !

Je l'embrasse avec une ardeur accrue. Kellyn ne proteste pas. Il me serre plus fort, me laisse mener le baiser, tandis que je me presse contre lui, jouant avec ses lèvres, les léchant, les mordant, les savourant. Kellyn ne peut s'empêcher de sourire en même temps. Il aime ça. Il aime quand ça devient physique entre nous. Et moi, j'aime ça plus que tout.

Je tire sur les lacets de son col. L'échancrure ne s'ouvre que jusqu'au milieu de son torse, mais je la parcours du bout des lèvres, goûtant des zones inexplorées de son corps.

D'un mouvement brusque, Kellyn me soulève et m'allonge sur le lit, s'étalant sur moi, ce qui entrave mon exploration de son torse. Mais je lui pardonne quand il commence à défaire les lacets de ma propre chemise de nuit.

J'aime sentir les lèvres de Kelly sur ma clavicule, son souffle chaud glissant sous le coton. Je voudrais qu'il embrasse tout mon corps, mais je me contente de l'attirer de nouveau vers ma bouche.

Puis j'inverse nos positions, me plaçant au-dessus. À cheval sur ses jambes, je tire sur sa chemise pour la libérer de son pantalon. Il m'aide à la hisser au-dessus de ses bras et de sa tête.

Je contemple son torse avec gourmandise. Il est si solide. Si grand. Si beau. Et je me remémore mon désir si ancien. Celui de le toucher. Mon imagination ne pouvait pas rivaliser avec la réalité.

Kellyn attire ma bouche vers la sienne pour de nouveaux baisers, et j'essaie de me libérer des entraves de ma chemise de nuit. Je n'avais pas réalisé à l'époque, quand j'ai émis le souhait de le toucher, à quel point je voudrais qu'il me touche.

Les mains de Kellyn se dirigent vers mes hanches, et les trouvant soudainement nues, il se fige sur place.

Ma chemise de nuit est retroussée jusqu'à la taille, mais j'arrête mon geste devant son immobilité soudaine. Il se redresse, ses mains se resserrant sur mes hanches.

– Ziva, qu'est-ce que tu…

Je l'embrasse, incapable de me retenir.

– J'ai envie de toi.

Il pousse un grognement, me serre à m'étouffer entre ses bras, m'empêchant de faire autre chose que de lui rendre ses baisers.

Et puis, il s'arrête. Appuie son front contre le mien. Relâche l'étau de ses bras sans pour autant s'écarter.

– Moi aussi, j'ai envie de toi.

Ouf ! Je craignais d'avoir commis un acte tellement honteux que je ne pourrais plus jamais me montrer en public.

– Mais… ajoute-t-il.

Je cesse de respirer. J'ai une bouffée de chaleur insupportable.

Je bondis hors du lit, prête à m'enfuir. Me cacher. Quelle horreur ! J'ai complètement méjugé la situation. Comment ai-je pu être aussi idiote ?

– Holà ! Attends !

Il m'attrape avant que j'atteigne la porte.

– Lâche-moi, je proteste faiblement.

– Ziva, écoute-moi d'abord. Ensuite je partirai, si c'est ce que tu veux. C'est ta chambre, après tout.

– D'accord, mais je ne peux pas te regarder.

– Comme tu veux, dit-il avec une pointe d'amusement dans la voix, avant de me serrer contre lui comme pour éviter toute nouvelle tentative d'évasion de ma part. J'en ai envie, Ziva. J'ai envie de toi. Mais pas encore.

Il avait dit qu'il aimait ces mots. En ce moment, je les déteste. Ce qu'il dit me rend si perplexe que je recule d'un pas pour le regarder.

– Pas encore ? Je ne comprends pas. J'ai pris mes précautions. On n'aura… Enfin, je ne risque pas de tomber…

– Tu t'étais préparée à ça.

– Je l'espérais, dois-je admettre.

Dans ses yeux brille un tel amour que je suis capable de soutenir son regard.

– J'ai fait une promesse à ma mère. La seule et unique fille avec qui je coucherais serait ma femme.

– Tu lui as promis d'attendre le mariage ? Mais pourquoi ?

Mon ton le fait rire.

– C'est ce que je veux. Je ne veux pas que cet acte soit insignifiant. Je ne veux pas que ce soit quelque chose de temporaire. Je veux que cette première fois ait lieu avec la femme de ma vie.

– Oh.

La chaleur fait place à la glace. J'ai soudain très froid, gelée par de nouvelles angoisses. Il me voit comme quelque chose de temporaire. Il n'est pas investi dans cette relation comme je le suis. J'ai été trop pressée. Trop ridicule.

– Ziva. Tu es la femme de ma vie. Je ne désire personne d'autre, dit-il très vite, comme s'il pouvait lire dans mes pensées. Mais le mariage, c'est un engagement sérieux. Et avec la guerre qui se profile, comment pourrions-nous discuter de changements si importants dans nos vies ? Je ne voulais pas te faire fuir en parlant de « pour toujours » trop tôt. J'ai tout le temps peur de dire quelque chose ou de faire quelque chose qui te fera prendre tes jambes à ton cou. Que trop de pression te dégoûte d'être avec moi. Que tu préfères décidément vivre seule.

Ses mots se bousculent, jaillissent comme une cascade, mais je comprends l'idée générale.

La glace qui me figeait se met à fondre.

– Tu as envie de moi ?

– Oui, dit-il.

– Juste, pas tout de suite ?

– C'est ça.

– D'accord.

Comme si un poids était ôté de ses épaules, il se détend, soulagé.

– Merci d'être compréhensive.

– C'est la moindre des choses. Je ne te demanderais jamais de faire quoi que ce soit dont tu n'aies pas envie. Je suis désolée de ne pas t'en avoir parlé avant.

– Tu aurais été parfaitement incapable d'aborder un tel sujet, dit-il avec un sourire.

– Non, en effet, dis-je en riant.

– Pour que ce soit bien clair, reprend Kellyn. Je veux t'épouser mais pas avant que tu sois prête. Je suis un peu plus vieux que toi. Tu pourrais avoir envie de rencontrer d'autres garçons avant de te fixer. De découvrir pour toi-même ce que tu cherches chez un partenaire. Je sais que je suis ton premier, mais ça ne veut pas dire que je dois être le seul.

– Tu veux que je voie d'autres hommes ?

– Non, dit-il avec fermeté, presque en colère. Je dis que je ne t'en voudrais pas si tu voulais t'assurer que je corresponds bien à ce que tu veux. Mes sentiments ne changeront pas. Et évidemment, je déteste l'idée que tu testes quelqu'un d'autre. Mais je ne veux pas que tu te sentes piégée ou obligée de te contenter de moi…

Je l'arrête d'un doigt posé sur ses lèvres.

– Je sais ce que je veux. Je te l'ai déjà dit, non ? Je n'ai pas éprouvé le moindre intérêt pour personne d'autre. Je n'ai pas besoin d'aller chercher ailleurs alors que j'ai déjà trouvé tout ce que je désire.

– Tu es sûre ?

– Absolument.

Il pousse un soupir de soulagement et me serre si fort que je ne peux plus respirer.

– Tu veux bien rester cette nuit quand même ?

– Est-ce que tu vas de nouveau essayer de retirer tous tes vêtements ?

– Non, dis-je en riant.

– Alors, oui. Je resterai toujours si c'est ce que tu veux.

C'est seulement quand ses ronflements emplissent la chambre qu'une nouvelle angoisse s'empare de moi.

Je me sens tellement idiote. J'ai été tellement occupée à m'inquiéter au sujet de Kellyn, de Kellyn et moi ensemble ; à me faire des nœuds au cerveau pour savoir quoi dire et quoi faire en sa présence.

Et je ne me suis jamais posé la question de savoir ce qu'il arriverait *après*.

Qu'adviendra-t-il si on survit et que je suis libre de rentrer chez moi ? Temra vivra dans la capitale de Skiro. Elle a sa place dans les rangs de sa garde personnelle. Et j'ai déjà réfléchi à ouvrir une boutique là-bas. Skiro ne m'a rien demandé. Je pourrais vivre confortablement dans son territoire. Mais je veux des murs qui soient les miens. Je veux une maison rien qu'à moi. Un lieu à l'abri de tout. Un lieu que je ne sois jamais obligée de quitter.

Or Kellyn aime vagabonder. C'est un mercenaire qui ne rentre chez lui qu'une fois de temps en temps.

À quoi ressemblerait un avenir avec lui ?

Je m'imagine, seule, jour après jour. Attendant que Kellyn me rende visite. Prenant des commandes et menant ma petite vie. Mais seule la plupart du temps.

Ce n'est pas une vie. Pas si je n'ai plus Temra avec moi en permanence. Et elle sera occupée à vivre sa propre vie.

Tout comme mon hypothétique futur mari.

Il n'y a pas d'avenir, pour nous.

J'ai été folle de croire que ça pourrait marcher, qu'en m'entraînant à être une partenaire qui soit son égale, qu'en prenant l'initiative et en recherchant l'intimité, je nous donnerais une chance.

Pourquoi n'ai-je pas pensé à *l'après* ?

Parce que j'avais trop peur du présent.

Finalement, le présent va très bien et c'est l'avenir qui est incertain. L'avenir, après la bataille, quand plus rien n'empêchera Kellyn de reprendre ses voyages, voilà ce qui doit m'inquiéter.

Mes pensées défilent, ininterrompues, de plus en plus noires.

Je ne lui demanderais jamais de rester avec moi. Comme je ne pourrais pas l'exiger de Temra. Ils doivent être libres, pas enchaînés à moi. Libres de faire ce qui les rend heureux.

Pourquoi ce que j'aime, moi, ne rend personne d'autre heureux ?

Je me mets à pleurer, m'efforçant de ne pas faire un bruit parce que je ne suis pas en mesure d'aborder le sujet avec Kellyn tout de suite. Je ne veux pas que ça se termine entre nous, pas déjà. Or c'est sûrement ce qui arriverait si je lui montrais à quel point nous souhaitons des vies différentes.

Pour le moment, je ne vais rien dire, je vais le garder près de moi parce que si je meurs dans la bataille, je veux avoir passé mes derniers instants avec ceux que j'aime.

Mais après ? C'est terminé.

Je me dégage de ses bras, enfouis ma tête dans l'oreiller et pleure tout mon soûl pour évacuer la tristesse avant de reprendre le cours des choses comme si de rien n'était.

Chapitre 25

Marossa et sa garde ne seront pas prêts de sitôt à voyager. Il leur faut rassembler des vivres et du matériel, pour les hommes et les chevaux. La princesse a demandé à tous les habitants de la ville de contribuer à la mesure de leurs moyens.

Inutile de les attendre, d'autant qu'il y a beaucoup à faire à Lirasu pour se préparer à la guerre. Il est donc décidé que le prince, sa garde, Kellyn, Petrik, Temra et moi prenions la route immédiatement. Marossa et son armée nous rejoindront dès que possible.

J'avais repris l'habitude de dormir dans un lit. Les nuits passées sur la route sont plus dures que jamais. J'ai beau savoir que Kymora est loin d'ici, j'ai tout le temps l'impression qu'elle va débouler à travers les arbres. Ou pire, qu'elle viendra trancher la gorge de ma sœur pendant la nuit.

Skiro, il faut le lui reconnaître, a un talent remarquable pour combler les silences inconfortables avec son bavardage.

– Dites-m'en plus sur ce tournoi et les hommes que nous allons devoir convaincre, me demande-t-il.

Je commence à me tourner vers Temra, avant de me ressaisir. Je n'ai pas besoin qu'elle parle à ma place. Je connais les réponses à ces questions. Il ne s'agit pas d'une conversation mondaine, mais d'une discussion nécessaire. Je peux y arriver.

– Le gouverneur local organise le tournoi tous les ans. Au début, c'était une simple compétition mise en place afin de recruter de nouveaux membres pour sa garde personnelle.

– Et aujourd'hui ?

– Des mercenaires qui m'avaient commandé des armes ont commencé à s'engager pour rafler la récompense, et tout a changé. Bien entendu, ceux qui étaient armés d'une lame zivan avaient un avantage, donc le tournoi a cessé d'être uniquement local. Aujourd'hui, des guerriers venus de tout Ghadra viennent s'affronter pour la gloire et l'argent.

– Ça doit être terriblement excitant à regarder.

– Ça l'est, intervient Temra. Les armes de Ziva sont extraordinaires. Et en voir autant maniées par des combattants accomplis ? C'est mieux qu'une danse chorégraphiée au millimètre.

– Ces guerriers qui s'engagent, ce sont tous des mercenaires ?

– La plupart, oui, dis-je. On trouve aussi de temps en temps un membre de la noblesse.

– Les mercenaires et la noblesse sont les seuls à pouvoir se payer le travail de Ziva. Vous ne trouverez pas de gens ordinaires parmi ses clients.

Kellyn se penche vers moi.

– C'est l'une des raisons pour lesquelles j'étais en ville, au départ. Je voulais m'engager dans le tournoi si j'arrivais à obtenir de toi que tu me forges une arme à temps. Les choses ne se sont pas passées comme je le pensais.

– Désolée, dis-je avec une grimace d'excuse.

– Ne le sois pas. Les choses auraient pu être bien pires si elles ne s'étaient pas passées comme elles se sont passées.

Comme c'est vrai !

– Donc, dit Skiro, nous devons convaincre ces mercenaires de renoncer à se trucider mutuellement pour une grosse somme d'argent. Au lieu de quoi, nous allons leur demander d'accepter un maigre salaire pour combattre dans une bataille horriblement inégale où nous allons probablement tous mourir. On a du pain sur la planche.

Le soir, Kellyn et Temra s'entraînent plus dur que jamais au maniement de l'épée. Les gardes du prince font des manœuvres, quand ils ne sont pas assignés au guet. C'est extrêmement rassurant de les savoir toujours à proximité.

Je me trouve de petites trouées dans les bosquets d'arbres ou de buissons, parfaites pour me cacher et donner à mon cerveau une illusion d'intimité. Un peu de temps à moi pour réfléchir et recharger les batteries.

Petrik n'a absolument pas changé. Il passe toujours son temps libre à griffonner furieusement dans un carnet.

– Tu travailles à un nouveau livre ?

– J'essaie de me remémorer tout ce que je sais de Lirasu, répond-il.

– Dans quel but ?

– Si c'est à Lirasu que nous devons mener bataille, il nous faut une stratégie. On doit connaître au mieux le terrain d'affrontement. Le gouverneur local est-il susceptible de nous aider ?

Après une courte réflexion, je réponds par l'affirmative.

– C'est un homme bon et juste. Il nous écoutera, même si j'ignore quelles mesures il acceptera de prendre.

– C'est bien, dit Petrik avant d'ajouter une ligne à son texte. Le terrain offre quelques avantages. La cité est adossée aux montagnes. Nous pourrons occuper les hauteurs. Ta forge et tes outils sont là-bas, au cas où on ait besoin que tu forges quelque chose avant l'arrivée de Kymora. Il y a aussi une mine locale, non ?

– Oui. C'est là que je me fournis en minerai. Toute la montagne au sud est traversée de riches filons de minerai de fer.

– Toute la montagne ?

– C'est ce que j'ai entendu dire. Pourquoi ?

– Je ne sais pas encore. Ça me paraît important à noter. Tu utilises du charbon dans ton four de forge ?

– Oui.

– Et où te le procures-tu ?

– Il y a un marchand en ville. Il en a toujours des tonnes. Je crois qu'il le fait venir depuis Orena. Il y a des dépôts naturels de charbon dans le nord du territoire. Il n'est pas très cher.

– Hum... fait Petrik.

À l'envers, je déchiffre ce qu'il écrit ensuite.

Charbon, pas cher.

Montagne pleine de minerai de fer.

Catalyseur ?

– Qu'est-ce que tu mijotes ?

– Je jette juste quelques idées sur le papier. Je n'ai pas encore de plan.

Soit. Mais pourquoi aurait-il besoin d'un catalyseur ?

Lorsque Petrik et Temra ne sont pas ensemble, j'en profite pour passer quelques instants avec ma sœur. On marche loin devant le groupe pour pouvoir parler sans être entendues, on se blottit côte à côte devant le feu, le soir, au campement. Je me sens écartelée : j'ai envie de passer du temps seule avec elle, mais aussi seule avec Kellyn, d'engranger le plus de souvenirs possibles avant la bataille. Avant que mon monde risque de s'écrouler.

– Je n'ai jamais beaucoup réfléchi à l'avenir, me dit Temra un soir, alors que nous ramassons du petit bois. En temps normal, j'aime profiter à fond du présent, mais là, je suis excitée et impatiente d'être après la bataille, quand je pourrai retourner dans la capitale de Skiro et commencer ma formation pour être garde royale.

J'aimerais être aussi enthousiaste concernant son avenir.

– Petrik approuve-t-il ton choix de métier ?

– Il n'est pas ravi, mais il m'aime et me soutiendra quel que soit mon choix.

– J'imagine que c'est bien.

– Ne sois pas si morose. Je m'en sortirai très bien. De toute façon, tu seras trop occupée à profiter de la vie avec Kellyn pour t'inquiéter de mon sort.

Comme je ne réponds pas, elle insiste :

– Tu seras bien avec Kellyn, n'est-ce pas ?

– Je ne crois pas.

– Mais enfin, pourquoi ?

– On ne veut pas les mêmes choses. Il a envie de voyager. Moi, non. Je ne pense pas que ça puisse marcher.

– Tu lui en as parlé ?

– … Non.

– Alors comment tu peux savoir que ça ne marchera pas ?

– Parce que je le connais, et que je me connais moi.

– Mais vous devez au moins avoir cette discussion !

– À quoi bon ? Ça sera juste douloureux pour tous les deux, et ça mettra fin aux bons moments qu'on passe ensemble pour l'instant.

– Tu es vraiment affreusement nulle en communication, dit Temra, comme si je ne le savais pas. Ziva, parle-lui et vois ce qui arrive. Est-ce que tu lui as dit tes souhaits ? Est-ce que tu lui as demandé de rester avec toi ?

Je contourne un arbre, me penche pour ramasser une bûche, évitant de répondre.

– Tu ne l'as pas fait ! s'écrie-t-elle sur un ton accusatoire.

– Jamais je ne lui demanderais de faire quelque chose qui le rendrait malheureux.

Et je ne vais tout de même pas partager mes sentiments, juste pour les voir rejetés. Kellyn a peut-être dit qu'il m'aimait, mais ça ne veut pas dire qu'il a l'intention de rester avec moi.

– Vous méritez tous les deux de savoir quels choix s'offrent à vous. Et vous ne pouvez pas le savoir si vous n'en *parlez* pas.

– Ha ! J'imagine que toi et Petrik vous avez déjà tout prévu ?

C'est une tentative désespérée pour changer de sujet.

– Oui ! On habitera la capitale de Skiro. Petrik reprendra son poste à la Grande Bibliothèque, et moi je serai garde. On se verra tout le temps, tout en ayant chacun sa vie.

– C'est plus facile pour vous deux ! Vous voulez tous les deux vivre au même endroit. Peut-être bien que j'aime Kellyn. Et peut-être qu'il m'aime aussi. Mais comment se soutenir l'un l'autre dans nos projets si ça veut dire qu'on est toujours séparés ?

Lui, sur les routes, et moi, seule, dans ma forge.

– Je ne sais pas, reconnaît ma sœur. Mais je refuse de croire que tout avenir à deux vous est impossible.

– On en parlera. Kellyn et moi. Mais pas tout de suite. Ça ne sert à rien tant que la menace n'est pas derrière nous.

Parce que si je meurs à la guerre, il n'y aura plus besoin de discussion.

†

Pour une fois, le voyage se déroule sans incident. Nous atteignons Lirasu sans même avoir aperçu le moindre animal sauvage dangereux.

Skiro et Petrik partent de leur côté rencontrer le gouverneur local.

Temra, Kellyn et moi prenons le chemin de ma forge. Mon foyer.

En découvrant la cour et la maison, je suis surprise de trouver que rien n'a bougé depuis notre départ.

Le tronc du cèdre est toujours couché à l'endroit où je l'ai abattu avec Mange-Secrets. La cour envahie d'herbe jaunie, le poulailler en ruine. Quelques haillons qui habillaient autrefois des mannequins de paille.

La porte d'entrée est intacte. Du moins avant que Kellyn ne l'enfonce, Temra et moi ayant perdu la clé au cours de nos périples.

Une épaisse couche de poussière recouvre chaque centimètre carré. Sans un mot, Temra va ouvrir les fenêtres.

Tout est comme dans mon souvenir.

M'attendais-je à voir l'endroit vandalisé par Asel et ses amis ? À ce que quelqu'un soit entré par effraction pour s'installer dans notre maison ? À ne retrouver qu'un monceau de cendres, résultat de la rage de Kymora ?

Je n'en sais rien, mais le fait est que rien n'a changé, ce qui me paraît étrange et décalé vu tous les changements survenus dans ma vie entre-temps.

Malgré tout, une vague de soulagement me submerge. Après tout ce temps, je suis enfin à la maison.

Je ne tarde pas à ouvrir les portes de la forge, où là aussi, tout est tel que je l'ai laissé. De la cendre dans le four. Mes outils alignés sur les établis. Par nostalgie, j'allume le four et ouvre les fenêtres.

Kellyn me regarde depuis la porte actionner le soufflet et fixer les flammes.

– Tu fabriques quelque chose ?

– Non, je retrouve les gestes.

Il ne demande pas pourquoi.

Je ne le sais pas moi-même.

Temra entre par la boutique.

– Toute la nourriture est pourrie, bien sûr. Tu veux que je fasse un saut à l'épicerie ?

Je hausse les épaules. Elle s'en va sans un mot.

– Ça va ? me demande Kellyn.

Je ne sais vraiment pas quoi répondre. Je suis ici, certes, mais je sais que je ne rentrerai jamais vraiment à la maison. Je ne serai plus jamais celle que j'étais : cette forgeronne qui ne s'inquiétait que de la prochaine fois où elle serait obligée de quitter sa forge.

J'ai traversé la moitié du royaume, approché ses horreurs et ses beautés. C'est triste de ne pas pouvoir retourner en arrière. Mais je suis aussi impressionnée par tout le chemin que j'ai parcouru.

– Ça ira, dis-je à Kellyn.

Petrik ramène Skiro et ses hommes dans notre humble demeure après leur visite au gouverneur.

– C'est un homme droit, assure Skiro lorsque Temra lui demande comment s'est passé leur entretien. Je l'aime bien. C'est un homme d'action. Il est prêt à nous offrir son aide. Il a déjà mis sa garde personnelle à notre service, et il convie tous les concurrents engagés dans le tournoi à une réunion demain.

– Les pièces sont en place, commente Petrik.

– Il ne manque plus qu'un discours grandiose de ma part. Une belle somme d'argent de la vôtre, les filles. Et peut-être un témoignage de Kellyn, étant donné que vous êtes l'un des leurs.

– Qu'est-ce que je peux faire ? demande Petrik.

– Je veux que tu rencontres le mari du gouverneur demain. Dis-lui tout ce que tu sais de Kymora. Élaborez ensemble une stratégie : où établir le campement de nos troupes en attendant la bataille, que faire des habitants de la ville d'ici là. Apprends tout ce que tu peux sur la ville et comment l'utiliser à notre avantage. Le gouverneur ne pourra se joindre à vous parce qu'il sera avec nous à la réunion publique.

– Je m'en charge, dit Petrik.

– Bien. Nous avons chacun un rôle à jouer. Espérons qu'on réussira à convaincre une bande de mercenaires cupides de se rallier à notre cause.

– On n'est pas tous cupides, proteste Kellyn. Certains d'entre nous essaient simplement de gagner honnêtement leur vie.

– Bien sûr, dit Skiro. Pardonnez-moi.

Il me jette un bref coup d'œil avant de détourner le regard et de demander à la cantonade :

– Quelles sont les dispositions concernant le couchage pour cette nuit ?

Nous avons tous convenu que le prince et sa garde ne pouvaient loger dans une auberge locale, sous peine d'attirer une attention malvenue. Il est plus sûr de rester tous groupés. Ce qui ne change rien au fait que la maison ne dispose que de deux chambres et deux lits.

– Trouvez-vous un coin par terre, Altesse, dit Kellyn. Les filles prendront les lits.

– Évidemment ! s'indigne le prince. Il ne me viendrait pas à l'idée de priver ces demoiselles de leur lit !

– Tu pourrais loger chez le gouverneur, propose Petrik.

– Non, non. Ça ira très bien. Je veux qu'on reste tous ensemble. Demain, la journée sera longue. On ferait mieux de se coucher maintenant.

Les gardes du prince vont chercher auprès des chevaux leurs paillasses et leurs couvertures. Ils occupent le moindre centimètre carré du sol de la cuisine et du salon. Un instant, je me demande s'il ne va pas falloir en entasser dans la boutique.

Dans cette maison, il n'y a jamais eu plus d'une ou deux copines de Temra à la fois.

À présent, mon salon est envahi de soldats.

Je sais que c'est nécessaire, mais ça ne m'empêche pas de trouver ça étrange.

†

Lorsque j'ai racheté la maison de mes parents, j'ai pris leur ancienne chambre. Le placard est plein de vêtements de travail, de tabliers de forge et de quelques ensembles un peu élégants que Temra a achetés pour moi, dans l'espoir que je l'accompagnerais dans ses sorties une fois de temps en temps.

Un portrait de mes parents est accroché au mur, entouré de pièces de ferronnerie. J'ai créé des arabesques d'acier pour donner du cachet à ma chambre. Rien de magique, c'est purement décoratif.

Contre un mur, un miroir en pied offert par Temra pour l'un de mes anniversaires. La table de chevet est presque vide : elle ne comporte que deux livres qui appartenaient à ma mère. Des livres sur la forge que je connais à peu près par cœur. Il y a un verre vide à côté – pour étancher ma soif dans la nuit.

Sur un bureau traînent de vieux programmes des pièces de théâtre montées par la ville dans lesquelles Temra a joué. Un tapis bleu, très doux, recouvre la majeure partie du sol. Un lit une place est poussé contre un mur.

À voir ma chambre aujourd'hui, j'ai presque honte de la montrer à Kellyn. Il observe les ferronneries au mur, le portrait de mes parents.

– La plupart de mes affaires sont dans la forge, dis-je, sur la défensive. Parce que c'est là que je passe le plus clair de mon temps.

– J'aime beaucoup, dit Kellyn. C'est simple. Facile à nettoyer, j'imagine.

– Je ne collectionne pas les objets, sauf les outils de forge…

Kellyn passe la main sur le dessus-de-lit, que j'ai pris soin de battre pour le débarrasser de la poussière accumulée.

– Ce lit est minuscule.

– Ha ha, c'est parce qu'on a pris l'habitude de dormir dans des palais !

– C'est vrai qu'on a acquis des goûts de luxe, reconnaît-il. Mais il me plaît, ce petit lit.

Il retire son fourreau et ses bottes avant de soulever les couvertures et de se glisser dans le lit. Il ne reste que quelques centimètres de libre à côté de lui.

– Et pourquoi ça ?

– Tu vas devoir te coller tout près.

Je souris en le rejoignant sous les couvertures.

Chapitre

— 26 —

L'aube pointe, bien trop vite à mon goût, un nouveau jour qui nous rapproche un peu plus de l'arrivée de Kymora. Au moins, j'ai le plaisir de m'habiller avec mes propres vêtements.

Nous prenons notre petit déjeuner en silence. Petrik a préparé un simple gruau d'avoine à la cannelle et au sucre. Le repas avalé rapidement, nous nous rendons dans l'enceinte où le tournoi doit avoir lieu.

Bizarrement, traverser la ville ne me fait plus aussi peur qu'autrefois. Il m'est toujours désagréable d'être entourée de gens, mais mon malaise est moins aigu qu'il n'était. Ai-je changé ? Ou bien est-ce parce que j'ai vraiment de plus gros problèmes pour m'occuper l'esprit ?

Sans doute la deuxième option.

En tout cas, ça n'a rien à voir avec le fait que Kellyn a passé un bras autour de mes épaules.

Le tournoi local était le seul événement de l'année auquel j'étais réellement heureuse d'assister. C'était exaltant de voir les armes que j'avais forgées s'affronter dans un esprit sportif. Ça me rendait fière. J'appréciais même d'interagir avec de vieux clients : je leur demandais comment se comportaient les armes, j'écoutais leurs histoires de voyages.

Cette année, rien de tout ça.

L'enceinte est vide quand on arrive, naturellement. La compétition ne commence pas avant une semaine. C'est drôle d'être ici quand tout est désert.

Pourtant, l'arène de combat, elle, est pleine. Les mercenaires nous attendent. Certains sont assis par terre, s'ennuyant ferme, ne sachant pas trop pourquoi on les a convoqués. D'autres s'amusent à se défier au combat, en toute amitié, pour tester leurs armes.

J'en compte trente-quatre, tous les mercenaires ne sont donc pas encore arrivés en ville.

Pendant que Skiro et le gouverneur Erinar échangent les salutations d'usage, je passe en revue rapidement les armes qui sont exposées.

De courtes épées jumelles qui s'enflamment lorsqu'on leur en donne l'ordre. Une hallebarde qui permet à son porteur de sauter dans les airs à une hauteur prodigieuse. Un fléau d'armes capable de capter la lumière, quelle que soit la direction du soleil, et d'aveugler les ennemis en approche. Des couteaux de lancer dirigés à distance par des mouvements de la main et amenés à frapper exactement là où le lanceur le demande. Une hache à double tranchant qui, simplement pointée dans sa direction, tiendra tout ennemi à distance.

Je regarde toutes ces armes, souriant au souvenir du moment où je les ai forgées. Ces heures de pur bonheur passées à créer.

Soudain, j'aperçois une silhouette qui fait remonter d'autres souvenirs, nettement moins plaisants. L'homme porte une masse à ailettes. Douée du pouvoir de voler le souffle de tous ceux qui se trouvent dans son rayon d'action.

Temra aussi l'a vu.

– Qu'est-ce qu'il fiche ici ?

– Il semblerait qu'il se soit inscrit au tournoi, dis-je entre mes dents.

Temra éclate de rire.

– Arme magique ou pas, les mercenaires ne feraient qu'une bouchée de lui !

– Je parie qu'il s'enfuira en pleurnichant quand il entendra ce qu'on s'apprête à demander aux concurrents.

Kellyn vient s'en mêler.

– Vous parlez du type avec la masse ? C'est qui ?

– Personne d'important, dis-je avec honnêteté, même si je sens mes joues s'empourprer.

– Vous avez un passif ?

La question paraît innocente, mais il me semble entendre une pointe de jalousie dans le ton de Kellyn.

– C'est le fils du gouverneur, et il a essayé de l'embrasser une fois, explique Temra. Quand Ziva a refusé, il a prétendu qu'elle l'avait attaqué. En fin de compte, le gouverneur n'a pas cru à ses mensonges, heureusement. Mais Asel a pris ça comme un affront personnel. Il a même demandé à ses amis de vandaliser la boutique et la forge.

Kellyn observe plus attentivement Asel, jaugeant l'énergumène. C'est assez drôle de les imaginer tous les deux côte à côte.

Kellyn, grand et fort, comparé à Asel, petit et maigrichon.

La chevelure mordorée de Kellyn, les boucles brunes d'Asel.

Le beau visage de Kellyn, les traits hideux d'Asel (hideux à mes yeux, du moins).

Kellyn fait un pas dans la direction d'Asel, et je le rattrape par le bras quand je comprends qu'il compte l'aborder.

– Arrête.

– J'allais juste saluer le fils du gouverneur.

– Pourquoi ferais-tu une chose pareille ?

Il ne répond pas. À ce moment, Asel se tourne brusquement vers nous, comme s'il avait senti le poids de nos regards. Il ouvre des yeux ronds à la vue de Kellyn, pensant sûrement qu'il est l'un des concurrents du tournoi. Puis son regard glisse sur moi, et son expression se teinte d'un mélange de perplexité et de dégoût.

On me tire par le bras, et soudain Kellyn est en train de m'embrasser, d'une façon tout à fait déplacée en public.

Posant les mains sur ses épaules, je le repousse gentiment.

– Qu'est-ce que tu fais ? On a déjà parlé de ça.

Il cligne des yeux.

– Pas de baisers en public. On peut se tenir la main, récite-t-il, se remémorant notre conversation.

– Alors ?

– Je suis désolé. Je ne sais pas ce qui m'a pris, dit Kellyn, sans toutefois me lâcher.

C'est excitant de l'imaginer submergé par le désir de m'embrasser, mais tout de même, je ne comprends pas le moment choisi.

– Est-ce que tu… ne serais pas en train de marquer ton territoire, en quelque sorte ? Devant Asel.

– Peut-être bien, dit-il en faisant la moue.

– Parce que tu te sens menacé par ce freluquet ?

Il a le bon goût d'afficher un air penaud.

– Il t'a maltraitée. Je crois que je voulais lui montrer que tu avais choisi quelqu'un plus digne de toi.

– Plus digne de moi, hein ? je le taquine.

– Ce n'est pas un tout petit peu plaisant de montrer à Asel que quelqu'un d'autre te trouve éminemment désirable ?

– Si, c'est assez plaisant.

– Si tu ne veux pas que je lui parle, soit. Mais préviens-moi si tu as envie de te servir de moi pour te venger. Qu'il s'agisse de démonstrations publiques d'affection ou de quoi que ce soit d'autre.

– Je te préviendrai, dis-je sans pouvoir retenir un grand sourire.

Kellyn scelle notre accord par un hochement de tête, recule d'un pas, puis m'attire contre son flanc pour passer de nouveau un bras autour de mes épaules.

Je coule un regard narquois en direction d'Asel. Il a les yeux rivés sur Kellyn, l'air furibond.

Ça me plaît énormément.

– Ziva !

C'est le gouverneur qui s'approche.

– Gouverneur Erinar, quel plaisir de vous revoir !

– Vous êtes de retour en ville ! Je craignais que le comportement de mon fils vous ait fait fuir pour de bon.

Asel faisait en effet partie des raisons pour lesquelles nous comptions quitter la ville. Toutefois, une autre raison plus pressante a précipité notre départ. Mais ce n'est pas le moment de me lancer dans ce genre d'explications.

– C'est une seigneuresse de guerre qui nous a chassées, en fait. Celle-là même qui s'apprête à nous attaquer.

Le visage d'Erinar s'assombrit.

– Le prince Skiro nous a exposé la situation. Nous serons prêts à la recevoir. C'est une joie de vous savoir de nouveau parmi nous.

– Merci.

Le gouverneur semble vouloir ajouter quelque chose, mais renonce en voyant le bras de Kellyn sur mes épaules. Au lieu de quoi, il se tourne vers les concurrents du tournoi.

– Bienvenue à Lirasu, nobles guerriers ! Vous vous demandez certainement pourquoi on vous a convoqués à cette réunion précoce alors que le tournoi n'aura lieu que dans une semaine. À mes côtés, aujourd'hui, se tient le prince Skiro en personne, souverain du territoire voisin de l'Est. Une crise est survenue, et le prince est venu pour s'adresser à vous tous.

Erinar laisse alors Skiro occuper le centre de la scène.

– Salutations ! dit le prince. Ma sœur, votre souveraine, la princesse Marossa, marche en ce moment même à la tête de ses troupes pour nous rejoindre. Elle m'a confié la tâche de vous exposer la situation et de requérir votre assistance dans la bataille qui s'annonce.

Au mot « bataille », un murmure parcourt la foule de mercenaires assemblés. Même ceux qui regardaient dans le vide d'un air blasé accordent maintenant leur attention à Skiro.

– Nombre d'entre vous connaissent la seigneuresse de guerre Kymora Avedin. Elle était générale des armées de feu mon père. Depuis la partition du royaume, elle a entretenu une puissante armée privée. Sous prétexte, disait-elle, de décourager d'autres royaumes qui aimeraient nous croire vulnérables. Cependant, Kymora attendait son heure, ralliant toujours plus de soldats à sa cause. Elle a l'intention de régner sur Ghadra. De soumettre à sa volonté tous les territoires par la force. Elle y est déjà parvenue en ce qui concerne le mien, et elle est désormais en marche pour Lirasu, afin de conquérir celui de Marossa.

Nouveau murmure, plus fort cette fois. Certains mercenaires commencent à piétiner sur place, à se dandiner. Une énergie fébrile émane de tous ces guerriers. Je crains que certains d'entre eux ne prennent leurs cliques et leurs claques, mais pour l'instant, ils ne bougent pas.

Skiro poursuit son discours.

– Je suis venu avec mes hommes joindre mes forces à celles de Marossa. Les autres membres de la fratrie royale ont envoyé de l'aide.

Il ne précise pas qu'ils en ont envoyé bien peu.

– Nous espérons vous compter vous aussi parmi nos rangs. Voilà pourquoi nous vous avons convoqués ici ce jour. Qui donc veut rejoindre notre combat pour le pays et la liberté ?

Un silence de mort accueille cette dernière question.

Très vite, il ajoute :

– Vous serez payés pour vos services, bien entendu.

De nouveau, le silence.

Puis quelqu'un crie :

– Le tournoi aura-t-il lieu ?

Le prince, pris de court, répond :

– Non, la seigneuresse sera déjà là.

– Donc j'ai fait tout ce chemin pour rien ? demande un autre. Est-ce que mes frais de déplacement seront remboursés, au moins ?

– Vous pourriez sans doute les déduire de la somme que vous recevrez pour porter assistance à vos compatriotes, répond Skiro.

Il a adopté un ton diplomate, mais je vois bien que ces mercenaires usent sa patience.

– Combien vous payez ?

– Il s'agit d'une somme modeste, mais…

– Cette seigneuresse, elle est riche, non ? s'écrie un autre. J'ai l'impression qu'elle paierait un meilleur salaire, puisque de toute façon, le tournoi est annulé.

À ces mots, Skiro affiche une mine horrifiée. Et la mienne doit l'être tout autant.

Kellyn lâche ma main et s'avance à côté du prince.

– Mercenaires, mes confrères ! Ghadra sera méconnaissable à jamais si Kymora s'en empare. Pensez à vos familles, à vos amis. Pensez à ceux qui paient vos salaires. Tout sera détruit si vous vous rangez derrière elle, si vous refusez de combattre avec nous. Je comprends comment fonctionne votre esprit. Je suis l'un des vôtres. Moi aussi, je gagne ma vie à la pointe de mon épée. Mais Kymora est malfaisante. Il n'y aura plus de liberté sous son règne. Pensez à votre avenir.

Un silence.

Quelqu'un répond :

– N'empêche que travailler pour elle, ça paraît tout de même pas si mal. Qu'importe qui règne ? Après tout, un tyran, c'est toujours un tyran.

Des murmures approbateurs enflent dans l'assistance, à mesure que les mercenaires se font à l'idée. Et je comprends soudain que ça ne va pas marcher. On n'arrivera pas à les convaincre de se battre pour nous. Si le prince n'a pas réussi, si Kellyn a échoué, qui d'autre pourrait les persuader ?

Peut-être qu'ils t'écouteraient, toi ? semble dire une toute petite voix au fond de ma tête. Une décharge de peur traverse mon corps. Stop ! j'ordonne à mes membres tremblants, au sang qui se rue dans mes veines comme l'horreur. Rien à faire.

Je ne peux pas. Je ne peux pas monter sur cette estrade à côté de Kellyn et m'adresser à ces gens. Je ne suis personne. Je ne compte pas dans ce monde.

Mais tu as forgé leurs armes. Tu sais ce dont elles sont capables et comment t'en servir. Ils te respectent.

Ça ne change rien. Je ne suis pas une souveraine. Je ne suis pas une mercenaire comme eux. Je suis l'une des pires oratrices de toute la planète, incapable de prendre la parole en public. Je ne ferais qu'empirer la situation.

Le prince et Kellyn sont bombardés de questions. Quelques mercenaires commencent à s'éloigner. D'autres se disputent pour savoir lequel d'entre eux est le meilleur guerrier. D'autres encore semblent avoir déjà oublié la menace posée par Kymora et se querellent à propos de sujets sans aucun lien avec le combat qui s'annonce. Comme ils sont prompts à se dissiper ! Les combattants ne font pas les meilleurs auditoires.

Pourtant, tandis que je regarde s'en aller ceux qui ont l'intention de quitter la ville en emportant leurs armes, mes pieds s'avancent d'eux-mêmes sur l'estrade.

Chapitre 27

– Attendez !

Ma voix monte de ma gorge, mais je n'ai aucun souvenir de lui avoir demandé de se manifester. Je me sens surexcitée, j'ai les mains qui tremblent, les membres à la fois trop légers et insupportablement lourds. Comme si je n'étais pas vraiment là.

Les mercenaires qui s'en allaient s'arrêtent, se tournent ou regardent par-dessus leur épaule.

Kellyn pose ce qu'il pense être une main réconfortante sur mon épaule, mais je le repousse. Il ne faut pas me toucher, là. Je suis déjà complètement débordée par mes sensations et je peux à peine réfléchir.

Commence par ton nom, m'encourage la petite voix. La part de courage toujours cachée dans les recoins les plus éloignés de mon esprit.

– Je suis Ziva Tellion, dis-je d'une voix faible.

Puis je répète les mots en haussant le ton.

– J'ai forgé vos armes, j'ajoute bêtement.

Certaines ont été fabriquées il y a des années. Ils ont peut-être oublié à quoi tu ressemblais. Et certains de ces mercenaires n'ont eu affaire qu'à Temra, donc ils ne peuvent pas te reconnaître. C'est normal de se présenter.

Je me sens quand même idiote. Chaque mot prononcé me brûle la langue. Pourtant, je poursuis :

– J'ai donné à chacun de vous un peu de magie à emporter dans vos périples. Pour vous protéger. J'ai assisté à vos exploits dans ce tournoi pendant des années. Je vous ai vus en action. Vous êtes tous de grands guerriers. Les meilleurs de Ghadra.

Bien, Ziva. Tu as flatté leur vanité. Maintenant, adresse-toi à leur conscience.

Conscience ? En ont-ils seulement une ? Ils combattent pour de l'argent.

Arrête de douter et continue de parler. Tu ne connais pas leur capacité de concentration. Raconte-leur ton histoire et tu verras bien.

– La seigneuresse de guerre Kymora m'a commandé une épée, il y a environ trois ou quatre mois.

Le temps se brouille dans mon esprit, je ne sais plus exactement. Mais ce n'est pas important.

– J'ai forgé un sabre qui vole les secrets de ceux qu'il entaille, et c'est ainsi que j'ai pu entendre les pensées intimes de Kymora. Elle s'était coupée avec la lame, voyez-vous, et le sabre m'a révélé ses intentions très clairement. Son règne serait très différent de celui des princes et des princesses que nous connaissons actuellement. Il n'aurait rien à voir non plus avec celui du roi Arund, pour ceux d'entre vous qui sont assez vieux pour s'en souvenir. Kymora est un tyran de la pire espèce. Elle est avide de pouvoir et ne veut le partager avec personne. Elle ne supporte pas que les gens puissent choisir librement leur destin. Vous croyez que vous gagneriez à ce que ce soit elle qui paie vos salaires ? Et quand elle vous ordonnera de massacrer des enfants dont les parents refusent la réquisition de leur récolte pour nourrir ses soldats ? Et quand elle vous cantonnera à des basses besognes, qu'elle vous réduira à être des gardiens serviles ?

Je prends courage en voyant les mercenaires qui s'étaient éloignés revenir m'écouter. Je joins mes mains pour tenter de contrôler mes tremblements. Toujours incapable de regarder quiconque dans les yeux, je fixe mon attention un peu au-dessus de leur tête. J'espère que ça donnera l'illusion que je les observe tous.

– Vous n'aurez plus le choix. Tout ce qu'elle désire obtenir de vous et de vos armes magiques, elle l'exigera. Et toute résistance sera punie d'une exécution immédiate, sans jugement. C'est une générale. Elle ne plaisante pas avec l'insubordination. Vous serez des laquais. Finis les féroces mercenaires libres d'accepter les boulots où et quand ils veulent. Elle se fiche de la population. Elle ne défend que ses propres intérêts. Elle veut la terre, mais pas les gens qui la cultivent et y vivent. Elle veut prendre possession de vos armes. Elle voulait que j'en forge d'autres pour son armée. Et si j'ai réussi à rendre le sabre magique inutilisable, elle cherche toujours à me capturer pour me forcer à fabriquer des armes qui les rendront, elle et ses troupes, invincibles.

Je radote, c'est sûr. C'est un cauchemar de parler en public, et je n'en vois malheureusement pas la fin. Pourtant, je dois continuer.

– Vous ne me connaissez pas bien. Vous savez seulement ce que j'ai fait pour vous. Ce que je peux encore faire. Je sais que nos chances de réussite sont minces. Les troupes de Kymora sont bien plus nombreuses que les nôtres.

Ça grogne dans l'assistance. Je jette un coup d'œil à Skiro qui a blêmi. Manifestement, il n'avait pas l'intention de révéler cette information.

– Mais, je m'empresse d'ajouter, je peux ensorceler l'armure de chacun d'entre vous. À elle seule, votre habileté fait de vous des guerriers redoutables. Avec mes armes, vous êtes quasiment invincibles. Avec une armure magique, vous serez intouchables ! Je ne vous demande pas de vous battre pour moi ou pour Ghadra. Je vous demande de vous battre pour protéger votre mode de vie.

J'aspire de grandes goulées d'air, comme si j'étais restée en apnée tout le temps de mon ridicule petit discours. J'ai bien dû respirer, pourtant ?

Dois-je en dire plus ? Qu'y a-t-il à ajouter ?

Ai-je parlé du danger que représente Kymora ?

Leur ai-je dit mon nom ?

Déesses, j'ai oublié tout ce que je viens de dire !

Le silence s'étire de nouveau, interminable. Je voudrais arracher ma peau.

Soudain une voix s'élève de la foule :

– Et on sera payés pour se battre contre cette seigneuresse ?

– Mais oui, bon sang ! aboie Skiro. C'est si difficile à…

Je le coupe.

– Vous serez payés. Vous recevrez une armure magique que vous pourrez garder. Et je combattrai à vos côtés.

Idiote ! je pense aussitôt. Qu'est-ce que ça peut bien leur faire que je me batte avec eux ?

C'est alors qu'un des mercenaires déclare :

– J'en suis.

– Moi aussi, je veux bien l'armure gratuite.

– Songez aux histoires qu'on pourra raconter ! Combattre aux côtés de la forgeronne magicienne en personne !

– Un boulot est un boulot.

– Peut-être qu'ils reprogrammeront le tournoi après la bataille. Autant rester dans le coin.

Un par un, ils acceptent notre offre. Sauf Asel, qui se contente de prendre la pose à côté de son père.

Observant ces nouvelles forces qui viennent grossir les rangs de notre armée, je n'en reviens pas. C'est grâce à moi !

– Formidable, déclare Skiro. À présent, il faut nous préparer.

†

Marossa et nos soldats arrivent trois jours plus tard. Combien sont-ils ? Quatre cent quatre-vingt-dix-huit. En y ajoutant les mercenaires (dont le nombre a grossi à mesure que de nouveaux combattants se présentaient pour le tournoi), on arrive à un total de cinq cent quarante et un.

Contre près de deux mille.

La bataille précédente était encore plus déséquilibrée, mais Lirasu n'est pas la capitale de Skiro. Il n'y a pas de château, pas de hauts murs pour protéger les habitants. Pas de tourelles défensives.

Il sera beaucoup plus facile pour l'ennemi de nous encercler et de nous submerger par le nombre.

Sans compter que ces hommes sont désormais commandés par Kymora, une habile stratège.

Lors du premier conseil de guerre tenu à Lirasu, en présence de Marossa, Skiro et leurs conseillers, Petrik expose ses réflexions :

– J'ai étudié les plans de la ville. En me fondant sur tout ce que j'ai pu lire concernant l'art de la guerre, j'ai élaboré quelques idées pour équilibrer le combat. Nous devons occuper une position dominante sur le terrain. Je voudrais qu'on utilise la montagne. Qu'on y poste en hauteur la plupart de nos forces et qu'on tende des embuscades sur ses flancs pour piéger les soldats de Kymora qui tenteront de l'escalader. Ils seront fatigués de leur marche, on veut les fatiguer un peu plus.

– Et si Kymora décide tout simplement de nous ignorer ? demande Temra. Pourquoi prendrait-elle le risque de nous affronter alors qu'elle peut poursuivre sa marche et attaquer la capitale de Marossa, maintenant qu'elle n'est plus défendue ?

– Nous avons quelque chose qui l'intéresse, dit Petrik avec un sourire rusé.

– Moi, dis-je en déglutissant difficilement.

Il confirme et finit d'exposer son plan.

†

Le prince et la princesse envoient des éclaireurs pour estimer l'avancée des troupes de l'ennemi. Lorsqu'ils reviennent et annoncent que l'armée de Kymora sera là dans deux jours, la peur s'abat sur la cité.

La ville se vide. Ceux qui ont les moyens de fuir, ceux qui ont de la famille ou des amis susceptibles de les accueillir ailleurs partent les rejoindre. Les autres campent dans les montagnes ou se barricadent dans des celliers souterrains ou d'autres abris sûrs.

Enfin, sûrs… sauf si Kymora remporte la bataille.

J'ensorcelle des pièces d'armure. Tout ce qu'on peut trouver dans la ville. Le gouverneur réussit à en réunir assez pour équiper ses propres hommes ainsi que les mercenaires. Kellyn s'exerce avec les mercenaires et les soldats, passant en revue avec eux le plan jusqu'à ce qu'ils en connaissent par cœur le moindre détail. Temra s'entraîne avec eux, se hissant à son meilleur niveau.

De son côté, Petrik planifie les embuscades avec Reniver, le mari du gouverneur.

Une nuit passe, puis un jour et une autre nuit.

C'est le jour J.

Cachés dans la forêt, nous guettons les premiers signes de l'armée en marche. J'ai le cœur au bord des lèvres, le souffle coupé par la peur.

La seule chose qui me réconforte, c'est que Temra est en sécurité pour l'instant, là-haut sur la montagne avec plus de la moitié de nos troupes.

Pourtant, elle n'a pas été facile à convaincre : elle voulait tellement être sur le terrain, au cœur de la bataille.

– Je peux combattre avec les mercenaires et les autres fantassins, insistait-elle.

Avant que je puisse trouver un argument pour contrer ce plan, Petrik est intervenu :

– On a besoin de quelqu'un pour prendre la tête de nos troupes cachées dans la montagne. Tu es la seule en qui j'ai assez confiance.

– Mais je n'ai pas eu le droit de me battre la dernière fois non plus ! a protesté Temra. Vous m'avez collée à l'évacuation par le portail. S'il vous plaît, ne me tenez pas à l'écart des combats. Je vous en supplie !

– Il y aura bien assez d'action sur la montagne, a dit Petrik. On ne te tient pas à l'écart, on te tient en réserve pour la deuxième vague d'assaut. On aura besoin de toi quand le combat sera le plus âpre.

Ce dernier argument a mis fin à ses protestations.

Je suis tellement reconnaissante à Petrik d'avoir trouvé exactement les mots pour la convaincre ! Même si une petite part égoïste de moi-même aimerait l'avoir à mon côté en ce moment. Le réconfort que m'apporte sa présence. Au moins, Kellyn est là.

Mais cette attente dans les bois me tuera !

C'est le moment que choisit Petrik pour me dire :

– Ziva, si ça tourne mal, je veux que tu fasses quelque chose pour moi.

M'imaginant qu'il va me demander de protéger Temra à tout prix, je réponds :

– Bien sûr.

– Va à la mine.

Je ne suis pas sûre d'avoir bien entendu.

– La mine ?

– Oui.

– Que suis-je censée faire une fois que j'y serai ?

– Tu le sauras une fois sur place. Peut-être. Si c'est possible.

– Quoi ?

– Fais-moi confiance. Je ne veux rien expliquer parce que si je le fais, tu vas paniquer rien que d'y penser.

– Tu me connais un peu trop bien.

– Aie confiance en toi, c'est tout ce que je demande. Je sais que tu es capable de prouesses extraordinaires, et si la bataille tourne à notre désavantage, je veux que tu tentes quelque chose. Même si ça te paraît impossible. D'accord ?

– Quelque chose que tu refuses de préciser parce que je risque de trop réfléchir ?

– Exactement. Promets-moi que tu essaieras.

Avant que j'aie le temps de répondre, le signal retentit à travers le bois. Le trille aigu d'un oiseau qu'on ne trouve pas dans cette région. Les hommes cessent immédiatement de murmurer. Je retiens mon souffle. Nous attendons tous de voir qui s'approche.

Nous sommes camouflés en vert et brun pour nous fondre dans notre environnement. Certains d'entre nous ont fixé à leurs bras et jambes des frondaisons de fougères. D'autres sont allongés à plat ventre, épiant le sentier à travers le feuillage.

Une silhouette solitaire marche en silence dans la forêt. Elle n'arbore pas les couleurs de Kymora, mais elle a l'air bien trop détendue, à voyager seule et sans vivres, pour être autre chose qu'un soldat de la seigneuresse.

La femme, petite, se déplace avec une grâce qui lui permet de se faufiler rapidement d'arbre en arbre. Elle ne marche pas sur la route, mais juste à côté. Si nous n'avions pas été en alerte, personne ne l'aurait vue.

– Éclaireur, murmure Kellyn à mon oreille.

Que fait-on ? La laisse-t-on aller jusqu'à la ville pour la trouver déserte ? Et si Kymora renonce à attaquer parce qu'elle soupçonne une embuscade ?

Le bruit feutré d'une flèche fend le silence. Elle transperce l'œil gauche de la femme et ressort par l'arrière de son crâne.

La princesse Marossa descend de l'arbre où elle avait grimpé et s'avance vers le corps. Je ferme les yeux quand je comprends qu'elle est partie récupérer sa flèche.

Quand je les rouvre, elle est en train d'essuyer le sang qui souille sa flèche sur les vêtements de la morte. Marossa lève alors la tête et nous surprend à la fixer, interdits.

– Si la seigneuresse de guerre veut savoir ce qui l'attend, elle devra venir voir par elle-même. Personne ne traverse nos lignes, personne n'ira faire de rapport.

Ensuite, elle grimpe de nouveau dans son arbre.

Une heure plus tard, le signal résonne de nouveau. Un autre éclaireur, cette fois un homme mince.

Lorsqu'il trouve le corps de sa camarade, il se baisse pour l'examiner.

Marossa le neutralise à son tour.

Un troisième éclaireur subit le même sort un peu plus tard.

C'est alors que nous entendons le bruit que font des centaines de pieds en marche, un bruit qu'il est impossible de masquer même en prenant les plus grandes précautions. Le sol tremble légèrement.

Contrairement à Ravis, Kymora marche à la tête de son armée. Elle est à cheval, en grande armure, ses hommes la suivant à pied. Ils avancent en formation serrée, occupant exactement la largeur de la route. Elle a clairement pris le temps de parfaire leur entraînement.

Obéissant à un ordre invisible, toute la troupe s'arrête.

Il est impossible que Kymora nous ait vus (nous avons caché les corps des éclaireurs), pourtant, son instinct semble la pousser à scruter la végétation qui l'entoure.

– Nous voici, dit Kymora sur le ton de la conversation. Vous vouliez que j'entre en aveugle dans votre ville. Je suis prête pour votre embuscade, allez-y.

Petrik avale sa salive. Malgré toutes ses lectures et ses plans, sa mère est tout simplement meilleure. Nous ne faisons pas le poids face à ses compétences et son expérience.

Pas une âme ne bouge en réaction aux paroles de la seigneuresse.

Comment lancer une embuscade quand c'est elle qui nous l'ordonne ?

Kymora croise les bras sur sa poitrine.

– J'attends.

Mais personne ne lève le petit doigt.

Elle soupire.

– C'est trop calme. Les animaux sauvages se terrent et vous avez oublié une trace de sang sur cette fougère. Vraiment, c'est pitoyable de vous voir jouer à la guerre. Était-ce une idée de mon fils ? J'attendais mieux de sa part. Vous êtes certainement…

Marossa décoche une flèche. À cette distance, c'est ambitieux, même pour l'archer redoutable qu'elle est. Pourtant, elle a visé juste. La flèche vole droit vers le visage de Kymora.

D'un mouvement trop rapide pour l'entendement, Kymora détourne la flèche d'un coup d'épée. Puis pose les yeux sur Marossa dans son arbre.

– Princesse, la salue Kymora.

Non, non, non, ça ne va pas du tout !

Je me tourne vers Petrik et lui demande dans un geste désespéré : que fait-on ?

On était censés attendre que Kymora franchisse une ligne invisible et bondir à ce moment-là. Mais elle est encore loin de cette ligne imaginaire et a repéré Marossa.

Kymora sourit.

– Mes hommes savent qu'il ne faut pas révéler son jeu. Abattez cet arbre, dit-elle à quelqu'un derrière elle.

Des hommes munis de haches s'avancent. On n'a plus le temps de réfléchir. Marossa décoche une nouvelle flèche, neutralise un des hommes, mais d'autres s'avancent alors avec des boucliers pour couvrir leurs camarades pendant qu'ils attaquent le tronc.

Je pousse Petrik du coude.

Avec un soupir sonore, il se lève. Le reste de notre troupe l'imite. Nous sommes environ deux cents, mercenaires compris. Armes à la main, nous faisons face à Kymora et ses hommes sur la route.

– Vous voilà ! dit Kymora. J'entendais vos battements de cœur affolés.

Puis elle ajoute, toujours comme si de rien n'était :

– Tirez, s'il vous plaît.

Tirez ? Elle veut qu'on se tire ? Qu'on capitule ?

Mais alors une volée de flèches s'abat sur nous de tous côtés comme une grêle meurtrière.

Ce sont mes armures magiques qui nous sauvent. Les flèches rebondissent sur l'acier sans faire de dégâts, la magie protégeant notre compagnie tout entière. Un crépitement de gouttes d'eau résonne dans la forêt.

– Ah, Ziva. Je vois que tu as bien travaillé. Une autre volée !

Il n'y a pas de commandant digne de ce nom dans nos rangs. Personne pour prendre les décisions. Petrik était censé mener la charge quand Kymora et ses soldats seraient à l'endroit voulu, mais ça ne s'est pas passé comme prévu.

Petrik a les yeux rivés sur sa mère, pétrifié, complètement perdu.

Je ne peux pas lui en vouloir : ils ont la relation mère-fils la plus compliquée que je connaisse.

Je fixe mon regard sur la femme qui a assassiné mes parents. Qui a essayé de tuer ma sœur. La femme qui a décidé de me capturer et de détruire tout le reste.

Quelqu'un doit l'en empêcher.

Alors, malgré mon sentiment de ridicule, je crie :

– Chargez !

Et je me mets à courir.

Chapitre
— 28 —

Les fougères me fouettent les mollets, les ronces s'accrochent à mes chevilles, mais la puissance de ma course les en arrache. Autour de moi bruissent les pas des autres qui m'ont suivie : les mercenaires, mes amis, les soldats de Skiro et Marossa.

Kymora ricane ; je ne l'entends pas, mais je le sais à son air moqueur.

– Allez ! Arrêtez-moi cette bande de gueux ! ordonne-t-elle.

Le flot de ses soldats se déverse de part et d'autre de la seigneuresse, se ruant vers nous.

Je pensais que la bataille pour la capitale de Skiro était un chaos sans nom. Mais ce n'est rien, comparé au tohu-bohu d'un combat frontal sur terrain plat. Le tumulte des corps qui se heurtent, les hurlements de l'acier sur les boucliers, les grognements et les plaintes qui déchirent l'air.

Ma vision submergée de rouge, d'abord celui des tuniques des soldats adverses puis, bien sûr, celui du sang.

Mon bouclier arrête l'homme qui charge droit sur moi. Le souffle coupé, il est projeté en arrière. J'abats mon marteau, le temps de voir ses yeux écarquillés, et Agonie lui enfonce le front. J'ai un goût de bile dans la bouche en fonçant sur le soldat suivant. Du coin de l'œil, je vois des hommes voler comme des quilles, envoyés valser par une épée longue ensorcelée. Les haches magiques ne suivent pas une trajectoire rectiligne, mais dessinent des arcs de cercle, éliminant plusieurs ennemis à chaque lancer avant de revenir dans la main du lanceur. J'entends un rire derrière moi : c'est un mercenaire massif, doté à la main gauche d'un gantelet magique et qui assomme ses adversaires à chaque coup.

Les coups de nos ennemis ne peuvent entamer nos armures magiques.

On ne peut pas vraiment dire que je me détende, mais quelque chose en moi cesse de trembler. J'aperçois çà et là sur le champ de bataille les armes que j'ai forgées pour Ravis : elles résistent aux coups et reviennent se loger dans la main de leur maître quand celui-ci est désarmé, mais elles ne font pas le poids face à toutes celles que j'ai fabriquées pour les mercenaires au fil des ans.

Peut-être que je ne serai pas obligée d'abandonner la forge d'armes magiques. En voyant ses bienfaits, là, en cet instant, je me dis que je pourrais reprendre le métier que j'aime si je suis prudente dans le choix de mes clients. Ces pensées me traversent en un éclair, alors qu'au même moment, nous sommes encerclés de rouge : les archers de Kymora s'avancent, brandissant à présent des lances. Marossa et ses archers les abattent un par un, grâce à des tirs ajustés depuis les arbres où ils sont perchés. Malgré tout, quelques lanciers percent les lignes et nos hommes de flanc se retrouvent à lutter contre plusieurs adversaires à la fois.

– Visez les jointures des armures ! tonne Kymora, couvrant le vacarme. Sous les bras, derrière les genoux !

Et nos soldats commencent à tomber.

J'effectue des moulinets des deux bras, enfonçant un nez ici, explosant une rotule là, brisant une clavicule. Ceux qui m'attaquent tombent sous la puissance magique d'Écho, et mes compagnons de lutte leur tranchent la gorge, m'évitant de donner le coup fatal. Un répit de courte durée.

Il faut distribuer la mort encore et encore.

Un tumulte vers l'avant me fait lever les yeux de ma dernière victime. Un colosse comme je n'en ai jamais vu fend la foule en balançant un marteau de guerre gigantesque sur son passage.

Je ressens la magie qui s'en dégage, même à distance. Elle m'appelle, car elle fait partie de moi, née de ma surprise lorsque Ravis m'avait interrompue en plein milieu d'un sort. Ravis avait appelé le colosse par son nom pour qu'il teste l'arme. Je cherche dans ma mémoire.

Izan.

Ça me revient au moment où il abat son marteau sur l'un de nos hommes, le faisant exploser en milliers de minuscules particules d'os, de sang, de tendons et de chair qui éclaboussent les combattants à proximité.

L'un des mercenaires se jette sur Izan, comptant sur son épée magique pour parer le coup de marteau, mais sa lame aussi explose à l'impact, des éclats de métal entaillent son propriétaire avant qu'Izan ne l'achève.

Ses entrailles sont projetées alentour. Mais cette fois, au lieu de la honte, un sentiment nouveau naît en moi.

La fureur.

Il s'agit de mon arme. Il en fait un usage néfaste.

Je ne suis pas d'accord.

Je vais l'arrêter.

La rage éteint ma peur. Mes angoisses s'évaporent. Après tout, je n'ai pas l'intention de discuter avec cet homme.

Je n'y avais jamais pensé avant mais, en plein combat, on ne regarde pas les yeux de son ennemi. On ne voit que ses armes, leurs mouvements. Un instant, il est possible de dissocier la créature devant vous de l'être humain de chair et d'os. Ce n'est plus qu'une masse en mouvement, décidée à vous anéantir, et que vous devez détruire avant qu'elle ne vous tue. On attaque l'adversaire suivant en se fiant aux couleurs qu'il porte. On agit sans réfléchir. Tant qu'on est dans l'action, dans le mouvement, la bataille continue de faire rage.

Mais ce guerrier-ci ? Je l'ai choisi. Je le regarde droit dans les yeux en m'avançant vers lui, même si mes marteaux paraissent pitoyables à côté de la masse énorme de son marteau de guerre.

Ses lèvres ébauchent un sourire, une joie mauvaise brûle dans ses yeux. Voici un homme qui aime son métier. Qui prend plaisir à tuer. Et qui se réjouit à l'idée de me détruire.

Pas si je le tue avant.

J'aurais cru que le poids de son marteau le ralentirait, mais il se rue sur moi à une vitesse prodigieuse.

Je devrais être pétrifiée. Les combattants raisonnables fuient devant ce guerrier, ils ne vont pas à sa rencontre.

Mais je n'ai pas peur d'une arme que j'ai forgée, qui fait partie de moi.

Au moment de nous rejoindre, Izan lève son marteau d'un geste assuré avant de l'abattre. Je m'abrite derrière mon bouclier à la dernière seconde. Alors que je recule sous le choc, Izan *vole* en arrière. La force de son propre coup réverbérée le projette dans les airs, par-dessus la tête des autres combattants. En retombant, il assomme deux de ses compagnons d'armes. Agonie absorbe le choc, emmagasinant de la puissance.

Écho n'est même pas fendu, immunisé contre la magie du marteau adverse qui n'a touché que le bouclier invisible.

C'est extrêmement satisfaisant d'observer Izan se démener pour reprendre pied, mais il finit par se rétablir puis, dégageant un soldat de son passage et reprenant son marteau de guerre, il m'attaque derechef.

Son premier coup manqué l'a rendu enragé. Il charge. Je m'abrite derrière mon marteau de gauche, attendant le coup de masse suivant. Autant laisser cette brute se fatiguer avant de lancer mes propres attaques.

Au lieu de quoi Izan lance la poignée de son arme en avant pour tester le bouclier invisible. Il donne des coups légers du bout du manche, cherchant les limites du bouclier.

J'avance et repousse la poignée sur le côté grâce à Écho, tout en balançant mon propre marteau dans l'ouverture créée. Mais Izan esquive par une pirouette agile, surprenante chez un homme de son gabarit. Sa manœuvre me prend de court et il en profite : le manche de son marteau trouve le bord de mon bouclier et il me l'arrache de la main, l'envoyant glisser loin de moi. Puis d'un coup d'épaule, il me fait tomber à plat dos.

Alors il lève son marteau, se préparant à m'écraser dans la poussière.

– Ziva !

Un cri d'horreur retentit. Je reconnais vaguement la voix de Kellyn, mais je n'ai pas le temps de répondre.

Je roule sur le côté pour échapper au marteau qui s'enfonce dans le sol à l'endroit exact où était ma tête il y a une demi-seconde. Je ressens le choc comme s'il m'avait atteint. Sous ce coup dantesque, des mottes de terre volent en tous sens, retombent en pluie de grêle sur mon visage.

Sans se démonter après ce coup manqué, Izan brandit de nouveau son marteau, un sourire dément aux lèvres. Je continue de rouler, légèrement ralentie par l'armure que je porte, essayant à toute force d'échapper à ce marteau. Agonie n'est pas de taille à lutter, mais je le garde bien serré contre moi en roulant. Je n'ai pas le temps de m'en servir, de toute façon. Tout ce que je peux faire, c'est continuer de rouler, de bouger. Je commence à avoir le tournis.

Izan grogne :

– Tiens-toi tranquille !

Mais bien sûr !

Je roule et roule, quelle inconscience de s'attaquer à lui ! Qu'importe que j'aie fabriqué son arme ? Elle est capable de me tuer comme n'importe qui d'autre. Je ne suis pas invincible. Je ne suis même pas une grande guerrière. J'étais juste tellement en colère ! Mais cette furie s'est envolée et je me bats maintenant pour sauver ma peau.

Je roule encore une fois et mon corps heurte une surface dure.

Un rocher, qui m'empêche de rouler plus loin.

Horrifiée, je lève les yeux sur mon adversaire : il sait qu'il me tient. Il lève haut son marteau…

Sans réfléchir, je lui balance un grand coup de botte dans l'entrejambe.

Il s'étrangle de douleur, lâche son marteau et agrippe sa virilité blessée à deux mains.

Avec un hurlement sauvage, je me dresse sur les genoux et envoie mon marteau fracasser ce qui se trouve à sa portée.

J'entends un craquement de tonnerre. Un son indescriptible échappe à la brute et il chancelle sur le côté.

Je crois que je lui ai brisé le bassin, mais je ne m'arrête pas pour vérifier. Je frappe de nouveau. Encore et encore, de plus en plus haut, fracassant des côtes, enfonçant son sternum. Pulvérisant son nez.

Je hurle, je gronde, je suis hors de moi, méconnaissable. La raison n'a plus cours ici.

– Ziva, répète la voix.

Des bras m'entourent, me hissent sur mes pieds. D'instinct, je retiens mon attaque car je reconnais la voix.

– Kellyn ?

J'essaie de me rappeler que le monde ne se limite pas à moi et la brute morte. Une bataille entière fait rage. D'autres ennemis à abattre. D'autre sang à faire couler.

Ma respiration s'accélère, prélude à une possible attaque de panique qui tombe au plus mal.

Mon corps n'est pas du même avis.

Le sentiment de désastre imminent s'enfonce dans mon crâne, y prend ses aises, comme s'il avait tout son temps, lui. Je m'accroche à Kellyn, mes mains glissent sur le sang qui macule son armure.

Il me maintient serrée de son bras gauche, et je tente de reprendre le contrôle de mon souffle. Pendant ce temps, il tient Lady Tueuse dans sa main droite (d'une seule main !) et me défend tandis que je me dissous dans l'hystérie.

Déesses sacrées ! Ce n'est *vraiment* pas le moment !

J'essaie de me concentrer sur l'odeur de Kellyn, mais elle est mêlée de sang, de terre et d'autres immondices. Il me tourne de-ci de-là, s'efforçant de me protéger tandis qu'il lutte contre des ennemis qui me sont invisibles car ma tête est pressée entre son cou et son épaule. Je tremble. Je tombe. Je meurs sûrement.

Et puis, soudain, je respire à nouveau. Ma main se referme sur mon marteau, en éprouve le poids, la robustesse rassurante. Je me dégage du bras de Kellyn et l'aide à repousser l'assaillant qui tentait de profiter de la situation. La lame de Kellyn lui tranche le cou, arrêtée par l'os, le décapitant à demi.

Je cours à la recherche de mon bouclier-marteau.

– J'ai cru qu'il te tenait, souffle Kellyn.

– Moi aussi.

– La prochaine fois, vise les couilles tout de suite et épargne-moi la crise cardiaque, s'il te plaît.

Je crois que mon marteau a volé par ici. Je trébuche sur des cadavres, esquive des coups. Kellyn est juste derrière moi.

– Je ferai de mon mieux, dis-je.

Allez, où es-tu, marteau de malheur ?

C'est le chaos tout autour de nous. Je ne sais pas si nous sommes en train de gagner ou de perdre. Le combat s'étend désormais de part et d'autre de la route. Marossa et ses archers éliminent les ennemis isolés, mais ils ne peuvent prendre le risque de toucher leurs compagnons dans le gros de la mêlée.

Enfin, j'aperçois mon marteau.

Mais il y a une botte juste à côté. Je lève les yeux, prête à affronter l'ennemi avec l'aide de Kellyn. Et je découvre qu'il s'agit de Kymora.

Sauf que ce n'est pas juste Kymora. En rang, bien alignées, se tiennent *cinq* Kymora. Elles portent des tuniques identiques, des chignons identiques, des bottes identiques, bien cirées. À côté du dernier avatar, une fille que je reconnais immédiatement.

La Fileuse de coton, Elany, qui contemple avec un plaisir non dissimulé le carnage qui l'entoure.

Qu'a-t-elle fait ?

La Kymora du milieu se baisse, ramasse mon marteau, le tenant délicatement dans sa main gauche.

– La première des nombreuses armes de ce genre que j'ai l'intention de prendre en main, dit-elle.

Inclinant la tête, elle semble attendre de voir ma réaction.

Kymora s'est emparée d'Écho. Je ne reprendrai pas mon marteau.

Les quatre sosies sèment la confusion et la terreur dans nos rangs.

Je sens la main de Kellyn me saisir par l'épaule.

– Retraite ! crie-t-il, donnant l'ordre qu'était censé donner Petrik le moment venu.

Ce moment, c'est maintenant.

Le plan, c'était de laisser l'ennemi nous déborder. De me montrer à Kymora. Puis de courir se réfugier dans la montagne.

Mais à présent, Kymora a une arme magique, et qui sait où a atterri le marteau d'Izan ?

Il est grand temps de battre en retraite. On ne plaisante plus. Kymora a déjà l'avantage de son talent et de son expérience, de quoi sera-t-elle capable avec mon bouclier-marteau ?

Rompant le combat, on tourne les talons, détalant ventre à terre. Coupant à travers la ville, on court dans les rues désertes jusqu'à atteindre la pente abrupte des contreforts.

J'entends crier Kymora, mais je ne distingue pas ce qu'elle dit : je suis trop occupée à fuir, à m'éloigner à tout prix de la femme dangereuse qui m'a volé mon marteau.

C'est exactement ce que je craignais. La magie aux mains de ceux qui veulent s'en servir pour le mal. Imaginez que ça soit l'épée de Kellyn ! J'en frémis malgré moi.

Nous attaquons l'ascension avec précaution, évitant les pièges que nous avons nous-mêmes posés. Le sentier est raide, une montée brutale qui met mes poumons et mes jambes à rude épreuve. Mais en bas, c'est la mort assurée. Il faut leur laisser croire qu'ils sont en train de gagner. Il faut convaincre Kymora de nous suivre.

D'ailleurs, ils sont en train de gagner : ils sont encore bien plus nombreux que nous. Mais j'essaie de ne pas y penser. Temra est en haut de cette montée. La cavalerie de Marossa nous attend. Il nous suffit de grimper.

Kellyn souffle comme une forge, et moi aussi. Je lui prends la main pour le hisser à ma suite. Ou bien est-ce lui qui me traîne derrière lui ? Impossible à dire.

Parvenue au point prévu à flanc de montagne, je jette un œil vers le bas. La plupart des mercenaires sont sur nos talons, et je suis soulagée de voir leur nombre. La princesse est avec eux, mais il manque beaucoup d'archers. Ils n'ont pas dû réussir à descendre de leurs arbres à temps pour échapper à l'ennemi. Ils ne portaient pas d'armure magique : comment auraient-ils pu grimper dans les arbres, lestés d'un tel poids ?

Un vertige horrible manque me faire défaillir. J'ai l'impression de tomber sans fin, de plonger vers une mort atroce. Je savais qu'il y aurait des pertes, il y en a eu lors de la précédente bataille. Pourtant, c'est toujours un choc douloureux.

– Eh bien ? demande Skiro lorsque nous le rejoignons.

À côté du prince se tiennent Petrik et Temra. L'érudit résume :

– Ils arrivent. Elle a subi des pertes. Les mercenaires ont fait de sacrés dégâts dans ses rangs, mais nous aussi avons perdu beaucoup d'hommes.

– Alors frappons encore plus fort avec la deuxième vague.

Kymora et ses soldats ont reformé leurs lignes. Ils coupent à travers bois, maintenant que nos archers ont été neutralisés, traversent la ville au pas de course et approchent du pied des montagnes.

Les sosies de Kymora forment une ligne à l'avant des troupes, mais je sais distinguer celle qui pose la menace réelle. Elle a mon marteau à la main. C'est elle qui scrute les environs, interrogeant du regard la pente de la montagne. Elle pose les yeux sur moi. À cent mètres de là, ce regard me fait l'effet d'une douche froide. Je lis sur ses lèvres l'ordre simple qu'elle donne à ses soldats : « Grimpez ! »

Nous observons les hommes et les quatre autres Kymora commencer l'ascension. Leur progression est lente : ils sont encore plus fatigués que nous, usés par leur longue marche de la veille. Ils ont le souffle court, la sueur inonde leur front.

Marossa tire les quelques flèches qui lui restent sur les assaillants. Nos hommes libèrent de gros rochers et des troncs d'arbres que nous avons positionnés auparavant précisément. Ils dévalent la pente en emportant dans leur course les soldats à la tunique rouge, vaincus par la gravité. Les guerriers de Kymora sont écrasés, meurtris, désarticulés par la masse de la montagne que nous écroulons sur eux.

Mais ceux qui tombent sont remplacés par d'autres. Et Kymora n'est pas stupide :

– Grimpez par les flancs ! N'attaquez pas de front.

Ses hommes lui obéissent sans poser de questions, se positionnant de part et d'autre de nos rangs serrés. Hors de portée de nos pièges.

Lorsque les forces de la seigneuresse sont à mi-chemin de leur ascension, je prends la main de Temra. De l'autre, elle porte un cor à ses lèvres. Depuis leur position plus élevée que la nôtre, cachés derrière les arbres et les reliefs naturels de la montagne, les cavaliers de Marossa se jettent dans la descente. Les chevaux chargent l'ennemi, bousculant les hommes, les fauchant en pleine course et les envoyant rouler au bas de la pente. Les sabres sifflent dans l'air et tranchent des têtes. Les lances percent les chairs. Les haches fendent les armures.

La moitié des forces de Kymora sont désormais hors jeu, alors que nous n'en avons perdu qu'un tiers – selon mon estimation. Mais ça ne suffit pas à me convaincre que nous allons gagner cette bataille. Pas encore.

Le premier moment de surprise passé, les soldats de Kymora répliquent. Ses archers criblent de flèches les chevaux. Les pauvres bêtes s'écroulent, entraînant leur cavalier dans une chute sans fin. Kymora est restée au pied des monts, attendant son heure, observant ses hommes, leur criant des ordres précis qui doivent les mener à la victoire.

Nous n'avons ni l'expérience ni la connaissance nécessaire pour contrer ses instincts. Mais nous avons des hommes et des femmes déterminés à défendre leur territoire et leur mode de vie. Faites que ce soit assez !

Les combats reprennent de plus belle dès que les soldats de Kymora nous rejoignent. Se battre en terrain accidenté ajoute une grande difficulté. Toutefois, c'est l'adversaire le plus fatigué qui est le plus susceptible de commettre des erreurs.

Je reste tout près de ma sœur, dos à dos, et nous repoussons les attaquants. Elle fait tournoyer Minuit avec une détermination farouche. Petrik a beau lancer son bâton sur quiconque tente d'approcher Temra, certains réussissent à se faufiler.

Elle se bat comme une lionne, leste du geste et vive sur ses pieds. C'est une vision terrifiante que ces soldats qui se ruent sur elle avec leurs lames d'acier, mais je dois me concentrer sur mes propres adversaires.

Privée de bouclier-marteau, je frappe et j'esquive sans relâche, protégeant les arrières de Temra avec une sauvagerie capable d'ébouler cette montagne.

Nos mercenaires et leurs armes magiques font un boulot incroyable : ils éliminent des douzaines de soldats adverses. Pourtant, submergés par le nombre des hommes aux tuniques rouges, nos guerriers se retrouvent encerclés. Les pertes s'accumulent.

Quand les sosies de Kymora entrent dans la mêlée, la résistance faiblit. Des hommes fuient à la vue de la redoutable guerrière. D'autres restent un instant figés par la peur, l'instant qu'il faut à leur adversaire pour prendre le dessus. La seule présence de cette femme suffit à semer une confusion extrême dans un combat que nous sommes en train de perdre.

Les chevaux hennissent. Les hommes gémissent. Le métal hurle.

Souffrance et chaos.

Mort. Partout la mort.

Les soldats ennemis sont de plus en plus nombreux au sommet de la montagne. Leurs flèches abattent quiconque s'écarte de l'affrontement. Mes amis et moi sommes complètement cernés par les tuniques rouges. Skiro et Tazar. Marossa et Algarow. Nous nous battons avec l'énergie du désespoir.

Une flèche transperce Algarow. Il exhale son dernier souffle avant même de toucher le sol. Privée du chef de sa garde personnelle, Marossa peine à se défendre, et une épée se plante dans son ventre dépourvu d'armure. Elle lève les yeux, l'air outrée.

– Goujat ! crie-t-elle avant de s'effondrer.

Skiro, comme frappé par la foudre, repousse son meurtrier avec l'aide de Tazar.

Petrik se fige, contemplant la scène comme si elle n'était pas réelle. Il lâche son bâton, qui rebondit dans sa main à l'instant où il touche le sol. Alors il se tourne vers moi :

– Ziva, il est temps.

– Non ! Je peux encore me battre. On peut encore gagner. Ce n'est pas fini.

J'ai beau le dire, ce n'est pas vrai pour autant.

Nous sommes submergés par leur nombre, il y a trop de rouge partout. La princesse mourra si on ne l'amène pas à Serutha. Il faut que ça cesse.

Petrik lance un coup d'œil vers la base de la montagne, à l'endroit où se tenait Kymora il y a encore quelques instants. Elle n'y est plus. Elle est sans doute venue se mêler à la bataille. Quand elle atteindra le sommet, plus rien ne pourra empêcher sa victoire. Personne ne peut la battre à l'épée.

– La mine, me souffle Petrik. Emmène Temra, vas-y ! Nous vous couvrirons.

J'hésite.

– Maintenant ! ordonne-t-il, tout en lançant son bâton sur un nouvel ennemi.

Je croise un bref instant le regard de Kellyn. Puis je prends la main de Temra et ensemble, nous nous mettons à courir.

†

Je ne suis jamais venue à la mine par ce côté-ci. En fait, je ne suis jamais venue à la mine. Je l'ai déjà vue : le gouffre béant est visible depuis la lisière Sud de la ville.

– Tu sais ce qu'on doit faire ? je demande tandis que nous traversons à flanc de montagne, courant, glissant, dévalant la pente en diagonale pour rejoindre la base.

– Oui, Petrik m'a expliqué le plan.

– Et donc ?

– On n'est pas encore à la mine.

Je pousse un grondement agacé.

– Comment suis-je censée faire quelque chose sans savoir ce que c'est ? Je jure que si c'est juste une de ses ruses pour nous éloigner, toi et moi, de la bataille…

– Dans ce cas, on fera demi-tour pour aller mourir avec nos amis.

– Déesses, Temra ! T'es vraiment obligée d'être aussi crue quand il s'agit de mort ? Tu n'aurais pas pu dire « combattre » avec nos amis ?

– Si ce plan ne marche pas, le combat sera de courte durée.

Sur cette pensée positive, nous contournons la base de la montagne vers l'ouest, cherchant l'ouverture sombre de la mine. Je sais qu'elle se trouve quelque part par ici.

Là !

Je presse le pas, m'efforçant de ne pas penser à Kymora dans la mêlée, massacrant à tour de bras les gens que j'aime.

Une torche est posée par terre à l'entrée de la mine, accompagnée d'une pierre à feu et d'une lame d'acier. J'allume la torche et la lève haut avant de pénétrer dans la bouche obscure. Temra me suit de près.

Un rail destiné aux chariots de mine serpente loin dans le tunnel. Temra et moi marchons de part et d'autre, nous enfonçant peu à peu dans les profondeurs. L'endroit sent la terre, le charbon, l'humidité. Et autre chose que je n'arrive pas à déterminer.

– Jusqu'où doit-on avancer dans la mine ?

– Je ne sais pas. On le saura quand on y sera.

Les murs sont nus et stériles, tout le minerai de fer ayant déjà été extrait si près de la surface. Nous poursuivons notre chemin.

Je me sens prête à exploser. Comme du métal en fusion.

– Temra, je ne sais pas combien de temps je pourrai encore supporter ça.

On est trop loin des combats pour entendre quoi que ce soit, mais ça ne fait que déchaîner mon imagination. Penser à toutes les morts affreuses qui fauchent les gens en ce moment même !

– Juste un peu plus loin, dit-elle. Ça doit être là.

C'est alors que je le vois.

Un wagonnet posé sur les rails. Il est vide, bien que couvert d'une croûte de résidus noirs. Derrière lui, deux lignes de charbon courent au pied des parois de part et d'autre du tunnel. Je me baisse pour les examiner, l'odeur non identifiée est plus forte. Une pellicule brillante sur le charbon.

De l'huile.

Catalyseur ?

Le mot écrit dans le carnet de Petrik me revient à l'esprit.

Temra et moi regardons les deux lignes de charbon. Étroites, elles s'enfoncent loin sous la montagne, aussi loin que porte la faible lueur diffusée par la torche.

– On continue ? je demande.

– Non, ici, ça ira.

– Bon, je peux en savoir plus sur le plan, maintenant ?

– Oui. D'abord, tu dois allumer les lignes, des deux côtés.

Avec la torche, j'enflamme la première ligne. L'huile prend aussitôt et le feu se propage dans le tunnel à la vitesse de l'éclair. Je répète la même opération avec la deuxième ligne.

Je retiens mon souffle, attendant que quelque chose se produise. Que le plan de Petrik m'apparaisse enfin clairement.

Au moins, il ne fait plus si froid dans ces profondeurs. Ni si sombre.

– Salut, les filles.

Chapitre

— 29 —

Kymora tient mon bouclier-marteau dans la main gauche, son sabre dans la droite. Elle bloque l'unique sortie de la mine.

– Ziva, va-t'en ! dit Temra. Je la retiendrai. Poursuis le plan.

Je ne connais toujours pas le plan ! Et elle devrait savoir que je ne la laisserai jamais se sacrifier.

– Je ne t'abandonne pas.

– C'est toi qu'elle veut. Pars, je te dis !

Kymora affiche un air de triomphe.

– Tu n'en as pas marre ? D'essayer de fuir. D'essayer de te battre. Tu sais pourtant comment ça va se terminer, non ?

Oui. Temra morte. Et moi, captive.

– Je ne forgerai pas d'armes pour vous. Fichez-moi la paix !

– Oh si, tu forgeras des armes si tu veux que j'épargne les prisonniers que mes hommes ont pris. La bataille est finie. J'ai gagné.

Je regarde Temra.

– La vie de ta sœur est déjà condamnée, dit Kymora. C'est inévitable. En punition pour ce que tu as fait à mon épée. Pour tous les actes que tu as commis depuis ta fuite de Lirasu.

– S'il vous plaît…

– Non. Tu n'es pas en position de demander des faveurs. J'ai décidé. Viens, maintenant, et les amis qu'il te reste ne mourront pas.

– Petrik… commence Temra.

– Est vivant, pour l'instant. Je ne peux pas en dire autant de ce mercenaire, en revanche. Comment s'appelait-il, déjà ?

– Kellyn.

Un sanglot étranglé m'échappe. Toute force m'abandonne. Mon esprit se brouille. Et mon cœur… mon cœur se brise en mille éclats incandescents. Chacun de ses battements propulse dans mon corps une douleur si intense que je manque m'évanouir.

– Eh oui, Ziva. Tu n'as plus personne, il ne te reste que moi. Laisse-moi m'occuper de toi. Mets tes compétences au service de ma cause. Construisons ensemble quelque chose de grandiose.

Vis pour toi-même.

Tu me donnes de l'espoir.

Ziva, je t'aime.

Je ferme les yeux, laisse le visage de Kellyn emplir l'obscurité derrière mes paupières, laisse sa voix emplir mon esprit.

Je t'aime, dis-je à cette image. Et je regretterai à jamais de ne pas le lui avoir dit en face.

Je voudrais m'effondrer. Me rouler en boule et pleurer tout ce que j'ai perdu. Mais ce n'est pas le moment. Pas alors qu'il me reste une sœur à protéger. Pas alors que tout Ghadra compte sur moi. J'ai encore un combat à mener. Je ne peux pas abandonner.

La chaleur dégagée par le charbon me réchauffe, et j'ouvre soudain les paupières. Sur le mur, je distingue une veine de minerai de fer qui brasille à la lueur du feu.

Tout à coup, je comprends ce que Petrik attend de moi.

Il est malade ! Je lui dirai ma façon de penser la prochaine fois que je le vois. Je ne peux pas ensorceler toute une montagne !

Je serre les poings à faire blanchir mes phalanges. La torche dans la main gauche, le marteau dans la droite.

– Recule, Temra, dis-je sans lâcher la seigneuresse du regard, tout en reculant pas à pas pour m'éloigner du danger.

– Tu vas encore t'enfuir ? se moque Kymora en faisant un pas en avant. Combien de gens vont mourir à cause de toi ? D'abord, tes parents. Puis ta sœur. Tes amis. Tous ceux qui se sont battus pour ta cause. Ne tiens-tu donc à rien ? N'y a-t-il rien que tu ne saurais sacrifier ?

Je continue de battre en retraite, Temra toujours derrière moi. Je n'ose pas cligner des yeux au risque de manquer un geste de Kymora.

– Cette mine a-t-elle une issue ? Tu peux courir, mais je finirai par t'attraper. Tu es épuisée après la bataille. Je n'ai même pas encore levé mon arme. Je déborde d'énergie. Je te détruirai.

– Ziva, dit Temra, la peur s'insinuant dans sa voix.

Kymora marche posément, contournant le wagonnet, s'avançant entre les deux lignes de charbon embrasé.

– Je n'ai rien sacrifié, dis-je en réponse aux provocations de Kymora. Je me suis battue pour mes convictions. J'ai aimé. J'ai perdu. J'ai *vécu.* Mais toi ? Tu es passée à côté de ta vie. Ton fils est l'un des meilleurs hommes que je connaisse. Tu aurais dû rester près de lui, tu aurais dû l'aimer, apprendre à son contact. Peut-être serais-tu devenue meilleure. Tu aurais dû prendre soin des gens placés sous ta protection au lieu de chercher à les renverser. Tu aurais dû te contenter du pouvoir qui t'était accordé. Tu aurais dû mettre ta vie au service de ceux qui t'entouraient au lieu de vouloir à tout prix les conquérir.

– Pourquoi ? ricane Kymora. Je suis sur le point d'obtenir tout ce que j'ai toujours voulu.

– Non. Tu vas mourir. Tu vas mourir, pour *rien.*

– Tu me fatigues. Finissons-en, Ziva.

Oui, finissons-en.

Je reste parfaitement immobile, mais intérieurement, je suis un magma d'émotions en fusion. Chagrin, rage, désespoir, anxiété… toujours l'anxiété. Elles prennent ma peau d'assaut comme pour s'en libérer, cognent dans mon crâne pour me forcer à les analyser, à me laisser submerger par leur puissance torrentielle.

J'observe les murs de la mine, où le charbon a commencé à chauffer la veine de minerai.

– *Bouge*, dis-je, focalisant toute l'énergie de mes émotions sur le métal qui entoure la seigneuresse.

Le fer vibre, ouvre des fissures dans les parois. De gros fragments se détachent, que je peux manipuler grâce à la chaleur dégagée par le charbon.

– Ziva… gronde Kymora sur un ton de menace.

Par le pouvoir de ma seule volonté, je la bombarde d'éclats de fer. Elle lève Écho pour s'en protéger et les roches s'effritent sur le bouclier, retombant au sol, inutiles. Je détache de nouveaux fragments de la montagne et les projette sur la guerrière avec plus de force.

Du plat de son épée, Kymora tente de me retourner un morceau particulièrement gros, mais je modifie sa trajectoire en l'air et le renvoie aussi sec vers sa cible d'origine.

– Ziva ! crie la seigneuresse, visiblement énervée.

Pliée en deux pour offrir une cible plus petite, elle charge dans ma direction, brandissant mon marteau devant elle.

Je lui balance des roches dans les jambes, la faisant trébucher, tandis que Temra et moi nous enfonçons plus loin dans la mine. Kymora roule sur elle-même avant de bondir sur ses pieds, comme si la douleur n'avait pas de prise sur elle.

L'air devient irrespirable : trop de chaleur dans un espace confiné, tout ce qui est pris entre les deux lignes de charbon en est affecté.

La magie me permet de percevoir le marteau dans la main de Kymora, de tenter de le lui arracher à distance.

– Même pas en rêve, grince-t-elle en serrant le poing sur son arme.

Je dois puiser plus d'énergie en moi-même. L'image floue de mes parents s'impose à mon esprit. Le sourire de

Kellyn. Le rire de Temra. La moue concentrée de Petrik en train de lire un livre pour y trouver des réponses. Ce sont les gens que j'aime le plus au monde, ceux que Kymora menace de m'arracher, quand elle ne l'a pas déjà fait.

Je me laisse consumer par mon amour pour eux et fixe de nouveau ma magie sur le marteau. Mais au lieu d'essayer de le rapprocher de moi, je le repousse, et Kymora recule avec lui, son bras formant un angle douloureux, tiré en arrière vers l'entrée de la mine par le marteau. Profitant de l'occasion, je charge vers l'avant, me préparant à frapper la guerrière avec Agonie. Kymora lâche le marteau magique pour agripper mon épaule gauche et parer mon coup de son épée. Mais ce qu'elle ne sait pas, c'est qu'Agonie a emmagasiné tous les coups qu'elle a reçus sur Écho, tous les fragments de minerai dont je l'ai bombardée, accumulant chaque fois un peu plus de puissance.

La force du coup repousse violemment l'épée de Kymora, droit vers son cou. Le métal déchire la chair. Ses yeux s'ouvrent grands, incrédules.

Kymora tente de parler, mais seul un filet d'air s'échappe de sa gorge.

– Je t'ai laissé une chance, dis-je. Tu n'auras pas droit à ma pitié une deuxième fois. Ça, c'est pour mes parents.

Reculant d'un pas, je concentre toute mon énergie magique sur l'épée plantée dans sa gorge et j'appuie, *fort*.

Le corps de Kymora s'affale sur le sol avec un bruit mou de chair écrasée, tandis que sa tête roule de l'autre côté.

Je prends ma sœur dans mes bras et me mets à sangloter.

†

Le temps se brouille tandis que Temra essaie de me consoler. Elle murmure des mots de réconfort à mon oreille, me frotte le dos et me laisse pleurer la perte de Kellyn. La perte ravivée de mes parents. La mort de tous les soldats dans la bataille.

– Ziva, dit Temra d'une voix douce, il reste beaucoup de travail. Les hommes de Kymora ont capturé nos troupes. Tu sais ce que tu dois faire, maintenant.

Peu importe que Petrik soit en plein délire, qu'il ait une confiance démesurée dans mes capacités. Je dois essayer.

– D'accord.

À genoux, je pose les mains sur la paroi rocheuse chauffée par le feu du charbon. J'ai le visage baigné de larmes et de morve, les genoux meurtris par le sol rugueux, mais je fais abstraction de tout cela. Je ferme les yeux, ressens le métal qui pulse au cœur de la montagne, qui affleure juste sous sa peau, sous la ville, tout autour de Lirasu.

Il ne m'est pas difficile d'imaginer ce que je veux obtenir de ce minerai. C'est ce que j'ai toujours voulu. Ce que j'ai cherché toute ma vie.

La sécurité.

Depuis toujours, j'ai souhaité être en sécurité. Me débarrasser de la peur qui me saisit chaque fois que je mets le pied dehors. Chaque fois que je me trouve parmi des gens. C'est une lutte interne qu'aucune magie ne peut soulager. En revanche, les menaces physiques extrêmement concrètes qui pèsent sur la ville peuvent être éliminées, elles.

Alors je déverse dans le fer ce désir le plus profond, le plus sincère qui est le mien, je le mêle à toute la souffrance que je ressens. Tout ce que je suis, je l'offre à la magie.

Je ressens une explosion de chaleur si forte qu'elle m'envoie valser sur le dos, aveuglée un instant par l'éclat de lumière blanche.

Lorsque je peux voir à nouveau, je me sens curieusement vidée.

Pas de peur. Pas de panique. Pas de douleur.

Mais pas de joie non plus. Pas de triomphe. Pas de soulagement.

La magie m'a tout pris pour l'insuffler au fer.

La fumée s'épaissit dans la mine, ma sœur et moi ne tiendrons pas beaucoup plus longtemps. Sans mot dire, Temra rengaine son épée courte et me prend par la main. Je récupère Écho sur le corps de Kymora et glisse mes deux marteaux à ma ceinture.

On court ensuite vers la sortie, toussant et crachant, accrochées l'une à l'autre. Temra est affaiblie par les combats, la course sur la montagne, la fumée qu'elle a inhalée. Au contraire, j'ai l'impression que je pourrais courir pendant des jours sans m'arrêter, malgré la fumée qui encrasse mes poumons.

À chaque pas, je sens le flot de magie qui bat comme un pouls autour de moi, de même que je sens la présence de toutes les armes que j'ai forgées. Ce dernier sort n'a toutefois pas été jeté sur une arme en particulier, mais sur les veines de fer dans la mine, qui courent sous la montagne entière et sont connectées aux dépôts immenses sous la ville.

Après tout, lorsque je chauffe la pointe d'une lame, ne suis-je pas capable d'ensorceler l'arme tout entière ?

J'ai ensorcelé tout Lirasu.

Les hommes de Kymora sont assemblés au pied de la montagne, à la lisière de la ville, en contrebas de l'endroit où a été lancée la deuxième offensive. Nos soldats sont là aussi, ligotés, à genoux, désarmés.

Le prince Skiro est assis en tailleur à côté de la princesse. Serutha est là aussi. Pour un observateur non averti, elle semble appliquer une pression sur la blessure de Marossa, mais je sais ce qu'il en est réellement. Elle est en train de soigner la plaie par la magie, à l'insu de tous. Elle s'était cachée dans la ville pendant les combats, mais les blessures des mourants ont dû l'appeler à sortir de son abri, à se montrer, malgré notre défaite.

Les soldats de Kymora nous repèrent assez vite, Temra et moi. Ils nous observent avec attention, certains portant la main à leur épée.

J'aperçois un tas d'armes en tout genre empilées près du cheval de la seigneuresse. Elle voulait sans doute les rassembler pour y dénicher les armes magiques.

Pendant que j'absorbe les détails de ce qui nous entoure, Temra s'adresse au groupe qui nous fait face :

– La seigneuresse de guerre est morte. Vous trouverez son corps dans la mine.

– Merci, déesses ! s'écrie Skiro en se levant.

– À genoux, prince, ordonne une femme que je ne vois pas.

Skiro lui lance un regard assassin avant de s'exécuter. La femme s'avance alors.

C'est Elany.

– Si Kymora est réellement morte, alors nous, ses fidèles disciples, poursuivrons son œuvre. À commencer par l'exécution du prince et de la princesse.

Quelques soldats se détachent du groupe et s'approchent des souverains, mais alors qu'ils se baissent pour se saisir de leurs prisonniers, ils arrêtent leur geste, sans raison apparente.

L'un d'eux grimace, ajuste sa position, essaie de nouveau de se saisir du prince.

– Qu'est-ce que vous faites ? demande Elany. Emparez-vous d'eux !

– Ils ne peuvent pas, dis-je.

Toute émotion m'a quittée. Parler à Elany ne m'affecte en rien. Mon anxiété a disparu.

– Il est désormais impossible de faire du mal à un être humain dans la limite des frontières de Lirasu. Ce territoire est un lieu d'asile, protégé par la magie.

Elany ricane, dégaine son épée et s'avance vers moi. Temra se raidit, mais je l'arrête d'un signe de la main. Elany lève son épée pour frapper. Mais l'arme rencontre une résistance invisible. Elle essaie de nouveau, encore et encore.

Je voudrais ressentir de la fierté devant le résultat de mon pouvoir, mais il n'y a en moi que de la lucidité. J'ai insufflé l'anxiété de toute une vie – portée à son paroxysme par les épreuves que m'a imposées Kymora – dans ce minerai de fer.

Cette magie sera éternelle.

Je m'adresse ensuite aux soldats de Kymora.

– Je suis Ziva Tellion, connue pour les armes magiques que je forge. Mais mon pouvoir ne s'arrête pas là. Je peux plier le fer chauffé à ma volonté, et j'ai ensorcelé le minerai de fer qui se trouve sous vos pieds et celui qui dort sous la montagne. Lirasu est devenu un refuge sûr pour tous ceux qui viendront ici. Et vous ne pourrez pas le conquérir.

La fureur déforme les traits d'Elany.

– Dans ce cas, nous partirons conquérir le reste de Ghadra. J'obtiendrai ma vengeance !

Elle ordonne aux soldats de ramasser la pile d'armes et de les charger sur les chariots. Mais quand les hommes de Kymora tentent de s'emparer des armes volées, ils se trouvent incapables de les toucher, comme si elles étaient enfermées dans une boîte invisible.

– Ces armes ne t'appartiennent pas. Ghadra ne t'appartient pas. Ces soldats ne sont pas tenus de t'obéir. Abandonne, Elany. Trouve un autre moyen d'obtenir justice. Je t'arrêterai si tu tentes de toucher à un seul cheveu d'un innocent à Ghadra.

– Nous t'arrêterons tous, déclare Skiro qui s'est relevé.

– Nous vous avons déjà battus. Vous avez capitulé, ricane Elany.

– Et vous avez subi de lourdes pertes, répond-il. Vous n'avez plus les forces nécessaires à la conquête de Ghadra.

Mon frère Verak n'a pas envoyé de renforts, mais il a des centaines d'hommes sous son commandement. Vous serez pris en tenaille entre ses troupes au nord, et les nôtres au sud. La guerre sera de courte durée.

Je jette un regard circulaire à ce qu'il reste de l'armée de Kymora.

– Ces guerriers n'ont pas la même loyauté envers toi qu'envers Kymora. Combien d'entre eux accepteront de te suivre dans un combat perdu d'avance ?

Pour la première fois, Elany semble perdre de son assurance. Elle balaie la foule du regard, remarquant les guerriers qui commencent à s'agiter.

Puis, comme sorti de nulle part, c'est le gouverneur Erinar qui s'avance.

– Je suis curieux de savoir comment vous comptez payer ces soldats ? Vous ne pourrez pas vivre du pillage des territoires, vous ne tiendrez pas jusque-là. Je dispose d'immenses ressources, ici. Et cette terre est désormais protégée. Peut-être certains d'entre eux seraient-ils intéressés par un travail honnête ici ? J'imagine que le prince et la princesse auront aussi besoin de main-d'œuvre dans l'immédiat. Pourquoi ces hommes iraient-ils risquer leur vie pour une cause perdue, alors qu'ils peuvent la gagner en toute sécurité, maintenant que le prince Ravis et Kymora sont tous les deux morts ?

– Quelqu'un doit régner sur le territoire de Ravis, dit Elany. Nous marcherons jusque-là, puis reviendrons…

– Vous n'en ferez rien, la coupe Skiro. Mes frères et sœurs et moi discuterons de ce qu'il convient de faire des terres de Ravis. Vous n'avez aucun droit sur ce territoire. Ce droit revient aux gens qui l'habitent.

– J'ai tous les droits ! Je suis une magicienne ! Une guerrière. En avant, marche ! crie-t-elle.

Pas un soldat en rouge ne bouge.

– La guerre est finie, dis-je. Cesse cette folie avant d'y laisser la vie.

Elany cherche éperdument autour d'elle un seul partisan. N'en trouvant aucun, elle monte sur le cheval de Kymora et, avec un dernier regard furieux, s'éloigne au galop.

Enfin, c'est terminé.

Alors toutes mes émotions resurgissent, se ruent à travers mon corps. Le chagrin, l'anxiété, la douleur, l'épuisement me percutent tout à coup, les effets de la magie refluant en moi. Les larmes jaillissent sous la puissance du choc et je tombe à genoux.

On a peut-être gagné, mais j'ai perdu beaucoup trop.

Temra me prend par l'épaule, m'attire contre elle. Je perçois du mouvement tout autour, mais je n'ai pas la force de l'identifier. Sans doute qu'on rassemble les morts, qu'on soigne les blessés, qu'on s'occupe aux tâches nécessaires après une bataille. La dernière fois, nous n'avions pas pu rester après la fin.

Je sais que je devrais participer, me lever et m'activer, mais je ne suis pas prête.

– Il est mort, dis-je entre deux sanglots.

– Je sais.

– Je ne lui ai jamais dit, Temra. Je ne lui ai jamais dit que je l'aimais. Pourquoi ? C'était idiot et mesquin, et à présent, il ne le saura jamais.

J'entends des pas approcher et j'ai vaguement honte, mais ce n'est rien comparé à la tristesse qui m'engloutit.

– Qu'est-ce qui se passe ? interroge Petrik. Elle est blessée ? Et toi, tu es blessée ?

Je perçois le hochement de tête de Temra, et je la sens soudain se raidir, me lâcher.

– Ziva…

– Serre-moi encore un peu, s'il te plaît, dis-je. Je ne suis pas prête.

– Ziva, ouvre les yeux.

En reniflant, j'obéis.

Et je crois halluciner : Kellyn se tient devant moi. Vu depuis ma position prostrée, il paraît incroyablement grand, sa chevelure flamboyante éclairée par le soleil derrière lui est comme un phare éblouissant.

– Ma chérie, qu'est-ce qui ne va pas ?

J'ai trop peur, si je cligne des yeux, que cette vision disparaisse. J'ai accompli l'impossible par la magie, qui sait quel tribut mon corps a payé ?

– Kymora lui a dit que tu étais mort, explique Temra. C'est toi qu'elle pleure.

– Mort ? Alors que j'ai l'épée de Ziva pour me protéger ? Ça ne risque pas ! Oh, ma douce, viens là.

Il se baisse et me tend les bras. J'ai peur de les toucher. Peur que ma main passe au travers.

Sur le visage de Kellyn, je lis l'incompréhension.

– Qu'est-ce qu'il y a ?

– Tu n'es pas réel.

– Bien sûr que si !

– Prouve-le.

Cette fois, il m'attrape de ses mains solides, me hisse sur mes pieds d'un seul mouvement et m'écrase contre son torse.

– Kymora est une peste manipulatrice, dit Kellyn. Tu vas la croire, elle, ou bien la personne tout à fait réelle qui se tient devant toi ?

Je recommence à pleurer.

Chapitre
— 30 —

Petrik attend que je me sois calmée avant de triompher.

– Tout le monde croit toujours que ce sont les durs à cuire, les grands guerriers qui gagnent les guerres, mais ce sont les petits, les rusés qui changent la donne.

Les souverains tentent d'organiser des équipes pour nettoyer la ville à présent que les combats ont cessé, mais notre petit groupe de quatre se tient à l'écart.

– Tu veux dire que ce sont les *femmes* talentueuses qui font le boulot, le corrige Temra.

– Ziva a fait le boulot, mais c'était mon idée. Accorde-moi au moins ça.

– Ton idée, hein ? dit Temra en haussant un sourcil.

– Bon, d'accord, elle l'a améliorée. Ça ne veut pas dire…

– Attends, dis-je. Tu n'attendais pas de moi que j'ensorcelle la ville entière ?

– Pas tout à fait, avoue Petrik, l'air penaud. Je pensais que tu pourrais ensorceler une partie de la montagne, pour qu'elle nous serve de refuge. Ou que tu rendrais les armes inopérantes, ou autre chose du même genre. Je n'avais pas réalisé que la ville entière était bâtie sur les dépôts de minerai de fer.

– Évidemment, elle a dépassé toutes les attentes, dit Kellyn avec une fierté évidente dans la voix.

– Mais c'était une bonne idée, accorde Temra à Petrik en l'embrassant sur la joue. Merci d'avoir tout préparé.

Il rougit à son compliment.

– Cela dit, ce qui m'impressionne le plus, ce sont tous les discours qu'a prononcés Ziva ces derniers temps. Tu as convaincu les mercenaires de se battre pour nous. Tu as rabaissé la Fileuse de coton et retourné les hommes de Kymora en notre faveur. Je ne t'ai jamais vue parler avec une telle assurance.

– J'ai triché pour le dernier discours, dis-je, avant d'expliquer que la magie avait fait disparaître ma peur provisoirement.

– Tu en aurais été capable même sans magie.

Peut-être, mais je suis contente que ça n'ait pas été le cas. J'avais déjà tant donné.

†

Les jours qui suivent sont épuisants. Serutha soigne les blessés. Nous enterrons les morts. Des messagers sont dépêchés dans tout le royaume pour annoncer la mort de la seigneuresse.

La princesse Marossa est rapidement rétablie et participe à l'effort collectif. (« Où est mon arc ? » sont les premiers mots qu'elle prononce quand elle reprend conscience.) Le gouverneur et son mari font du porte-à-porte pour aller rassurer les familles qui se sont barricadées chez elles au début des combats.

Les hommes de la défunte seigneuresse de guerre sont interrogés un par un et sont affectés à des tâches selon leurs compétences et leur métier.

Et les mercenaires qui ont survécu viennent chercher leur argent. La banque ne rouvre pas tout de suite et il faut un moment avant qu'elle soit de nouveau opérationnelle, mais les guerriers patientent volontiers.

Quant à moi, distribuer ainsi jusqu'au dernier ockle que j'ai gagné au cours de ma vie ne me cause qu'une vague nostalgie : j'ai tout ce qu'il me faut. Ma sœur. Mon Kellyn. Mes amis.

En comparaison, l'argent n'est rien.

Un mois plus tard, la ville a retrouvé une certaine normalité. Je dis une « certaine » parce que la criminalité a disparu. Le gouverneur n'a plus besoin d'une garde personnelle : personne ne peut l'attaquer dans les limites de la ville. Le vol et le meurtre sont devenus impossibles.

La violence n'existe plus à Lirasu. La cité est devenue l'endroit le plus sûr au monde.

Pourtant, elle ne peut me protéger du départ de ma sœur.

Petrik et elle se tiennent devant moi, lourdement chargés, prêts à entreprendre le long voyage de retour jusqu'à la capitale de Skiro. Le prince est parti depuis longtemps, mais Temra voulait prolonger un peu son séjour – pour moi, sans doute. Et j'étais trop égoïste pour l'encourager à partir plus tôt. Mais hier, elle m'a informée que le moment était venu de se dire au revoir.

Des larmes silencieuses coulent le long de mes joues.

– Vous devez vraiment partir ? je tente une dernière fois.

– Il est temps, dit ma sœur. Skiro a besoin de moi et Petrik manque cruellement à sa bibliothèque.

– C'est vrai, dit-il, j'ai négligé mes devoirs là-bas. Et puis, j'ai un livre à écrire.

– Celui sur les magiciens ?

Celui qui est à l'origine de notre rencontre.

– Celui-là aussi, oui, mais je parlais de celui qui racontera nos batailles contre Kymora. La suite de notre premier périple. Le monde doit savoir ce que nous avons accompli. La plupart des gens ignorent que Ravis et Kymora ont tenté de soumettre Ghadra. Ils ne savent même pas qu'ils ont été un jour en danger.

– Je parie que la majorité pensera que c'est de la fiction, dit Kellyn.

– Ha, ha, même moi, je ne pourrais pas l'inventer !

Les deux hommes se serrent la main.

– T'es un bon gars, l'érudit, dit Kellyn. Bon voyage, évite de te prendre les pieds dans ta robe.

– Et toi, essaie de ne pas être odieux au point de te faire tuer dès que tu mettras un pied hors de la ville.

– Je ne promets rien.

Ils échangent un sourire, puis Petrik se présente devant moi. On se regarde un moment.

– Est-ce que… on s'embrasse ? demande-t-il.

Je hausse les épaules avant de prendre cet imbécile dans mes bras. Ce n'est pas si désagréable.

– Souviens-toi de ce que je t'ai dit, je chuchote à son oreille. L'instrument le plus émoussé.

– Compris, dit-il en reculant.

– Protège ma sœur.

Temra éclate de rire.

– Il est plus probable que ce soit moi qui le protège.

– Tout à fait vrai, reconnaît Petrik.

Temra et Kellyn s'enlacent. Kellyn lui parle d'étirer son bras et elle lui montre les muscles de son biceps gauche. Il rit à ce qui doit être une blague privée entre eux.

Enfin, ma sœur est devant moi, et je recommence à pleurer.

– Hé, arrête ça, dit-elle en me prenant dans ses bras.

– Tu vas tellement me manquer.

– Mais pas pour longtemps. On se verra tout le temps ! Je ne suis pas coincée à Skiro. Tu n'es pas coincée ici. D'ailleurs, tu seras à Amanor la plupart du temps, non ?

Je coule un regard gêné du côté de Kellyn, mais il est en pleine discussion avec Petrik.

– On n'a pas encore parlé. Je ne sais pas…

– Ziva, me gronde Temra avec un regard sévère. Tu as vaincu la personne la plus puissante au monde. Tu as fait un usage de la magie au-delà de tout ce qui avait été accompli. Maintenant, va parler à l'homme que tu aimes, et trouvez une solution. Écris-moi vite, je ne supporte pas le suspense. Je t'aime.

– Je t'aime.

– Oh, et quand tu auras décidé où t'installer, je connais un peintre qui serait disposé à nous aider à nous voir plus facilement, ajoute-t-elle avec un clin d'œil.

Sur ce, Temra et Petrik s'éloignent main dans la main de notre maison natale. Je les suis des yeux jusqu'à ce qu'ils disparaissent derrière le lacet de la route.

Oh que ça fait mal ! Kellyn me ramène à l'intérieur et me serre dans ses bras pendant que je pleure. Je m'accorde une minute de réconfort, puis je m'arrête brusquement. Je sèche mes larmes, reprends contenance et refuse de penser à ce que je viens de perdre.

– C'est normal d'être triste, me dit Kellyn. J'ai pleuré comme une Madeleine la première fois que je suis parti de chez moi.

– Je ne te crois pas.

– D'accord, peut-être pas comme une Madeleine. Mais j'ai versé une larme.

On s'assied sur le petit canapé du salon. La maison me paraît tellement vide sans la présence magnifique de ma sœur. Mais j'essaie de ne pas y penser. C'est la vie, me dis-je. Les enfants grandissent et quittent leur maison.

Je sais que Temra n'est pas mon enfant, mais c'est tout comme, vu que je l'ai élevée.

Une fois mes émotions maîtrisées, je m'autorise enfin à contempler l'homme merveilleux assis à côté de moi. Je lui prends la main.

– Et maintenant ? je demande.

– Tu as faim ? On va déjeuner ?

– Je parlais de nous, Kellyn.

Je respire un grand coup.

– Je ne comprends pas. À te voir, on croirait que c'est de nouveau la fin du monde.

D'un mouvement brusque, je me lève et commence à faire les cent pas devant lui. J'ai besoin de bouger.

– Tu as évoqué le mariage. On a parlé de nos sentiments l'un envers l'autre. Mais on n'a jamais discuté de comment ça pourrait marcher. Cette conversation me terrifie parce que je n'ai pas envie de te perdre. Reste qu'on a des désirs différents. Je veux être en sécurité. Je n'ai pas envie de courir le monde en quête d'aventures. Je suis casanière. J'aime rester à l'intérieur. Alors que toi, tu veux voyager. Tu veux manier cette épée et rencontrer plein de gens nouveaux. Je ne vois pas comment on peut être ensemble alors qu'on veut des choses aussi différentes.

– Oh, dit Kellyn en se levant à son tour et en marchant de long en large à côté de moi. Je n'avais pas pensé à ça.

Aussitôt, je sens les larmes poindre de nouveau. *Contrôle-toi, Ziva !*

J'espérais tellement qu'il aurait une réponse. Que je n'aurais qu'à exposer le problème et qu'il rirait en disant qu'il avait déjà tout prévu !

Mais ce n'est pas le cas. Et maintenant, il fait les cent pas et je me tords les doigts.

Kellyn s'arrête.

– Bon, commençons par le commencement : où veux-tu vivre ? Ici, à Lirasu ?

La question me prend un peu de court, mais je réponds :

– Non, je crois que j'en ai assez de cette ville.

– Vraiment ? Même si c'est l'endroit le plus sûr au monde grâce à ta magie ?

– En fait, je me suis sentie le plus à l'abri quand j'étais à Amanor.

– Tu veux vivre à Amanor ? s'exclame-t-il, l'air incrédule. Là où vit ma famille très nombreuse ?

– Oui. C'est proche de chez Temra, et j'adore ta famille.

– Seulement ma famille ?

– Je t'aime toi aussi, ma brute débile.

– Alors, c'était si difficile à avouer ? demande Kellyn en retenant un rire.

– Oui ! Maintenant, ça sera encore plus douloureux quand on partira chacun de notre côté. Quand…

Il me coupe avec un long baiser.

– Tu veux bien me faire plaisir et le dire encore mais sans la partie sur la « brute débile » ?

Étourdie par le baiser, je trouve tout de même le moyen de répondre :

– Je t'aime, mon crétin arrogant.

– Hmmm…

Il m'embrasse de nouveau, et j'oublie tout quand on est ensemble : ma sœur et mes cauchemars de guerre.

– J'ai besoin de savoir ce qu'on va faire, je murmure.

– On habitera Amanor, dit-il simplement. Bon, une chose de réglée.

Posant les mains à plat sur son torse, je le repousse légèrement pour pouvoir le regarder dans les yeux.

– Mais tu ne seras pas là. Tu parcourras le monde. Et je ne te verrai qu'une fois tous les deux ans !

Il me rend mon regard, et son air sérieux accélère ma respiration.

– Et si je n'accepte que quatre boulots par an ? Je ne serais parti que tous les trois mois. Et tu pourrais m'accompagner sur deux boulots ? On ne serait séparés que deux fois par an.

– Quoi ?

– On construira une maison à Amanor. Il se trouve que le village manque d'un bon forgeron. Tu pourras exercer ton métier. Je travaillerai aux champs. La terre nous fournira tout ce dont nous avons besoin. Je prendrai quatre boulots par an pour qu'on ait un peu plus d'argent. Et si tu t'en sens capable, tu pourrais venir avec moi sur la moitié des missions. On verra un peu du monde ensemble. À petites doses, en toute sécurité.

Je ne sais pas quoi dire.

– Quatre boulots par an ? Ça sera assez pour toi ? Tu ne seras pas malheureux ? Tu ne m'en voudras pas ? Tu…

Il m'arrête avec un nouveau baiser.

– Je ne pourrais jamais t'en vouloir. Je choisis cette vie. C'est ce que je veux. J'ai envie de voyager, mais je veux passer le plus clair de mon temps avec toi. Accepterais-tu de faire deux voyages par an avec moi ? Est-ce que j'en demande trop ?

Il a l'air inquiet, et je devine que son cerveau s'active, cherchant déjà une autre solution si je refuse sa proposition.

Alors je me contente de l'embrasser, les mains dans ses cheveux, d'entrevoir l'espoir d'un avenir à deux.

– C'est sérieux ? C'est tout ? C'est tout ce qu'il nous a fallu pour arriver à un compromis ? Bien sûr que je t'accompagnerai deux fois par an !

– Pourquoi as-tu l'air aussi surprise ?

– Ça fait des semaines que j'angoisse à ce sujet. J'avais trop peur de l'aborder parce que je craignais que ça mette fin à notre histoire.

– Ziva, je te l'ai dit : tu es la femme de ma vie. Tu croyais que ça pouvait changer aussi facilement ? Qu'on n'arriverait pas à trouver un moyen pour que ça marche entre nous ?

Je pleure et je ris en même temps. Quand donc arriverai-je à maîtriser mes émotions ?

Pour la première fois depuis très longtemps, je me détends complètement.

– Je t'aime, dis-je.

– Je t'aime, répond-il.

Je n'ai pas l'impression de mériter ce bonheur, mais je l'accepte. Il y aura d'autres problèmes à régler à mesure qu'ils surviendront, mais on y arrivera. Ensemble. J'ai foi en nous.

En cet instant, je n'ai pas peur. Je suis excitée et impatiente.

– Quand est-ce qu'on commence ?

– Le reste de nos vies ? Je vais faire nos bagages, répond Kellyn.

Remerciements

C'est incroyable d'avoir terminé cette deuxième série ! Le diptyque de *La Forge* était très différent du diptyque *La Fille du Roi pirate*, mais j'adore ces séries, et j'espère que vous aussi. Aux lecteurs de longue date, je vous avais promis dans les remerciements de *La Reine des ombres* plus de scènes de baisers, juste pour vous. Bien qu'il n'ait pas été possible de les intégrer dans *La Forge des secrets,* vu le voyage émotionnel que Ziva devait entreprendre, j'espère que vous avez le sentiment que j'ai réussi avec *Le Marteau de pouvoir*.

Bien que différentes personnes aient travaillé sur ces deux séries, plusieurs d'entre elles restent une constante de tous mes livres : Rachel Brooks, mon incroyable agente ; Holly West, ma fantastique éditrice ; Brittany Pearlman, ma talentueuse attachée de presse ; et bien d'autres personnes dans les coulisses de Feiwel and Friends. Merci à vous tous pour votre travail acharné !

Je ne pourrais pas faire ce que je fais sans le soutien de mes amis et de ma famille. Vous vous reconnaîtrez. Merci de m'avoir écoutée me plaindre quand les choses devenaient difficiles et d'avoir partagé mes réflexions avec moi quand j'en avais besoin. Être auteur peut être une profession très solitaire. Je ne pense pas qu'on y arriverait si on ne savait pas que des gens nous soutiennent.

Je tiens à remercier tout particulièrement tous les TikTokers qui recommandent mes livres sur leurs comptes. Merci également à tous les Bookstagrammers, BookTubers et autres personnes des réseaux sociaux qui présentent mes livres. Je suis très reconnaissante de tout ce que vous faites pour la communauté du livre. Merci aux bibliothécaires et aux libraires qui recommandent mes livres aux clients. Merci à tous ceux qui ont déjà laissé une critique élogieuse sur l'un de mes livres sur GoodReads ou d'autres plateformes. Ça aide vraiment !

Enfin, merci à mes lecteurs qui m'ont suivie pour cette série. Je sais que Ziva est un peu différente de mes protagonistes typiques de Serpentard, mais j'ai senti que cette histoire était une de celles que j'étais particulièrement bien placée pour raconter, et que je devais absolument en accoucher. J'espère que vous attendez tous avec impatience mes prochaines sorties. J'ai beaucoup d'autres histoires à raconter, et je suis très reconnaissante envers ceux d'entre vous qui les lisent pour que je puisse continuer à faire ce que je fais.

Composition et mise en pages
Nord Compo à Villeneuve-d'Ascq

Imprimé en France par
CPI Bussière
en mai 2025
N° d'impression : 2083342